THE RACE

LA COURSE DU *MILLENAIRE*

THE RACE®

LA COURSE DU *MILLENAIRE*

En direct avec **Bruno Peyron**

avec la collaboration de **Marc Samson**

Textes d'**Erik Orsenna**

SOLAR

Conception graphique et réalisation
Michel Durand / Corinne Leveuf

Si vous désirez recevoir notre catalogue
et être tenu au courant de nos publications,
envoyez-nous vos nom et adresse, en citant ce livre
et en précisant les domaines qui vous intéressent.

Éditions SOLAR
12, avenue d'Italie
75013 PARIS
Internet : www.solar.tm.fr

ISBN : 2-263-03146-4
Code éditeur : S03146
Dépôt légal : mai 2001

SOMMAIRE

INTRODUCTION

UN REGARD

Un regard de revenant : lointain, épuisé, détaché, battu, vainqueur. Ailleurs.

Le regard de quelqu'un qui vient de vivre la plus forte des histoires sans qu'existent des mots pour la dire.

Alors ce quelqu'un se tait. Et regarde, sans les voir vraiment, tous ceux qui sont venus l'accueillir dans le petit port du Pouliguen.

On l'étreint, on l'embrasse, on le croit là.

Sans comprendre que la plus grande partie de lui-même se trouve toujours en mer. Et qu'il ne reviendra que lentement, par étapes, par morceaux, jour après jour.

Les revenants ont besoin de temps pour revenir. Et je ne suis pas sûr qu'ils reviennent tout à fait.

Je me faufile dans la foule, je joue des coudes. J'essaie de saisir et ressaisir, encore, ce regard. Car c'est le regard des êtres humains les plus fascinants, artistes, guerriers, savants, voyageurs, tous ceux qui se sont aventurés aux extrémités de l'univers, aux limites des résistances, physiques ou mentales, de notre espèce.

C'est ainsi que j'ai connu Bruno Peyron, par ce regard.

Il venait de battre à la course le rêve de Jules Verne : le tour de notre planète en soixante-dix-neuf jours. Mais sans l'appui de train, de paquebots, d'éléphants... A la voile, poussé par la seule force du vent.

Les télévisions tournaient, les flashes crépitaient. On se répétait, en frissonnant, le récit des tempêtes traversées. Le routeur racontait la terrible semaine, lorsque, emporté par des forces 10, 11 ou 12, le bateau filait plein est, droit sur les côtes chiliennes et son incomparable collection d'écueils. Filait 15 nœuds, sec de voile, sans pouvoir manœuvrer, chaque moitié d'équipage verrouillée dans une coque...

Comment revenir d'un tel enfer ? Comment trouver de la saveur à des beautés plus tranquilles ? Comment reprendre pied sur terre et dans le quotidien ?

Une dernière fois, j'ai salué ce regard. Et compris qu'un projet fou y germerait bientôt. Quand on a vu, on veut encore voir. Quand on a tremblé, encore trembler. Rêvé, rêver encore, plus fort, plus grand, plus légendaire.

L'attente ne fut pas longue.

Quelques mois plus tard, de nouveau réunis par un film, un hommage à Jules Verne, nous naviguions autour de Belle-Ile. Naviguer est un mot faible pour qui ricoche sur l'eau à plus de 30 nœuds. A la barre de son *Explorer*, juste assez attentif pour ne pas embrocher les traînardes embarcations du voisinage, Bruno Peyron était reparti pour un autre voyage. Je l'avais connu taiseux et voici que les mots se battaient pour sortir de sa bouche. Les mots, les thèmes, les personnages et les lieux. Bref, une idée, comme on n'avait jamais osé en avoir.

❒

« Aller du par-deçà connu au par-delà imaginé. » Ainsi, au XIVe siècle, Jean de Mandeville[1] décrivait cette maladie de curiosité qui frappe une bonne part des humains. Nos ancêtres n'ont pas attendu de savoir que la Terre était ronde pour l'explorer en tous sens. Phéniciens, Vikings, Portugais, les grands navigateurs sont légion bien avant l'expédition de Colomb. Vingt-huit ans après sa découverte, un autre homme s'en va plein ouest, Magellan. Et puis l'Amérique une fois rencontrée, il descend, descend, le long de ses côtes inhospitalières. Jusqu'à trouver le détroit qui portera son nom. De l'autre côté, c'est le Pacifique. Mal nommé pour lui puisqu'il périra juste après l'avoir traversé. Mais l'un de ses adjoints continue, Juan Sebastian del Cano. Il arrive dans son pays l'Espagne en 1522, commandant d'un équipage famélique et d'un bateau ruiné, *La Victoria*, mais premier à avoir bouclé la boucle. En le décorant, Charles Quint lui dit la phrase qui en trois mots résume tout : « *Cir-*

1. Chevalier anglais, mort à Liège en 1376. Auteur du *Livre des merveilles du monde*, récit de ses innombrables voyages, réels ou imaginaires.

cum dedistime. » L'élan est donné. Nous n'allons plus cesser de tourner autour de notre maison ronde. Le rêve hante désormais nos esprits, même les moins marins.

Je me souviens d'un des héros de mon enfance. A la mer, il ne connaissait rien de rien. Mais l'appel du large ayant retenti, il décida d'écouter ses voix intérieures, et au fond de son jardin se mit à construire un bateau. Et toujours dans l'ignorance un beau jour partit, seul, vers le cap Horn. Qu'il franchit, vent contraire. Obstiné comme pas un. Avant de continuer sa route. Il s'appelait Marcel Bardiaux, il vient de mourir, salut à lui.

❒

Le projet de Peyron, fidèle à cette noble lignée des fous d'horizons, est bien sûr un tour du monde. Et bien sûr à la voile. Mais pimenté de quelques idées neuves qui font toute la saveur. Et la magie.

D'abord la date. Décembre 2000. La fin d'un siècle et d'un millénaire, l'aube d'une nouvelle ère. Les hommes de mer se doivent de célébrer l'événement. Les horizons neufs et vierges sont leurs paysages et compagnons favoris. A eux de montrer la route aux terriens et autres « culs de plomb » engoncés dans leurs habitudes.

Ensuite la taille, la dimension des bateaux. Pourquoi s'imposer des limites ? Dans le projet, comme sur l'océan, la liberté est la seule règle. Ne craignez-vous pas que le gigantisme appelle l'argent, qui dictera sa loi ? D'un revers de la main, le temps de reprendre dix pouces d'écoute, Peyron balaie l'argument. Colomb et Magellan aussi couraient les sponsors. Et face aux furies des cinquantièmes, de quel poids pèse la fortune ? Les plus grands ne sont pas forcément les moins fragiles.

Puis le parcours. Aucune hésitation. Celui des clippers de légende. Les voies du commerce, c'est-à-dire de l'échange entre les continents. Le trajet des matières premières. La route du thé, des épices, de la laine, du guano, du café. On franchira bien sûr les trois caps (Bonne-Espérance, Leeuwin et Horn), condition pour entrer dans l'aristocratie de la mer et mériter le titre de « cap-hornier », assorti, comme chacun sait, de trois privilèges : porter un anneau à l'oreille, pisser au vent et planter un palmier dans son jardin. Mais à ce classique de la navigation, on ajoutera un piment géographique, le passage obligé par le détroit de Cook, celui qui sépare les deux îles principales de la Nouvelle-Zélande, l'un des plus beaux endroits de la planète.

Enfin le dialogue, une famille nombreuse de dialogues, placer le troisième millénaire sous le signe de la conversation. Dialogue entre les nations. Aucun bateau ne porte un seul pavillon. Les équipages se mélangeront et viendront de tous les pays. Dialogue entre l'ancien temps et la pointe la plus avancée de la technologie. D'un côté, la voile et le vent, antiques moteurs s'il en est. De l'autre, le carbone, le titane, les conceptions assistées par ordinateur... Dialogue entre la solitude et la communication. Quoi de plus seul qu'un navire sur la mer ? Et pourtant, chaque minute, on connaîtra sa place exacte sur le globe et chaque jour on en recevra des images, grâce aux toutes nouvelles caméras, aux toutes nouvelles transmissions. Dialogue enfin entre l'homme et sa planète. Pour réapprendre au premier le respect qu'il doit à la seconde, quoi de plus éducatif qu'un voyage sur l'eau, celui qui ne blesse ni ne griffe, celui dont le sillage après lui se referme, celui qui dédaigne la volonté de puissance, le désir de laisser sa marque, celui qui n'accepte de laisser de traces que dans le souvenir... ?

Barcelone

Sept ans ont passé depuis l'éveil du rêve.

Sept ans de batailles, contre l'indifférence et l'ironie, contre le doute, aussi, et les vrais périls qu'implique une telle ambition. Avant The Race, The War. Et toutes les deux méritent autant d'être contées comme le montreront les pages qui vont suivre.

Barcelone, fin décembre 2000.

Barcelone capitale de la rayonnante Catalogne, l'un des phares de l'Espagne. Barcelone, ville olympique. Barcelone, l'un des premiers ports d'Europe. Barcelone, où Colomb revint rendre compte au roi de sa mission atlantique. Sa statue tourne le dos aux Ramblas et regarde la mer. Où trouver, pour la course qui va bientôt partir, meilleure tutelle, plus légitime et noble patronage ?

Sous le soleil rasant de l'hiver, sagement alignés devant le village de toile, flottent maintenant six animaux de féerie. Mélange d'oiseaux, aux ailes pour l'instant repliées, et de squales, aux corps indéfiniment allongés, avec quelque chose de ces insectes, de la race des libellules, dont on ne sait s'ils volent ou ricochent sur l'eau. Six géants gracieux, six monstres fragiles. Ils sont la première victoire de Peyron. Son rêve, en sept ans, vient d'accoucher d'un formidable bestiaire. Le grand brun, blanc de fatigue, qui court en tous sens, assailli de solliciteurs, accablé d'urgences, peut commencer à sourire. D'ailleurs, il s'offre quatre heures de vacances, une sortie sur le bateau de son frère Loïck. Et prenant pitié de mon imploration muette, pauvre écrivain ébloui piaffant sur le ponton, il m'invite à bord. La suite appartient au bonheur pur.

❐

Olivier de Kersauson, le matin, m'avait prévenu : « On avait déjà construit des catamarans rapides. Mais avec cette nouvelle race, tu entres dans un autre monde. » (Un monde qu'il va bientôt découvrir puisque son géant à lui sort des chantiers en juillet prochain.)

Ciel bleu, force 4, mer plate. La ville de Barcelone derrière nous s'éloigne. Mais à main droite, le port continue, l'interminable série de quais et de bassins creusés entre des collines qu'on dirait peintes par un cubiste : l'amas coloré des conteneurs. Sur eux, veille un sommet (213 mètres), le Montjuich, l'un des totems de la ville avec Colomb et la Sagrada Familia de Gaudi. A son pied s'était établi au XIVe siècle une colonie juive, d'où son nom. Mais ce haut lieu symbolise surtout l'indépendance catalane face à la domination espagnole. Un fort y est érigé au XVIIe siècle pour résister à Philippe IV. Un peu plus bas, à mi-flanc, les hautes croix blanches du cimetière marin. Vue imprenable sur l'Est. L'envie vous prend d'y réserver, tel Brassens, sa concession. Une envie bientôt réprimée : quoi de plus déprimant que d'assister pour l'éternité à la levée de jours dont on ne pourra profiter.

Bref, l'esprit divague. Preuve que l'émotion vraie ne vous a pas encore étreint. La grosse plate-forme qu'est le bateau progresse sans heurt, gîte ni tremblements. Seul un coup d'œil au cadran vous convainc de sa rapidité. Vingt-deux nœuds. Une allure déjà inatteignable pour presque tout ce qui flotte et porte voiles.

Soudain, descendue de la montagne et sans doute accélérée par la pente, comme les terribles « williwaws » de Patagonie, une risée, violente. Et *Innovation Explorer* s'en va, il quitte notre monde de poids, de freins et d'accablements. Il gagne un autre univers, celui de la glisse pure qui s'apparente au vol. Une force venue d'on ne sait où, peut-être le cœur du vent, l'a pris aux reins, l'arrache à l'eau et le pousse, le pousse vers l'avant. Sans à-coup, sans résistance, de plus en plus vite, comme s'il laissait le passé derrière lui, rien ne va plus désormais le retenir.

Je cherche dans ma mémoire : où trouver pareille libération ? Certains livres vous saisissent ainsi, *Moby Dick*, *Lord Jim*, ils vous emportent, ils vous élèvent, ils vous extirpent de la vie grise et pesante. Et quelques très rares passions. Preuve, s'il en était besoin, que bateaux, livres et amours racontent à trois la même histoire.

Cette fois, c'en est fini du calme, le bateau vibre et tremble, des embruns giflent tout ce qu'ils rencontrent, ça siffle dans les haubans et pataras. Une vague perpétuelle, une longue chevelure blanche, sans doute la coiffure de quelque divinité, traverse le trampoline. Assis le dos contre la grosse barre du milieu, celle qui supporte le mât, les talons des bottes bien calés dans deux mailles du filet, il vaut mieux s'accrocher. La monture déchaînée, la bête sauvage qui vous porte n'aimerait rien tant que se débarrasser de vous pour plus de légèreté, encore plus de liberté. Et la coque au vent, lentement, décolle.

Quelqu'un frappé (comme moi) par la maladie de la mesure crie la vitesse : « 29,5 ! 30 ! » Inutiles précisions. Même si je ne partage la course d'*Innovation* que depuis peu, je sais, je sens qu'il est loin, très loin d'avoir dit son dernier mot. Des liens intimes se tissent, à l'instant, avec un bateau, ça tient au ventre, à l'œil, aux vibrations qui vous remontent tout au long des vertèbres, aux mystères de l'oreille interne, aussi, le siège de l'équilibre. On commence à entendre la chanson du bateau, on apprend le sens de ses grincements, de ses soupirs. Bref, on devine ses limites. Limites qu'*Innovation* n'a clairement pas atteintes. Il suffirait de lâcher le ris qui bride la grand-voile et de laisser porter d'un degré ou deux pour que l'on se rapproche de 35, 36, jusqu'à peut-être frôler 40...

Terriens enfantillages que ces comptabilités ! La mer n'a pas de compteur. Il suffit de comprendre que The Race n'est pas seulement un tour du monde, c'est un chemin qui mène à une nouvelle ère dans l'histoire de la voile. Les clippers sont de retour. D'ailleurs, puisque l'heure est aux calculs, mettez bout à bout les deux coques de ces catamarans, vous retrouverez la longueur des anciens coursiers...

Bruno Peyron vient de prendre la barre à son frère. Autant il était pâle, tendu, le sourire figé, comme s'il l'enfilait le matin pour ne le quitter que le soir. Autant, derrière sa roue, il se détend, ses yeux brillent. C'est beau, le spectacle d'un homme qui retrouve son pays. Pour un marin, organiser n'est pas une vie.

Profitant d'une belle « négresse »[1], *Innovation* accélère encore. Un sloop à l'ancienne, gréement houari, copie presque conforme de *Pen Duick I*, une belle moustache à l'avant et la lisse bâbord dans l'eau, semblait inatteignable. En quelques instants, il est rattrapé, longé, largué. Ces maxis tiennent de l'aigle ou du condor. Ils fondent sur leurs proies et les avalent sans ambages. Le bateau saute de vaguelette en vaguelette. On dirait les grands oiseaux, albatros ou pétrels, qui de la patte tapent sur la mer pour s'aider à s'envoler. On n'ose imaginer la course par des creux de cinq, six mètres. Même les skieurs les plus fous ne sautent pas de crête en crête par-dessus les vallées. « 32,8 ! », crie notre comptable, que les chiffres semblent fasciner plus que le reste. Nous n'irons pas plus vite. Il ne s'agirait pas de casser quelque chose la veille du départ, sous le double regard des sponsors et de l'hélicoptère qui filme la chevauchée. Minuscule, sa porte grande ouverte, il tourne

1. Sans doute parce qu'elle frise l'eau, on appelle parfois « négresse » les plus belles des risées.

et retourne autour de nous, enchaînant les figures, points fixes, dérives, plongées à frôler l'eau, brutales remontées... La danse d'hommage, les cabrioles du microbe courtisan face au roi des animaux.

Paré à virer ! La lumière tombe, il faut revenir. Pourtant, le cap était pris, plein Sud, avant de tourner à droite, vers Gibraltar, et puis à gauche vers Bonne-Espérance. Retour à la réalité. Nous ne sommes que passagers provisoires. La porte se referme sur un monde entrevu.

❒

30 décembre.

Dernière nuit tranquille avant le départ. Dans les hôtels, les équipages dorment.

Sur le quai, devant les bateaux géants eux aussi assoupis, deux femmes marchent. Elles se sont pris le bras, pour se sentir moins seules.

Et elles pleurent.

L'une pleure parce que son mari part. C'est Christine, la femme de Loïck Peyron.

L'autre pleure parce que son mari ne part pas. C'est Catherine, la femme de Bruno, le grand frère de l'autre, qui ronge son frein et ses amarres de devoir rester à terre.

Elles se regardent et puis le rire les prend : pleurer pour une raison et son contraire, décidément, les femmes sont des êtres bien contradictoires !

Ces deux silhouettes, dans la nuit du port de Barcelone, j'y pense et j'y repense. Avec leurs larmes et leur rire, elles racontent la plus poignante des histoires humaines, celle qui met en scène le trio magnifique et redoutable : le rêve, l'amour et la solitude. Comment vivre près de quelqu'un, homme ou femme, qu'un rêve immense habite ? Comment participer, sans gêner, à la passion de l'autre ? Comment apporter son aide sans se perdre soi-même ? La richesse des femmes de marins, leur générosité, ne se mesurent pas seulement à leur capacité d'attente.

❒

31 décembre, midi.

Dernier jour de l'année et du millénaire. Une belle lumière à nouveau brille sur Barcelone. Le soleil catalan a des usages. Il sait, depuis Colomb, qu'il faut saluer l'audace des humains. Pour ne pas être en reste, des centaines de bateaux de toutes tailles et sortes, surchargés à couler d'invités, ont tôt largué leurs amarres. Dans l'avant-port, ils piaffent à la manière nautique, c'est-à-dire qu'ils font des ronds dans l'eau. Au-dessus de la flotte impatiente passe et repasse la cabine du vieux téléphérique, celui qui relie à la mer le sommet de Montjuich.

Pour tromper l'attente, on se raconte les mésaventures de l'un des concurrents, *Team Legato*. Non seulement il lui manque 150 milles de qualification pour avoir le droit de couper la ligne de départ. Mais une mutinerie a ravagé son équipage. Le second ne plaisait pas aux marins. Ils ont menacé de quitter le bord si leur ennemi n'était pas débarqué. Ce qui fut fait. Peine perdue. D'autres équipiers se sont enfuis. Tony Bullimore se voit donc contraint de shangaïer, dans la grande tradition : embaucher dans les bars de la ville, force boisson aidant, des marins de fortune. De leur cuite, ils se réveillent en mer, bien obligés de poursuivre. Bullimore n'emploiera pas tout à fait ces méthodes. L'homme a de la ruse et de la résistance. N'est-ce pas lui qui, lors du Vendée Globe, demeura tranquillement dans sa coque renversée en attendant qu'on le secoure ?

Un à un, les bateaux géants rejoignent le petit peuple. Avant qu'ils apparaissent, la foule s'écrie : elle a vu chacun des cinq mâts dépasser les bâtiments de la gare maritime. On se croirait dans Swift ou dans Rabelais. Des êtres d'une autre dimension ont rejoint l'assemblée des humains.

Les embarcations, des yachts somptueux aux pointus de pêche, s'approchent au plus près des monstres. On inspecte, on compare, on commente, on admire, on sort des bouteilles pour trinquer, on lève son verre, c'est la fête. La fête à l'audace, la fête au rêve, la fête aux lointains.

Coup de sirène. Lentement, le pont se brise. Fermé, il laisse passer des objets flottants d'une hauteur déjà respectable (18 mètres). Nos cinq amis démesurés ne se contentent pas de ces mesquineries (le mât de *Playstation* dépasse les 40 mètres). Pour eux, qui ne sont pas de ceux qui courbent la tête, il faut ouvrir en grand.

Deux morceaux de route pointent vers le bleu. Comme lorsqu'une porte s'entrebâille dans une cour de récréation, les enfants-bateaux s'élancent au-dehors. Pour un peu, on entendrait leurs cris joyeux. Les géants les suivent, un à un, à leur allure majestueuse et condescendante. Le port s'est vidé et la ville court vers la plage. La vie de Barcelone, ce dernier jour du millénaire, va se passer en mer. Où montent en même temps, comme aspirées par le ciel, des centaines de voiles blanches, pavillons de toutes tailles mais tous du même pays, celui du vent.

Nos géants se sont éparpillés, à tous les coins du plan d'eau, accompagnés chacun par une flottille de supporters. Quelques Anglais sont venus soutenir Bullimore, quelques Américains courtiser Steve Fossett et Grant Dalton. On voit même un ketch battre pavillon néo-zélandais pour Cam Lewis. Mais les Polonais sont légion. A part Gdansk (Dantzig), bien connu pour son corridor mortel, déclencheur de guerre mondiale et pour Lech Walesa, destructeur du communisme, on ne savait pas cette nation si maritime. C'est l'une des magies de The Race : partout, aux endroits les plus inattendus, faire naître des rêves de bateau. On raconte que Roman Paszke et son équipe *Warta-Polpharma* ont, pour l'aventure, collecté des fonds village par village, jusqu'aux bourgades les plus reculées de la Pologne profonde. Depuis la fin de la semaine, des meutes vêtues de blanc et de rouge sillonnent Barcelone. Dans cette Mecque du football, haut lieu du Barça, on s'étonne : quel est ce club dont ces gens joyeux portent les couleurs ? Aucun match n'est prévu au Camp Nou. Bonne pédagogie pour les maniaques du ballon rond. La voile aussi peut faire naître des passions.

Sur le paquebot qui nous accueille, le *Ciudad de Salamanca,* soudain, des doigts se tendent, accompagnés de cris : « Là ! Regardez ! Là aussi, une autre ! » On dirait l'agitation enfantine quand soufflent ou sautent les baleines au large de la péninsule de Valdès. A leur tour, l'une après l'autre, s'élèvent les cinq voiles.

Quatre blanches, une grise, qui domine toutes les autres,

celle de *Playstation*. Cinq amers vers lesquels convergent tous les regards. Drôles d'amers qui ne tiennent pas en place. Ils passent et repassent de plus en plus vite, d'un bout à l'autre de l'horizon. Tant bien que mal, les vedettes rouge fluo des pompiers, les cigares surpuissants des douanes écartent la flottille d'un espace qui, devenu libre, sera le parcours du « prologue ».

Drôle de prologue, dans la foule, avant d'affronter les plus hautes solitudes. Solitudes et latitudes. Latitude, « faculté, pouvoir d'agir en toute liberté », est d'ailleurs le mot qui rime le plus fidèlement avec solitude. Les mots ont de ces vérités et de ces alliances qui s'imposent à nous, sans que nous n'y puissions rien.

Grinçant prologue qui, abandonnant vite le port olympique, remonte vers le nord. Le rivage que longe la régate, la Costa Brava, est l'un des plus massacrés du monde. Promoteurs et architectes y ont, plus qu'ailleurs, assassiné la nature. Alors ces voiles qui passent, aussi hautes que les immeubles immondes et autres marinas pyramidales, rappellent aux spectateurs quelques vérités premières, le respect, l'attention au site...

Déroutant prologue, ces monstres virant docilement les bouées, comme de simples Optimists.

Le jeu ne dure que deux tours. On ne peut pas plus longtemps retenir les fauves en cage. La porte s'ouvre, qui ne se refermera que dans deux mois, à Marseille.

Team Adventure et *Club Med*, tout dessus, ont pris la tête. Plus prudents, *Playstation* et *Innovation* ont pris des ris et se laissent distancer. Soudain, l'humiliation leur devient insupportable. Au même moment, ils décident d'envoyer tout. Au jeu, l'équipage de Loïck Peyron se montre plus vif. Sous les acclamations, il passe l'Américain.

Chacun y va de son anecdote. On joue aux intimes des marins, comme pour accompagner en soi l'émotion qui grandit. Il paraît que Grant Dalton a interdit à ses équipiers d'emporter le moindre effet personnel (on frissonne devant un comportement d'une telle cruauté). Il semblerait que Loïck ait emporté secrètement du foie gras et des huîtres pour fêter dignement la nouvelle année (voilà une attitude humaine, typique de l'art de vivre français)...

Depuis longtemps, les voiliers qui assistaient au départ ont renoncé à nous suivre : les écarts de vitesse (du simple au triple) étaient par trop désespérants. Il ne reste plus autour des géants qu'une meute de moteurs, hélicoptères, vedettes, le *Ciudad de Salamanca,* le petit paquebot qui nous accueille. Et un zodiac gris et rouge qui va et vient entre les concurrents, comme un chien de berger.

Barcelone est déjà loin et le soir tombe. Qui va céder le premier ? Qui va s'en retourner vers la terre ferme, laissant seuls les courageux affronter un rêve qui est aussi le nôtre ?

Le carburant, vulgairement, décide. Après une dernière volte, les hélicos disparaissent. Suivis des vedettes. A son tour, le *Ciudad de Salamanca* vire lentement de bord. Les passagers, pour la plupart, se sont réfugiés dans les salons pour se réchauffer.

Sur la plage arrière, nous sommes quelques-uns à guetter les cinq qui avancent là-bas dans ce qui demeure de soleil. Cinq voiles et puis cinq traits. On dirait les barres de lettres tracées sur le ciel pâle. Comme si une histoire commençait à s'inscrire sur l'horizon, une histoire dont nous ne saurons la fin qu'au retour. Une histoire à laquelle nous aimerions tous, un jour, participer. La couardise nous en empêche. Ou la charge de familles et tous les autres prétextes. Il faut comprendre que ces gens-là sont nos liens avec le lointain, nos ambassadeurs vers l'extrême.

En Angleterre, à la fin du repas, il est de belle tradition qu'un des convives parfois se lève, verre à la main, et rende hommage. Hommage à un présent ou à un disparu, à une idée, à un rêve ou à un lieu. Mêlant la parole au geste, l'orateur déclare qu'il va payer son tribut (*pay tribute*) à l'admiration.

Regardant, tout à l'heure, monter les voiles aux mâts des géants, je me disais qu'eux aussi se préparaient à payer le tribut à notre planète. Lui dire notre respect et notre gratitude. Je me disais qu'elle méritait bien, notre pauvre vieille Terre, cette marque de révérence, depuis le temps qu'elle supporte notre mépris et nos agressions.

Grâce à la course, le millénaire n'allait pas finir sans que l'hommage mérité ne lui soit rendu.

On a beau se tuer les yeux, les jumelles n'y peuvent rien,

les deux premiers bateaux ont basculé. Ils sont déjà entrés dans un autre pays. Deux autres, à leur tour, nous abandonnent. Et puis c'est fini. Tout est vide. Ils sont partis. Une tache rouge revient vers nous, entourée d'écume. C'est le zodiac-chien de berger. Bien sûr conduit par Bruno Peyron. J'imagine sans peine ce qu'il ressent. Le peuple de sentiments qui lui ravagent le cœur. La fierté d'avoir réussi. La crainte de la suite. Le poids de la responsabilité. La tristesse de ne pas s'en aller, lui aussi, mêlée de quelque chose qui ressemble à la honte. Cette torsion de l'âme. Celle de qui laisse les autres partir sans lui au combat. Entend-il nos bravos et nos mercis ?

❑

Jusqu'où irions-nous si la Terre était plate ? Étant donné la nature volontiers curieuse de notre espèce humaine, j'imagine que les plus aventureux d'entre nous ne reviendraient jamais. On trouve de ces vertiges dans le formidable journal de Christophe Colomb. Ses marins, craignant d'être entraînés trop loin de chez eux ou de tomber dans le gouffre qui clôt forcément la planète, le menacent d'immédiate mutinerie s'il ne vire pas de bord, abandonnant son dessein fou.

C'est sans doute un jour d'indulgence pour notre faiblesse mentale, pour nous empêcher de trop divaguer, que Dieu a donné cette forme ronde à notre chère planète. Ainsi, « faire un tour » est notre plus lointain voyage. Les hommes sont créés pour s'en aller mais aussi pour raconter ce qu'ils ont vu en chemin. Comme Ulysse.

Autre indulgence divine (ou bienveillance du hasard) pour un autre de nos défauts : l'impatience. La science nous permet désormais de suivre en direct tous les périples, sans attendre le retour de nos héros. Pénélope, aujourd'hui, ne quitte plus le site de son navigateur.

Voici donc, étape par étape, le récit de cette course déjà légendaire. Avec cette odyssée, le millénaire ne pouvait mieux commencer.

Erik Orsenna

LE JOURNAL

THE RACE

LA COURSE DU *MILLENAIRE*

Dimanche 31 décembre
(Le départ B et ses départs.)

Départ de Barcelone par un temps de demoiselle qui rompt avec les tempêtes de l'automne. Vent de nord-ouest 15-20 nœuds. Le « petit » Warta-Polpharma *grille la politesse aux quatre Géants sur la ligne de départ.* Team Adventure *accélère lors du parcours en baie et sort en tête.*

JOURNAL. Nous remettons le cap vers les quais catalans, laissant les marins à leur destin, à leur histoire. Ils sont partis. Je suis soulagé et mélancolique à la fois. J'ai voulu qu'ils partent, j'ai tout fait pour, mais je reste à quai, il le faut. Ce départ, c'est déjà un aboutissement. Pour moi, c'est à la fois la fin d'une longue traversée entamée voici sept ans dès notre retour du Trophée Jules-Verne et le début d'une nouvelle aventure qu'à quelques-uns nous avons voulue, que nous avons lancée mais qui maintenant appartient aux 70 hommes et femmes qui larguent les amarres et s'embarquent pour deux mois de mer sur six bateaux-Gulliver, sur six catamarans géants, sur ce qui se fait de plus innovant et de plus impressionnant en matière d'architecture navale.
Flash-back sur un dernier jour du siècle pas ordinaire. Au matin, tout est en place, le compte à rebours se déroule parfaitement, chacun connaît sa mission et la remplit parfaitement à terre comme sur l'eau. Cette fois, je décide d'en profiter. Je reste à traîner sur les pontons. Enfants qui s'accrochent au ciré de leur père avec leur mère qui tente de les retenir comme elle retient ses larmes, couples qui s'étreignent comme si c'était la dernière fois, copains qui se donnent de grandes bourrades viriles dans le dos pour masquer l'émotion, parents plus âgés qui se tiennent en retrait reclus dans l'anxiété de ceux qui connaissent mal tout ça, tous ces dangers à venir. Pourtant, il règne sur la marina une ambiance plus joyeuse, plus festive que lors du départ des courses en solitaire.

Aux Sables-d'Olonne pour le départ d'un Vendée Globe, l'ambiance donne plus dans la gravité, dans la retenue. Les marins sont plus recueillis, plus sombres. Là, le projet collectif dédramatise un peu les choses. Il y a plus d'effervescence, d'envie d'y aller, de plaisir à partir défier l'inconnu avec une bande de gens qu'on ne connaît peut-être pas encore parfaitement mais dont on sait le potentiel, le palmarès, les compétences. Personne ne s'illusionne, ce ne sera pas une partie de campagne, il y a aura des frictions, des inimitiés, des algarades. Mais chacun est conscient de la chance qu'il a de pouvoir compter sur les copains, d'avoir des potes avec qui se serrer les coudes et aussi partager les bonheurs et les malheurs futurs. C'est Jean-François Coste qui me fait remarquer tout ça.
« Costo » est un marin-écrivain qui a beaucoup bourlingué et qui a participé au premier Vendée Globe (1989-1990) à bord de l'ex-*Pen Duick III* d'Éric Tabarly. Handicapé par un bateau solide mais dépassé en matière de performances, il avait abordé ce périple comme un voyage intérieur, le commentant avec bonheur dans les colonnes du quotidien *Libération*. « Costo » fut aussi l'un des animateurs du Trophée Jules-Verne, ce tour du monde en moins de 80 jours que nous avions lancé comme un défi au début des années 90 et que nous fûmes les premiers à abaisser en 79 jours, dès 1993.
D'ordinaire, quand je suis moi-même en course, je suis extrêmement concentré. Je peux bien sacrifier au rituel des adieux, mon esprit est déjà ailleurs. Des gens me saluent, me parlent, je réponds, mais ensuite je suis incapable de me souvenir qui m'a serré la main, ce qu'on m'a dit. Un rêve que je n'ai jamais pu réaliser serait de prendre la mer la veille du départ officiel, pour que le bateau et moi puissions prendre nos marques. Cela permettrait d'avoir une mise en route plus efficace, plus huilée, d'être déjà en symbiose avec la machine et avec les éléments. La plupart du temps, toujours aux 400 coups, toujours à la recherche d'un partenaire de dernière minute, toujours à régler 60 problèmes techniques à la seconde, je suis tou-

jours passé en direct du bureau au bateau, sans sas de décompression, sans période d'acclimatation.
Le temps est au beau. Les marins saluent le public cosmopolite qui, depuis quelques jours, est venu nombreux sur les nouveaux quais d'une Barcelone qui s'ouvre à nouveau sur le large, qui a réformé son urbanisme pour reconquérir un front de mer longtemps abandonné aux seules activités industrielles. Le raté de Monaco est oublié. Tant pis pour ceux qui n'avaient pas compris que les marins ne commandent pas aux tempêtes et qu'un plateau de voiliers ne se compose pas comme un parterre d'un gala des artistes.
Les Géants larguent les amarres salués par le bras dressé et l'index pointé du découvreur des découvreurs, Christophe Colomb. Ils tournent quelque temps dans l'avant-port en attendant la levée d'un pont, puis commencent à tirer des bords jusqu'au coup de canon, donné par la direction de course. Le bateau polonais, *Warta-Polpharma*, coupe la ligne en premier. Le petit poucet de la flotte, qui mesure tout de même 26,80 m, brûle la politesse aux mastodontes légèrement moins rapides à se mettre en action. Cela me va tout à fait cette politesse brûlée par mon catamaran de longtemps, ce bateau qui m'a permis de battre le record des 80 jours et avec lequel j'ai entrepris une tournée de VRP mondial pour aller porter la bonne parole de The Race à travers le monde. Roman Paszke exploite comme il faut la vivacité de ce vieux compagnon remis à neuf dans son chantier d'origine, chez Gilles Ollier à côté de Vannes.
La mer est plate, les bateaux suiveurs sont tenus à distance pour laisser les bêtes de course en découdre lors d'un parcours côtier qui permet au public massé sur les tribunes installées face au port olympique de ne rien perdre du spectacle. Sans attendre, *Team Adventure* prend l'ascendant. Cam Lewis ravive ses compétences de régatier, aidé à la barre par Randy Smyth, le spécialiste de Tornado, ce petit catamaran olympique. Derrière, *Club Med* augmente la cadence, passant la flotte en revue pour recoller aux basques de *Team Adventure*. Ces deux bateaux ont mis de

la toile, grand-voile haute et solent (voile d'avant), quand *Innovation Explorer* et *Playstation* se sont montrés plus prudents, avec une grand-voile au premier ris et trinquette (petites voiles d'avant). Je ne peux m'empêcher de cogiter que, pour ma part, j'aurais mis tout dessus, quitte à ouvrir la grand-voile en cas de surventes pour diminuer la surpuissance. Après une heure d'évolutions en baie, où la hiérarchie bouge peu, les Géants mettent le cap vers le large, vers le sud, vers Gibraltar.
Nous les suivons à bord du trimaran à moteur d'Olivier de Kersauson. Je suis heureux qu'il assiste au départ de The Race. Avec Olivier, nous avons souvent eu des rapports contrastés, chauds ou froids, jamais tièdes. En 71 jours, il détient depuis 1997 le Trophée Jules-Verne, ayant réussi une superbe performance après trois tentatives. Il va également mettre en chantier le plus grand trimaran de course du monde : 34 mètres de long, 25 mètres de large, un mât-aile de 40 mètres, un déplacement de 20 tonnes. J'aurais aimé qu'il s'aligne au départ de The Race pour que les « trois coques » puissent s'affronter aux « deux coques » qui sont en situation de monopole sur la course. Mais Olivier, qui a mobilisé un gros budget, n'a réuni les fonds que dernièrement et ne prévoit un lancement que l'été prochain… 2002 sera chaud !

Lundi 1er janvier

(Le Millénaire. Bullimore.)

Team Legato *prend officiellement le départ de The Race à 10 h 30. Il a fini par accomplir son parcours de qualification, gage de sécurité exigé par la direction de course. En tête,* Team Adventure *attaque en tirant un bord vers les côtes du Maroc, tandis que* Playstation *manifeste sa puissance contre le vent.*

JOURNAL. Voilà, nous changeons de siècle et les voiliers-Gulliver laissent dans le sillage les temps perdus qui ne

reviendront plus. Ils inaugurent une nouvelle ère qui verra s'accélérer mélanges de population, mutations technologiques et compréhensions internationales. Des bateaux jamais vus, nés d'une pensée exagérée, rompent avec le siècle passé pour s'engager dans la course du Millénaire. The Race est là pour inventer une nouvelle façon de naviguer, plus rapide, plus mordante, une nouvelle façon de communiquer plus imaginative, plus immédiate, une nouvelle façon de vivre ensemble plus cosmopolite, plus attentive. La Mission pour l'an 2000 ne s'y est pas trompée ; elle s'est investie à nos côtés pour plaider la cause du siècle à venir sans peur des vies qui fuient par la bonde ou des années qui pèsent avant d'avoir été vécues.
Avec la Mission, les choses ont démarré en 1995-96. Ils avaient été séduits par le contenu de nos propositions, les valeurs qu'elles mettaient en œuvre. L'annonce du partenariat en a été faite par le Premier ministre de l'époque, Alain Juppé, lors d'une imposante cérémonie à Rennes. Ensuite, les choses se sont un peu perdues dans les sables. Nous avons tenu tous nos engagements, eux un peu moins. Il y avait à la Mission des gens de talent et de cœur, et des gens moins fréquentables. C'est ainsi. Je regrette surtout que le côté institutionnel ait pris le pas sur les aspects éducatifs que nous avions envisagés en commun et que nous avons dû mener en solitaire. Sinon, autant j'ai un rapport personnel distancié avec les festivités, préférant généralement passer les fêtes du nouvel an au calme avec mes canards, dans ma ferme de Guérande ; autant le hasard des dates est une opportunité pour raconter une histoire et élargir son audience, pour réussir à transmettre de l'émotion au-delà du sport, au-delà de la prise de risques.
Car les Géants s'inscrivent dans la lignée des découvreurs maritimes des siècles passés. Ils sont à leur manière, à leur niveau, au confluent des voies ouvertes par Magellan, Colomb, Vasco de Gama, voies reprises par les clippers du XIXe siècle et portées à incandescence par des aventuriers comme Shackleton ou Amundsen. Histoires très humaines où se mêlent des techniques et des émotions, de

l'imagination et du courage. Et qui rappellent à tous que le monde n'avance que parce que des gens se lèvent chaque matin avec l'envie de faire bouger les choses, d'inventer du nouveau, quel qu'en soit le domaine, quelle qu'en soit l'inutilité apparente.

Ainsi, par exemple, il peut paraître aberrant de vouloir faire le tour de la Terre en ballon, à l'époque du Concorde, comme s'escriment à le faire le psychiatre suisse Bertrand Piccard, l'industriel anglais touche-à-tout Richard Branson et Steve Fossett, l'actuel skipper de *Playstation.* Moi, je trouve ça merveilleux cette lutte avec les nuages. Aussi merveilleux que de faire le tour de la planète à la voile.

Sur son impressionnant catamaran dessiné par Gino Morelli et Pete Melvin, Fossett a doucement enclenché la marche avant, sitôt dégagé des abords de Barcelone. Au près, la vitesse de son bateau inquiète ses concurrents. Il libère sa puissance. La flotte reste un temps groupée pour tester son potentiel. Puis, les premières attaques se déclenchent. A bord de *Team Adventure*, Jean-Yves Bernot, le navigateur, décide de s'éloigner vers l'ouest, vers les côtes du Maroc, pour rafler la mise d'une bascule de vent. Cela permet au catamaran de Cam Lewis de reprendre un leadership qu'il avait un moment abandonné à *Club Med*, plus conservateur dans son approche de la course et préférant se positionner par rapport à ses adversaires que de trop jouer le vent. Les Polonais de *Warta-Polpharma*, eux, recherchent des eaux plates pour roder leur catamaran qui, tempête oblige, a eu peu de temps pour essuyer les plâtres depuis sa remise en état à Vannes, au chantier Multiplast. Mais pour les hommes de Gdansk, cela est peu profitable, le vent pointant aux abonnés absents le long de la côte.

Dans la matinée, *Team Legato* prend officiellement le départ de la course à 10 h 30. La bande de Tony Bullimore est passée par toutes les couleurs de l'arc-en-ciel, mais tout est bien qui finit bien. L'équipe du marin anglais, qui en a réchappé de justesse lors du Vendée Globe 1996-1997, est arrivée à Barcelone à la cow-boy. Le bateau n'avait pas accompli la totalité de son parcours de qualification, il

manquait des éléments de sécurité à bord, et surtout la composition de l'équipage était à géométrie très variable. Les choses ne vont pas cesser de bouger lors des derniers jours. Il y a du tirage à bord, la rébellion menace, Bullimore gère ça entre fatalisme de revenu-de-tout et pragmatisme de vieux renard. Fort de ses subsides, l'un de ses lieutenants, un Anglais chargé de la navigation, impose ses troupes. Le coskipper français débarque avec un de ses fidèles. Et les préparateurs d'autres bateaux qui regardent partir leurs copains avec nostalgie se précipitent pour obtenir un ticket pour le bout du monde. Surtout, *Team Legato* finit par se plier aux obligations du règlement. Il repeint ses safrans en orange fluo pour un meilleur repérage aérien en cas de chavirage et effectue le parcours manquant. Et, ce matin, David Adams et Denis Horeau, les directeurs de course, peuvent enfin lui tendre son pavillon officiel.
Les six bateaux sont désormais en course et Tony Bullimore, magnanime et heureux d'y aller, déclare : « Ce n'est pas vraiment un handicap de partir après la flotte. Celle-ci va rencontrer de rudes conditions pour passer le détroit de Gibraltar et cela va fortement les ralentir. C'est peut-être d'ailleurs un avantage de partir après eux, car nous devrions bénéficier de meilleures conditions et faire route directe. »

Mardi 2 janvier

(Le flip de B. de ne pas y être et les arrêts à Gibraltar.)

Arrêt à Gibraltar pour la moitié de la flotte. Playstation *a des ennuis de grand-voile et doit se résoudre à reprendre son vieux jeu de voiles en spectra.* Team Legato *a vu sa têtière (haut de la voile) de grand-voile exploser. Tous deux auront droit à 48 heures de neutralisation.* Warta-Polpharma, *lui, fait un bref stop pour réparer son antenne-satellite.*

JOURNAL. Ils sont partis sans moi. Je ne m'y résous qu'à petits pas. Je sais avoir pris la bonne décision ce 13 avril

2000 dernier quand j'ai choisi de rester à terre. Il a longtemps été question que je fasse équipe avec Grant Dalton, sur *Club Med.* J'ai entretenu l'espoir que la course pourrait voler de ses propres ailes et que cela me permettrait de faire ce que j'aime le plus au monde, naviguer. Mais j'ai dû admettre que je n'avais pas le droit de laisser à qui que ce soit d'autre l'honneur, mais aussi la charge, d'endosser la responsabilité de cette épreuve. Je ne peux pas me permettre d'aller tutoyer les vagues et flirter avec les étoiles quand l'équipe à terre va peut-être se retrouver avec sur les bras des problèmes démesurés à gérer. Nous avons beau avoir tout prévu, rien ne garantit que le ciel ne nous tombe pas sur la tête. Donc j'ai laissé cirés et bottes au placard. Et je n'ai pas cédé aux dernières invitations de Loïck, mon frère, qui me faisait miroiter le plaisir toujours recommencé qu'il y a à larguer les amarres et à laisser ses ennuis sur le quai.

Je fais contre mauvaise fortune bon cœur, mais je ne cesse de me projeter à bord des Géants, passant mes nuits à guetter leurs progressions, leurs virements de bord, leurs brusques accélérations. J'imagine Grant Dalton, si adorable en privé, si rigide à bord, très jaloux de son rang de favori, menant ses troupes à la dure, avec une rigueur toute anglo-saxonne qui sidère les Français embarqués. Je pense à Cam Lewis et à sa bande de furieux qui sont prêts à prendre tous les risques, choisissant un jeu de voile innovant, tentant des options météo risquées. Je songe à Loïck qui doit ronchonner de voir *Innovation Explorer* traîner un peu la patte, ne réalisant pas que, par mégarde, ils trimballent une tonne de ballast d'eau de mer, rempli par inadvertance avant le départ et qu'ils s'empresseront de vider, trois jours après... Et je compatis quand j'apprends que les trois autres bateaux vont devoir faire escale à Gibraltar. C'est un vrai crève-cœur.

D'abord, pour les Polonais, si fiers d'en être, si heureux de leur brillant départ, trop prudents ensuite mais qui doivent se dérouter pour réparer leur Inmarsat B. Car chacun des challengers, conscient de la nécessité de communiquer sur

nos aventures, s'est mis d'accord depuis le début pour garantir la fourniture d'images. *Warta-Polpharma* doit donc faire relâche pour permettre aux techniciens de France Télécom d'intervenir, perdant ainsi un temps précieux qui leur sera rendu par le jury. Cela peut paraître ahurissant de veiller autant à la production d'images, mais sans cela notre sport ne grandira jamais, ne sortira jamais de la niche de silence et de confidentialité où il patiente.
Pour *Team Legato*, le problème est plus ennuyeux. Le serre-file de la flotte, qui a connu une mise en œuvre difficile, voit son chariot de têtière de grand-voile exploser. Le bateau qui va rallier Gibraltar sera tenu par les règlements de faire une escale de 48 heures. Les différents skippers sont tombés d'accord pour pénaliser ainsi les arrêts-buffet. Il s'agit d'interdire ces sortes de ravitaillement en vol, pour débarquer-embarquer des équipiers, de la nourriture, ou pour changer de voiles ou de matériel à la volée.
Mais le plus meurtri est certainement *Playstation*. Le bateau de Steve Fossett est le géant des géants, il fut mis à l'eau avant tout le monde, il est celui qui a le plus navigué ces deux dernières années et c'est lui qui subit les premières avaries qui sont autant d'avanies. Incroyable ! Ça commence par la têtière du solent qui se déchire et continue par le premier ris qui explose. Le jeu de voile Halsey-Lidgard en « cuben fiber », tissu mis au point par l'équipage de *América3* (d'où « cuben », de cube et non « cubaine », comme l'usage s'en répand), le bateau de Bill Koch, vainqueur de la Coupe de l'America 1995, ne résiste pas à la mer courte et croisée de la Méditerranée. A Barcelone, un camion charge l'ancien jeu de voiles North, réalisé en spectra, un tissu plus lourd et qui se déforme plus, mais qui est moins fragile. Problème, ce « vieux jeu » a déjà effectué 15 000 milles (27 000 kilomètres) et l'usure menace. Pire, la grand-voile en « cuben fiber » pèse 30 % de moins que sa devancière qui avoue un bon poids de 700 kilos pour 470 m^2 de surface, équivalant à une dizaine de deux-pièces parisiens.
Playstation entre vers 17 h 30 dans le port de Gibraltar. Le

moral est en berne, mais ils trouvent un demi-réconfort dans les belles paroles que leur servent des adversaires qui tentent de panser les plaies à vif et prédisent comme Loïck : « Il peut partir dans du noroît (vent de nord-ouest) très tranquillement et il n'aura rien perdu du tout. *Playstation* est un bateau très impressionnant au près. Il établit un cap et une vitesse étonnante. Il a des lignes très tendues, une longueur plus importante de coque, et les manœuvres d'avant sont facilitées par ses enrouleurs. Il va attendre que le front passe et partira paisiblement avec du vent. » Même écho du côté de chez Franck Proffit (*Club Med*) : « Le bateau de Fossett va vraiment très bien. Ils ont du mal dans les manœuvres mais, dès qu'il est calé, le bateau va vraiment vite. Cela ne va pas le gêner de s'arrêter ! »

Mercredi 3 janvier

(Gibraltar, l'oncle, etc. Au près atlantique. Le près et ces bateaux-là.)

Les trois Géants épargnés se tiennent dans un mouchoir de poche. Team Adventure *possède 4 milles d'avance sur* Club Med *et 44 milles sur* Innovation Explorer. *Les vents sont médiocres et les traites parcourues modestes : 250 milles sur les dernières 24 heures, une misère pour de tels cadors. A Gibraltar,* Playstation *a commencé ses travaux et endure sa pénalité. Les deux autres sont en approche.*

JOURNAL. Ils sont trois équipages à s'échiner à Gibraltar, dans cette microscopique (6 km²) et stratégique colonie britannique. Et, au pied du rocher de 425 mètres, il y a sûrement des mélancolies qui ne se laissent pas voir, comme une drôle d'impression d'avoir fait un faux départ, d'être arrivé avant d'être parti, ou d'avoir raté le dernier train en partance pour nulle part.
De part et d'autre de ce détroit large de 15 kilomètres et profond de 350 mètres, j'ai des souvenirs familiaux assez intrigants. C'est d'abord une histoire fameuse toute à la

gloire d'un des nôtres, qui revenait périodiquement à la fin des repas de famille auxquels nous assistions, des fourmis dans les jambes et trépignant d'envie de quitter la table. Du côté de mon père, il y a eu beaucoup de marins engagés dans la Royale. Et l'un de ceux-là était commandant d'un sous-marin à Toulon lors de la Seconde Guerre mondiale.

Quand la Wehrmacht occupa la zone libre en 1942 et que la flotte française réunie dans le port varois hésita entre rejoindre l'Afrique du Nord et tomber aux mains des Allemands et, dans le doute, préféra se saborder, l'amiral de la famille fut l'un des seuls à tenter l'échappée belle. Son sous-marin était en cale de radoub, revêtu d'une superbe peinture au minium, d'un orange pas très camouflage. Il prit ainsi la poudre d'escampette et rallia Gibraltar, au risque de se faire mitrailler par des Anglais qui craignaient que les Allemands n'aient pris les commandes. N'ayant peur de rien, il fit surface et mit son équipage au garde-à-vous pour saluer ces alliés qui n'allaient pas tarder à devenir des sauveurs mais qui restent, Trafalgar et Mers el-Kébir obligent, d'encombrants hommes providentiels pour les marins de ce côté-ci de la Manche.

Côté Afrique, de l'autre bord des Colonnes d'Hercule, il y a Tanger. Les parents de mon père s'y étaient installés, rompant avec une lignée très bretonne. Peyron, ça vient sans doute de Pen An Roz, tête rouge, rouquin, quoi. D'où peut-être les taches de rousseur de Loïck et des jumelles, mes sœurs cadettes. Le berceau de la famille Peyron se situe entre Brest, Quimper et Vannes. Des grands-tantes inventèrent même les métiers à tisser à la main de Locronan. Mais le grand-père partit pour Tanger, y donna naissance à mon père, et mourut très jeune. Veuve, notre grand-mère confia son fils unique à ses oncles qui résidaient en Bretagne. Les tontons étaient assez flingueurs et, au temps de la Résistance, fournissaient de l'essence avariée aux sous-marins allemands. Tout ce monde ne jurait que par la Royale, et l'engagement de mon père dans la Marchande fut probablement vécu comme une trahison.

Ma grand-mère, elle, est restée à Tanger jusqu'à ses 95 ans. Impossible de la faire revenir en France. Petit à petit, ses voisins, ses connaissances ont disparu, mais inutile d'insister, elle ne reviendrait pas. Un jour, le consul appelle. Mon père était mort, j'étais l'aîné, donc le chef de famille. Il s'agissait de rapatrier la grand-mère qui commencait à perdre son autonomie. J'ai été la récupérer à l'aéroport, elle cognait sur les douaniers avec sa canne, une vraie tête de mule. On l'a installée du côté de La Baule. Le tout a fait remonter des interrogations sur une société qui se sépare de ses vieux quand les ruraux d'avant savaient les respecter, continuant à les installer au centre du cercle familial, les interrogeant sur la vie, la mort, l'amour, entourant leur départ de sollicitudes et d'attentions.

Jeudi 4 janvier

(Toujours au près.)

Les trois Géants sont au près. Team Adventure *s'en sort un peu mieux que les deux autres. A Gibraltar, les trois autres bateaux réparent, mais doivent admettre que les prévisions météo ne seront pas grandioses et ne faciliteront pas leur retour.*

JOURNAL. Les trois meneurs sont au près, face au vent. Et ça fait quasiment un mois que ça dure. C'est vraiment insensé, c'est comme si la météo avait décidé de multiplier les obstacles sur le chemin des hommes de The Race et qu'ils dussent toujours faire front. Dans le mois qui a précédé le départ, les Géants ont été coincés par des tempêtes incessantes. Ils étaient tous dans les chantiers pour les modifications de dernière heure, pour les révisions de dernière minute. Et ils ont été pris par des dépressions qui se succédaient comme des rafales de mitraillette. C'était vraiment une situation incroyable. Le vent soufflait quasiment sans discontinuer du sud-ouest, cap 200-240. Il n'avait pas le temps de remonter comme d'ordinaire au nord-ouest, ni le ciel de virer du gris macabre au bleu strident, que cela recommençait. Angleterre et Bretagne ont succombé sous les inondations. Les boutiquiers épongeaient, les trains déraillaient et les marins patientaient. *Playstation* était à Southampton et se promettait des tests tranquilles dans le solent afin de valider l'allongement de ses étraves et la coupe de ses nouvelles voiles. Impossible, trop de mauvais temps. Ils ont patienté, tenté une première sortie qui s'est terminée à Falmouth, à la pointe sud de l'Angleterre, puis attendu, avant de réussir enfin à rejoindre Barcelone pour la Noël. *Warta-Polpharma* était en reconditionnement à Lorient. Fin novembre, il a rejoint Vannes pour toucher ses nouveaux mât et gréement. Le temps déjà était compté, la météo n'a fait qu'aggraver les choses, et seul un aller-retour en baie de Quiberon a fait office de test. *Team Legato* est le pire retardataire de la bande. L'argent et le matériel manquaient. A Bristol, ils se sont dépensés sans compter pour pallier les différents manques. Ils ont enfin réussi à quitter Bristol le 14 décembre, les journalistes de la BBC embarqués pour la journée restant même à bord quatre jours durant pour profiter de la levée d'écrou météo qui leur permet de rallier Lisbonne. Sur *Innovation Explorer*, Loïck, lui, a profité des lumières de Pierre Lasnier, son routeur, pour passer dans un trou de souris, entre deux fronts. Mais le cata flambant neuf s'est fait cueillir au large de La Corogne par une soudaine rafale : 63 nœuds, la Berezina instantanée en pleine nuit. Le bateau a levé une coque, menacé de chavirer. Heureusement, la trinquette a explosé, faisant office de fusible. L'équipage en est sorti secoué. La confiance dans l'engin en a pris un coup. Les postulants les plus tièdes, pères de famille ou responsables d'entreprise, ont vu leur envie d'aventure s'effriter. Rien là que de très normal. Les pionniers doivent lutter contre la suspicion généralisée entretenue par les apôtres du « ça le fera jamais », du « à quoi tout ça peut bien servir ». Et puis les doutes, c'est comme le salpêtre, cela prolifère d'autant mieux qu'il n'a pas fait beau depuis longtemps. Le naufrage de *Team Philips* n'a rien arrangé. L'extraordinaire engin de Pete

Goss a lui aussi été victime du mauvais temps régnant. Il a sombré le 10 décembre, au large de l'Irlande où il s'était rendu pour tester ses capacités à affronter des mers violentes et du vent véhément. Les conditions ont été encore pires que celles annoncées. Et, après des heures de lutte avec l'océan, Goss et les siens ont dû abandonner leur rêve et celui de milliers d'écoliers britanniques. Ils ont grimpé à bord d'un porte-conteneurs allemand laissant *Team Philips* livrer son dernier combat, en solitaire.

Seul à avoir passé sans embûches ces difficultés, *Club Med* s'y était pris plus qu'à temps. Le bateau du club de vacances était descendu par étapes. Il avait pris ses quartiers d'automne à Villamoura, au sud du Portugal. Ciel clément pour bricoler à l'air libre, mer raisonnable pour essayer ce qui doit l'être, escale agréable pour VIP et médias.

Reste que *Club Med* comme les autres déguste la même pitance : du près. Les catamarans détestent cette allure. Les engins ont beau avoir progressé et réussi désormais parfaitement à remonter au vent, grâce à un savoir épaissi et des techniques plus pointues, le près demeure leur punition. Ça tape, ça cogne, on craint de tout casser à chaque minute. Grant Dalton raconte très bien la frustration des uns et des autres : « Qui a dit que le tour du monde à la voile se fait au portant ? Nous arrivons au bout de quatre jours de mer depuis Barcelone et nous avons toujours du vent de face et cela va continuer encore pendant 24 ou 36 heures. » Même écho chez Loïck : « Cela commence à prendre la tête. La stratégie du moment est simple : garder un bateau en bon état pendant les 24 heures que nous allons encore passer au près. Actuellement, nous marchons à 12-13 nœuds (23 km/h), mais le but c'est de ne pas aller trop vite pour ne pas casser le bateau. Il faut être conservateur à tout point de vue. Et si on perd quelques milles sur la concurrence, ce n'est pas bien grave. Et en plus, on va essuyer une vraie petite tempête cette nuit ! »

Du près, du près et encore du près. La moyenne de la flotte s'en ressent et ne dépasse pas 10 nœuds depuis le

départ, une misère pour des bateaux censés faire tilter régulièrement les 30 nœuds. *Team Adventure* paraît subir moins que les autres ce contretemps. Son jeu de voile complet et performant et l'agressivité de sa stratégie semblent de bon rapport. A Gibraltar, *Playstation*, qui se réjouissait des misères des échappés, s'apprête à repartir mais n'encaissera pas la prime de ses malheurs. Les prévisions météo ne lui prédisent aucun retour-miracle, porté par un fluide magnétique, au contraire.
A terre, nous essuyons aussi un coup de chien. Le site Internet officiel a explosé. On avait prévu 300 000 consultations par jour, il y en a eu près d'un million. Les États-Unis, l'Asie se sont précipités. Et les serveurs n'ont pas suivi. Il ne s'agit pas d'un excès d'orgueil, mais au contraire d'un péché de modestie. Je suis à la fois ravi que The Race confirme son envergure mondiale et furieux que la technologie ait été sous-dimensionnée. France Télécom est aux 400 coups. Et cela me rend triste pour l'un de nos partenaires les plus fidèles. France Télécom est l'un des trois sponsors fondateurs de l'organisation avec Eurodisney, le précurseur, et la Mission du Millénaire. Jamais l'entreprise de Télécom ne nous a fait défaut, et comme on le verra plus tard, c'est même le maillon essentiel de la réussite de The Race.
Mais là, il faut réagir.
L'Internet est l'un des outils les mieux adaptés au suivi d'une course à la voile comme The Race. Il permet l'accès facile et à discrétion aux trois supports : écrit (la documentation, les communiqués), parlé (les vacations radio) et visuel (les images envoyées du bord). Il permet aussi de suivre les routes des uns et des autres (Virtual Spectator) et de s'exercer au routage. Une cellule de crise se met en place. J'y participe avec la même énergie que je mets à monter sur le pont quand un grain déboule sans crier gare.

Vendredi 5 janvier
(Bobos.)

Team Adventure *ose une option à l'ouest de la route pour aller chercher le passage d'une dépression avant les deux autres.* Innovation Explorer *reste le plus sur la route et le plus proche des côtes marocaines, ce qui le place en tête du lot.* Club Med *est plus prudent et contrôle de part et d'autre.* Playstation *et les Polonais sont repartis de Gibraltar.*

JOURNAL. Il y a souvent des malades dans les premiers jours d'une course.
D'abord, il s'agit de s'amariner après le stress des derniers préparatifs et d'éliminer les excès des libations finales. Donc les estomacs remuent facilement leurs angoisses. Teint verdâtre, léger vomi outre-filières, reflux de bile chez ceux qui ne peuvent rien avaler, impression d'être dans les vapes. Le marin ne commence à être dans son élément qu'après deux-trois nuits. Sauf si des virus terriens profitent, pour faire leur ouvrage, de l'affaiblissement momentané des organismes. Vie sur les nerfs, flip de tout quitter pour on ne sait quoi, et entrée dans un univers sans lisières, sans frontières, où rien n'est calé droit sur ses jambes. Sans compter la promiscuité qui accélère la contagion.
Sur *Club Med*, le médecin du bord, Alexis de Cenival, explique : « J'ai deux membres de l'équipage sous antibiotiques. Ed Danby et Grant Dalton ont une bonne angine, mais Grant a l'air d'aller beaucoup mieux aujourd'hui. » Comme par hasard, ce sont deux des personnages emblématiques de l'équipage qui somatisent, mais responsables, ils ont attendu que la course se décante pour venir consulter le doc'. Bons camarades, ils vont d'ailleurs s'empresser de refiler leur virus à leurs petits copains. Nicolas Pichelin, Fred Le Peutrec ou Guillermo Altadill ne tarderont pas à renifler et à toussoter.
Sinon, le propre des Géants est d'être des engins violents. Ce sont des briseurs d'os, des déplaceurs de vertèbres et

des arracheurs de peau. Une poulie qui casse, un équipier sur le passage, et il y a mort d'homme. Avec Jean-Yves Chauve, le médecin spécialiste de la course au large, nous avons réfléchi à la composition des trousses de pharmacie. Chauve possède les fiches médicales de chaque équipier et dispose, à bord de chaque bateau, d'un interlocuteur de référence. On a pensé un moment à de la télé-médecine, mais on a repoussé ça à plus tard. Les médecins embarqués se débrouillent pour les diagnostics. A l'ancienne, mais aussi en s'aidant d'un logiciel embarqué et via des coups de fil avec le doc'. Sinon, tous les équipiers ont reçu une formation accélérée concernant les premiers secours... Ainsi, pour apprendre à suturer une plaie, ils ont recousu un pied de porc à Barcelone.
Dès les premiers milles, il a d'ailleurs fallu jouer de l'aiguille et du fil. Franck Proffit, le coskipper de *Club Med*, moulinait sur un winch. Il a perdu l'équilibre dans une ruade du maxi-cata. Il est tombé, et sa tête a heurté la colonne de winch lui occasionnant une petite ouverture à l'arcade sourcilière. Alexis de Cenival est aussitôt intervenu. Il lui a posé trois points de suture. Il a déclaré alors : « La blessure est mineure et je n'ai aucune inquiétude sur son état. La seule difficulté a été de faire les trois points, car on devait attendre entre chaque vague pour savoir quand piquer l'aiguille. » Pas facile quand le cata joue à saute-mouton de jouer les cousettes-infirmières sans éborgner, façon Cyclope, les Ulysse du XXIe siècle. Franckie, lui, a pris ça avec décontraction. Il a dit : « Tout va bien. C'est parfait ! J'aurais pu me faire cela en descendant l'escalier en sortant de discothèque ! C'était assez profond quand même, puisque l'on voyait le nerf. Se faire recoudre l'arcade par 25 nœuds de vent, c'est sport, genre le couteau entre les dents ! »
Ce vendredi, le médecin de *Club Med* est encore au turbin. Il raconte : « Guillermo (Altadill) a un problème avec sa cheville : une petite foulure faite avec une drisse en montant au mât. Je lui ai posé un petit straping. Il faut qu'il évite de faire des rotations avec sa cheville, mais il

tient son quart à la barre du bateau. » Et il ajoute, consultant la courbe de températures de ses patients : « Pour Franck, sa blessure cicatrise bien. Tous ces petits problèmes de santé n'altèrent absolument pas les performances de l'équipage. »
Pour ma part, la mer a plutôt sur moi des vertus curatives. Parmi mes copains skippers, il y a des gars qui ne sont jamais trop bien, ayant toujours à moitié le mal de mer, ce qui ne rend leur performance que plus estimable. Je me mets rarement l'estomac à l'envers. Au contraire. Comme par miracle, dès que les côtes s'éloignent, mon mal de dos disparaît, mon humeur s'améliore, mon esprit s'aère. En tant que skipper, je n'ai jamais eu de cas grave à bord. Juste, Fred Guérin qui, passé par-dessus pendant un Québec-Saint-Malo et récupéré de façon inouïe, se plaignait d'un doigt retourné que je me suis empressé de remettre droit à la sauvage, en lui disant de s'estimer heureux d'avoir été récupéré.
Sinon, lors du Trophée Jules-Verne 1993, c'était Cam Lewis, le même qui skippe aujourd'hui *Team Adventure*, qui était le responsable santé publique, à la fois pharmacien et « mister Propre ». Il faisait la chasse aux microbes qui ont tendance à disparaître à mesure qu'on s'éloigne de la civilisation et aux champignons qui se développent quand on pénètre dans les profondeurs du pays humide. Il récurait recoins et replis avec ses détergents « pour que les champions (pour champignons) ne s'habituent pas ». Aujourd'hui, le même Cam tente de fausser compagnie aux deux autres, à Grant et à Loïck. Il a choisi d'aller chercher une rotation du vent plus à l'ouest, tout en s'écartant de la route directe. C'est joueur, très joueur.

Samedi 6 janvier
(Guerre de positions, les navs.)

Le trio de tête touche les alizés de nord-est et navigue enfin au portant après cinq jours difficiles au près. Les vitesses flirtent avec les 20 nœuds (36 km/h). Innovation

Explorer *tient encore la tête du classement avec 61,2 milles (110 kilomètres) d'avance sur* Club Med. *De son côté,* Team Adventure *n'a pas tiré profit de son option ouest et compte 207,7 milles de retard sur le leader.*

JOURNAL. La passe d'armes est superbe. Les triplés géants se livrent à une partie d'échecs depuis deux jours. Ces chassés-croisés, ces anticipations nécessaires, ces paris à terme font tout le charme de la navigation à voile. Le trio est à touche-touche, tirant des bords contre un vent faiblard. Un front s'annonce, venant du sud-ouest. Comment et quand aller le chercher ? Tenter de faire un coup météo ou préférer marquer les adversaires à la culotte ? La psychologie de chaque équipage va parler.
Sur *Team Adventure*, depuis le début de The Race, ils sont joueurs. Jean-Yves Bernot, le Rochelais au bagout speedé, à l'esprit toujours effervescent, aime tenter le diable. Il est à son affaire dans The Race. Il est un de ces routeurs modernes qui supportent mal de rester rivés à leurs écrans dans leur bureau au milieu des champs et qui n'apprécient rien tant que de se faire rincer et de réfléchir dans le tambour d'une coque en carbone battue par les vagues. Bernot peut bien avoir routé cinq bateaux dans la dernière Whitbread et avoir transmis son savoir aux solitaires du Vendée Globe lors de sessions de formation, il préfère le routage en situation, les nuages qu'on voit et pas par photo-satellite, les vents qui vous décoiffent et qui ne sont pas réduits à de simples flèches sur les fichiers météo. Il a ainsi gagné l'Admiral's Cup 1993, engrangeant la seule victoire française. Il a à son actif une Course de l'Europe, un Québec-Saint-Malo, et un record de l'Atlantique en équipage sur *Mari Cha III*. Et là, il se régale.
Team Adventure a déjà joué fin avant Gibraltar, le long des côtes du Maroc. Là, avant les Canaries, il abandonne sciemment son poste de leader, s'écarte de la route directe et de ses petits camarades, au risque d'affronter une mer

très cassante. Larry Rosenfeld, le consigliere de Lewis et l'un des piliers de *Team Adventure*, en témoigne : « En ce moment, c'est deux ou trois fois pire qu'un atterrissage dans le pire avion de la pire compagnie aérienne qui puisse exister ! Assis ici au poste de navigateur, on décolle du siège de pilote de rallye que nous avons installé. Je sais que j'aurais dû prendre en option un harnais avec cinq points d'attache et un airbag. J'espère juste que le bateau va tenir, ce sont les conditions les plus dures pour le matériel ! » Accepter de perdre un peu, espérer gagner beaucoup, ce n'est pas de la météo-casino, mais c'est très osé, et cela suppose une grande confiance en soi et une bonne homogénéité skipper-navigateur. C'est d'autant plus risqué que *Team Adventure* semble disposer d'un bon potentiel de vitesse qui incite d'ordinaire à calquer sa route sur celle de la concurrence.

Sur *Club Med*, ils sont plus conservateurs. Forts de leur aisance, ils ont le chic pour toujours se positionner entre l'adversaire et la prochaine marque de parcours comme disent les régatiers. Il s'agit de la méthode classique pour contrôler ses poursuivants, mais, jusqu'à présent, celle-ci était peu usitée sur un tour du monde. Double vainqueur à la fois de la Whitbread (1990 et 1994) et de la Coupe de l'America (1996 et 2000), ce qui suppose des qualités fort diversifiées, Mike Quilter est l'âme damnée de Grant Dalton depuis des lustres. Ils sont très copains et connaissent parfaitement leurs fonctionnements réciproques. Depuis Barcelone, ils s'avèrent les rois du recentrage par rapport à la route directe, de l'accompagnement du concurrent le plus dangereux, de la protection du côté choisi, autant de règles qu'il n'est pas évident d'appliquer quand le terrain de jeu est à l'échelle de la planète. Pour y parvenir, ils peuvent compter sur une vitesse régulière et sur une assurance grandie au cours d'une préparation sérieuse. Commentaire de Franck Proffit, le coskipper de *Club Med* : « Chacun a son approche de la situation. Il y en a qui vont chercher le front genre à la Bernot. Nous, on la joue différemment, on y va tout en descendant dans le sud. On privilégie ainsi le

fait de ne pas avoir trop de mer tout en allant vite. Car cela doit secouer un peu chez eux. »
Sur *Innovation Explorer*, l'approche est différente. On y est moins en confiance, moins arrogant, moins dominateur. On peine à se débarrasser des miasmes d'une préparation impécunieuse sauvée en dernier recours par Itinéris et par Sporever, le site monté par Patrick Chêne. Le bateau n'a pas la gamme entière des voiles nécessaires et la prise en main est récente. D'où un certain complexe d'infériorité question potentiel. Côté stratégie, cela déclenche forcément une approche à la fois plus agressive et plus différenciée. Inutile de trop rester avec les autres, si on pense qu'on marche moins vite. Attention également à ne pas tenter trop de coups impossibles, au risque de multiplier les retards. Roger Nilson est suédois. Il est l'un des Tabarly de la Baltique. Il a accompli cinq tours du monde, lors de la Whitbread. En restant prudent, *Innovation* a recollé à la tête du peloton. Mais, alors que *Team Adventure* bifurque carrément pour aller chercher le front et que *Club Med* y va plus doucement, *Innovation Explorer* fait l'intéressant et continue le long de la Mauritanie, au risque d'attaquer les dunes de sable. Appréciation de Grant Dalton : « Je pense que Loïck est trop loin dans l'est. Il va prendre le vent deux heures après nous, donc deux heures trop tard. *Team Adventure* est peut-être bien positionné, mais il est possible qu'il soit allé trop loin. Je suis très heureux de notre position actuelle, non pas parce que nous sommes entre les deux autres, mais parce que nous sommes les mieux positionnés au sud et à l'ouest par rapport au front qui arrive. »
Au bout du compte, *Team Adventure* ne profitera pas de son option. Il souffre pour aller chercher le vent. Récit amusé de Larry Rosenfeld : « C'était une scène assez hilarante que de voir Jean-Yves (Bernot) et moi en train d'essayer de préparer une soupe lorsque nous étions au près dans la mer formée. Nous avions la tasse dans une main et la bouilloire dans l'autre. Il fallait d'abord mettre l'eau dans la tasse et ensuite essayer de garder la soupe dedans sachant que le bateau faisait des ruades et passait ins-

tantanément de 15 à 30 nœuds. Le but du jeu était simple : la soupe quittait la tasse et s'élevait dans les airs, et il fallait essayer de la récupérer avant qu'elle ne tombe par terre. » Et ensuite, le cata américain ne peut exploiter les vents portants qu'il engrange le premier, pour cause de voile d'avant défaillante qu'il faut rapiécer.
Innovation Explorer, lui, se laisse coincer trop à l'est par rapport à la route idéale pour trouver la « porte d'entrée » du Pot-au-Noir. Commentaire de Loïck : « On se fait la Route des plages et cela n'était pas vraiment prévu ! C'est un peu contraints et forcés que nous sommes là. On se pose d'ailleurs la question : comment allons-nous en sortir ? Il y a deux possibilités pour se recaler plus dans l'ouest : soit le vent passe est et nous faisons route directe, mais tout le monde en profite. Soit le vent passe nord et on empanne. C'est embêtant certes, mais cela ennuiera tout le monde. Il est clair que le recalage sera sans doute laborieux, voire douloureux ! »
Quant à *Club Med*, il profite comme il faut des alizés de nord-est, patiente quelques heures au cœur de l'archipel des Canaries, mais reste le mieux loti.

Dimanche 7 janvier

(Canaries, père, pétrole.)

Fin de la première semaine de course. Les triplés de tête s'échangent régulièrement les positions. Après Team Adventure, *puis* Innovation Explorer, *c'est* Club Med *qui mène depuis la nuit de samedi à dimanche. Grâce aux alizés, les bateaux-frères dévalent l'Atlantique Nord à plus de 20 nœuds de moyenne. Le record journalier depuis le départ revient à* Team Adventure *qui vient d'avaler 567 milles en 24 heures et remonte en deuxième position.*

JOURNAL. Le groupe de tête vient de traverser les Canaries et se dirige vers les îles du cap Vert. La queue de peloton traînaille à Madère. Et cette fois, tous ont négligé les

Açores, si chères aux pionniers des premières transats en multicoques, quand il fallait prendre la route sud pour ménager ces montures encore si fragiles à l'époque. Açores, Madère, cap Vert, Canaries. Autant d'archipels, autant de poussières d'îles à la vie recluse et rêveuse qu'on ne découvre qu'au hasard des avaries, quand il faut s'arrêter pour réparer, pour attendre les techniciens ou les pièces de rechange.
Archipels que négligent désormais les marins, les sportifs aventuriers qui ont imaginé des machines de plus en plus rapides, de plus en plus fiables, qui dévorent le monde à la vitesse de la lumière et aussi les embarqués au commerce, les matelots des cargos, les pilotins des pétroliers, qui enchaînent les rotations sans plus jamais mettre pied à terre. Je fais partie des premiers, mon père appartenait à l'univers des seconds. Il était capitaine sur des pétroliers géants, dans les années 50. Il a fait « hydro » à Nantes. Tout jeune, il est second sur un 300 000 tonnes, puis il en prend les commandes. Il navigue pour la Société française des Transports pétroliers, l'ancêtre de Total et d'Elf, puis pour la Shell. Il n'a pas peur de grand-chose, joue les précurseurs, accepte des missions casse-cou. Il est l'un des téméraires à tenter l'allégement en mer. Les super tankers sont trop volumineux pour remonter jusqu'à Rotterdam. Il s'agit de transvaser le pétrole sur de petits pétroliers. Pour ce faire, il faut mouiller côte à côte, dans une zone abritée, une baie protégée mais assez profonde. Une fois, on lui demande même de remonter jusqu'à Londres par la Tamise. Cela demande un timing insensé. Il faut arriver à marée haute afin de pouvoir se loger dans la fosse réservée qui jouxte les quais. Il tente le coup. Il y a un peu de retard. Il décide de renoncer, mais l'armement insiste. Premier essai : à cheval sur la fosse. Deuxième essai : les amarres emportent le quai. Troisième essai : le pilote du port est paralysé par la trouille, il reprend la main, s'occupe de tout et ils réussissent. Il a 38 ans quand il prend les commandes d'un 500 000 tonnes. Ils sont quatre dans le monde à diriger ces monstres marins. Il mènera le *Bel-*

lamya. Construction aux chantiers de Saint-Nazaire qui, en 2000, après des années de disette viennent de se relancer dans la réalisation des paquebots de croisière. Déplacement : 630 000 tonnes en charge contre 17,5 t pour les catas. Vitesse de croisière : 18,5 nœuds sans vibration aucune, quand les multicoques de The Race voguent tranquilles à 25-30 nœuds mais avec pulvérisation d'embruns garantie. Temps nécessaire pour s'arrêter : 40 minutes, anticipation conseillée, quand les catas de course virent et voltent en accéléré. Trois mois en mer, un mois et demi à terre, contre un prévisionnel de deux mois, pour le tour du monde à la voile. Équipage embarqué : 29 personnes à comparer aux 12-13 hommes des bateaux de The Race.
Les femmes sont aussi rares à travailler sur les pétroliers qu'à œuvrer sur The Race, exception faite d'Elena Caputo sur *Innovation Explorer*. Par contre, les femmes des officiers et des marins sont acceptées. Ainsi, ma mère partait en 4 CV rejoindre mon père à Marseille, me larguant tout bambin chez les grands-parents et revenant quand l'escale le permettait.
Jeune adulte, je ferai aussi une incursion sur ces énormes bêtes magnifiques et terrifiantes, aveugles et sourdes, que craignent comme la peste ceux qui préfèrent les énergies écologiques pour faire aller vite leurs moulins à vent, tout en mobilisant le meilleur des techniques et des produits d'une modernité totalement indexée sur le pétrole, ses cours, ses marées noires, son plastique, son carbone, sa géopolitique.

Lundi 8 janvier

(Les barreurs, enfance nautique.)

Le trio de tête se régale de l'alizé de nord-ouest. Chaud soleil, 25 nœuds de vent, embruns sucrés, les Géants dévorent l'espace sans difficulté, sans risques. Club Med *et* Team Adventure *restent groupés et tirent tout droit vers le point de passage théorique du Pot-au-Noir. Plus risque-tout,* Innovation Explorer *tente un franc décalage dans l'ouest. Derrière,* Playstation *qui comptait 36 heures de retard à son redémarrage de Gibraltar, pense ne plus être qu'à 28 heures de ses devanciers.*

JOURNAL. Les alizés sont un vrai bonheur sur ces bateaux. On est en short et tee-shirt, la coque au vent effleure l'eau, les poissons volants tombent tout frais dans la poêle à frire. Les multicoques retrouvent leur élément d'origine, le soleil salé, la douceur polynésienne, la langueur hawaïenne.
Ils reviennent aux origines oubliant un instant qu'ils ont conquis leurs lettres de noblesse dans les parages venteux et glacés de l'Atlantique Nord et du Grand Sud, reléguant les monocoques à des années-lumière en matière de record de vitesse. Au « guidon », au « volant », se succèdent les top-gun, les premiers couteaux des équipages. Pas forcément le skipper, encore qu'il se doit de ne pas trop être manchot à cet exercice au risque de voir ses exhortations à la prudence ou à la défonce tomber dans l'oreille d'un sourd. Mais plutôt, deux-trois spécialistes qui ne bichent que pour ça, pour cet exercice de haute voltige. « Le bateau est tellement agréable à barrer que l'on se prend au jeu, raconte Bernot, le navigateur de *Team Adventure.* Il faut vraiment rester concentré car le moindre écart envoie le cata très haut au-dessus des vagues. Mais nous disposons de barreurs d'exception que nous ménageons en réduisant les quarts à deux heures. »
Pour la plupart, ceux-ci ont fait leur classe en voile olympique. En préparant ou en disputant les JO, ils ont engrangé des tonnes de sensations, atteint des niveaux d'exigence qu'on ne retrouve jamais si on ne les a pas connus auparavant. Sur *Club Med*, on trouve Fred Le Peutrec, champion d'Europe et membre de l'équipe olympique de Tornado. A bord de *Team Adventure*, on croise Randy Smyth, médaille d'argent sur Tornado, mais aussi un skipper comme Cam Lewis, double champion du monde sur Finn et 505. *Innovation Explorer* aligne Yves Loday, champion olympique sur Tornado, ce petit frère des Gullivers de The Race.

Question de génération, j'ai fait mes classes sur des petits monocoques. Dans les années 70, ni les planches à voile ni les catamarans de plage style Hobie Cat n'étaient encore répandus. C'était l'époque du dériveur et c'était une excellente école qu'ont fréquentée bien des quarantenaires qui, aujourd'hui, déboulent autour de la planète. Tout môme, nos parents nous ont emmenés en croisière. D'abord un As Côte d'Azur, puis un Corsaire. A l'heure où les gamins des villes rêvaient de château de sable, nous déménagions nos chambres pour faire place nette aux locataires estivaux. Pour payer le grand appartement de La Baule, il s'agissait de libérer les lits superposés à la haute saison. Rien de tel pour apprendre à faire son paquetage et pour trier les jouets usagés. La fratrie (moi Bruno, né en 1955, Loïck, 1959, Stéphane, 1960, Catherine et Agnès, 1963) prenait ça très bien. On n'avait pas du tout des réflexes casaniers, celui de petits propriétaires de notre intérieur. On adorait ce rythme nomade, ces saisons qui nous rendaient bohémiens et qui nous ont sûrement appris à partir sans angoisse.
Juillet, c'était les colonies de vacances. Août, c'était la croisière familiale. Dormir à sept sur un bateau de 6 mètres n'était pas une sinécure. Les trois garçons s'encastraient dans le triangle avant, les jumelles dormaient tête-bêche sur le plancher de la cabine et les parents se recroquevillaient dans les couchettes-cercueils. Dès 4-5 ans, notre père nous confiait la barre et on apprenait vite à suivre un cap, à se caler sur des amers remarquables. On n'a pas tardé à prendre goût à tout ça et, à 9-10 ans, j'ai décidé de trouver un dériveur capable d'accueillir les trois aînés. On a cassé les tirelires, on a multiplié les petits boulots et miracle ! les parents ont mis la différence à valoir sur je ne sais combien de Noël ou anniversaires. On a jeté notre dévolu sur un 4,45 d'une magnifique couleur turquoise. Ce dériveur était construit par Gouteron, un chantier du coin. Avec Loïck, nous avons commencé à écumer les régates de la baie. Ça marchait et le chantier nous a repérés et nous a intronisés pilotes d'essai du Mowgli, un mini-dériveur qu'il lançait. Je me souviens encore du débriefing.

Nous avions 13 et 9 ans et nous faisions face aux dirigeants du chantier, critiquant allégrement le positionnement des vide-vite, la largeur des sangles de rappel ou la mauvaise orientation de la tourelle de grand-voile, voire même la trop grande largeur totale. On nous écoutait attentivement en prenant des notes. Salaire de notre expertise : un stylo quatre-couleurs chacun...
L'hiver, pas question de remiser le 4,45. Mais l'heure n'était pas encore aux combinaisons isothermiques ni aux combinaisons « sèches » et aux polaires qui permettent d'affronter les frimas. Nous naviguions en jean, pull et ciré jaune. Interdit de dessaler sous peine de pneumonie. Je crois que jamais nous ne nous sommes retrouvés dans l'eau. Mais, parfois, quelle caillante ! A se pisser sur les doigts pour tenter de vaincre l'onglée...
C'est en baie de La Baule ou sur l'Erdre, cette rivière nantaise accueillante, que j'ai acquis le coup de patte qui fait le barreur. J'étais l'aîné, j'avais pris le « bâton », Loïck ne s'en offusquait pas. Mais, au bout de quelque temps, malgré les succès, nous avons fait route à part. J'ai recruté un équipier de mon âge et de ma taille pour naviguer en 420, marchepied vers la préparation olympique. La Baule était un haut lieu du dériveur. Entre Pornichet et Le Pouliguen, se croisaient les frères Pajot, les frères Loday, Marc Bouët, Jean-Yves Jaffrezic. Pour nous, ça marchait du feu de Dieu. Intouchables dans la brise à force d'heures de navigation hivernales, les championnats d'Europe et du monde nous tendaient les bras. Mais les études ratatouillaient et mon père mit le holà. Ce qui m'obligea à aller barrer ailleurs.

Mardi 9 janvier

(Ambiance Pot-au-Noir.)

Le Pot-au-Noir commence à engluer la tête de l'armada. Club Med *et* Team Adventure *sont quasiment à l'arrêt. Plus à l'ouest, engrangeant au maximum les alizés,* Innovation Explorer *tente de forcer le passage sans ralentissement, en allongeant la route. Réponse sous peu.*

JOURNAL. Cet endroit est fantasmagorique. La mer prend des teintes métallisées, étincelant comme un toit de zinc parisien après l'averse ou se craquelant comme un goudron fumant épandu sur la chaussée. Les lumières se cuivrent puis se ternissent, comme les regards morts des esseulés perpétuels. Les nuages semblent d'abord de lourds couvercles sur un vieux bouillon rance, puis des soufflets de forge chauffent au rouge l'enclume que va marteler le marteau orageux. Les catamarans à l'arrêt semblent s'engluer sur place, enfonçant leurs étraves moites dans des vasières très mashmallows.
A bord, la folie guette. Une folie triste et suante, celle de ceux qui se croient condamnés à un emprisonnement sans fin et sans raison, dans une nasse météorologique. Dans le Pot-au-Noir, on se sent vite fiévreux, délirant, atteint de maladies exotiques, aussi inconnues qu'incurables. On tente de trouver de l'ombre, surpris de ce vent aphone, de ce répit soudain, de ces bruits inhabituels : voiles qui battent dans le vide, chariot de grand-voile qui grince, « coups de raquette » des coques qui hoquettent bizarrement. Les skippers essaient de maintenir l'attention des leurs, luttant contre la mollesse ambiante, à la façon de Grant Dalton qui mobilise neuf de ses hommes sur le pont, en en expédiant un dans le mât pour distinguer les risées à venir, les grains à éviter.
Pour peu qu'un souffle se lève, les Géants s'ébrouent modestement, lourds de leurs tailles gigantesques, moins agiles que les trimarans de 18 mètres, ceux des transats qui décollent à la moindre brisette. Le Pot-au-Noir, c'est l'angoisse des navigateurs qui préfèrent perdre gros en jouant à grande vitesse dans les alizés que voir les rivaux passer à quelques kilomètres, quand eux ne peuvent rien faire. Les Géants ne supportent pas l'immobilisme. « Le

petit temps et un méchant clapot contraire ont vite fait d'arrêter le bateau, expliquait Franck Proffit (*Club Med*). Il faut batailler ferme sous les grains, affaler ou relancer... pas le temps de s'ennuyer. » Et Proffit de continuer : « On est dans la "molle". Le célèbre Pot-au-Noir nous emprisonne depuis cette nuit et nous avançons péniblement. On a eu la chance de prendre un peu de vent ce matin et d'accélérer pendant quelques milles. Sinon, c'est le rythme habituel au passage de ce phénomène. Il fait chaud. Tout le monde est en tee-shirt et on a pu profiter des quelques averses pour prendre une bonne douche. Le grand ménage du bateau a été effectué. En ce moment, Nicolas (Pichelin) est en tête de mât pour scruter ce qui se passe au large et tenter d'apercevoir les zones où il y a du vent. Tout se passe bien à bord. L'équipage a pu se reposer et reste très concentré sur l'exploitation du moindre souffle d'air. Ce ne sont pas les vacances, même si quelques-uns d'entre nous peuvent profiter parfois de courts moments de lecture. »

Même constat de Grant Dalton, toujours sur *Club Med* : « On est dedans. Il y a des nuages noirs partout autour de nous, mais on ne s'est jamais complètement arrêtés ; les autres apparemment non plus. Ce n'est pas la partie la plus stressante de la course. On se concentre à appliquer le maximum de technologie à l'écoute d'un phénomène naturel, complexe mais très changeant. Ce n'est pas simple.

« Notre routeur Roger Badham n'a dormi que deux heures lors des dernières 24 heures, pour collecter les informations, les analyser et nous les transmettre. Il faut rester philosophe dans ces conditions. Si les autres nous passent devant, il faudra simplement les repasser après. Ce n'est qu'une course de bateaux et, pour l'instant, on n'est pas mal placés. On ne pourra juger réellement de la meilleure option prise que lorsque le premier bateau aura passé l'équateur. »

Mercredi 10 janvier
(L'équateur, Neptune, le nouveau passage.)

Les trois leaders ont passé l'équateur après seulement dix jours de course. Les Géants ont été relativement peu freinés par un Pot-au-Noir qui, autrefois, kidnappait longuement les bateaux. Club Med *et* Team Adventure *se suivent en siamois. L'option ouest d'*Innovation Explorer *se révèle neutre pour l'instant. La tête de flotte semble avoir retrouvé les alizés, mais ceux de l'hémisphère Sud cette fois. Derrière,* Playstation *est toujours dans les alizés de l'hémisphère Nord et se rapproche avant le coup de frein du Pot-au-Noir. Les Polonais sont à deux jours de l'équateur et Bullimore à Madère.*

JOURNAL. Ces bateaux sont étonnants. Le Pot-au-Noir a eu longtemps le chic pour mettre sous les verrous les plus beaux bateaux de la planète. Désormais, les thèses du passé paraissent caduques. Grâce à leur vitesse, à leur capacité à accélérer, les Géants sapent toutes les bases des raisonnements. D'ordinaire, le Pot-au-Noir, situé entre 2 et 5 degrés de latitude nord et positionné plus près de l'Afrique que de l'Amérique, se franchissait par une « porte » assez centrale. Leur énergie semble permettre aux Géants de diminuer la route, de moins s'éloigner des côtes africaines, et comme ils disent de « couper le fromage » au plus court. Plus classique, la tentative de Loïck et de Pierre Lasnier, son routeur de toujours, qui, à bord, dialogue principalement avec le Suédois Roger Nilson, ne paraît pas avoir porté ses fruits. Ceci est-il circonstanciel ou indique-t-il une évolution des routes idéales qu'il va falloir redéfinir en tenant compte du potentiel des nouveaux engins ? L'ensemble de cette problématique est extrêmement stimulante intellectuellement. C'est le signe que rien n'est jamais acquis, que tout peut se remettre en cause et que les savoirs peuvent évoluer, les références changer, et que les petits enfants de Galilée et de Copernic ont encore des révolutions à effectuer même si les avancées ne seront validées que sur la durée. C'est tout

l'esprit de The Race. Ce qui par contre ne change pas, c'est la tradition du sacrifice à Neptune au passage de l'équateur. Comme souvent, c'est le navigateur, qui est un peu le sorcier ou le marabout du bord, qui a officié sur *Team Adventure*.
Jean-Yves Bernot, déguisé en dieu de la mer fourchu, a intronisé les bizuths. Signe de l'expérience emmagasinée par les équipiers de *Club Med*, un seul d'entre eux, Fred Le Peutrec, a eu droit à son baptême de l'océan, les autres étant des pratiques du lieu qui se contentent de verser quelques gouttes d'alcool à Neptune, pour acheter ainsi sa bienveillance, pour endormir ses colères.

GILLES OLLIER

Il est un jeu de notre enfance que je n'ai pas oublié, car il résume notre vie. Souvenez-vous : d'un coup de l'index, nous faisions glisser sur le sol une capsule. Si elle touchait le mur, perdu. Nous avions joué trop fort. Si elle ne s'approchait pas assez, perdu aussi. Nous n'avions pas bien osé. Entre l'excès d'audace et l'excès de prudence se tient la voie étroite et royale : celle du créateur. Tel Gilles Ollier aux prises avec l'ambition de The Race. « Pas de limites », certainement. Encore faut-il, la planète parcourue, revenir vivant au port.

L'homme qui a donné le jour aux bateaux vainqueurs, des Géants repousseurs de frontières et frôleurs d'extrémités, naît à Suresnes, en 1948.

Autour de lui, comme à Puteaux ou Levallois, on construit des automobiles. La tradition se perd peu à peu mais demeurent la ferveur des premiers temps, la magie des prototypes, dans lesquels se mêlaient l'art et la technique. Les vacances sont en Bretagne où la mer fait d'abord peur au petit Parisien avant de se laisser apprivoiser grâce aux écoles de voile. Vauriens, caravelles, corsaires. A quatorze ans, une vocation s'ancre au plus profond de Gilles.

Et pour toujours une fascination pour ces « objets » qui flottent, on ne sait par quel miracle, qui vous transportent en vous offrant le bien le plus précieux, la liberté.

Pour apprendre à construire, commençons par devenir architecte. Sans perdre de vue l'objectif. « L'habitat nautique », le sujet de thèse n'est pas choisi au hasard. Ni les cabinets où l'on présente sa candidature. Après moult refus, Jean-Marie Finot, qui vient de créer L'Écume de mer, cède devant l'enthousiasme du jeune homme et accepte de l'engager. Période d'apprentissage que vient interrompre le service militaire. Et pendant les longs loisirs que laisse à ses appelés la vie de caserne, Ollier potasse les premières documentations disponibles sur un nouveau matériau, venu comme tous les autres de l'aéronautique, le carbone.

Un matériau encore inconnu, dans ce milieu des années 70. Un matériau qui paraît déjà riche d'innombrables possibilités. Constitué de fibres, on peut les orienter dans le sens des efforts demandés et ainsi offrir des capacités de résistance jusqu'alors ignorées.

Les obligations civiques remplies, la tentation est grande de revenir chez Finot, bien au chaud d'une société déjà reconnue. Ollier préfère la solitude. Et c'est seul, réfugié dans la maison familiale d'Hennebont, qu'il va dessiner ses deux premiers bateaux, de tailles encore modestes (5,50 m et 8 mètres).

❒

D'année en année, les commandes s'accroissent, en nombre et en dimension. L'ermite doit accepter de quitter sa tanière. Il ouvre un chantier à Vannes. L'avenir semble tracé quand le sort, par deux fois le même jour, vient frapper lourdement à la porte. Il pleut sur Brest, ce jour-là, à ne pas voir le bout de ses chaussures et il vente en tempête. Aveuglé et déstabilisé par une bourrasque, Ollier tombe d'une jetée. Atterrissage sur du béton, car la marée est basse. C'est à l'hôpital qu'on lui apprend l'autre mauvaise nouvelle : *Jet IV*, l'une de ses dernières créations, vient de démâter.

Notre homme est pudique. Il n'aime guère discourir sur ses nombreux mois de fauteuil roulant, suivis d'une rééducation des plus pénibles. On devine que rude fut l'épreuve. On constate qu'elle fut, comme à toutes les âmes fortes, fertile. C'est durant cette période d'inactivité forcée qu'il conçoit un bateau qui va marquer l'histoire de la voile : *Jet V*, alias *Jet-Services*. Lequel, aussitôt lancé, surclasse ses concurrents. Il aura même l'impudeur de remporter Québec-Saint-Malo avec trois jours d'avance !

On pourrait croire les sponsors satisfaits. C'est mal connaître leur besoin permanent de spectacle. Une telle domination ruine l'intérêt. Pour cause d'excellence, *Jet* est abandonné sitôt après avoir été acclamé. Comme dans la vie et comme à Rome, la roche Tarpéienne n'est jamais loin du Capitole. Mais comme dans la vie aussi, la renaissance peut suivre la mort.

Découvrant un beau jour la merveille délaissée, Bruno Peyron l'achète, charge Ollier de l'adapter à son projet fou (le Trophée Jules-Verne) et, après l'avoir rebaptisée du noble nom de *Commodore Explorer*, boucle la boucle en 79 jours.

C'est sur ce même bateau, de géniale conception, nommé cette fois *Warta-Polpharma*, que les Polonais d'aujourd'hui accumulent les exploits, en bravant les conditions australes les plus extrêmes (75 nœuds de vent, rafales à 85 !).

❒

Premier, deuxième de The Race... Le triomphe du chantier vannetais Multiplast ne doit donc rien au hasard. Ses racines plongent dans trente années d'expérience, trente années de rare alliage entre passion et rigueur. Lorsque Peyron, en 1993, évoque son nouveau projet (« la Course du Millénaire », « l'abolition de toute limite »), Ollier n'est pas surpris. Le dépassement appartient au plus profond de sa nature. Il se remet au travail, un travail qui, chez lui, unit étroitement la vision et le calcul, l'ensemble et le détail. Cet homme n'est pas un rêveur, mais un créateur. C'est-à-dire que rêver ne l'intéresse qu'à condition de réaliser. Sitôt l'objectif défini, fût-il apparemment démesuré, il plonge dans le labeur. Et qu'importe le temps passé, qu'importent les obstacles ou les ironies alentour, il avance, tout à son œuvre.

« No limit. » Pourquoi pas ? Allons cependant y voir de plus près, sans rien censurer, sans perdre non plus la tête. Ollier réunit son équipe, une équipe dont il est particulièrement fier. Cinquante compétences réunies une à une, cinquante enthousiasmes jamais démentis : ces collaborateurs n'ont-ils pas fait tout le voyage en car de Vannes à Marseille pour fêter *Club Med* ? Pour quelqu'un qui répète n'être pas « meneur d'hommes », la réussite n'est pas mince. De 25 mètres à 40, ensemble, ils vont explorer toutes les dimensions possibles du futur bateau et toutes leurs conséquences. Un exemple ? Le poids de la grande voile. Elle devra peser plus de 1 tonne si la coque dépasse 38 mètres. Quel équipage humain pourra encore la manœuvrer ? Et voilà pourquoi les bateaux géants gardent raison et ne mesurent « que » 33 mètres.

❐

Déjà, j'en suis sûr, une autre créature nautique commence de hanter la tête de Gille Ollier. J'aimerais qu'un jour on rende hommage aux architectes navals, grands alliés de nos départs. Imaginez, devant Marseille, La Rochelle, La Trinité ou Saint-Malo, la parade de tous les bateaux inventés par un même homme. On y verrait ce qui me bouleverse le plus, peut-être, chez mes confrères de l'espèce humaine : l'indomptable obstination du rêve.

Erik Orsenna

Jeudi 11 janvier

(Jours tranquilles dans l'alizé, la responsabilité.)

Les leaders en finissent à peine avec le Pot-au-Noir que, déjà, ils retrouvent l'alizé de l'hémisphère Sud qui, lui, souffle du sud à 15-20 nœuds, exact décalque de celui de l'hémisphère Nord. Club Med *et* Team Adventure, *ce dernier un peu plus à l'ouest, affichent des performances similaires et une descente canon vers le sud, en laissant à* *main droite Recife et les côtes brésiliennes. L'option ouest d'*Innovation Explorer *semble ne pas avoir payé. Loïck pointe à 250 milles des deux meneurs.* Playstation *n'en est encore qu'à l'équateur et* Warta-Polpharma, *le petit poucet, s'accroche.*

JOURNAL. Ces journées tranquilles dans l'alizé, ambiance tiède et performances régulières, sont de bons moments d'introspection. Il n'y a ni l'angoisse sourde que génèrent les vents violents qui vous font dresser vos défenses comme autant de herses, tenant en lisière pensées et souvenirs, ni l'énervement amolli des brises évanouies qui vous voit mariner dans le jus de vos frustrations. Là, belles performances, jolie brise, l'esprit peut battre la campagne, confiant la partie aux réflexes conditionnés, mettant l'attention en pilotage automatique.
Dans ces circonstances, me revenaient souvent des considérations sur mon rapport à la liberté, à la responsabilité. The Race est un projet qui fait confiance aux hommes, qui refuse de les corseter dans une réglementation tatillonne et qui parie sur leur capacité à inventer du possible, du crédible. Beaucoup pensaient que le concept du « no limit » allait donner naissance au toujours plus, au n'importe quoi. Pas du tout. Sans concertation, les marins et les architectes sont tombés quasiment d'accord pour créer le même type de bateau, d'une taille semblable, d'une puissance équivalente. L'absence de contraintes entraîne-t-il une forme de standardisation ? Le développement des échanges provoque-t-il une homogénéisation des réflexions et une pondération des décisions ? Je ne le pense pas. Les catamarans font l'ordinaire de The Race parce que, pour être sur la ligne de départ, c'est ceux qui ont joué placé qui ont eu gain de cause et qui n'ont pas capoté en chemin. Il y avait déjà un saut quantitatif à effectuer en faisant grandir les bateaux de près de 10 mètres, il n'était pas évident d'explorer de nouvelles voies : praos, foilers, ou même trimarans.

Seul *Team Philips* a choisi un concept osé, risqué : un catamaran long de 37 mètres, sans bras de liaison à l'avant, une nacelle centrale, deux mâts jumeaux, sans haubanage, et avec wishbone portant 600 m^2 de voile. Pete Goss a subi bien des déboires lors de la mise en œuvre, ce qui l'a entraîné à aller valider son engin dans les pires conditions, en mer d'Irlande, en décembre. C'était à la fois courageux et suicidaire. L'équipage a dû abandonner son bateau. Goss et les siens peuvent être fiers d'avoir été au bout de leurs idées et d'avoir fait rêver des millions de gamins anglais. Dommage seulement qu'ils n'aient pas pu fiabiliser plus tranquillement leur concept et l'amener à maturité pour The Race. Et ça me brise le cœur pour Pete et ses hommes que de penser à la disparition de ce beau bateau bleu, de cette incroyable machine dessinée par Adrian Thomson, de ce perce-vague qui voulait conjuguer écologie et souplesse. Mais c'est aussi ça, The Race, cette mobilisation d'intelligence et de créativité qui, parfois, sombre au plus profond de l'océan pour qu'un jour ces hommes déçus, meurtris, y reviennent fort des échecs subis, des naufrages surmontés.

Vendredi 12 janvier

(Bolide et tactique, souvenirs d'enfance.)

Changement en tête de course. Team Adventure *prend un faible avantage sur* Club Med. *Le gain n'est pas consécutif à une option, les deux leaders continuant de bénéficier d'un alizé de sud-est qui les mène, bon plein, à des cadences élevées.* Club Med *a cassé une pièce de titane commandant la grand-voile et perdu une heure à réparer. Mais* Team Adventure *semble posséder un petit avantage de vitesse. Déplacement plus léger de 500 kilos, pour cause de renforts et de décoration sur* Club Med, *et jeu de voiles plus performant expliquent sans doute ce potentiel un peu supérieur en conditions maniables. Derrière,* Innovation Explorer *reste à distance constante et* Playstation *pleure une traversée lambine du Pot-au-Noir. L'un et l'autre comptent sur l'anticyclone de Sainte-Hélène pour barrer la route aux échappées. Car, ensuite, dans le Grand Sud, il y a peu de coups à jouer.*

JOURNAL. Voilà, les journées se suivent et se ressemblent. Et l'habitude en mer est à la fois toujours recommencée et toujours menacée. Là, Jean-Yves Bernot parle de « la routine d'un bolide lancé à pleine vitesse ». Qu'il expose ainsi : « Pour la tactique, on verra demain ! Aujourd'hui, on continue de marcher très vite. C'est du pilotage de haute volée ! On observe l'évolution de l'anticyclone sur lequel on devrait buter bientôt. Pour l'instant, on chevauche un bateau sauvage qui écrase les vagues à plus de 20 nœuds, souvent sur une coque. Mais ce ne sont pas des conditions de record, car nous recevons toujours le vent sous un angle difficile. » Et mon frère Loïck de détailler le temps qui passe : « Journée tranquille. Il fait grand beau. Nous marchons entre 20 et 25 nœuds, au près, dans une mer un peu formée. Peu de manœuvres à bord, car nous suivons le même bord depuis plusieurs jours. Deux hommes à la barre suffisent. Nous sommes vigilants au matériel. La situation météo devant n'est claire pour personne. Le jeu est ouvert pour trouver la solution. En attendant, nous maintenons notre petit décalage dans l'ouest afin de pouvoir jouer dans les prochains jours. »
Avec Loïck et Stéphane, nous avons été initiés dès le plus jeune âge à la navigation, et donc à cet apprentissage de la liberté et à cette approche de la responsabilité que j'essaie de diffuser à travers The Race. Nos parents aimaient que nous fassions nous-mêmes nos expériences. Quand l'hiver, voyant la longue houle de sud-ouest briser sur le sable de la baie de La Baule, l'un de nous lançait par bravade : « J'irai bien me baigner », il était pris au mot et on lui répondait : « Eh bien, vas-y donc. » On partait flambard et on revenait bleui et reniflant, la queue entre les jambes, jurant mais un peu tard qu'on ne nous y reprendrait plus et que, désormais, il ne serait pas mauvais d'attendre l'été.

J'ai une dizaine d'années quand j'affirme à mon père : « J'irais bien ramener le bateau en solitaire. » Il me regarde et me dit : « Eh bien, vas-y, si tu penses que tu peux le faire. » Il ne s'agit pas d'une transat, juste d'une transbaie. Le Corsaire ou le Golif, je ne sais plus trop, patiente au mouillage devant la pointe de Penchateau et il est question de le rapatrier dans le port du Pouliguen. Je ficelle mon matériel sur le porte-bagages, enfourche mon vélo et pédale jusqu'à la cale. Là, je descends la prame et godille jusqu'au bateau au mouillage. Le temps est parfait, petite brise, beau temps. Je prépare minutieusement mon affaire, prends un ris dans la grand-voile pour ne pas être débordé, prépare un petit foc. Il est temps d'y aller et j'en suis à relever le mouillage quand une risée soudaine fait claquer un peu plus sèchement le tissu tout juste hissé. Et là, l'anxiété monte et je renonce, amour-propre meurtri, mais content d'avoir tutoyé mes limites. A demi-penaud, je rebrousse chemin. Sur la cale, mon père qui, aux jumelles, n'en a pas perdu une miette, me rassérène : « Ce n'est pas grave. Tu n'es pas encore prêt. »
Lors d'une croisière en Corse, je suis le seul des trois garçons à bord. Nous sommes au mouillage à Cargèse quand la météo annonce un coup de chien. Les parents nous demandent d'aller nous mettre à l'abri à terre pendant qu'eux restent à bord et se préparent au mauvais temps. J'ai 12-13 ans, les deux petites 4-5 ans. On gonfle l'annexe, on charge provisions et matériel, et direction la plage. On hisse la tente, on fait notre frichti, déclinant les invitations des gens du coin, inquiets de nous voir livrés à nous-mêmes alors que le vent se lève et que la mer gronde. Au matin, on émerge et on grimpe jusqu'à la poste. Nous y attend un message téléphoné : ils se sont réfugiés à Sagone et reviennent nous récupérer en auto-stop.
Au retour vers le continent, le vent monte. Ça souffle en rafale. Bientôt, nous sommes à sec de toile et nous prenons la fuite. A l'intérieur, les jumelles jouent à la maîtresse d'école et font rouler leurs billes de part et d'autre, sous l'œil de maman. Dehors, papa veille à tout. A un

moment donné, il me signifie : « T'as remarqué, on subit une petite tempête. Si je veux tenir, il faut que j'aille dormir. Tu vas donc prendre la barre pendant que je me repose. » Et me voilà, de nuit, par 50 nœuds de vent, joliment ficelé dans mon harnais, mais seul sous la lune, la mer brisant alentour, et avec, devant moi, la porte de la cabine hermétiquement close pour éviter les entrées d'eau. Nous arriverons sans encombre. Mais il était temps, la coque commençait à s'ouvrir en deux.
Ces aventures, cette confiance parentale, c'est sûrement ce qui nous a aidés à bien vivre en mer et à savoir à la fois évaluer et affronter les risques.

Samedi 13 janvier
(Voiles.)

Team Adventure *continue à afficher une cadence légèrement supérieure à ses rivaux. Il devance toujours* Club Med *d'une vingtaine de milles même si une succession de grains a parfois renversé la tendance. Derrière,* Innovation Explorer *affiche une superbe journée à 500 milles qui lui permet de revenir de 50 milles. Mais c'est sur* Playstation *qu'est survenu le problème du jour : la grand-voile s'est à nouveau déchirée.*

JOURNAL. Les marins aiment beaucoup comparer leur sport à la Formule 1. Qu'importe qu'ainsi ils en torpillent toute la dimension romantique, les parallèles restent intéressants. Ainsi, les coques seraient les châssis et les voiles, les moteurs. Ce qui renverse la problématique classique en mer qui veut que le choix architectural en matière de dessin (monocoque, catamaran ou trimaran, etc.) prime sur les voiles. Vu le monopole institué par les catamarans et la domination des triplés sortis des chantiers Ollier, la donne semble s'inverser. Comme en monotypes, le jeu de voiles commence à faire la différence.
Et Cam Lewis engrange les bénéfices de son investissement et de sa prise de risques en ce domaine. Il a choisi

un tissu en « cuben fiber », plus léger, plus rigide et beaucoup plus cher quand les autres se contentaient de spectra. Mieux, il a fait réaliser ses voiles en 3DL, dans une sorte de moule mis au point pour les Class America. En matière de performances, ça paye. Ensuite, c'est une question de résistance aux chocs et à l'usure.
Playstation a, dès Gibraltar, constaté une déchirure sur ses voiles en « cuben fiber », choisies en dernière minute et peut-être pas assez longuement testées. Malheureusement pour les Américains, le retour obligé aux voiles en spectra ne les a pas tirés d'affaire. Steve Fossett constate une nouvelle déchirure dans sa grand-voile, au niveau de son premier ris. La déchirure s'étale sur près de 1 mètre, mais l'usure de la voile s'étend sur environ 2 mètres au même endroit. La voile qui pose aujourd'hui problème est une ancienne unité ayant deux transats à son actif. L'équipage s'apprête à affaler afin que le maître voilier du bord, Nick Moloney, puisse effectuer la réparation. *Playstation* paraît avoir été pris de court dans ce secteur stratégique. Occupé à rehausser les étraves pour éviter l'enfournement, le bateau dessiné par Gino Morelli et Pete Melvin a passé beaucoup de temps en chantier. Et le doyen de The Race, le premier bateau spécifique mis à l'eau, a manqué de réglages pour ses voiles en « cuben fiber ». Bateau plus lourd et plus puissant, *Playstation* nécessite peut-être des tissus d'un grammage supérieur aux plans Ollier. La sagesse aurait peut-être été de rester fidèle au spectra. Quant à la défaillance du vieux jeu, c'est le signe de la méconnaissance des efforts encaissés sur ce genre de bateaux.
L'autre option déterminante en matière de voiles concerne la panoplie de voiles embarquées. Chaque bateau ne possède évidemment qu'une grand-voile. Ensuite, solent et trinquette sont à poste partout. Là où réside la différence, c'est sur les voiles de portant. Les catamarans sont accoutumés à tirer des bords non seulement au près, mais aussi au vent arrière. Toute la recherche engagée consiste à créer des voiles permettant de « descendre » le plus possible dans le lit du vent, tout en gardant un bon VMG (« velo-

city made good », c'est-à-dire un bon compromis cap-vitesse ou encore une bonne vitesse de rapprochement). *Team Adventure* et *Club Med* semblent posséder la palette la plus variée de reacher (voile de portant), gennaker (idem) et autres voiles de portant, les multicoques allant tellement vite qu'ils ont remisé les spis symétriques aux magasins des accessoires depuis des lustres.
Le moins bien loti pour des raisons de budget est *Innovation Explorer*. Loïck a bien tenté de faire du gringue à Grant Dalton pour récupérer ses vieilles toiles usagées, peine perdue. Le Néo-Zélandais n'est pas prêteur, sachant que la course commence bien avant la ligne de départ.

Dimanche 14 janvier
(Abandon *Playstation*.)

Premier abandon dans The Race. Playstation, *skippé par Steve Fossett, rentre à Miami. Le catamaran rouge et jaune a multiplié les ennuis depuis le début de l'épreuve. Un arrêt de 48 heures à Gibraltar pour changer de grand-voile le relègue au classement. Il entame la poursuite avant qu'une nouvelle avarie de grand-voile et un bris de dérive ne lui enlèvent toutes chances. Devant,* Club Med *a repassé* Team Adventure, *mais tous deux s'appliquent à éviter l'anticyclone Sainte-Hélène.*

JOURNAL. J'ai rarement abandonné une course, m'obligeant à aller au bout malgré les avaries. Mais il est plus simple de persister dans des traversées de l'Atlantique que dans un tour du monde. Pour la planète, on mettait au minimum 71 jours, peut-être mettra-t-on désormais 60 jours, mais cela fait tout de même un bout quand une transat se négocie en 10 à 20 jours en moyenne. Et puis, un capitaine se doit d'évaluer les risques qu'il fera courir à ses troupes en s'engageant dans ce parcours difficile. Ce qui fait que je n'ai pu que compatir quand j'ai entendu Steve raconter ceci : « Maintenant, c'est la dérive. Juste après avoir travaillé toute la journée pour renvoyer la grand-voile, c'est la

dérive bâbord qui s'est cassée. Nous avons heurté quelque chose une première fois hier, mais l'arrachement de la partie basse de la dérive bâbord n'est intervenu que dans un deuxième temps avec un grand bruit. Nous avons vérifié la structure de la coque. Elle est intacte. Je suppose que l'on peut continuer à naviguer autour du monde avec la seule dérive tribord. Mais le vrai problème, c'est la grand-voile.
« Nous avions acheté un nouveau jeu de voile spécialement pour The Race parce que nous doutions de la capacité de l'ancien jeu à tenir un tour du monde. Quand la première avarie est survenue, alors que nous étions encore en Méditerranée, nous savions que nous allions avoir des soucis. La réparation qu'a effectuée Nick Moloney aujourd'hui sur le premier ris a bien tenu, mais maintenant c'est le deuxième ris qui commence à lâcher. On est destiné à se battre avec les réparations pour le reste de la course. J'ai exposé aux équipiers mes réserves à continuer The Race et leur ai demandé leur avis. Ils consacrent tous leurs efforts sur le projet depuis des mois, certains depuis des années. Nombre d'entre eux auraient bien voulu seulement terminer, même sans être en compétition. C'était à moi de prendre la dure décision à moins que l'équipage ne me donne un argument décisif pour continuer. Après discussion, l'équipage est venu me dire qu'il se rangeait à mon avis. Nous sommes tous unanimes à bord pour penser que les océans du Sud sont trop dangereux pour s'y aventurer avec un bateau diminué. Nous remettrons le bateau en état pour, dès cet été, s'attaquer aux grands records mythiques, dont l'Atlantique New York-cap Lizard. J'ai tourné la barre et nous naviguons maintenant en direction de Miami. »
Les adversaires et amis de Steve n'ont pas tardé à lui rendre hommage. Grant Dalton a salué le visionnaire et pionnier qui, dès le début, a cru en la grande aventure de The Race ! « On est désolé pour eux. Ils doivent vraiment être déçus car ils ont travaillé très dur pour que le bateau soit prêt le 31 décembre et ils étaient dans la course. Mais le matériel souffre, c'est lui qui décide. C'est la loi de la course ! » Loïck, lui, a déploré : « L'abandon de *Play-*

station est désolant pour tous les gars qui ont bossé sur ce projet. Cela nous confirme que, pour gagner cette course, il faudra d'abord la terminer. »
Pour ma part, la première fois où j'ai croisé Steve, c'était lors de la TransPacifique. On est en 1995. Je suis en tournée de promotion pour The Race. Je pourrais dire en mission. Il s'agit d'aller à la rencontre de toutes les familles de la voile, celle du yachting à la papa comme celle des technokids du cata de sport. Il s'agit de porter la bonne parole, de permettre aux Saint-Thomas de toucher du doigt nos incroyables machines. La TransPac' est une épreuve très américaine, port de départ : Los Angeles, port d'arrivée : Hawaii. Faute de subsides, j'ai fait convoyer par la mer mon fidèle *Explorer*, le catamaran du Jules-Verne, aujourd'hui repris par les Polonais de *Warta-Polpharma*. Le jour du coup de canon approche et toujours pas de bateau. Je prends langue avec les quelques multicoques présents pour leur proposer un *gentleman's agreement* qui nous permettrait de partir tous ensemble. Steve Fossett est le seul à me rembarrer. Fort civilement, mais sans remords.
Cet homme d'affaires richissime, qui a fait fortune grâce à des sociétés de courtage en bourse, est devenu un aventurier multicartes. Il a traversé la Manche à la nage, le Grand Nord en traîneau à chiens. Il a escaladé les plus hautes montagnes et participé aux 24 Heures du Mans automobile. Il a tenté de faire le tour du monde par la voie des airs, en ballon. En équipage avec Richard Branson, le fantasque patron anglais de Virgin, ou en solo.
En voile, il s'est improvisé navigateur solitaire avec talent au début des années 90. Sa connaissance de l'engin était inexistante, mais il n'a pas craint de racheter le trimaran de Florence Arthaud, son *Groupe Pierre Ier*, vainqueur de la Route du Rhum 1990. Il l'a rebaptisé *Lakota* et a fini troisième de sa première et dernière transat en solo, le Rhum 1994. Chapeau ! Là, pour la TransPac', il mène toujours *Lakota*. Il est l'un des favoris, mais mon *Explorer* devrait en faire du petit bois si le vent souffle un peu et n'est pas pile dans le nez. Fossett oppose une cordiale fin de non-

recevoir à ma demande de délai. J'en prends acte, mais je lui lance : « Rendez-vous sur l'eau. » Nous affrétons un remorqueur et volons à la rescousse de nos convoyeurs. Le cata entre en fin de nuit dans le port californien. Tout est prévu : équipe de nettoyage, lessive, avitaillement.
Et nous nous présentons à l'heure sur la ligne. Nous ne nous privons pas de bloquer *Lakota* au départ, en le déventant copieusement et en laissant les voiles faseyer jusqu'à bien l'enterrer.
Dans le petit temps, il nous rattrape du côté des îles Catalina, puis nous lui passons sur le corps, avec toute la puissance d'un cata au bon plein. A bord, m'accompagnent Florence Arthaud, grand marin et excellente équipière toujours heureuse d'être en mer, et Skip Novak, le skipper-aventurier aujourd'hui à bord d'*Innovation Explorer*, qui a abandonné ses expéditions en Patagonie pour découvrir le multicoque. La TransPac' est une promenade de santé. Nous explosons le record de l'épreuve. Cela me fait plaisir de revenir ainsi dans l'île-berceau des multicoques, même si je ne passerais pas mes vacances à Honolulu.
Steve va être le premier en 1998 à mettre un bateau en chantier pour The Race. Indépendant, aimant être maître chez lui, refusant de copier ou d'être copié, il choisit des solutions originales. Il fait appel comme architectes à Gino Morelli qui avait dessiné *Région Picardie* dans les années 80 et à Pete Melvin, ancien champion de 470 américain. Il décide de construire en Nouvelle-Zélande. Cooksons est un chantier de référence, l'un des rares endroits dans le monde d'où sortent les unités les plus sophistiquées. Et la Nouvelle-Zélande a l'avantage d'offrir des coûts compétitifs grâce aux faibles charges en vigueur. Cooksons n'a jamais travaillé sur des multicoques mais qu'importe, les compétences pallient le manque d'expérience.
Pourtant, la construction dure longtemps, près de dix-huit mois. Le bateau sort plus lourd que prévu. Échantillonnage revu à la hausse, sécurité blindée, comme si, au fur et à mesure, les pionniers angoissaient devant l'ampleur des forces en jeu.

La mise à l'eau me ravit. Voici le premier Géant mis à flot, voici un skipper américain on ne peut plus charismatique, voici un sponsor d'envergure mondiale, Sony. Enfin, The Race devient réelle. Mieux, dès sa première nuit en mer, *Playstation* bat le record de distance en 24 heures que nous reprendrons ensuite sur *Club Med* avec Grant. Question architecture, *Playstation* est très large et affiche une puissance extrême. Il développe 225 tonnes/mètre quand les trois Ollier en restent à 165 tonnes/mètre. Seul *Team Philips* faisait mieux avec 283 tonnes/mètre.
Avec sa gigantesque grand-voile et son petit triangle avant, *Playstation* est un bateau violent, physique. Suite à des enfournements dangereux, Fossett et compagnie décident de rehausser les étraves et de rallonger les coques de 5 mètres pour éviter que le cata ne sonde comme une baleine. A Barcelone, il semblait avoir un fort potentiel au près et dans la brise. Malheureusement, la déchirure des voiles obligera à une escale-sanction à Gibraltar et, ensuite, aucun comparatif ne sera possible.
Le bateau débute ses misères par un incendie à bord. Pendant ce temps, Fossett se lance dans un tour du monde solitaire en ballon et réchappe à une chute de 3 000 mètres. Sacré bonhomme ! Pendant les deux années qui précèdent le départ, mes relations avec Steve sont empreintes de méfiance. C'est normal. L'homme aime gagner et il me voit comme un concurrent potentiel. Je n'ai pas encore décidé si je participais ou pas. D'où, de la part de cet homme secret qui aime protéger ses arrières, une difficulté à s'ouvrir.
A l'été 2000, les choses s'aggravent. Steve danse un bizarre pas de deux. C'est « j'y vais, j'y vais pas ». Explications : Fossett est plutôt un aventurier qu'un régatier. Ce qui lui plaît, c'est d'engranger des records, pas d'en découdre avec ses semblables. Pour moi, The Race n'a pas vocation à faire d'ombre au Trophée Jules-Verne. D'où ce départ en Méditerranée à date fixe, qui interdit de retenir une fenêtre météo idéale, et ce passage par le détroit de Cook en Nouvelle-Zélande qui écarte la flotte de la voie

royale du record scratch. Tout ça est réfléchi, voulu, annoncé à tous les challengers.
L'été dernier, Fossett propose un report d'une année. Il argue que les autres prétendants sont en retard, qu'ils ne seront jamais prêts. En fait, il préfère tenter le Jules-Verne en éclaireur et s'aligner sur The Race, ensuite. Il est très self-made-man dans son approche : c'est je fais, je fais pas, c'est moi qui paye, c'est moi qui décide, allez vous faire foutre.
Réunion de crise à Southampton, en septembre. Je mets tout le monde devant ses responsabilités. Depuis le début, j'ai fait en sorte que ce soit la course des marins, que ce soit eux qui décident. Là, je leur lance : « Vous voulez y aller ou pas ? Prononcez-vous ! » Grant Dalton et Pete Goss sont les plus virulents. Ils affirment haut et fort qu'ils seront au rendez-vous à Barcelone. Et ils somment Fossett de dire s'il est « in » ou « out ». Ils donnent trois heures à son représentant pour revenir avec la réponse de Steve. Le téléphone fume entre l'Angleterre et la Californie. C'est « oui ». Mais, en novembre, il y a de nouveau le feu aux promesses de papier.
J'apprends par la bande que l'équipe de Fossett est en pleine débandade. *Club Med* et *Team Adventure* ont reçu des offres de service d'équipiers de *Playstation* furieux de voir leur propriétaire et skipper renoncer à The Race. Ambiance de crise. Devant l'unanimité de son équipage à vouloir capeler le ciré, Fossett s'incline.
Bloqué par les tempêtes, *Playstation* ne sera pas à Monaco pour le prologue. Mais, à Barcelone, les troupes de *Playstation* jouent magnifiquement le jeu. L'équipage n'est pas constitué de durs de la Whitbread ou de pros de l'America, d'habitués du cirque bleu. Fossett s'est entouré de fidèles, de gens qui lui doivent tout. Mais, en Catalogne, Fossett est conquis par les moyens mis en œuvre et par l'ambiance qui règne. Il est vraiment heureux d'être là et participe aux festivités, aux démonstrations, avec bonne humeur et enthousiasme.
Son abandon est normal. Faire un tour de l'Antarctique avec une dérive en moins et des voiles cramées, très peu

pour moi. Mais ce renoncement est aussi une leçon d'humilité. Cela prouve que les plus gros budgets ou les premiers partis ne vont pas tout emporter sur leur passage. Au contraire.
Espérons que *Playstation* revienne en piste le plus tôt possible. Qu'il se réattaque aux différents records et qu'il soit sur le pont pour la prochaine édition de The Race. Courage, Steve.

Lundi 15 janvier
(Les Polonais.)

Les trois leaders sont englués dans l'anticyclone de Sainte-Hélène. Ils tentent de ne pas se laisser coincer par les « bulles » de haute pression qui leur masquent l'entrée du Grand Sud. Club Med *est devant, plus sud que les autres,* Team Adventure *suit, un peu plus à l'est, et* Innovation Explorer *continue son option ouest, jouant gros et espérant beaucoup. Le vent souffle du secteur est, 5-10 nœuds. Les Géants peinent à faire du près dans ces conditions émollientes. A bord, vérifications, bricolages, douche, repos, avant de retrouver des conditions musclées.*

JOURNAL. J'éprouve une réelle tendresse pour les Polonais. D'abord parce qu'ils mènent mon vieux compagnon, *Explorer*, qui fut à la fois fier destrier glaneur de records sur l'Atlantique, sous le nom de *Jet-Services*, puis autour du monde avec à bord des gens comme Cam Lewis et Jack Vincent embarqués sur *Team Adventure*, mais aussi Olivier Despaignes et Marc Vallin. Ensuite, *Explorer* fut à la fois le CV flottant et le kit-démo de The Race, se multipliant aux quatre coins de la planète, embarquant à son bord autant de gentils « guests » et de vénérables VIP que la solidité de ses filets le lui permettait.
Aujourd'hui, les hommes de Gdansk lui redonnent une nouvelle vie. Les marins de ce port de la Baltique, célèbre pour ses chantiers navals et ses révoltes des années 80

siglées Solidarnosc, portent le premier défi polonais au cœur de la voile océanique. Roman Paszke, 51 ans, leur Tabarly local, a remporté l'Admiral's Cup, véritable championnat du monde de course au large qui se court tous les deux ans, entre le Solent et le Fastnet. Il a réussi à mobiliser un pays et à recruter des jeunes issus des filières voile-études.

Bateau de la génération précédente, *Warta-Polpharma* garde pourtant un potentiel important. L'engin est vif, sain, fiable. Et les Polonais de Roman le mènent bien. Là, ils viennent de passer l'équateur. Fête digne et sobre (1 bouteille de champagne pour 13 hommes). Ils ont renoncé à aller faire un petit coucou à *Playstation* sur le chemin du retour, pour continuer à débouler à 20 nœuds. « Notre espoir est de couper au plus court là où nos prédécesseurs ont dû effectuer une large boucle dans l'ouest », déclarait Dariusz Drapella, le navigateur du plus petit cata de la flotte.

Mais le petit poucet déclenche une véritable ferveur dans son pays. Jaroslaw Kaczorowski, équipier à bord, nous a beaucoup appris sur le suivi de The Race dans son pays d'origine : « Nous sommes très populaires en Pologne. Nous avons un taux d'écoute entre 19 et 21% sur le programme sportif de la première chaîne de télévision. Maintenant, des gens de la Pologne appellent, cela va d'un technicien de Katowice à des gens plus simples de Biala Podlaska ! Nous naviguons depuis notre enfance, mais vu la position de ce sport en Pologne, c'est un hobby. Longtemps, ce sport est resté méconnu du grand public. Dans notre équipe, il y a un officier de la marine marchande, Dariusz Drapella, les autres sont tous marins amateurs. Nous n'avons eu des contrats qui nous permettent d'en vivre que fort récemment. Ceci dit, moi-même, j'ai été obligé de trouver trois fois des petits boulots pour pouvoir continuer à naviguer. »

Dariusz, quant à lui, explique ses fonctions précédentes : « D'où je viens ? Je suis en fait officier de marine marchande. Le dernier bateau que j'ai commandé faisait

200 mètres de long et naviguait en mer d'Irlande. Il transportait des passagers. J'ai été second sur le *Dar Mlodziezy* qui portait 3 000 m^2 de voilure et comptait 200 personnes à bord, officier en chef du voilier *Star Cloud* avec 3 000 m^2 de voilure et plus de 26 000 parcourus. Beaucoup de bateaux différents ! Je suis aussi allé en Antarctique et je sais ce qu'il y a là-bas. Je sais à quoi l'on peut s'attendre. »

Mardi 16 janvier

(L'école des pros, vocation et rupture, au pétrole.)

Club Med *vient de bastonner sévèrement ses rivaux.*
Le bateau du club de vacances vient de trouver la bretelle d'accès à l'autoroute du Grand Sud.
Il déboule à 20 nœuds de moyenne horaire quand Team Adventure *et* Innovation Explorer *ne sont qu'à 10 nœuds.*
L'option sud de Club Med *a payé et, pour les suivants, la note est salée. Ils viennent de se prendre 100 milles dans les mirettes, sans avoir rien vu.*

JOURNAL. Sur *Club Med*, ça sent le professionnalisme. Ils s'en félicitent jour et nuit et ils ont tout à fait raison. La voile n'est plus une activité d'amateurs éclairés ou de dilettantes doués. Le recrutement n'est plus seulement familial ou géographique. Dans les grandes nations de voile, les filières d'accès à la mer permettent de diversifier les recrutements et les origines sociales.
Mais, il y a vingt ans, nous étions encore un peu dans une situation à la polonaise, où il paraissait insensé de vouloir en faire son métier. D'où les gueulantes paternelles quand, défrichant la voie pour mes deux frères, je décidai d'arrêter mes études pour naviguer. Les mesures de rétorsion ont été très vives : vivres coupés, autonomie. J'étais certain de vouloir faire de la voile mon métier. Mais j'ai quand même embarqué comme élève officier sur un pétrolier.
L'atavisme ? Plutôt un biais, pour se remettre en selle, moi qui avais quitté l'école formant les officiers de la

marine marchande sans aller au bout. Naviguer au pétrole permettait de présenter l'examen sans suivre les cours. Car, quitte à travailler, le métier ne me paraissait pas inintéressant, surtout en terme de congés. Trois mois en mer, un mois et demi à terre. Parfait pour repartir en mer... faire de la régate. Donc j'embarque sur le *Leda*, un 300 000 tonnes de la Shell. Mon père a fait passer les consignes : aucun traitement de faveur, au contraire. Je suis à la fois élève pont et machine. Les lieutenants enseignent le point d'étoiles. Les positionneurs par satellites ne sont pas encore nés. C'est encore le temps du Decca, du Loran et donc du sextant. Droites, méridiennes, tables de logarithmes, je deviens habile en ces matières.

On vit dans un espace confiné, 24 heures sur 24, sans quasiment descendre à terre, chargement et déchargement à la volée, ravitaillement par hélicos. En neuf mois de mer, lors de trois allers-retours Bahreïn-Rotterdam, j'ai dû passer en tout et pour tout un après-midi à Amsterdam.

Je suis jeune et je découvre le monde, les relations humaines, la vie en communauté. Les marins regrettent souvent le temps des escales. Beaucoup étaient venus chercher l'aventure et doivent se contenter d'une routine aseptisée. Certains sont conscients du décalage par rapport à leurs rêves, mais s'en sont fait une raison. Et puis, il y a ceux qui sont heureux en mer, même si elle paraît singulièrement absente quand on perche dans le château arrière. En vitesse de croisière, à 13 nœuds, il faut regarder loin derrière pour apercevoir un sillage.

Il y a un carré officiers et un carré équipage avec un bar faisant la jonction. Le cloisonnement est minime. Les contacts sont réels. Il existe pourtant des sujets de discussion tabous : la famille à cause du blues que l'absence peut générer, la politique et la religion afin que les oppositions ne se cristallisent pas. Les femmes sont parfois admises à accompagner leurs maris pendant une traversée. Alors, chacun soigne sa tenue, se tient à carreau. La nourriture, elle, reste excellente, car l'armement veille à ce que les estomacs soient bien soignés.

J'ai des fourmis dans les jambes. Je suis volontaire pour toutes les missions possibles et imaginables. Histoire de tromper l'ennui et de gagner quelques sous, les élèves ne touchant pas de solde. Il faut remplacer un matelot blessé ? Me voilà parti à piquer la rouille, suspendu à l'extérieur du château arrière, ou à nettoyer le pont de 300 mètres de long pour 40 mètres de large.

La seule fois où j'ai vraiment vu le bateau bouger, c'est dans le canal du Mozambique. 70 nœuds de vent. Les pipe-lines commencent à se balader sur le pont. Il faut des risque-tout pour aller les ressaisir. Les déferlantes recouvrent le pont. Tant que le pétrolier bourre dans la plume contre le vent, impossible de s'y risquer. Le commandant se met vent arrière. Pas évident de prendre le rail à contresens. On se précipite. Les vagues montent au niveau des baleinières, à 24 mètres. Il faut guetter le bon moment, se précipiter. Dans les vapeurs d'écume, on aperçoit au loin le château qui tangue sacrément.

J'ai eu mon père comme commandant, des Canaries à Cape Town. C'était un pur hasard qui ne s'est pas reproduit. Il était respecté, mettait une bonne ambiance. Mais pour l'un comme pour l'autre, il était plus facile d'emprunter des chemins différents. Il était à la fois content de voir que je mettais du cœur à l'ouvrage et que j'allais peut-être pouvoir réintégrer l'école, mais il ne tenait pas absolument à ce que son fils le suive au pétrole. Lui avait aimé piloter les plus grands pétroliers du monde, mais trouvait que le métier perdait de son charme. Et quand la compagnie lui demanda de ramener son 500 000 tonnes au cimetière marin, en Norvège, il refusa.

Mercredi 17 janvier
(Entrée dans le Sud.)

Innovation Explorer *est resté « tanké » dans une grosse bulle anticyclonique. L'option ouest se révèle calamiteuse. Le bateau skippé par Loïck compte 510 milles de retard sur les deux leaders. Une bonne journée de mer quand le vent souffle. D'ailleurs,* Club Med, *toujours en tête, a fait 593 milles en 24 heures, confortant son avance sur* Team Adventure. *Tous deux sont désormais entrés dans les quarantièmes rugissants.*

JOURNAL. Je ne suis pas un habitué du Grand Sud. J'ai plutôt mes habitudes en Atlantique Nord, ou Pacifique Nord : Plymouth-Newport, Saint-Malo-Pointe-à-Pitre, La Baule-Dakar, Lorient-Les Bermudes, et aussi New York-Cap Lizard, Yokohama-San Francisco, Los Angeles-Honolulu pour les records. Voilà mon terrain de jeu, voici mes calvaires et mes Everests. Je ne me suis aventuré dans l'hémisphère Sud que lors du Trophée Jules-Verne et, comme nous avons fait tomber le record du premier coup, je n'ai pas eu matière à y retourner. Je ne me suis aligné ni sur le Vendée Globe ni sur la Whitbread devenue la Volvo. Les monocoques et moi, ça fait deux. J'aime la glisse des multis et le pilotage extrême. J'ai longtemps hésité avant de participer à ces expéditions, par deux fois à la limite de partir pour la Whitbread, sur deux projets suédois, j'ai finalement renoncé. Mais une seule incursion dans ces parages laisse des traces indélébiles.
D'abord, ce qui marque c'est le froid avec des températures comprises entre 5 et – 5°. Le soleil peut offrir de magnifiques lumières, un peu islandaises, un peu bretonnes, mais lorsque arrive une dépression, le ciel se couvre d'une épaisse couche nuageuse qui empêche tout rayon de soleil de venir vous réchauffer. Au-delà des cinquantièmes hurlants (les 50 degrés de latitude sud), les maxi-catas peuvent s'attendre à croiser des icebergs. Ceux-ci se sont disloqués de la banquise et dérivent au gré du courant. Le danger est alors absolu. Tout choc peut trouer la coque ou arracher un appendice (safran ou dérive). Pour tenter d'éviter une telle rencontre, les alarmes des radars sont branchées. Certains équipages, comme sur la dernière Whitbread, portent également la nuit des lunettes infrarouges pour repérer à la surface de l'eau les petits morceaux de glace (*growlers*) non détectables par leur « équipier électronique ». Le meilleur

indice pour repérer une zone à risques est la température de l'eau. Si l'eau avoisine 5° en temps normal, une chute soudaine de température indique la présence d'icebergs ou de growlers.
Les hommes qui entrent dans ces parages deviennent sérieux, sobres, prudents. Et capèlent leurs harnais, car toute chute et tout bain involontaire peuvent être mortels. Avis de Franck Proffit (*Club Med*) : « Nicolas Pichelin a bien travaillé sur la conception du harnais que nous enfilons maintenant dès que nous sortons. Ce harnais intègre, outre sa fonction première, un flash light, une balise personnelle, un couteau. Tout un tas de trucs bien utiles en cas de problème ! »
De plus, à chaque traversée du trampoline, il faut prévenir le barreur pour que celui-ci redouble de vigilance aux commandes du bateau. Commentaires de Jacques Caraes, équipier sur *Club Med* et vidéoman : « Lorsqu'il faut traverser le trampoline, on peut s'accrocher au niveau de la bôme. Après, c'est le regard qui fait la sécurité. On observe bien l'état de la mer avant de s'élancer et de passer de l'autre côté. Autrement, lorsque l'on manœuvre, on s'accroche obligatoirement. Pour filmer, il faudrait presque être attaché devant et derrière pour être bien calé. C'est sûr que, désormais, il est plus dangereux d'aller filmer sur la plage avant. Il faut éviter de toute façon les endroits trop exposés. Nous avons "planté" une fois. La vitesse passe de 30 nœuds à 10 nœuds. C'est comme un coup de frein à main brutal ! C'est à la fois dangereux pour l'homme et le matériel. » Grant Dalton confirme : « Nous nous sommes enfoncés dans une vague cette nuit. J'étais couché dans ma bannette, mais je me suis retrouvé plaqué sur le devant de la cloison. Neal était à l'écoute de la grand-voile et a fait un vol plané jusqu'à l'intérieur de la descente ! Il faut le voir pour le croire, cela va tellement vite : une mauvaise vague et c'est terminé. Et la nuit c'est pire, on ne voit rien, il faut vraiment faire attention. »
Ciré, gants, lunettes de ski, combinaison intégrale et harnais, les hommes du quart sur le pont sont harnachés tels des cos-

monautes, bravant les litres d'eau de mer qui leur arrivent dessus à la vitesse d'un obus. Pendant ce temps, un autre quart veille, prêt à intervenir. Les hommes du dernier quart, eux, sont au chaud, recroquevillés dans leur duvet, tentant de trouver le sommeil. « A l'intérieur, poursuit Grant, c'est bruyant, cela résonne et ça bouge. Donc, sur les quatre heures de sommeil, tu en perds quasiment une à essayer de t'endormir, mais dans quelques jours on se sera habitué. » Sur *Innovation Explorer*, les fous volants ont un jeu bien particulier quand ça avionne sur les grandes descentes. Imaginez la scène : 4 équipiers rincés et crevés après 4 heures de pont sur les montagnes russes maintenant allongés l'un au-dessus de l'autre dans leurs couchettes superposées pour un repos bien mérité. Mais avant de se reposer, un peu de fun… on guette la grosse vague, on sent le monstre accélérer dans le noir et plonger dans le grand trou, tout le monde les bras en l'air et c'est parti pour un tour de montagnes russes façon cata géant dans le Grand Sud… Yahoooo… Et dire que pendant ce temps-là, leur sort est entre les mains du barreur qui, là-haut, tutoie les 40 nœuds. C'est aussi ça la confiance entre des marins qui partagent les mêmes objectifs.

Jeudi 18 janvier

(Sécu, philosophie et pratique.)

Les leaders appuient à fond sur l'accélérateur. Le plus chaud est depuis le début Cam Lewis. Son Team Adventure *vient de parcourir 614,7 milles en 24 heures, record de distance à la journée pour The Race, à une encablure des 625 milles de* Club Med *réalisé sur l'Atlantique Sud. Toujours en tête,* Club Med *a fait 34 nœuds au speedomètre (compteur de vitesse). Et* Innovation Explorer *a envoyé plus de 1 000 m² de toile dans 30 nœuds de vent établis. Un coup de vent s'annonce et les premiers icebergs pointent le nez.*

JOURNAL. Entrée dans le pays de tous les dangers. Le Sud, ses tempêtes, ses icebergs. Si The Race est une course

qui s'est toujours voulue « sans limite », jamais nous n'avons cessé de penser sécurité. La liberté est sœur de la responsabilité et, depuis le début, je tiens à ce que les participants à The Race soient capables de se débrouiller seuls en cas de pépins. Les problèmes rencontrés lors du Vendée Globe 1996-97 prouvent s'il en était besoin qu'il faut réfléchir pour ne pas avoir à faire appel aux sauveteurs australiens à tout bout de champ.
Les trois valeurs concernant les problèmes de sécurité furent : 1. Être conscient. Ce n'est pas parce qu'on fait le tour de la planète en accéléré qu'il faut faire n'importe quoi. Non à l'extrémisme, non aux inconsciences. 2. Se sentir responsable. Nous ne pourrons continuer à aller sur la mer en définissant nous-mêmes nos règlements que si nous éradiquons l'irresponsabilité de nos rangs. Il s'agit de revenir vivants tous et chacun. Du moins, d'avoir fait tout ce qui était humainement possible pour prévenir les problèmes. 3. Tâcher d'être exemplaire. Les recherches engagées doivent servir aux autres marins. Les trouvailles question matériel sont là pour faire progresser la sécurité de tous.
Les Géants vont tellement vite que l'idéal aurait été d'avoir un autre Géant transformé en « safety boat », en « bateau-hôpital », avec unité de soins, plongeurs, médecins. Ainsi, le bateau-hôpital aurait suivi la cadence. Trop cher, trop compliqué. D'où l'idée d'armer un maxi-monocoque et de l'envoyer en avant-garde dans les mers difficiles du Sud. Son manque de vitesse n'est ainsi pas rédhibitoire, chaque bateau veillant sur celui qui le précède et le bateau-hôpital, mené par Hervé Laurent qui a succédé à Alain Gabbay, ferme la marche. Surtout, les Géants ont réfléchi pour pouvoir vivre à l'envers. Les bateaux sont étanches, insubmersibles, capables de transmettre des informations et de nourrir leurs troupes, trois semaines durant. Mieux, chaque équipage compte à bord un spécialiste médical et un plongeur diplômé. Ajoutez à cela que les Géants disposent de moteurs de deux fois 100 chevaux capables de leur permettre de revenir sur un homme à la mer. Je suis d'autant plus heureux que cela soit effec-

tif que je me souviens encore des disparitions de Daniel Gilard dans La Baule-Dakar 1987 et d'Olivier Moussy dans Québec-Saint-Malo 1988 qui auraient pu être évitées avec des moteurs puissants. Ça me chagrine d'autant plus qu'à l'époque je plaidais sans succès.
En mer, la disparition d'un copain vous met un gros coup derrière la nuque. Ça ne me calme pas dans ma façon d'attaquer ou ça ne m'incite pas à être plus prudent, sachant que je le suis déjà. Mais, d'un seul coup, je regrette ce que je n'ai pas fait et ce que je ne ferai jamais avec lui. Alors que, dans la voile, je ne suis membre d'aucune bande ou clan, là je ressens cette perte comme celle de quelqu'un de ma famille. Mais la mer a l'avantage de nous rappeler à l'ordre d'une autre réalité. Il y a du boulot, on est épuisé, on réussit à dormir. Quand ça arrive à terre, je suis plus troublé. Il manque un exutoire. En tant qu'organisateur, je me sens paradoxalement plus détaché. On a été au bout de notre démarche sécurité. On a vraiment apporté notre pierre à l'édifice. Ensuite, la décision de prendre la mer appartient à chaque individu. Et le risque zéro n'existe pas.

LE PC COURSE

VIGIE. n. f. Poste d'observation.

En terme de Marine, *Être en vigie,* Être en sentinelle, pour découvrir et annoncer les objets qui peuvent se présenter à l'horizon.

VIGIE se dit aussi du Matelot même qui est en vigie. *La vigie a signalé un vaisseau.*

Il se dit en outre de Pointes de rochers isolées au milieu de la mer et à fleur d'eau. *Cette vigie n'est pas marquée sur les cartes.*

Dictionnaire de l'Académie Française, VIIIe édition.

J'aime, plus que tout peut-être, les vigies, hommes ou lieux, leurs gros yeux et leurs grandes oreilles. Tout romancier n'est qu'un espion raté, mâtiné d'une concierge volontiers guette-au-trou. Comme le diable du conte, il soulèverait avidement les toits de la ville pour surprendre les pratiques des habitants, les avouables et les autres. A Pleumeur-Bodou, dans l'ouest de mon île, un énorme champignon blanc, par ailleurs radar, écoute le monde entier. Souvent, j'allais m'approcher de ce globe magique tâchant de surprendre ce qu'il avait surpris : des chuchotements venus du bout du monde, des secrets confidentiel défense discrètement dérobés.

Plus tard, ami de l'écrivain Ismaïl Kadaré, je me suis passionné pour la curiosité maladive d'un pays minuscule, patrie des aigles, de la sauce tomate et d'une mafia terrible, l'Albanie. Cette entité minuscule s'était dotée, comme la Chine, sa seule alliée, d'un timonier considérable, Enver Hodja. Lequel, comme Mao et ses successeurs, s'était donné la double tâche d'abattre à jamais les tigres de papier révisionnistes soviétiques et d'instaurer, enfin, au terme d'une révolution radicale, l'Homme Nouveau. Pour ce faire, l'étape préalable et nécessaire était le Renseignement. Tirana, la capitale, était truffée de radars. Des centaines d'auditeurs militants tendaient nuit et jour leurs tympans et notaient scrupuleusement tout ce qu'ils surprenaient de l'Occident, à commencer par ses manières dépravées, signes réjouissants de sa chute inéluctable et prochaine. De cette folie, rien ne vaut le portrait qu'en trace Kadaré dans son roman *Le Concert*.

Ajoutons que, serviteur de l'Élysée des années durant, je savais qu'on y écoutait fort, sans deviner (hélas) jusqu'où allait cette manie de la surveillance.

C'est vous dire que la passion de la vigie est pour moi une maladie qui remonte loin dans l'enfance. Ce n'est donc pas sans émotion que je pénétrai la première fois dans le gros œil et la grande oreille de The Race, le PC, boulevard Kellermann, face au célèbre stade, bien connu des anciens de mai 68, Charlety.

Passé la porte de fer, empruntez sur la gauche un petit escalier. Au premier étage, traversez une pièce modeste qui n'a d'intérêt que pour les cartes qu'elle présente. Poursuivez, vous déboucherez sur une salle bien plus vaste au fond de laquelle deux hommes se tiennent, derrière une forêt d'ordinateurs et de téléphones. En ce moment, ils parlent. L'un, en français, avec Loïck Peyron. L'autre, en anglais, avec les Polonais de *Warta-Polpharma*. L'anglophone, c'est David Adams, un Australien, le codirecteur de la course. Le francophone, c'est Jean-Paul Roux, son adjoint. Dans quelques temps, un autre couple viendra les relayer. L'autre directeur, Denis Horeau, un géant rieur (bien connu des régatiers puisqu'en été il dirige la Figaro), et son adjoint, l'Anglais Sandy Fisq.

Ainsi, vingt-quatre heures sur vingt-quatre, une équipe bilingue veille sur la flotte, entend les appels, fournit les informations, rappelle les règlements, organise les escales éventuelles. Deux fois deux saint-bernard des mers, prêts dans l'instant à lancer les secours si la situation le réclamait. Derrière eux, un écran immense où s'inscrit, mille après mille, la progression de tous les concurrents ainsi que les systèmes météorologiques qu'ils traversent. Aucune fenêtre, dans cette salle, aucune longue-vue, et, de la Tasmanie au Pot-au-Noir, rien pourtant ne leur échappe.

Entre deux appels, vous pouvez, timidement, vous glisser et engager une conversation. Qui vous fera comprendre bien des choses. Sur les tactiques des bateaux, sur leurs perspectives, sur les menaces qu'Éole et Neptune leur préparent : il vous suffira de compter les petites barres accrochées à chacune des innombrables flèches. Chacune de ces barres vaut 10 nœuds. Vous savez de cette manière simple qu'en ce moment même, à l'autre bout de la planète, à la latitude sud 52 et à la longitude ouest 160, la tempête dépasse force 10 (50 nœuds)...

Vous apprendrez aussi que la course n'est pas faite que de coureurs. Que, dans ses coulisses, un autre peuple travaille, tout aussi passionné de la mer. Des météorologues, tel Gilles Chiorri. Des routeurs comme le célèbre Pierre Lasnier, qui conduit beaucoup des meilleurs marins (dont Loïck Peyron) et parfois plusieurs en même temps. Un médecin d'exception, le « télédocteur » Jean-Yves Chauve. Il a écrit un drôle de manuel, une sorte de catalogue des douleurs et maux divers. Morceau par morceau du corps, vous allez pouvoir, en consultant l'ouvrage et en dialoguant avec le praticien, établir vous-même votre propre diagnostic et choisir le traitement approprié. C'est lui, ce formidable Monsieur Chauve, qui a guidé la main du malheureux Bertrand de Broc lors du Vendée Globe 1992-1993. Au cours d'une manœuvre, il s'était malencontreusement coupé la langue. Un marin a beau être taiseux de nature, mieux valait la recoudre, n'est-ce pas ? que la laisser pendre.

Un invraisemblable rassemblement de compétences, mêlant la science et la technique les plus avancées au génie du bricolage et de l'improvisation. Une équipe d'amis soudée depuis des années par une somme d'épreuves, d'angoisses, de drames et de joies qu'aucun romancier ne pouvait imaginer.

D'eux tous, on pourrait dire qu'ils naviguent par procuration. J'espère que nul n'osera, à leur encontre, la moindre ironie. Quand on aime la vie, à la folie, quand la seule vraie nostalgie c'est de n'avoir qu'une seule existence, on s'arrange toujours pour vivre, en même temps que la sienne, la vie des autres. Et qu'est-ce que l'amitié sinon aider ses amis à réaliser leurs rêves, qui sont aussi les nôtres ?

❐

L'un des traits distinctifs de The Race, parmi toutes les régates à la voile qui sillonnent les océans, c'est la communication. Une course dite du « millénaire » ne peut qu'être accompagnée par les dernières techniques de l'information.

C'est la raison pour laquelle le rez-de-chaussée du PC tient du standard téléphonique, de la salle de presse et d'un studio de production. Presque à toute heure (et parfois la nuit), une petite foule polyglotte s'y agite. On sommeille devant des écrans qui n'apportent pas toujours quelque chose de nouveau.

La grand-messe commence à midi et demi, chaque jour. C'est l'heure des « vacations ». Drôle de mot qui d'ordinaire veut dire « temps consacré par la justice à l'examen d'une affaire » ou « honoraires d'un officier ministériel » ou encore « vacances judiciaires ». Ici, il s'agit simplement de conversations. Bruno Peyron ou l'un de ses invités parle avec chacun des bateaux. Moments irréels. Soudain, une voix surgit dans la grande salle. On la dirait venue de la pièce voisine alors qu'elle raconte les icebergs à l'horizon, la vague qui vient de déferler dur, la maudite baleine heurtée à pleine vitesse et briseuse de dérive... Une retransmission pure, nette, claire alors qu'elle arrive de l'autre bout de la planète et des pires conditions possibles (chaos et vacarme divers). Publicité éclatante pour le grand organisateur, France Télécom. Certains, dont je suis, peuvent regretter les attentes interminables d'autrefois, les conversations entremêlées, les chuintements, grésillements, crépitements, tous ces indices tangibles de la distance, aujourd'hui abolis. Mais demeurent, par-delà la prouesse technique, d'autres mystères. Que cachent ces voix enjouées, venues pourtant du cœur des tempêtes ? Que veulent dire ces rires perpétuels (Loïck Peyron) ou ce demi-laconisme (Grant Dalton) ? La cinquantaine de journalistes présents à la messe écoute et tente de décrypter. Ces bribes sonores des antipodes seront transmises à des dizaines de radios dans le monde.

❐

Le règlement était sans appel : chaque équipage devait comporter un cameraman. A charge pour lui de nourrir la terre d'au moins six minutes d'images quotidiennes. Ce cahier des charges n'a pas été tout à fait respecté. Mais des vocations de cinéastes se sont révélées. Si Jérôme Teigne, d'*Innovation Explorer*, était un réalisateur reconnu, Jacques Caraes, grand marin de *Club Med*, ignorait tout des optiques et des cadrages. Une camera lui avait été prêtée quinze jours avant le départ pour se faire la main sur sa famille. Les premières livraisons furent hésitantes, on l'imagine. Au fil des semaines, la passion lui est venue, et l'aisance. En deux mois, ce néophyte est apprécié comme un professionnel.

Ces images sont montées au PC et distribuées à la centaine de télévisions clientes par une société de production filiale de The Race et dirigée par Arnault de Belinay. Ce personnage affable n'est pas novice en matière de voile et de films de voyages. Depuis plus de dix ans, il accompagne le chanteur-navigateur Antoine dans la plupart de ses périples. Ses flâneries habituelles se sont brusquement changées en sprints, mais sa curiosité de la mer et des marins n'a pas changé. Comme les directeurs de la course, il veille sur sa flotte, abreuve de mails les solitaires, toujours furieux d'être dérangés et secrètement ravis, sans jamais l'avouer, de n'être pas oubliés.

Comme je lui demande si, lors de certaines « vacations », il sent une détresse, une angoisse chez son interlocuteur, il me regarde, sourit : il ne faut jamais laisser la porte trop grande ouverte à l'émotion. Les sentiments, dans ce genre d'épreuve, peuvent se changer en vos pires ennemis.

Passants pédestres ou voitures qui empruntez le boulevard Kellermann, baissez votre vitre ou ralentissez l'allure, vous entendrez peut-être, venu d'un immeuble sans charme, un gémissement de baleineau heurté par une dérive, le tam-tam sourd du carbone frappé par une suite de déferlantes, et peut-être verrez-vous, par une vitre entrouverte, s'envoler le reflet de votre premier albatros.

Prenez le temps de saluer ces lieux secrets. Les vigies d'aujourd'hui n'occupent plus le haut des mâts.

Erik Orsenna

INTRODUCTION AUX ANALYSES DE MÉTÉO DE GILLES CHIORRI

A l'évidence, la qualité du bateau n'est pas indifférente, ni celle de l'équipage.

Mais trois hommes jouent dans une course un rôle majeur. Deux sont en mer, le troisième reste à terre. Deux naviguent sur l'eau, le troisième seulement sur le papier du fax ou le miroitement de l'écran. C'est de l'unité de ce trio que dépend la réussite.

Le terrien, le moins connu, l'homme de l'ombre, c'est le *routeur*. Il recueille, de toutes les sources disponibles, toutes les informations météorologiques possibles. De son bureau, il transmet au navigateur des propositions stratégiques.

A bord, enfermé dans son enclos minuscule, le *navigateur* complète ces propositions par ses propres analyses, tirées, notamment, des données locales.

Puis, seul maître après Dieu, le *skipper* tranche.

Cette répartition des tâches est classique. Et la course qui nous intéresse n'a pas modifié ce schéma. Pourtant, une nouvelle ère commence où se trouvent bouleversées les relations entre les voiliers et le temps. Pour nous éclairer sur cette révolution, j'ai rencontré Gilles Chiorri, l'homme exact qu'il fallait. Coureur de haut niveau (vainqueur de la Mini-transat, expert de la Figaro), il travaille pour une société privée : Meteo Consult. C'est lui qui a été choisi par Bruno Peyron pour exercer le rôle de consultant permanent en matière de temps qu'il fait (ou fera). Autant dire que ses éclairages vont nous être précieux.

Il a accepté de nous expliquer pour trois situations particulières les options choisies par les concurrents et les conséquences qui en ont découlé. Avant de se plonger dans cet univers fascinant de lignes et de flèches, deux remarques.

Entre le cap de Bonne-Espérance et le Horn, *Innovation* aura perdu moins de 100 minutes sur *Club Med*. Tout s'est joué dans l'Atlantique. Pénétrant avec douze heures de retard dans la soufflerie du Grand Sud, Loïck Peyron n'aura jamais pu remonter : 12 heures × 25 nœuds = 300 milles.

Autre donnée : les bateaux de The Race ont « navigué au baromètre ». Leur vitesse leur permet de se placer où ils veulent dans un système météo, à l'endroit exact où le vent pousse comme ils veulent, en force et en direction. Ceux qui poussent la machine comme *Club Med* choisissent 25 nœuds, voire 30. Les autres, plus modestes, s'en tiennent à 20.

Tout se passe comme si, d'un bord à l'autre d'un océan, Indien ou Pacifique, ils s'installaient sur une vague et ne la quittaient plus. Seul problème, lorsqu'ils vont plus vite que la dépression qui les accueille : ils butent alors sur une zone déventée. Dans ce cas-là, rien de plus urgent pour eux que de trouver l'hospitalité d'une nouvelle dépression. Au bout du chemin, l'aiguille du baromètre embarqué n'aura pas varié, continuant imperturbablement, malgré toutes les facéties du temps, sa ligne droite. Confort inouï, comparé aux passivités des époques passées où l'on était forcé de subir les humeurs, violentes ou émollientes, de la météo.

La seule limite à ce grand jeu planétaire avec les éléments arrive avec les Andes. Impossible, encore aujourd'hui, de déplacer cette petite barre rocheuse. Bien obligé de compter avec elle ! C'est alors, aux abords du Horn, que reviennent les frayeurs d'autrefois...

Erik Orsenna

UN TOUR DU MONDE...

Ce texte préjuge du parcours de The Race tel qu'un équipage peut se l'imaginer a priori. Il s'agit donc, à partir des données statistiques météorologiques, d'envisager un tour du monde à la voile au départ de Barcelone et une arrivée à Marseille.

I – Méditerranée

Le départ de Barcelone en période hivernale peut réserver toutes les surprises. Le calme est fréquent dans le golfe de Valence et le chemin pour gagner un possible flux d'est en mer d'Alboran est tactique : faut-il choisir le jeu des régimes de brises en longeant la côte, ou est-il préférable de se décaler plein sud à travers les îles Baléares pour aller au plus court vers le vent établi ? Dans ces conditions, Gibraltar se passe au portant avec un renforcement du vent par effet d'entonnoir. Mais il est plus probable que les challengers soient soumis à des conditions de vent et de mer musclées. Les dépressions atlantiques, suivant, à cette saison, une trajectoire très sud, arrivent en Méditerranée après avoir traversé l'Espagne. Les vents de secteur sud-ouest à nord-ouest deviennent violents aux passages des perturbations. Les multicoques se retrouvent alors au louvoyage dans une brise et une mer difficiles. Les bords à terre jusqu'à la sortie de Gibraltar permettent de se protéger relativement, mais le passage du détroit s'annonce particulièrement sévère.

II – Atlantique

A la sortie de Gibraltar, les challengers sont encore dans la zone d'influence dépressionnaire de l'Atlantique Nord. L'objectif est donc de choisir une route qui permet d'accrocher rapidement les alizés de nord-est (entre 10 et 25 nœuds) tout en anticipant d'éventuels passages de perturbations qui engendrent des vents de secteurs sud-ouest, puis ouest à nord-ouest.
A l'approche des îles Canaries, la douceur et l'alizé se font ostensiblement sentir. Le passage de l'archipel nécessite une attention particulière à cause des reliefs élevés qui engendrent des calmes ou des accélérations de vent notoires.
La route suivie est d'ores et déjà conditionnée par le passage du Pot-au-Noir ou zone de convergence intertropicale (qui peut s'étaler à travers tout l'Atlantique entre les latitudes 4°N et 8°N). Le Pot-au-Noir se traduit par une succession de calmes, de grains accompagnés de pluie et parfois de vents

violents, puis, de nouveau, des calmes. Le jeu stratégique consiste alors à déterminer à l'avance la zone la moins large à traverser puis, par analogie, comme lors du franchissement d'un gué d'une rivière en sautant de caillou en caillou, à progresser coûte que coûte, parfois au détriment de la route directe, mais en profitant de toute risée salvatrice. Ensuite, de l'autre côté de cette zone d'environ 250 milles, les concurrents toucheront l'alizé de sud-est qui les mènera au près serré sur un cap au sud-sud-ouest. Des écarts conséquents risquent de se créer lors de ce passage.
L'autre difficulté stratégique majeure de l'Atlantique se pointe alors à l'horizon : l'anticyclone de Sainte-Hélène (d'autant plus compliqué à négocier qu'il est extrêmement mobile), synonyme de calmes.
Le contournement de cette zone s'effectue en règle générale par l'ouest, et l'on peut évoquer un point de passage statistique à environ 25° S par 25° W à partir duquel les challengers commencent leur approche des fameux quarantièmes Sud sur une route au 130° en bénéficiant des vents portants au sud de cette haute pression.
Le régime des dépressions de l'Atlantique Sud se fait sentir dès le 30°/35° S. Elles circulent très rapidement d'ouest en est avant de s'éloigner vers l'Antarctique, offrant des vents portants sur leur bordure nord. Les bateaux de The Race seront-ils assez rapides pour s'accrocher aux vents de nord-ouest qui précèdent les perturbations ? Le rêve est bien sûr de surfer aussi durablement que possible à l'avant du front. Une fois dépassé cette limite qui ouvre la porte à une nouvelle masse d'air très froide, les conditions de navigation se dégradent totalement et il devient alors très difficile de maintenir la vitesse maximale.

III – Océan Indien – Détroit de Cook

Les facteurs déterminant la route des bateaux à partir de ce moment deviennent donc :
– la recherche des vents favorables (vents portants de nord-ouest) ;
– la recherche de la route la plus courte en distance et donc la plus sud, dénommée l'orthodromie (prendre le virage autour de l'Antarctique à la corde) ;
– la recherche d'un état de mer le moins chaotique possible ;
– la recherche d'une route évitant les glaces (iceberg et growler).
Sans limite réglementaire de latitude sud pour stopper les challengers dans leur recherche du chemin le plus court, c'est le passage du détroit de Cook (point de passage obligatoire entre l'île du Nord et Sud de la Nouvelle-Zélande) qui détermine la remontée vers le nord à l'issue de l'océan Indien. Ce particularisme dans le parcours entraîne des enjeux importants car l'in-

fluence de l'Australie, des plateaux continentaux, des courants de surface et du relief très élevé de l'île du Sud de la Nouvelle-Zélande sont à considérer dès l'approche de la mer de Tasmanie.
Le détroit de Cook est court, mais étroit. Le vent y souffle soit de nord-ouest (tant mieux), soit de sud-est. En fait, c'est surtout dans l'est de l'île du Sud qu'il faut se méfier des effets sous le vent des hauts reliefs, pour éviter tout calme aux abords de la côte.

IV – Océan Pacifique – Cap Horn

L'entrée dans le Pacifique à la latitude du détroit de Cook peut imposer des calmes qui ne sont pas si rares à l'est de la Nouvelle-Zélande. Ils sont dus à la proximité de l'anticyclone et on s'en extrait en faisant cap vers le sud. La route pour le cap Horn est au 140°. Elle reprend donc rapidement pied dans la grande circulation des vents d'ouest des latitudes sud. C'est le retour sur le grand tapis roulant où défilent les dépressions plus dures les unes que les autres avec de fréquentes tempêtes. Les vagues sont soit de tailles monstrueuses, soit extrêmement croisées et très difficiles à absorber pour des multicoques ultrarapides, soit les deux à la fois.

V – Atlantique

Le passage du cap Horn symbolise le summum des difficultés avec les dépressions qui, puissamment canalisées, redoublent de violence en s'appuyant sur le Horn. Puis proche de la Patagonie, on peut subir des williwaws (vents résultant du déplacement de l'air froid descendant du flanc des montagnes dans les régions à haute altitude). Ils sont souvent appelés vents d'Alaska, mais, comme la plupart des vents, ils ne connaissent pas de frontières. On les retrouve en Patagonie et sur les côtes de la Terre de Feu comme en Sibérie. Ils peuvent souffler à plus de 110 nœuds et s'établissent en quelques minutes.
Le Horn ne referme pas la porte des quarantièmes rugissants et cinquantièmes hurlants si rapidement qu'on l'espère. Les conditions météorologiques restent encore difficiles avec les risques de pamperos qui sont des coups de vent associés à l'arrivée de masses d'air très froides traversant l'Argentine à l'arrière d'une perturbation (mécanique comparable à celle du mistral, mais à plus grande échelle). Les pamperos peuvent s'établir à plus de force 10 pendant trois jours de suite.
Pour remonter vers les alizés de l'Atlantique Sud, les navigateurs choisissent un compromis entre les deux options suivantes :
– une route proche de la côte pour bénéficier de moins de mer, mais exposée à des conditions très variables avec des calmes aussi redoutables que les tempêtes ;

– une route directe, proche des Falkland, qui ne permet pas de voir les conditions s'améliorer rapidement, mais qui peut être rapide si on a l'occasion de poursuivre une perturbation qui veut bien se décaler vers des latitudes plus chaudes, et donc d'être poussée par des vents frais de sud-ouest.

A partir du 20e de latitude sud, on retrouve le régime d'alizés de sud-est jusqu'à l'équateur. Il faut alors traverser de nouveau la zone de convergence intertropicale, mais elle est beaucoup moins prononcée dans l'ouest de l'Atlantique et doit être traversée plus rapidement qu'à l'aller.

Ensuite, les bateaux sont cueillis au près dans l'alizé de nord-est de l'hémisphère Nord, et il s'agit de faire une route au près, tribord amure, en souhaitant trouver vers le 30e parallèle de latitude nord un régime dépressionnaire. Il suffirait alors d'accrocher le « bon wagon » des vents portants de sud-ouest à nord-ouest pour revenir vers le détroit de Gibraltar. Mais il est probable que l'anticyclone des Açores est bien là et qu'il faille choisir entre tirer des bords dans l'alizé contraire (bordure de l'anticyclone) ou s'approcher du centre de l'anticyclone et risquer des calmes.

VI – Méditerranée

Gibraltar marque la scission de systèmes météorologiques avec des bascules de vent violentes (jusqu'à 180°). L'entrée en Méditerranée ne marque pas pour autant la fin des difficultés. Il faut s'affronter aux probables vents d'est en mer d'Alboran, puis aux probables calmes vers les Baléares et enfin reprendre le près contre une tramontane, voire le louvoyage contre un mistral qui rend ces derniers milles particulièrement délicats avec une mer courte et déferlante.

Cas n°1
Sortie de Méditerranée

Dates : 31 décembre 2000 – 1er et 2 janvier 2001

Objectif : sortir en tête au passage du détroit de Gibraltar

Situation au 31 décembre – jour du départ

– A 00 h 00, une dépression 985 Hpa centrée sur la Sardaigne génère un flux fort de nord-nord-ouest force 7 à 8 sur le golfe de Lion et le Nord Baléares et force 5 à 6 sur Barcelone.

– A 12 h 00, la dépression s'évacue vers la Sicile (*cf. carte du 31 décembre 2000*). Un anticyclone arrive par l'ouest sur l'Espagne. Les vents de nord-ouest mollissent sur Barcelone. Lorsque le signal de départ retentit, le vent est orienté ouest-nord-ouest force 3, mer plate.

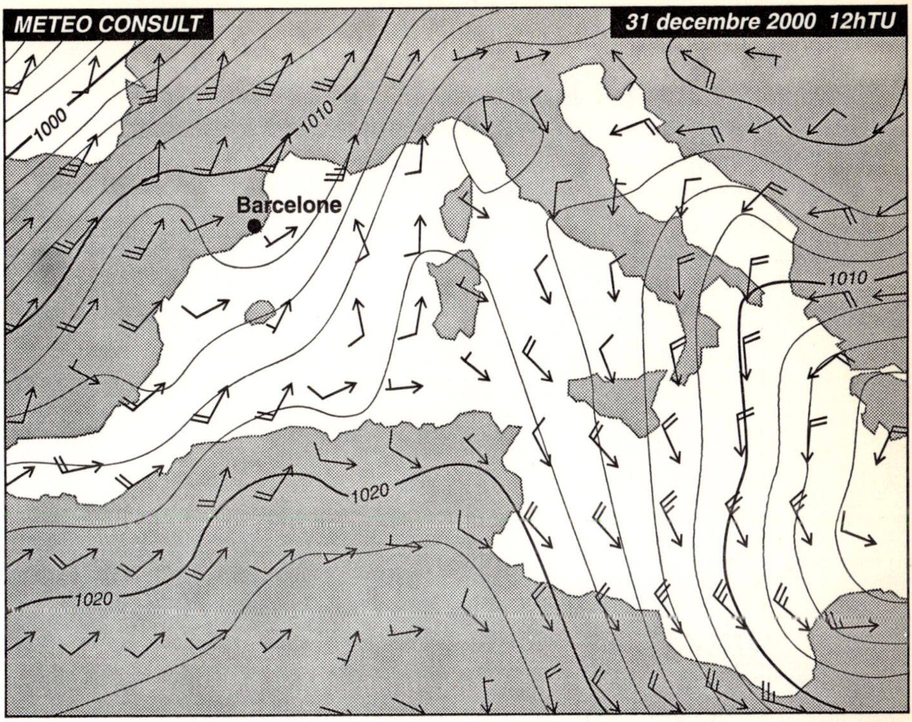
METEO CONSULT
31 decembre 2000 12hTU
1000
1010
Barcelone
1010
1020
1020

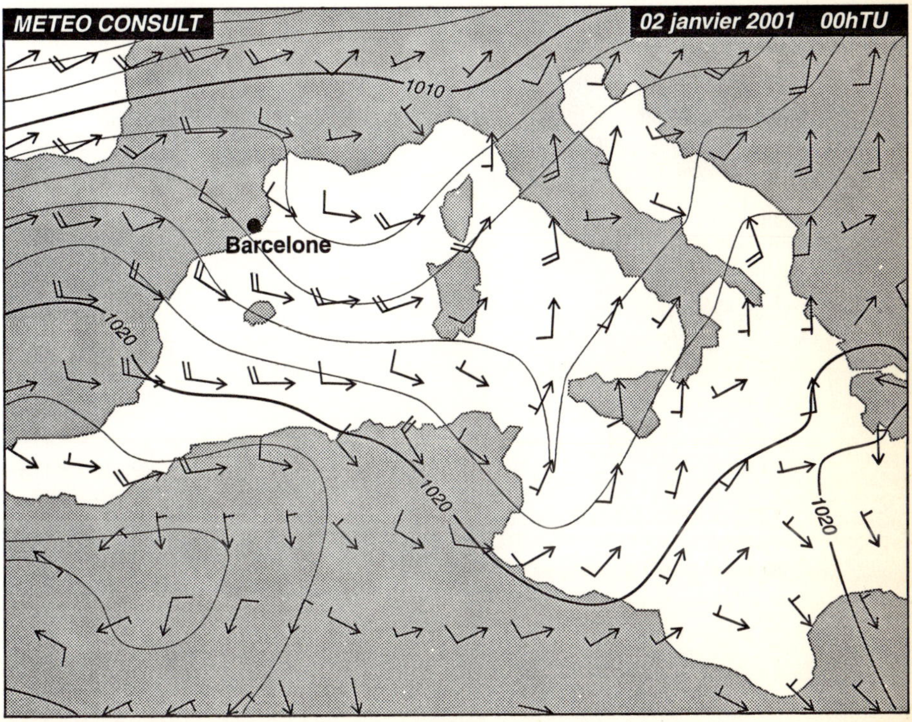
METEO CONSULT
02 janvier 2001 00hTU
1010
Barcelone
1020
1020
1020

Dans l'après-midi, l'axe de l'anticyclone a déjà atteint les Baléares et le vent tourne au secteur sud-ouest. Les challengers se retrouvent au près serré à la recherche du meilleur compromis cap-vitesse, très sensible sur ces multicoques. A ce jeu, **Team Adventure** s'en tire le mieux (plus serré et plus rapide), et se décale ainsi au vent (c'est-à-dire en amont dans le lit du vent) de ses concurrents dans l'après-midi du 31 décembre et en début de nuit (gain en distance au vent, tout en gagnant en vitesse).
L'arrivée par l'ouest d'une perturbation peu active a pour effet d'orienter le flux au sud en milieu de nuit. Le vent refuse donc en s'établissant au secteur sud force 3 (*cf. carte du 2 janvier 2001 à 00 h 00*).
La flotte vire dans ce refus, et se retrouve bâbord amure, en route vers les côtes espagnoles.
Le premier acte stratégique de The Race se précise.
Seul **Team Adventure** persiste pendant environ deux heures de plus en tribord amure et rentre ainsi dans le refus, baptisé « le bord d'Alger », à la Direction de Course.
Il reste ainsi plus longtemps à l'avant du front et conserve un vent plus soutenu. Il finit par virer et se retrouve au vent, bâbord amure, sur un bord adonnant (angle de vent plus favorable) et avec plus de pression (plus de vent au sud de la zone). Le gain est substantiel sur la distance, et à son arrivée sur les côtes espagnoles, proche du cap de Gate, il possède déjà 23 milles d'avance sur son plus proche poursuivant.
Team Adventure aborde la mer d'Alboran (partie occidentale de la Méditerranée) au ras des côtes (parfois à moins de 2 milles), et exploite ainsi les effets de relief pour ce louvoyage (remontée contre le vent) jusqu'à Gibraltar dans un vent d'ouest de force 3 à 4.
Le jeu reste tactique et il faut jouer avec les bascules de vents (oscillations de la direction du vent) pour progresser vers le détroit.
Lors de la deuxième nuit de course, le vent fraîchit de secteur ouest force 5 à l'approche d'un nouveau front avec des rafales à force 6. Une mer courte se lève et sollicite pour la première fois les bateaux.
A ce jeu, **Team Adventure** ne cède rien, **Playstation** subit sa première avarie de grand-voile, et **Club Med** se hisse à la deuxième place.

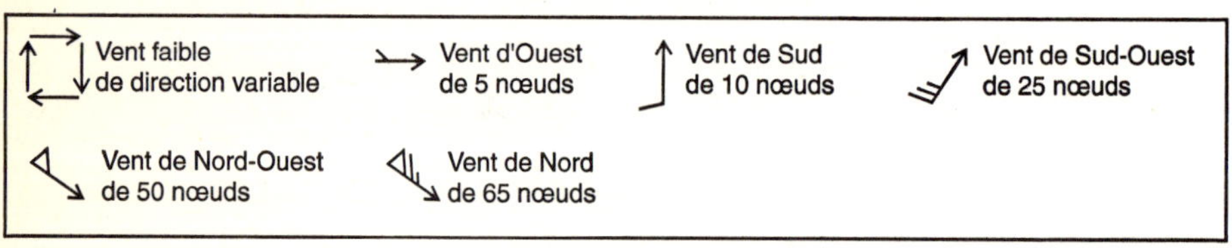

Après le passage de Gibraltar, en arrière du front, le vent est mollissant à l'arrivée d'une cellule anticyclonique. **Team Adventure** passe au sud de Tarifa le 2 janvier à 11 h 30 TU et accélère, car il se retrouve au débridé (vent de travers) cap au sud-ouest.
Club Med le suit quatre heures plus tard (soit 33 milles de retard) et **Innovation Explorer** à 17 h 00 (soit 56 milles de retard).
Les concurrents abordent alors l'Atlantique...

Cas n° 2
Approche de Madère & passage de front

Dates : 4 et 5 janvier 2001

Objectif à moyen terme : atteindre le régime d'alizés de nord-est qui soufflent alors au sud du 30e de latitude nord

Le 4 janvier à 00 h 00, un flux instable de sud-ouest de force 2 est établi sur la zone.
Une perturbation sur l'Atlantique centrée au nord-ouest de l'archipel des Açores se déplace vers l'est avec un renforcement significatif des vents de sud-ouest (force 6 à 7) (*cf. carte du 4 janvier 12 h 00*), puis de ouest à nord-ouest force 6 en arrière du front pour la journée du 5 janvier (*cf. carte du 5 janvier 12 h 00*).
Mais dans l'attente de ce système, les challengers évoluent au louvoyage dans des conditions de vent faibles et instables qui ouvrent le jeu tactique.
L'approche stratégique de cette dépression va déterminer les choix de route des challengers.
Question à solutionner pour la cellule stratégie (composée par les routeurs, navigateurs et skippers) des bateaux :
« *Faut-il se dérouter vers l'ouest à la rencontre de ce système et bénéficier ainsi plus tôt de la rotation favorable des vents ?* » L'inconvénient : on rallonge ostensiblement la route...
L'autre option consiste à faire route au sud et attendre patiemment que le système se décale vers l'est...
Les éléments pour répondre à cette question dépendent évidemment de la vitesse de progression du centre dépressionnaire, du front froid associé à la perturbation, de la progression de la partie sud de ce front (qui a une tendance naturelle à ralentir) ainsi que de l'activité en arrière du front.

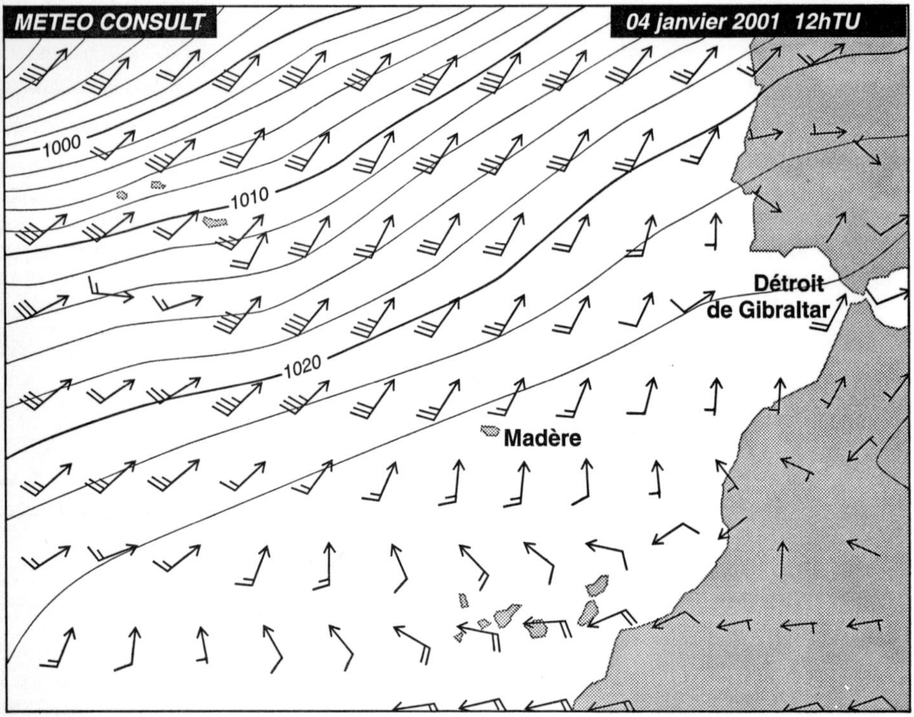
METEO CONSULT
04 janvier 2001 12hTU
1000
1010
1020
Détroit
de Gibraltar
Madère

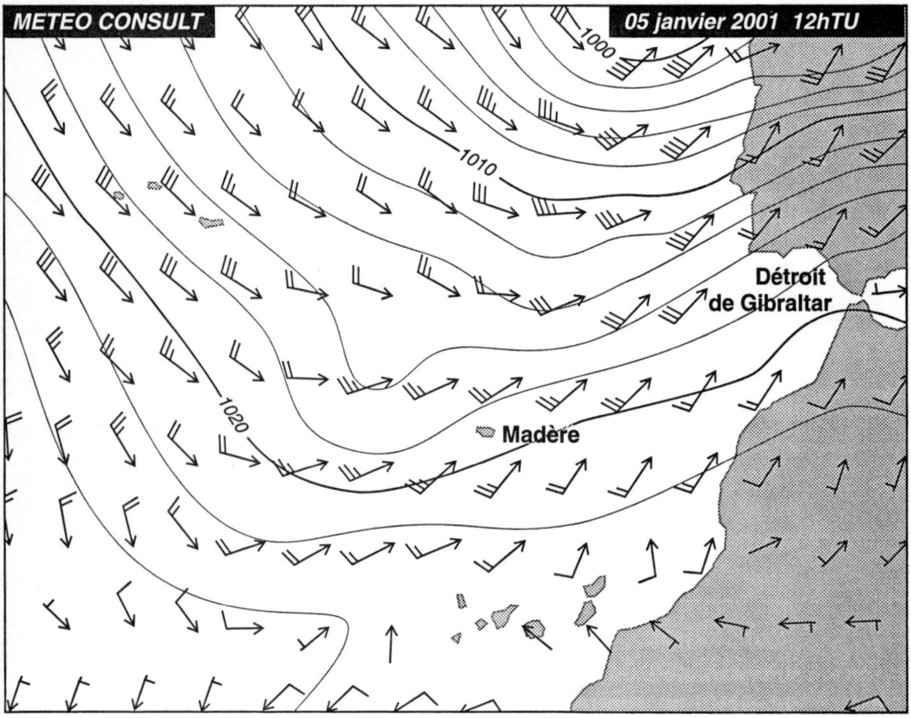
METEO CONSULT
05 janvier 2001 12hTU
1000
1010
1020
Détroit
de Gibraltar
Madère

En effet, au cours de son évolution, ce type de perturbation perd progressivement son énergie dans sa partie sud et le vent, à l'arrière du front, devient de plus en plus faible.

Il y reste une mer croisée avec des vagues de sud-ouest (créées par le vent fort qui précédait le front) qui se superposent à la houle de nord-ouest (générée par la traîne active à l'arrière de la dépression).

Les bateaux de tête ont répondu à cette problématique de trois manières différentes :

1- **Innovation Explorer**, classé troisième, considère que la vitesse de déplacement du front (environ 15 nœuds) est suffisamment élevée et ne justifie pas un tel détour par l'ouest.

Le 4 janvier à 14 h 00, Loïck Peyron vire une dernière fois de bord et fait route au près tribord amure, cap au sud, dans l'attente de la rotation des vents à l'ouest puis au nord-ouest.

2- **Club Med**, deuxième, joue dans un premier temps les bascules de vent, vire au gré des oscillations, en favorisant néanmoins les bords vers l'ouest.

Le 5 janvier à 03 h 00 TU, Grant Dalton décide qu'il est calé suffisamment sur l'ouest et vire de bord en tribord amure, sur un cap sud-sud-ouest.

3- **Team Adventure**, en tête, privilégie systématiquement l'ouest du « plan d'eau », mais applique aussi un marquage de son plus proche adversaire, c'est-à-dire **Club Med**.

On applique à bord un calque stratégique (« on protège l'ouest ») associé à un calque tactique de contrôle (faut-il rappeler que les challengers disposent des positions des concurrents toutes les heures).

La progression s'effectue ainsi vers le sud-ouest en « escaliers » les 3 et 4 janvier.

Le 4 janvier vers 14 h 30 TU, **Team Adventure** abandonne alors la partie tactique (le contrôle) et part franchement vers une option ouest sur un bord bâbord amure, en direction de Madère, aux dépens de la route directe... **Team Adventure** cède alors délibérément le leadership à **Club Med** au classement.

Le 5 janvier à 14 h 00, **Team Adventure**, le plus à l'ouest, finit par virer de bord, et en tribord amure plonge vers le sud, l'écart en longitude est alors de 200 milles avec **Innovation Explorer** le plus dans l'est ! Il aura viré 24 heures après **Innovation Explorer**.

Au classement de 14 h 00, le 5 janvier, Loïck Peyron est passé en tête en faisant « l'intérieur », Grant Dalton est seulement 11 milles derrière par son option médiane, et Cam Lewis concède près de 140 milles (par rapport à un parcours théorique).

Il est à noter également que cet écart en longitude marque aussi une différence notable de la force du vent de sud-ouest. **Team Adventure** navigue

par force 6 à 7, car il entre dans la dépression, alors qu'**Innovation Explorer** progresse dans du force 5.
Au près serré, ces Géants préfèrent des conditions modérées, et le tableau de marche escompté de **Team Adventure** se retrouve légèrement en retard dans ces conditions difficiles de vent et de mer.
Pour compenser ce retard, **Team Adventure** doit bénéficier de la rotation favorable des vents près de dix heures avant ses adversaires...
A 16 h 00 TU, la bascule est là, le bateau passe du près serré au grand largue avec un vent de nord-ouest force 5 à 6 et une forte instabilité sous les grains, mais la mer croisée l'empêche d'accélérer pleinement.
Sa vitesse passe néanmoins de 16 nœuds à 26 nœuds. Le scénario a l'air d'être favorable... mais dès 20 h 00 (soit seulement quatre heures plus tard), **Innovation Explorer** et **Club Med** accélèrent à leur tour à la faveur du passage du front.
Au relevé des positions, il y a égalité de vitesse partout !
Le front s'est déplacé plus rapidement qu'escompté par **Team Adventure**... Celui-ci subit en plus une avarie sur les lattes de grand-voile qui l'oblige à naviguer une partie de la nuit du 5 au 6 janvier sans celle-ci ! Le retard ne sera pas comblé à la faveur de cette bascule.
Le 6 janvier, le vent continue d'adonner (c'est-à-dire à tourner favorablement) en arrière de la dépression, d'abord de secteur nord force 4 à 5, puis de nord-est force 5 ; le flux d'alizé est alors établi pour chacun.

Cas n°3

Approche des quarantièmes Sud ; première perturbation du Sud

Date : 16 janvier 2001

Objectif : atteindre en premier le régime perturbé du Grand Sud, qui se situe à ce moment au sud du 38e de latitude sud

L'anticyclone de Sainte-Hélène s'étend depuis plusieurs jours à travers tout l'Atlantique Sud entre les latitudes 30°S et 35°S.
Le 16 janvier, en même temps que les leaders s'attaquent à cette zone de « presque calmes », une perturbation venant du cap Horn vient chahuter les hautes pressions. Le passage du front froid créera momentanément un petit flux de nord-ouest sur la route des bateaux. Avant son arrivée, le vent doit donc tourner de l'est au nord, puis au nord-ouest en restant très faible.

Après le passage du front, l'air froid venu du sud amènera un anticyclone tout jeune, beaucoup plus lourd et imposant que le précédent. Le piège des calmes se refermera alors.

L'objectif des navigateurs est bien sûr de traverser l'ancien anticyclone à la faveur de l'arrivée de la perturbation, sans se faire dépasser trop tôt par ce fameux front froid.

Tout est donc question de dosage entre vitesse, gain vers le sud et gain vers l'est.

Les équipages sont conscients de l'enjeu, et depuis 48 heures chacun essaie de tirer la quintessence de ces Géants pour progresser vers le sud.

Innovation Explorer est resté décalé dans l'ouest (depuis son approche du Pot-au-Noir) et toute la descente expresse de l'Atlantique (dans l'hémisphère Sud).

Il conserve ce décalage volontairement pour contourner l'anticyclone par l'ouest.

Le 16 janvier, cet écart est d'une centaine de milles. Cette distance latérale, relativement faible à l'échelle océanique, va se révéler déterminante.

De l'autre coté (à l'est), **Team Adventure** imprime depuis plusieurs jours un rythme infernal dans cette descente au près, bâbord amure, et dévoile un réel avantage de vitesse sur ses adversaires.

Il se rapproche inexorablement du leader, **Club Med**, encore plus calé dans l'est (et ce depuis le passage de l'équateur).

Dans la journée du 15 janvier, la route de **Team Adventure** s'était infléchie vers le sud-est.

Double perspective dans ce changement de route : on traverse la dorsale tout en progressant vers le but.

La vitesse chute légèrement sur ce compromis plus serré de l'axe du vent.

Une intention qui ne passe pas inaperçue aux yeux de Grant Dalton et de son navigateur Mike Quilter !

Dans la nuit du 15 au 16 janvier, **Club Med** décide alors de contrôler son adversaire direct, **Team Adventure**, et abat de quelques degrés, accélère et le couvre (double au vent).

Cela le fait progresser d'autant plus vite vers le sud...

En fin de nuit, il se situe alors le plus au sud, mais un peu plus à l'ouest que **Team Adventure**.

Le 16 janvier, le gradient (distance entre isobares, et qui caractérise la force du vent) est plus prononcé au sud.

Ce même gradient est très desserré dans l'ouest, où évolue Loïck Peyron. Il subit des vents encore plus instables.

Club Med commence alors très doucement à accélérer, et « met alors un peu d'est dans son sud », c'est-à-dire qu'il infléchit sa route vers l'est.

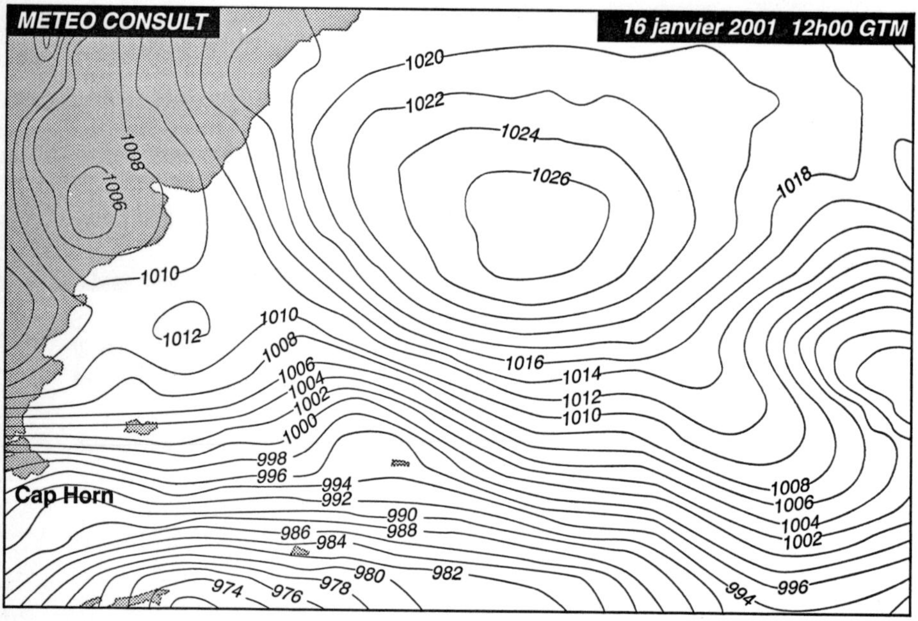

A 07 h 00 le matin du 16 janvier, sa vitesse passe rapidement à 20 nœuds et plus, dans un vent de nord-ouest fraîchissant à 25-30 nœuds alors que **Team Adventure** progresse à 13 nœuds et **Innovation Explorer** à 7 nœuds.

La différence de système se joue à ce moment précis, **Club Med** rentre désormais pour plusieurs semaines dans le régime des perturbations des latitudes sud (vent fort de secteur ouest).

Team Adventure ne touchera ces conditions que 13 heures plus tard et **Innovation Explorer** ne bénéficiera de ce système que 36 heures plus tard !

Le 16 janvier à 00 h 00, les écarts sont faibles entre ces trois challengers (**Club Med** mène de 66 milles sur **Team Adventure** et de 158 milles sur **Innovation Explorer**), mais deviennent substantiels le 17 janvier (152 milles sur **Team Adventure** et de 603 milles avec **Innovation Explorer**).

La pression des autres se desserre un peu pour **Club Med**, mais le stress des quarantièmes rugissants et des cinquantièmes hurlants ne fait que commencer...

Vendredi 19 janvier
(Escale Cam, histoire Cam.)

Club Med, *entouré d'icebergs, vient de voir son principal rival mettre le clignotant et bifurquer vers Cape Town.* Team Adventure, *qui poussait les chevaux au maximum, doit rebrousser chemin. Deux équipiers (Jeffrey Wago, Michaël Lund) se sont frictionné les vertèbres cervicales et la hanche. Le bras avant se délamine et le carénage qui protège la poutre de liaison est enfoncé. Désormais,* Club Med *a un système météo d'avance. Il peut doser son effort et tenir* Innovation Explorer *en respect.* Warta-Polpharma *est englué dans l'anticyclone de Sainte-Hélène et* Team Legato *est au près à l'équateur.*

JOURNAL. J'ai une pensée pour Cam qui doit bouillir de rage. Cam, je lui ai fait découvrir les multicoques du large. Nous étions à New York et sur la côte est des États-Unis pour le centenaire de la statue de la Liberté. J'en avais profité pour faire naviguer les marins américains, enfin les moins conservateurs, les plus curieux, les plus enthousiastes. Cam Lewis fut l'un des caïds de la voile olympique américaine. Dans les années 80, ce gaillard de près de 2 mètres dominait l'une des séries les plus difficiles : le Finn. Ce dériveur en solitaire, lourd et vieillot, a toujours révélé des régatiers tenaces et des hommes endurants. Cam fut deux fois champion du monde et aurait été vraisemblablement médaillé d'or à Moscou sans le boycott américain. Il a complété ça par deux titres mondiaux en 505, un dériveur en double élégant et rapide.
Fils d'une famille aisée, Cam, ensuite, a continué à naviguer un peu sur tous les bateaux. Il était prêt à toutes les aventures. Je lui ai proposé de me rejoindre pour participer à l'édition 1987 de La Baule-Dakar. J'ai souvent agi ainsi, me décidant sur une impulsion à faire signe à un type qui m'avait plu. Comme je suis à l'aise en solo, je n'angoisse pas dans le choix de ma doublure. Les notions de marketing ou d'affichage médiatique me guident égale-

ment rarement. Par contre, je fonctionne assez soit au coup de cœur, soit aux perspectives à long terme. Cam cumulait les deux avantages : mon envie de voir des Américains s'y mettre et donc le choix d'une tête de pont, le tout lié à une vraie curiosité pour ce monsieur 100 000 volts.
Plein de talents, Cam est un éternel ado, jovial et « show-off », démonstratif et saoulant. Souvent, il m'est arrivé de me demander où était la prise d'électricité pour le débrancher. N'empêche, il a le cœur sur la main et quand il réalise qu'il a fait une bêtise ou qu'il a cassé les pieds à tout le monde, il est du genre à se précipiter dans la cuisine pour faire un gâteau de réconciliation pour tout l'équipage malgré 35 nœuds de vent.
Nous voilà sur La Baule-Dakar, il s'y met instantanément. Il est ouvert d'esprit et il a du talent, cela ne peut que prendre. Loïck s'échappe au cap Finisterre, réussissant un bon coup météo avec Pierre Lasnier, son routeur encore aujourd'hui. Il nous met 200 milles dans la nuit et nous n'allons pas cesser de revenir sur lui. Nous commençons par une journée à 520 milles, distance qui fait alors impression quand c'est devenu la norme pour les Géants. Cam parle sans cesse, ce qui peut s'avérer fatigant. Surtout que je suis à moitié malade. Je dois m'y reprendre à plusieurs fois pour lui expliquer qu'il faut régler le bateau en fonction du plus faible des deux et non du plus fort. Du côté de Madère, je sens mal la situation. J'ai parfois ce genre d'intuitions inexplicables, qui peuvent dérouter ceux qui embarquent avec moi mais que je m'applique à suivre, sachant qu'on ne peut tout justifier, tout interpréter. Le vent monte bizarrement. L'ambiance est étrange, ne ressemblant à rien de connu. Je demande à Cam de réduire la toile. On a tout dessus, on passe à deux ris-trinquette. Et bien nous en prend, car dans le même coin, quasi au même moment, les frères Tabarly, Éric et Patrick, font la culbute, se retrouvant à cheval sur la coque de leur foiler.
J'ai parfois un autre genre d'intuitions, totalement inverse. Je sens que c'est le moment de mettre la poignée

dans le coin, d'accélérer à tout va, que le gain espéré sera maximal. Toujours partant pour faire tout exploser, Cam acquiesce. Le vent est fort, on fait vriller la grand-voile pour laisser échapper la surpuissance, on blinde le gréement pour éviter la casse. Et roule ! Les projections d'écume sont permanentes. Impossible de barrer. On branche le pilote, on se tourne dos à la vague et on se contente de régler les voiles, au jugé, en fonction de la gîte. Cela dure toute la nuit entre les îles du cap Vert et Dakar, j'en garde un souvenir magnifique. Au petit matin, Loïck est en vue. Mais le vent tombe, la brume s'installe et il nous laisse en plan, nous devançant de 24 minutes. Cam va continuer à apprendre le multicoque. Il rejoint Laurent Bourgnon pour une autre transat en double. Ce qui ne l'empêche pas de tâter de la Coupe de l'America, auprès de Dennis Conner et de Bill Koch. Quand je monte un projet pour le Trophée Jules-Verne en 1993, je repense à lui. J'ai pour principe de mélanger mes anciens équipiers et des connaisseurs du bateau que je reprends. Là, ils sont deux à connaître sur le bout des doigts les forces et les faiblesses de *Jet-Services V*, le plan Ollier qui va désormais se nommer *Commodore Explorer* : Olivier Despaignes et Marc Vallin. Et deux à être accoutumés à mes forces et faiblesses personnelles : Jack Vincent et... Cam Lewis. Il arrive sur le tard, mais bluffe tout le monde par sa joie de vivre et son enthousiasme permanents, ce qui est plus important que de savoir démonter un winch. Nous avons chacun des tâches précises : Olivier s'occupe de la coque et de l'électronique, Marc des voiles, Jack du gréement, moi, de la navigation et de la communication. Je nomme Cam « ministre de l'Intérieur ». En clair, chargé de l'avitaillement et de la propreté. Il va mener ça à bien avec une rigueur incroyable qui ne lui fera jamais perdre sa bonne humeur. Inépuisable, dormant peu, il est du genre à se relever alors qu'il vient de finir son quart et à se mettre en quatre pour nous régaler de pancakes et d'œufs au bacon lors du petit déjeuner, seul repas pris en

commun. Quand les rations commencent à s'épuiser, il joue les animateurs de colo de vacances pour savoir qui bénéficiera de la dernière part. Il brandit une ardoise depuis la coque où loge la cuisine, avec une question genre jeu de 1 000 francs franco-américain ou quizz pour marin affamé. Le premier à répondre est le premier servi.
Sinon, me revient une scène insensée où il déclamait des poèmes américains en moulinant des bras au membre de l'équipage qui lui était sûrement le plus opposé question caractère, Marc Vallin. Un tout-fou et un tout-calme, et un grand moment de communion entre deux types que rien, a priori, n'était censé rapprocher. L'un qui récitait et l'autre qui croquait sa pomme en silence. Les deux appréciant l'instant. J'imagine mon Cam sur le chemin du Cap, il doit sacrément moins apprécier.

Samedi 20 janvier

(Le soulagement de Dalton.)

Club Med *est le premier des Géants à entrer dans le Grand Sud. Il vient de franchir la longitude du cap de Bonne-Espérance. Débarrassé momentanément de la pression de son suivant* Team Adventure *qui bat en retraite vers Cape Town, Grant Dalton se promet de naviguer en « bon père de famille » pour préserver le matériel.* Warta-Polpharma *et* Team Legato *sont encore au cœur de l'Atlantique Sud.*

JOURNAL. Ça m'amuse de lire les déclarations soulagées de ce « tough guy » de Grant. Mis sous pression maximale par ce fou dingue de Cam, nul doute que le kiwi aux allures de GI's trouvait que les choses exagéraient et que *Team Adventure* poussait les feux à faire péter les chaudières, obligeant *Club Med* à prendre des risques, ce que le plus antipodique des Dalton déteste cordialement. Il le dit ainsi, civil mais sec : « Nous sommes bien sûr désolés pour Cam Lewis et son équipage. Nous étions au coude à

coude pendant toute la descente de l'Atlantique. Nous savions que ce serait une course à l'usure et nous sortons pour l'instant vainqueurs de la première confrontation. Mais la course continue et rien n'est terminé, car, nous aussi, nous pouvons casser à notre tour. Je pense que la cadence était un peu trop élevée et je craignais beaucoup ce genre d'incident. Je suis juste rassuré par le fait que les hommes vont bien. Nous allons maintenant essayer de profiter de l'occasion pour creuser l'écart avec notre plus proche poursuivant. Nous aimerions avoir 1 000 milles d'avance au passage du détroit de Cook pour pouvoir nous arrêter 48 heures si nous en avons besoin. »
Et Dalton de détailler l'état des lieux comme s'il faisait indirectement la leçon à Cam : « Naviguer sous ces latitudes n'est pas compliqué à cause du vent. C'est vraiment l'état de la mer qui conditionne tout ; le bateau dévale des pentes abruptes et parfois il ressort sans dommage, parfois il plante, et la vitesse chute alors de 25/30 nœuds à seulement 7 ou 8. C'est brutal, dur pour les hommes et usant pour le matériel. » La réponse de Cam, vraie fin de non-recevoir, ne tarde pas : « Nous sommes à 24 nœuds sur la route du Cap où nous espérons arriver demain dimanche en soirée. Nous comptons sur un arrêt rapide. Tout le monde à bord a la rage de repartir le plus vite possible. Notre incident n'est imputable qu'au manque de chance. Nous avons beaucoup de respect pour les mers du Sud et n'attaquions pas comme des fous. Mais nous sommes aussi des compétiteurs et nous savions notre bateau plus rapide que *Club Med*. »

Dimanche 21 janvier

(Histoire de Cam, suite.)

Les bateaux et les hommes tentent de s'inventer une routine dans le Grand Sud. Club Med *et* Innovation Explorer *affichent des performances (520-530 milles) et des vitesses (de 23 à 27 nœuds) similaires. La distance qui les sépare ne bouge quasiment pas. La différence, c'est que* Club Med *réussit à descendre dans le vent grâce à des voiles appropriées quand* Innovation Explorer, *manquant de voiles de portant, doit tirer des bords pour garder une vitesse intéressante. D'où une moindre déperdition d'énergie sur* Club Med. Team Adventure, *lui, continue sa remontée-pensum vers Le Cap.*

JOURNAL. Sacré gaillard ce Cam qui ne doute jamais de rien. En fait, je sais qu'au cours de cette remontée avec bateau et hommes blessés, il doit ressasser, pester, s'interroger. Il y tient beaucoup à cette histoire. C'est la première fois qu'il est skipper sur une course d'envergure. Il n'est plus seulement l'« Amerloque » sympa, tout fou et grande gueule, embarqué pour doper la notoriété des épreuves franco-françaises. Il a mené à bien son projet et pourtant il est parti de loin. Avant, il n'avait jamais traqué le sponsor. Il n'avait pas vraiment la notion du travail. Il était du genre à disparaître quelques mois : ski à Aspen, surf à Hawaii. Puis, à son retour, il devenait d'une exigence débordante, d'une imagination folle. Pas toujours facile à suivre. Il a dû changer son comportement, son approche des choses, et il a réussi.
La preuve ? Son père, qui avait donné à chacun de ses trois enfants de quoi bien vivre, a pour la première fois investi de l'argent dans un projet de son fils, signe qu'il estimait l'effort engagé sérieux et intéressant. Sa présence sur les quais de Barcelone a sûrement réchauffé le cœur de Cam. Pour lui mettre le pied à l'étrier, j'ai bombardé Cam coskipper lors de la TransPacifique que nous avons gagnée entre Los Angeles et Honolulu devant Steve Fossett. Je lui ai aussi prêté mon *Explorer* pour qu'il embarque des VIP, pour qu'il fasse ses relations presse. Ce frappé était du genre à prendre tous les risques et à faire décoller l'engin au risque d'éjecter ses invités ou de les dégoûter à jamais. Il a calmé le jeu comme il savait déjà le faire quand la situation devenait grave. Car, avec un danger réel, il affichait une résistance et une bonne humeur étonnantes.

Il a réussi à trouver des fonds sur Internet. Un type richissime a trouvé son projet sympa et lui a demandé : « Il vous faut combien ? » Il a répondu 5 millions de dollars (35 millions de francs), le tarif des budgets moyens. Il n'a pas eu tout à fait autant, mais avec environ 20 millions de francs, il a pu lancer la construction du troisième plan Ollier. Il n'a pu démarrer qu'en décembre 1999, au Salon nautique, juste un an avant le coup de canon du départ. Le chantier Multiplast de Vannes étant occupé à construire *Club Med*, puis *Innovation Explorer*, il a fallu faire appel à JMV à Cherbourg. Et je l'ai branché avec Halvard Mabire qu'il a intronisé directeur technique, à l'égal de Jean Maurel qui a joliment rempli le même office pour les deux premiers triplés.
Halvard, le Normand, comme Jean, le Baulois-Parisien, sont deux skippers qui ont beaucoup baroudé. Avec cette nouvelle fonction qui existait peu en France, petit budget oblige, ils ont trouvé la possibilité d'exprimer un potentiel d'ingénieur, de technicien, de gestionnaire. Résultat : *Team Adventure* est extrêmement bien construit et bénéficie des enseignements de ses devanciers. Ajoutez à cela des voiles en « cuben fiber » très performantes et un équipage surmotivé, et vous avez les raisons de la facilité de *Team Adventure* à jouer les épouvantails.
J'y ajouterai aussi la capacité de Cam à transfuser à ses troupes sa gaieté naturelle, sa gaminerie sans frein. Témoin, cette scène qui se passe sur *Team Adventure* par 45° Sud. Combinaison intégrale de rigueur, embruns à tous les étages, vagues qui frappent le filet du trampoline et bateau qui file à plus de 25 nœuds. Dans ces cas-là, d'habitude, on se pelotonne sous la casquette de protection et on resserre la capuche du ciré. A ce moment, deux hommes apparaissent sur le filet et improvisent une partie de handball. Plongeons, passes, arrêts du « gardien », on se croirait au Mondial de hand qui se déroule en France.
Signes que l'ambiance était au plus haut sur *Team Adventure* comme en témoignait un mail de Cam, avant le choc.

Il écrivait : « Bienvenue sur le Southern Express, la prochaine station est Wellington, mais il n'y aura pas d'arrêt. On a vu des foques (dans le texte !) sortir de l'eau et faire des cabrioles autour du bateau, si vous ne parlez pas français, c'était des phoques (*seals* en anglais) ! C'est vraiment incroyable de voir ces petits gars nager ici au milieu de la mer alors que nous sommes à 1 600 milles de Cape Town et à 2 000 milles de Buenos Aires. La température tombe, l'eau est plus froide et les embruns frappent plus fort. Les premiers "Sudistes" sont impressionnés par la nature et les conditions de navigation. Yann (Elies), Randy (Smyth) et Fred (Brousse) étaient les yeux grands ouverts quand ils ont vu leur premier albatros. Yann les appelle les rois. »

Lundi 22 janvier
(Géants et Mini-transat.)

Les Géants sont désormais bien entrés dans le Sud profond. Les vents viennent majoritairement du secteur ouest, atteignent 25 à 30 nœuds, et les distances parcourues tournent autour de 500 milles par jour. Club Med *contrôle* Innovation Explorer, *tandis que* Team Adventure *vient de regagner Le Cap, où les réparations vont commencer. Derrière, les Polonais viennent de bifurquer vers le sud, descendant vers l'archipel Tristan da Cunha. Sur* Team Legato. *on prend son mal en patience, le vent est toujours faible.*

JOURNAL. A les entendre, je sais que là c'est vraiment parti. Ils y sont. Attention maximale, angoisse tenue par la bride, plaisir intense. Beaucoup auraient payé pour être là, beaucoup ont payé de leur personne et de leurs rêves pour en être. L'intensité est maximale. Sur les deux Géants de tête, on est dans les conditions optimales, celles pour lesquelles ces bateaux ont été conçus. Sur *Innovation Explorer*, ils ont envoyé grand-voile haute et solent. Sur *Club Med*, ils sont aussi grand-voile haute, mais ils

se servent d'une arme secrète, réalisée en Nouvelle-Zélande pour que personne ne le sache, un petit spi de brise, qui ressemble plutôt à un génois non endraillé et sans trop de recouvrement. Les speedos affichent des 30, 31, 35 nœuds. Les skippers font les gros yeux à l'homme de barre. Mais une allégresse intense unit les équipiers qui se serrent dans les cockpits, frissonnant sous le jet continu de projectiles salés.
Il commence à faire froid, comme le raconte Elena Caputo, sur *Innovation Explorer* : « Nous avons allumé hier et pour la première fois les petits séchoirs du bord. Non qu'il fasse très froid, mais tout est tellement humide qu'il est bon de faire sécher quelques polaires et sous-vêtements. Nous descendons doucement vers le sud et la température va chuter. Les chauffages seront les bienvenus. » Mais personne ne se plaint trop. C'est cela que tous sont venus chercher et pour en arriver là, ils ont souvent fait une longue route, partant de très, très loin.
J'ai fait comme beaucoup. Après le dériveur, j'ai pris la voie d'accès la plus usitée et la plus formatrice, la Mini-transat qui se court sur de petits monocoques de 6,50 m. Pendant mes cours au lycée puis à l'Hydro, je passais mon temps à dessiner quelques-unes de ces petites bombes. Je les dotais d'une grand-voile lattée à fort rond de chute, d'une quille mobile, de deux safrans. Je n'ai jamais réussi à en mettre un en construction. On est en 1977. Pour ne pas rater le départ de la Mini, je me rabats sur un voilier de série. Je téléphone à tous les chantiers qui produisent des bateaux de 6,50 m. Avec les frères Edel, Pierre et Maurice, je sens que ça accroche. Ils acceptent de me voir. Ils sont à Lyon, moi à La Baule. Je leur lance : « Je serai là demain matin. » Train de nuit, auto-stop. Je les séduis. Ils aiment ma fougue, ma jeunesse. Le chantier est fermé pour les vacances. Qu'à cela ne tienne ! Ils réouvrent. Journées de 20 heures, avec la laine de verre qui gratte, la résine qui pique les yeux. Je dors dans les bureaux, sous les tables à dessin. Ils me prêtent leur Citroën SM pour transporter le bateau jusqu'à la mer.

A l'époque, la première étape entre l'Angleterre et les Canaries n'est qu'une course de ralliement. Canaries-Antilles entre seule dans le classement. Me voilà à Penzance. Le gros de la flotte est déjà parti. Et, secoué par les habituelles tempêtes atlantiques, certains n'ont pas tardé à faire demi-tour et décrivent leurs expériences comme s'ils peignaient des tableaux d'apocalypse. Cela ne me fait ni chaud ni froid, je me lance.
Au large du cap Finisterre, je me prends un coup de vent de 60 nœuds. J'ai doté l'*Edelweiss* d'une bulle comme chez Tabarly ou Moitessier, pour pouvoir barrer de l'intérieur. Mais j'ai perdu la porte du cockpit et l'eau rentre à flots. Premier chavirage : capharnaüm intérieur, les 24 œufs s'écrasent au plafond, mais surtout le bib (radeau de sauvetage) part avec une vague et je réalise que le bateau n'est pas insubmersible. Je tente d'aller mettre une ancre flottante pour ralentir. Nouveau chavirage. Je remonte à bord avec l'énergie du désespoir. Et je me retrouve avec la barre dans une main, un seau dans l'autre, les deux pieds sur les nables du cockpit qui ont changé de fonction à mesure que le bateau s'enfonçait : ça ne vide plus, ça remplit. J'arrive à éponger, je calfeutre la cabine comme je peux, et je m'écroule. C'est mes genoux claquant de peur rétrospective qui me réveillent. Je me réfugie à La Corogne. Pendant le trajet, via un cargo, je câble un télégramme résumant la situation à mon père qui est sur son pétrolier. Ma mère l'accompagne. Tous deux prennent ça fort calmement. Ils connaissent la mer. Si je transmets de mes nouvelles, c'est que l'essentiel est sauf. Pour le reste, j'ai voulu y aller, que je me débrouille...
Je répare et je repars. Sans le bib de secours, toujours pas arrivé. Un échouage évité du côté de Porto, un autre coup de vent où j'apprends qu'avec un petit bateau il ne faut pas prendre la fuite, mais garder un peu de toile pour se coucher sur l'eau et être emporté comme fétu de paille, une erreur de navigation à l'approche des Canaries, une tempête de vent de sable. Au final, je manque le départ.

Qu'à cela ne tienne, j'insiste et prends la route cinq jours après les autres. Impression bizarre d'y être, sans en être. Mais je découvre, je me régale. Il est évident que le solitaire est fait pour moi.
Un jour de calme, j'aperçois un grand paquebot blanc. Ce sont des Russes. Ils mettent une chaloupe à l'eau, j'affale le spi. Je laisse un mot sur la table à cartes disant : « Si vous retrouvez le bateau vide, pas d'inquiétude. Je suis parti boire un coup chez les Soviets. » Ils me lestent en vodka et en fruits, et au revoir. Je rattrape la moitié de la flotte. Surtout, je passe la dernière nuit dans les barres de flèches. Je dévore des yeux les îles lumineuses qui approchent. Je n'ai jamais été aux Antilles, je viens de traverser l'Atlantique pour la première fois. En souvenir de cette transat fondatrice, j'ai invité à Barcelone quelques mini-transateux. Histoire que les relais se passent. Que les plus grands parrainent les plus petits.

Mardi 23 janvier

(Le nom « The Race », les Anglo-Saxons.)

Club Med *contrôle tranquillement son monde, bien installé dans un système météo puissant. Derrière,* Innovation Explorer *tente de recoller, mais emprunte une trajectoire plus erratique pour cause de système plus perturbé et de voiles de portant moins nombreuses. Côté* Team Adventure, *les réparations avancent, les blessés récupèrent, mais deux défections « pour raisons personnelles » s'annoncent.*

JOURNAL. Il y a vraiment un choc des cultures. Et cela me ravit. Entre les Français spécialistes des multicoques océaniques et les Anglo-Saxons venus du tour du monde en monocoques, cela fait des étincelles. Le côté décontracté et débrouillard des Français s'oppose au pragmatisme et au sérieux des Anglo-Saxons. Rigolade de funambules n'ayant peur de rien, ni de personne contre stricte approche des choses de professionnels s'engonçant dans

leurs habitudes. Voleurs de feu habitués à se brûler sans hurler contre prudents metteurs de flammes sous éteignoir. Les inventeurs de la vitesse à voile contre les bâtisseurs d'un métier et d'une méthode. The Race mélange tout ça. Et les uns et les autres vont en profiter.
Pour l'heure, deux anecdotes résument bien comment se frictionnent les visions des choses. Sur *Innovation Explorer*, Loïck Le Mignon s'amuse des angoisses des Anglophones quand ils constatent l'avance de *Club Med.* Il faut tout le talent oratoire des Français pour les rassurer, en leur expliquant comment, à l'inverse des monocoques, les multicoques réussissent à refaire des handicaps insensés, comment il faut changer d'échelle de pensée.
Autre conflit pur porc raconté par les gens de *Club Med.* Objet du débat : un magnifique jambon serrano. A Barcelone, les équipiers français avaient embarqué clandestinement un magnifique jambon espagnol, se promettant de n'y toucher que dans les quarantièmes rugissants. Grant Dalton avait repéré le fameux jambon et avait exigé son débarquement immédiat, allégement oblige. Têtus, les Frenchies du bord l'avaient embarqué à nouveau et discrètement dissimulé dans le mât. Le secret fut gardé précieusement jusqu'à dimanche où le fameux « jamon » a été exhibé, puis proposé à la gourmandise des équipiers. « C'est bien un truc de Français, a déclaré Grant, d'abord des bouquins et maintenant 10 kilos de viande. Dire qu'on aurait pu emporter 10 kilos de matériel en plus ! » Tout y est : la chasse au poids contre le goût de la bouffe, l'ordre qui doit régner contre l'anarchie qu'on chérit, l'interdiction contre la transgression, et la réconciliation finale devant ce serrano conservé par grand frais et coupé à grand trait.
Avant le départ, en France, certains se sont émus qu'une course inventée et organisée par des Français se nomme The Race. Dans *Le Monde*, Pierre Georges, dans son billet, ironisait ainsi : « Et puis leur défi a un si joli nom, si furieusement moderne ! The Race, tout de même, cela vous a une autre gueule d'avenir que La Course, non ! » Dans *L'Équipe*, Christian Montaignac ne disait pas autre

chose dans sa chronique quand il parlait « des organisateurs de La Course (en vieux français, The Race) ». Qu'à cela ne tienne, je persiste et signe. Je cherchais quelque chose de compréhensible dans le monde entier en une demi-seconde. Eh bien, The Race, ça fonctionne. Surtout, j'ai toujours bataillé pour l'internationalisation de la voile et pour ce faire, il me semble difficile de snober l'anglais. S'ouvrir, abattre les frontières, je suis habité par ça. A tort ou à raison. J'y ai toujours cru, je l'ai toujours voulu. Voici une dizaine d'années, j'étais révolté, exalté et j'appliquais une stratégie qui n'était pas forcément la bonne. Mais j'étais sincère et d'autant plus meurtri quand je réalisais que les grands discours des skippers, des sponsors ou des organisateurs de l'époque cachaient souvent l'envie de rester jouer entre soi. Il est plus facile de tourner en rond dans son pré carré, en se partageant les titres, que d'aller se frotter à la réalité du vaste monde.
Il y a dix ans j'ai tout tenté pour faire venir les étrangers sur le circuit français des multicoques (Route du Rhum, La Baule-Dakar, grands prix, etc.). The Race est née des enseignements de ce coup d'essai. J'ai réalisé qu'il ne servait à rien de vouloir transformer quelque chose qui existe, que mieux valait créer un produit nouveau, un événement formaté selon mes idées.
Ce nom, The Race, s'est imposé immédiatement. On peut prendre ça pour un snobisme déplacé. Au contraire, il s'agit d'un souci d'efficacité. Avec The Race, c'est la première fois que des Français proposent aux Anglo-Saxons un événement qui entend se positionner au niveau de la Coupe de l'America, de la Whitbread. Donc tout signe de connivence adressé à ce monde que nous essayons de conquérir est bienvenu. Exemple : le règlement d'abord rédigé en français introduisait un doute chez les étrangers, pas certains de bien comprendre. On s'est donc rallié à l'anglais. Tout comme la direction de course est duale, et non duelle. Un Australien, David Adams, un Français, Denis Horeau.
Les soubassements de tout ça, c'est mon attrait pour les gens qui ne me ressemblent pas. Ce que je ne connais pas

me fascine. Par contre, je n'admire pas ceux qui font la même chose que moi. Ils ne m'impressionnent pas, ils me sont sans doute trop proches. Surtout, je déteste le protectionnisme et je me garde de toute arrogance. Vu le talent des meilleurs marins anglo-saxons, il n'y a aucune raison qu'ils ne réussissent pas à s'adapter à la culture des multicoques, de la vitesse, du fun. Comme les meilleurs Hexagonaux peuvent faire parler la poudre de leur talent dans l'America et la Whitbread, si on leur en donne le temps et les moyens.
Ainsi, j'ai salué bien bas l'équipée de Peter Blake et de ses hommes, venant sur notre terrain, nous ravir le Trophée Jules-Verne en 1994. J'ai vu, dans ce transfert d'enthousiasme et dans ce trafic de compétences, une petite porte de salut pour mes projets personnels qui pouvaient paraître trop ambitieux, trop irréalistes.
D'où ma satisfaction de voir la mixité des équipages qui fédèrent les diverses cultures. Même si Cam doit faire face à une hémorragie de ses troupes US.

Mercredi 24 janvier

(Cam et les frayeurs.)

Il y a les heureux : Club Med *qui marche en symbiose avec une dépression tranquille et qui augmente son avance. Et* Warta-Polpharma *qui déboule enfin comme ses prédécesseurs, même s'il vient de passer à la position de* Club Med *avec sept jours de retard. Il y a les perturbés :* Innovation Explorer *qui peine dans un système météo affolé où se succèdent calmes et coups de vent et* Team Legato, *toujours coincé dans des « molles ». Et il y a les malheureux :* Team Adventure *qu'une tempête risque de coincer au Cap et qui voit quatre de ses équipiers débarquer.*

JOURNAL. Cam m'a appelé au téléphone. Ça m'a fait plaisir qu'il veuille qu'on discute de la situation sur *Team Adventure*. Il y a d'abord ses deux blessés qui sont plus

gravement atteints que l'on ne le supposait. Jeffrey souffre d'un tassement des vertèbres lombaires et Michaël a subi une entorse des cervicales. Ils sont au repos forcé pour plusieurs semaines. Eux-mêmes n'en reviennent pas, qui avaient continué à remplir leurs tâches à bord, lors du retour vers Le Cap. Pour éviter de nouvelles percussions humaines quand le bateau s'offre un arrêt-buffet, l'équipage lime les angles vifs du bateau et mousse les endroits agressifs.
Il y a ensuite la défection de deux équipiers américains, Robert Myles et Rick Deppe. Les raisons personnelles invoquées tiennent peut-être d'une chute de motivation, mais surtout du flip qu'on ressent quand on navigue à cette vitesse dans ces latitudes. Les deux gaillards ne sont pourtant pas des débutants, ils ont fait leurs classes sur la Whitbread où les WOR 60 sont des monocoques violents qui surfent et brassent de l'eau. Mais les Géants font entrer dans une autre dimension qui ne convient pas forcément à tout le monde. Je fais valoir à Cam qu'il n'y a aucune honte à évoquer les angoisses de ses hommes, qu'il est parfois plus courageux de renoncer que d'insister en se mettant des œillères. Donc ils ne sont plus que dix à bord. Cela va modifier le fonctionnement des quarts : trois bordées de trois, avec le navigateur hors quart. Ils mettront un peu plus de temps pour les manœuvres, mais cela ne changera pas fondamentalement les choses. Lors du Trophée Jules-Verne en 1993, on n'était que cinq. Rasséréné, mon Cam s'est empressé de positiver, déclarant : « Nous sommes tous des marins et nous saurons adapter notre navigation à cette nouvelle donne. »
Sinon, le catamaran panse ses blessures. Les renforts disposés selon les directives de Yann Penfornis, l'adjoint de Gilles Ollier, sur tout le carénage, rassurent. « Le bateau repartira plus costaud qu'il n'était à sa construction », affirme Larry Rosenfeld, qui ajoute : « Les "boys" sont bien reposés. Ils ont bien travaillé à bord et ont aussi profité de l'accueil fabuleux des Sud-Africains. Les ouvriers ont bossé onze heures d'affilée hier. Nous sommes ravis

du boulot effectué sur la poutre. Nous sommes prêts pour un nouveau “challenge”. »

Jeudi 25 janvier
(Archis et catas.)

La situation se répète. Club Med *s'incruste dans un système dépressionnaire tranquille et stable qui génère des vents portants de 20-25 nœuds. Il pourrait atteindre la Nouvelle-Zélande en fin de semaine prochaine, un peu plus d'un mois après le départ de Barcelone. Depuis lors,* Club Med *a couvert 10 527 milles en 24 jours, à la moyenne de 18,05 nœuds.* Innovation Explorer *est moins à la fête. Ils ne sont plus dans le même « train de dépressions » que* Club Med, *leurs conditions sont plus erratiques. D'où perte de distance. Pour y croire encore, Loïck cherche le décalage, se positionnant un peu plus sud.* Warta-Polpharma, *lui, flirte avec les 30 nœuds de vitesse et se régale.* Team Adventure *s'apprête à quitter Le Cap.*

JOURNAL. Dans le débat architectural qui fait rage depuis une trentaine d'années, les Géants semblent donner l'avantage aux catamarans. *Club Med*, *Innovation Explorer* et *Team Adventure*, les nouveaux triplés dominent les débats avec des moyennes ahurissantes. *Playstation* était aussi un cata. Et les deux anciens, *Warta* et *Team Legato* sont encore et toujours des catas.
Pourtant, le débat reste ouvert. Parmi les 70 challengers potentiels de The Race, il y avait un peu de tout. Les monocoques pourraient parier sur la longueur pour revenir en grâce et retrouver le sillage du premier de leurs géants modernes, le *Vendredi 13* de Jean-Yves Terlain, mon oncle maternel. C'était pour la transat 1972. Ils construisaient à Saint-Nazaire et la fine équipe avait loué une villa à Penchateau, à une encablure de notre appartement familial. Leur projet, leur jeunesse, leur décon-

traction et les voyages qu'ils se promettaient, nous fascinaient, nous les petits Peyron. Tous les prétextes étaient bons pour leur rendre visite au chantier ou à la villa. Au grand dam de notre père qui regardait avec circonspection ce beau-frère, un peu hippie, un peu aventurier, qui jurait avec l'esprit marine marchande.

L'autre mono géant de l'époque a également à voir avec The Race. Il se nommait déjà *Club Med.* Mais ce quatre-mâts de 72 mètres prévu pour la transat 1976 n'était pas skippé par Grant Dalton, mais par Alain Colas. Depuis, Bernard Tapie puis Mouna Ayoub, la richissime Libanaise, ont repris la propriété du long vaisseau. Pourtant, je ne crois pas une seconde au retour des monocoques. On a beau réaliser des coques de plus en plus légères, il faut toujours se trimballer les tonnes de plomb nécessaires à assurer la stabilité de l'ensemble.

Pour le Trophée Jules-Verne, Titouan Lamazou avait lancé à l'eau une goélette de 39 mètres qui, fragile, a été mise au rebut avant d'avoir affiché son potentiel. Lionel Péan, seul Français à avoir remporté la Whitbread, et l'architecte Philippe Briand, très connu pour ses bateaux de la Coupe de l'America, avaient un projet autour de 50 mètres, *The Race*, qui n'a pu voir le jour.

Je suis moins sceptique sur le potentiel des trimarans qui, au long d'une génération de mutations, furent toujours les rivaux préférés des catamarans. Sur les transats qui se sont limitées aux bateaux de 60 pieds (18 mètres), les tris triomphent. Ils sont hyper puissants, survoilés et les skippers naviguent généralement sur un seul flotteur comme en cata, mais avec la possibilité de mettre la coque centrale à plat quand ils veulent se reposer. En solitaire, l'avantage est indéniable et comme les rendez-vous majeurs (Route du Rhum, Transat anglaise) se font en solo, la tendance s'affirme.

En équipage, question performance, le débat reste ouvert. Il se complique quand on gagne en taille. La question du poids s'avive, car deux coques pèsent toujours moins lourd que trois. En revanche, un tri doit pouvoir déve-

lopper plus de puissance en gardant un coefficient de sécurité plus important. Olivier de Kersauson devrait bientôt y apporter réponse avec son tri de 35 mètres, imaginé par Marc Van Peteghem et Vincent Lauriot-Prévost, le duo d'architectes le plus compétent en la matière, à égalité avec Nigel Irens.
Signe que les catas n'ont pas le monopole de l'avenir, Grant Dalton et son rival néo-zélandais Ross Field avaient tous deux des tris en projet pour The Race, avant de se rallier (Dalton) ou de déclarer forfait (Field). Question économie par contre, les catas ont l'avantage. Cela coûte moins cher de réaliser deux coques de 33 mètres que trois. Et les tris doivent avoir des bras de liaison de 25 mètres quand, à longueur égale, les catas se contentent de 16,50 m. Coût plus important, fiabilité plus aléatoire.
Au-delà du débat tri-cata, deux axes restent à explorer. D'abord, les foilers. Pour faire simple, ce sont des trimarans qui montent sur leurs appendices (dérives inclinées, plan porteur) pour survoler les vagues. Éric Tabarly en fut le précurseur avec son *Paul-Ricard*. Et la version la plus extrême de cette tendance, c'est l'hydroptère qu'Alain Thébault tente de faire « voler » depuis quelques années. Entre les deux, les architectes s'échinent à doter les trimarans de foils pour les faire décoller à minima. Loïck avait un projet de grand foiler avec Marc Lombard, l'architecte qui possède le mieux cette technologie et qui lui avait déjà dessiné un excellent foiler d'une vingtaine de mètres, voici une dizaine d'années. La mise au point de ce genre d'engin est sûrement plus délicate que celles d'un tri ou d'un cata classique, mais le gain espéré est intéressant. Sinon, on peut prévoir la prochaine multiplication des simili-foils rétractables sur les Géants existants.
Autre voie dans laquelle il faut persévérer, les catas bipodes, ou catas à deux mâts. *Team Philips* a défriché ce chemin difficile. Il a échoué, mais retient l'attention. J'avais déjà braconné dans ces sentiers-là, dans les années 80. Le cata s'appelait *Jazz* et il portait deux mâts jumeaux. L'intérêt du bipode est de créer un « effet ven-

turi », une accélération de l'air entre les deux gréements. Cela permet d'accélérer le vent apparent et de réduire en proportion la surface de voile. A potentiel égal, cela donne des mâts raccourcis, des voiles réduites, une baisse du centre de gravité, une limitation du poids. D'où fiabilité, économie et capacité de développement... L'engin de vitesse le plus performant sur bases de vitesse abritées, *Crossbow*, utilisait un gréement voisin. Les perspectives sont donc prometteuses.

Team Philips, lui, était sûrement le voilier le plus audacieux et le plus avant-gardiste du lot. Visuellement, il s'apparentait quasiment à une œuvre d'art. Reste que les options choisies ont probablement manqué d'homogénéité. Les mâts non haubanés permettaient une meilleure pénétration dans l'air. Mais a contrario, ces « bambous » de carbone pesaient lourd, rehaussaient le centre de gravité, et affichaient un moment d'inertie à perforer l'embase la mieux renforcée. Inutile de jouer les conseilleurs d'après désastre, rien ne fera resurgir le bel oiseau bleu. Pour ma part, je me serais sans doute moins polarisé sur la prise au vent. J'aurais mis un petit foc devant chaque mât pour mieux canaliser les filets d'air. Un étai et des bastaques auraient aussi diminué la pression sur le tube du mât. J'aurais banni les wishbones. Si l'effet venturi fonctionne, c'est-à-dire si les mâts sont assez proches en latéral, la voile sous le vent est toujours réglée comme au près. D'où aucun problème de tenue de chute de grand-voile. Pour la voile au vent, il suffit de mettre un petit bras de liaison avec barre d'écoute. L'autre question concerne la résistance à l'effet fouet des longues coques que rien ne relie. La réponse est délicate. Car un bras de liaison traditionnel supprime le côté perce-vagues revendiqué. A essayer tout de même...

Le tragique destin de *Team Philips* ne doit pas être appréhendé de façon trop négative. La vie des pionniers est ainsi faite. Ils se trompent, bifurquent, recommencent. Ils encaissent, insistent et finissent par réussir. Dans les années 80, des bateaux-concepts ont disparu quasiment avant d'avoir navigué. Leurs skippers ont persévéré et s'en sont remis. Pete Goss y parviendra lui aussi, qui déjà a réussi ce qu'un homme peut faire de mieux, sauver la vie d'un autre et ceci lors du Vendée Globe 1997.

Vendredi 26 janvier
(Impressionnisme.)

Les Polonais de Warta-Polpharma *viennent de réaliser l'un des objectifs qu'ils s'étaient fixé. Ils ont passé la barre des 500 milles en 24 heures. Ils affichent 505 milles au compteur quotidien, ce qui, pour leur engin lancé voici plus de dix ans et affichant 7 mètres de longueur en moins que les Géants, est plus qu'honorable. La bande à Paszke en a profité pour prendre la troisième place et passer sous les moustaches de* Team Adventure *qui vient de quitter Le Cap, mais rencontre de forts vents contraires.*
Devant, Loïck revient un peu sur Club Med. *Plus sud, le petit frère profite de la prudence de* Club Med *qui remonte chercher une mer moins dure.*

JOURNAL. La vie en mer est faite de labeurs et d'angoisses. Mais se glissent aussi des bonheurs étonnants à savourer intensément. A l'écoute du large, je picore ces tranches de vie et la saveur qui s'en dégage me renvoie illico là-bas. C'est Loïck qui raconte la beauté des dangers glacés : « J'étais à la barre sous un grand soleil quand il a surgi de nulle part, droit devant nous ! Bleuté sur une belle mer, un très joli iceberg. Un petit coup de barre et nous sommes passés sous son vent, à moins de 150 mètres. Les gentils membres de l'équipage étaient sur le pont pour l'occasion, ravis de ces petits plaisirs qu'offre notre tour operator. »
C'est Roger Nilson, le navigateur d'*Innovation Explorer*, qui évoque l'embouteillage embué qui se forme au-dessus des écrans, ces liens qui se multiplient avec la terre et qui réchauffent les petits hommes perdus loin de tout : « Le

cockpit est tellement encombré avec tous ces gens penchés sur les ordinateurs et les fichiers météo. On dirait un cyber café ! »

C'est Xavier Dagault qui prend à la bonne les misères du bord, qui humorise devant l'avalanche des avaries : « Ici Xavier Dagault, Vannes, France. Temps gris et pluie glacée, petit vent, petite vitesse. Nous avons affalé le gennaker ce matin pour réparer et renforcer quelques petites déchirures ! Nous venons de le renvoyer mais cela mollit pas mal, je ne sais pas s'il tiendra dans ces petits airs. Il est à présent si rapiécé qu'il me fait penser au bateau de Kevin Costner dans *Waterworld.* » Et le même de tirer un coup de chapeau à son skipper : « Le moral est excellent. Loïck est magique. Il sait tirer le meilleur des hommes dans une ambiance à la fois gaie et concentrée. »

C'est Yves Loday qui tente de transmettre les émotions ressenties à barrer ces engins extrêmes : « Barrer ces gros bateaux est un exercice particulier. Il faut vraiment éviter l'enfournement et beaucoup anticiper sur le mouvement des vagues car la barre réagit avec un peu de retard, peut-être à cause de nos safrans qui ne sont pas super efficaces et qui décrochent beaucoup. »

C'est Julien Cressant qui s'étonne des nuits qui sont plus belles que les jours : « La nuit, sous les latitudes très sud où nous évoluons, est très courte mais très noire. Barrer dans ces conditions est très difficile, car on ne voit la crête des vagues qu'au dernier moment. On a eu quelques moments très chauds cette nuit dans 35 nœuds de vent. »

Ou c'est Elena Caputo, journaliste dans la vie civile, qui raconte comment elle reste en prise avec les infos : « J'essaie de suivre l'actualité internationale. Des amis m'envoient des mails pour me tenir au courant. J'ai appris ce matin pour le tremblement de terre en Inde. J'ai besoin psychologiquement de savoir ce qui se passe dans le monde et j'ai bien envie de me remettre au travail dès notre arrivée. Autrement, Jean-Philippe (Saliou) a essayé de me tuer (rires). Il avait posé son Leatherman (pince multifonctions) avec le couteau ouvert sur le pont. Il s'est

levé et a marché dessus sans faire attention. Le couteau s'est alors retourné et m'est entré dans la cuisse ! Cela a fait un trou dans ma combinaison et j'ai une petite coupure à la cuisse. Rien de grave ! »
C'est encore les Polonais qui démentent les vieux poncifs, les réputations gnangnan et les méconnaissances réciproques entre les peuples que The Race a plaisir à éradiquer. Ils n'ont plus une goutte d'alcool pour célébrer leurs 505 milles. Ne reste plus que le combustible de la gazinière. Ils pensent se rabattre sur une demi-barre de chocolat. Et c'est enfin la faune qui prolifère dans ces endroits perdus et qui rappelle que, dans les déserts les plus isolés, on n'est jamais aussi seul qu'on l'imagine. Myriades d'oiseaux, pétrels et albatros les accompagnent dans leur chevauchée, surfant les mêmes veines de vent que les grands catamarans, sans effort apparent.

Samedi 27 janvier

(Casquette.)

Club Med *s'approche du cap Leeuwin, la pointe sud-ouest de l'Australie. En un peu plus d'un mois, les Géants réussissent à se propulser aux antipodes à la seule force du vent.* Club Med *reprend les milles qu'il avait abandonnés à* Innovation Explorer. *Sous grand-voile à deux ris et petit spi, le Géant bleu fait route directe sur le détroit de Cook.* Innovation Explorer, *lui, s'interroge sur un arrêt en Nouvelle-Zélande pour changer de voiles.* Warta-Polpharma *continue à sonner la charge, approchant les 500 milles quotidiens.* Team Adventure *affronte une tempête. Toujours englué,* Team Legato, *lui, a décroché le pire des records, celui de la lenteur : 33 milles en 24 heures, 1,4 nœud de moyenne.*

JOURNAL. La bulle de plexiglas de *Club Med* a explosé. Cette avancée vitrée et bleutée protège les descentes sur les trois Géants. Elle permet aux marins de rentrer et de sortir de la cabine sans que des flots d'embruns ne s'y engouffrent. Mais ce bris de la « casquette » me renforce dans une conviction que je n'ai pas réussi à faire partager aux skippers avant le départ. Je pense qu'à l'avenir les Géants vont devoir soigner le confort et la sécurité des hommes de quart. Il est fini le temps où il faisait bon s'en prendre plein la gueule. Ça va trop vite, ça mouille trop. Regard aveuglé qui oblige à porter des lunettes de ski, nez rougi qui fait remonter le col de ciré jusqu'aux yeux au risque d'anesthésier les cinq sens, doigts gourds qui se crispent sur la barre, sur les manivelles de winch et sur les poignées des « moulins à café ». Il faut réfléchir à autre chose.

Les grands anciens ont déjà commencé. Tabarly comme Moitessier ou les Damien avaient installé une bulle sous laquelle ils restaient en veille. Les solitaires en monocoques (Vendée Globe) ou en multicoques (Route du Rhum, etc.) ont des cabines panoramiques où, de la table à cartes centrale, ils peuvent surveiller le réglage des voiles et les icebergs qui rôdent dans les parages. Se sont développées dernièrement des avancées du roof ouvertes sur le cockpit et flanquées de bancs de veille. Là, dans cet entre-deux, ce dedans-dehors, s'installent les skippers en ciré, pour somnoler à demi, mais pouvoir jaillir à la minute si la situation l'impose.

Les Géants soumettent leurs troupes à dure épreuve et doivent songer à les bichonner. Les protections de cockpit, les « jardinières » que nous avions imaginées pour le Jules-Verne en 1993, ont été retenues sur *Innovation Explorer*, sur *Team Adventure*, sur *Playstation* mais pas sur *Club Med*. Si je comprends le souci de Grant de faire la chasse au poids et de compenser ainsi des renforts de structure ou une déco encombrante, je persiste à penser que le confort des hommes de pont est déterminant. Mon idée est de recouvrir l'ensemble des cockpits d'une « véranda carrossée ». Dans leur tanière éclairée *a giorno*, les pilotes n'auront plus « la lance à incendie dans les yeux », à charge pour les architectes d'inventer un système d'essuie-glace ou

de définir un angle de vision préservé. Les manœuvriers agiront au sec et les veilleurs seront au chaud.
Hublots coulissants, aération, ou même protection amovible style toit de cabriolet pour respirer dans les alizés, permettront de ne pas couper les marins de leurs sensations, de ne pas les calfeutrer dans un cocon anesthésiant, tout en économisant leur énergie. Je suis certain qu'on y viendra.

Dimanche 28 janvier

(Intox voiles.)

Les marins de The Race ont beau feindre de dédaigner les records, ils ne cessent d'en faire tomber. Club Med *vient d'établir un nouveau temps de référence entre Bonne-Espérance et Leeuwin. Il a mis 7 jours et 18 heures pour parcourir l'océan Indien battant ainsi le chrono de Kerso qui était de 8 jours et 23 heures. Des grains à 50 nœuds animent la tête de la flotte où* Club Med *maintient les distances avec* Innovation Explorer. *Derrière,* Team Adventure *repart de plus belle,* Warta-Polpharma *poursuit son effort et* Team Legato *ne sait plus comment s'y prendre pour rentrer dans le Grand Sud.*

JOURNAL. Sur des bateaux aussi ressemblants que les triplés de Vannes, les voiles font la différence. Cela a commencé par le débat sur les grands-voiles. *Team Adventure* terrorisait son monde lors de la descente de l'Atlantique. Sa grand-voile en fibre cubaine (« cuben fiber ») semblait révolutionner la donne dans les petits airs et contre le vent. *Club Med* avec sa « main sail » en spectra dans un grammage léger et Loïck avec son spectra avec grammage plus important payaient leur prudence.
Dans le Sud, les grands-voiles arisées sont moins déterminantes, tant qu'elles ne donnent pas de signes de faiblesse. Par contre, les voiles d'avant retiennent l'attention. Vu les vitesses atteintes, les multicoques nécessitent moins de génois et de spis que les monocoques de taille similaire. Le vent apparent est souvent maximal et requiert

des focs (solent ou trinquette) standards qui servent autant pour le près que pour le largue. Mais, là aussi, l'apport anglo-saxon fait évoluer la donne. Longtemps, les Français ont évité de descendre plein vent arrière en multicoque. Ils tiraient des bords au portant comme au près. Avec la vélocité des Géants, on peut descendre plus franchement dans le lit du vent. La vitesse de rapprochement au but reste bonne, même à 150 degrés du vent.
Mike Quilter, le navigateur de *Club Med* et le *La Boétie* de Dalton-Montaigne, nous en a fait la démonstration chiffrée lors de la transat sur les traces de Christophe Colomb. L'ordinateur était formel, il n'y avait qu'à s'incliner. Plus le vent est fort, plus c'est évident. Encore faut-il avoir les voiles d'avant de circonstance. Dalton a fait réaliser un mini-spi de brise asymétrique comme en avait imaginé Kerso pour le Jules-Verne. Ancien équipier d'Olivier embarqué sur *Club Med*, Hervé Jan fut l'informateur de Dalton en la matière. De l'intérêt de shangaïer les initiés, ceux qui ont déjà hanté le Sud en grand multicoque – sur *Club Med* : Ed Danby (*Enza*) et Hervé Jan (*Sport Elec*), sur *Team Adventure* : Cam Lewis, Jack Vincent (*Commodore Explorer*). C'est une voilerie néo-zélandaise qui réalisa ce petit spi dans le plus grand secret. Dalton craignait le bouche à oreille entre La Trinité, La Rochelle et La Baule. Loïck avait d'autres problèmes. Il n'avait pas les moyens de se doter d'une garde-robe complète. Il lui fallait choisir et se rationner, Dalton ayant refusé de lui vendre une voile d'avant, restée consignée dans le conteneur sur le port de Barcelone. A la guerre, comme à la guerre...
Depuis, *Innovation Explorer* use jusqu'à la trame ses reachers et gennakers. La pénurie augmente. La fabrication d'un reacher vient d'être lancé à la voilerie Incidences à La Rochelle. Et *Innovation* envisage à demi de faire un stop en Nouvelle-Zélande pour l'embarquer. Le reacher existant est devenu un patchwork. Le grand gennaker, voile maîtresse du bord, se déchire sur le guindant. Affalage, réparation. Elena Caputo explique : « C'est vrai que l'on parle à bord depuis plusieurs jours de la possibilité de nous faire envoyer

de nouvelles voiles à Cook et donc de s'arrêter. Mais la décision est entre les mains de Loïck. » Celui-ci n'avouera jamais. Normal. Il faut mettre la pression sur l'adversaire, le rouler dans la chapelure de l'incertitude, le truffer de doutes. 48 heures d'arrêt ? Cela me paraît injouable. *Club Med* a déjà 36 heures d'avance, lui en concéder plus serait contre-productif. Il pourrait se tourner les pouces. Mieux vaut rester accroché à ses basques, quitte à pousser l'aiguille et à tirer la langue. Mais d'ici Cook, titiller la perplexité de Dalton est du meilleur rapport. « C'est entre les mains du destin ! lâche Loïck-la-Malice. On a anticipé sur la production d'une nouvelle voile. Tout le monde préfère continuer, mais nous ne serions pas trop frustrés d'avoir une nouvelle voile d'avant. Nous avons beaucoup moins de voiles que les autres et, en plus, celles que nous avons ne sont pas en bon état. » Loïck poursuit et... termine : « La décision est entre mes mains ? C'est une bien importante décision pour de si petites mains... »

Lundi 29 janvier

(40 nœuds, agglomérat de compétences, autorité, service militaire.)

Club Med *continue à creuser l'écart. Il compte désormais 825 milles d'avance sur* Innovation Explorer. *Derrière,* Team Adventure, *auteur de pointes de vitesse extravagantes et d'une journée au-dessus de 600 milles, reprend sa troisième place sur* Warta-Polpharma. Team Legato *n'est toujours pas entré dans le Sud.*

JOURNAL. 40 nœuds ! Là, la frénésie et l'affolement gagnent. On entre dans des contrées interdites, des zones inexplorées. Seuls les Géants permettent de s'aventurer au cœur de cette matière en fusion : vagues bétonnées, eau solidifiée, barre qui se durcit, et recouvrant tout cela, comme un nappé de crainte et d'exultation mêlées.
Sur *Team Adventure*, Jacques Vincent raconte cette expérience des limites : « Nous avons été obligés de mettre le

tourmentin, car on commençait à aller à plus de 40 nœuds. Ce n'était pas très sérieux... Nous avions 36 nœuds de vent à peu près, nous avions rempli le ballast arrière, le bateau tenait bien mais, à 40,4 nœuds, ce n'est pas facile ! Nous étions quatre de quart, trois sur le pont et un qui faisait des allers-retours entre la table à cartes, la cuisine et qui contrôlait un peu tout. » Déjà sur *Innovation Explorer*, au début de l'océan Indien, le jeune Julien Cressant avait fait tilter le speedo à 40 nœuds, déclenchant des grognements réprobateurs de la part d'un skipper pourtant peu coutumier du fait.
Commander ces Géants n'est pas une sinécure. Ils sont trop gros et trop nouveaux pour que se perpétue la méthode libertaire qui régnait sur les multicoques français jusqu'à présent. Car le passage du monocoque au multicoque dans les années 80 fut aussi le moment du passage du capitaine seul maître à bord après Dieu au capitaine *primus inter pares*. Fini les Blight faisant valser à la garcette les marins au garde-à-vous, petit doigt sur la couture du ciré. Venait le temps de l'agrégat des compétences, de la répartition des rôles entre copains. Lors du Jules-Verne 1993, nous avions égalitairement réparti les tâches, donnant les pleins pouvoirs à chacun dans son domaine. Nous avions toute confiance les uns dans les autres et personne n'était tenu de m'en référer pour les problèmes courants. En situation de crise, il y avait dialogue, échange puis décision. Celle-ci s'imposait généralement d'elle-même. Je n'ai pas le souvenir d'un quelconque conflit.
Sur les Géants, la hiérarchie est plus pesante et les tâches plus segmentées. Normal. Les bateaux sont puissants et peuvent causer mort d'homme. Ils ont encore un fonctionnement méconnu et la prudence s'impose. Ils sont chers et sont les vecteurs de stratégies de communication d'entreprises faisant vivre des milliers de salariés. Au sommet de la pyramide, le skipper est le décideur suprême, interlocuteur du sponsor et des médias. L'entourent un navigateur qui propose des choix de route et un « boat captain », sorte de responsable opérationnel du

bateau, qui en connaît les entrailles comme les maladies infantiles. L'équipage a des tâches fixes selon ses compétences (voilerie, mécanique, électronique, etc.) et des corvées tournantes (cuisine, rangement, etc.). Chaque bord compte un médecin, un plongeur sous-marin, un cameraman. Sur le pont, les fonctions ne sont pas interchangeables. Chaque quart a son barreur de référence, son régleur de grand-voile, son régleur de voile d'avant, son « singe » qui se fait expédier en tête de mât.
Sur ces bateaux de 20 tonnes, plus rien ne se fait dans la légèreté et la confiance partagée. Les niveaux d'expérience et de compétence sont trop divers au sein d'un équipage de 12-13 personnes, pour que ne reviennent pas sur le devant la prise en charge de l'autre, la responsabilisation de certains, l'assujettissement décontracté de certains autres. Il ne sera possible de faire autrement que quand des équipages professionnels se prépareront longuement en amont.

Mardi 30 janvier

(Dérive cassée.)

Tout allait trop bien pour Innovation Explorer. *Le bateau mené par Loïck avait commencé par ravir à* Club Med *le record de la traversée Bonne-Espérance-Leeuwin en 7 jours et 14 heures. Mieux, les prévisions météo le plaçaient aux basques de* Club Med *au détroit de Cook. Mais les ennuis se sont multipliés : dérive arrachée, « casquette » explosée, protection de bib arrachée. L'arrêt à Wellington paraît de plus en plus probable. Devant,* Club Med *essuie ses 50 nœuds de vent. Derrière,* Team Adventure *et* Warta-Polpharma *remontent vers le nord pour négocier un anticyclone et* Team Legato *piaffe à l'orée des quarantièmes.*

JOURNAL. Loïck a une décision cruciale à prendre. S'il n'y avait la dérive, l'arrêt à Wellington serait trop pénalisant

pour être intéressant. Mais là, la situation devient complexe. Le récit des événements est édifiant. Elena Caputo explique : « C'était à la fin de mon quart, il était 2 heures du matin quand nous avons entendu un gros clac... Ensuite il y a eu un gros bruit dans la coque et, enfin, il y a eu un autre choc au niveau du safran. Nous nous sommes rendu compte que c'était la moitié de la dérive qui était partie ! Juste après il y a eu le deuxième capot du bib (porte fermant l'emplacement où se trouve le radeau de sauvetage dans la poutre avant) qui a été arraché et une demi-heure après c'est notre casquette, comme *Club Med*, qui s'est cassée. Pour finir, le chauffage a lâché car de l'eau est entrée dedans. » Et à la question de l'arrêt, elle rétorque : « La décision n'est pas entre mes mains, mais je sais que Loïck a pris contact avec Multiplast (architecte et constructeur d'*Innovation Explorer*) pour commander une autre dérive. »
Ce genre de choix révèle un skipper. La décision n'a rien d'évident. Il faut tenter d'ouvrir l'éventail des choix en réparant à bord et en passant commande à terre, attendre le plus longtemps possible pour permettre aux données de se préciser, peser le pour et le contre, puis choisir. Sans regret, sans remords. Je ne me fais aucun souci pour Loïck, il est structuré pour trancher. Notre père avait beau être autoritaire, il nous éduquait à la responsabilité et nous laissait libre d'expérimenter en toute indépendance. La différence entre Loïck et moi dans notre rapport à l'autorité tient pour une part à nos statuts d'aîné et de second. J'ai vraisemblablement une approche plus grave des problèmes et une conscience plus aiguë de la prise en charge des autres, ce qui n'est pas un avantage d'ailleurs. Loïck est plus décontracté, plus accommodant, ce qui ne l'empêche pas de veiller scrupuleusement à la sécurité de ses hommes. Par ailleurs, j'ai dû affronter plus frontalement mon père qu'il ne l'a fait. Je biaise moins, j'ai longtemps refusé les consensus et les arrangements qui simplifient la vie. D'où mon besoin d'indépendance et ma difficulté à supporter une autorité extérieure.
Notre approche comparée du service militaire est révéla-

trice. Loïck, le second, réussit à se faire affecter à bord de son propre catamaran, se retrouve habillé en troufion à saluer le ministre de la Mer, et part courir la Route du Rhum. Stéphane, le troisième, arrive à se faire réformer et à reprendre la planche à voile. Moi, je me retrouve derrière les barreaux. Car je ne parviens pas à me défaire de cette évidence que la règle c'est la règle, qu'on peut la contester ou la refuser, à nos risques et périls, mais qu'il est interdit de la tourner, de l'adoucir. Je me fais parfois l'impression d'un bélier qui fonce tête baissée dans le panneau. Seule solution pour continuer à naviguer, refuser les EOR afin de rester en contact avec la mer. Là, je suis affecté à Cherbourg, et je deviens moniteur du club de voile. Je peux ainsi continuer à m'entraîner et j'arrive à obtenir une permission pour courir la course du Figaro.
Je veux récidiver pour la Route du Rhum et accepte un marché de dupe pour ne pas perdre le fil de la vie : un engagement de six mois avec congé sans solde de trois mois pour courir. Je respecte le deal à la lettre, mais la jalousie gagne devant ce qui est perçu comme un privilège. Je rêve. Refus des permissions, fin du monitorat et corvée de plonge pendant deux mois. Provocations de petits cons à galons en mal de pouvoir. Ce qui devait arriver arriva.
L'abus de pouvoir, d'où qu'il vienne, me rend furieux. Me voilà en taule. La privation de liberté me rend fou. Je passe mes journées à dessiner des bateaux, c'est là que je conçois *Jazz*, le cata à deux mâts. J'en ai assez. Ils vont me détruire, je ne le supporterai pas. Je finis par m'évader, je saute dans une vieille DS blanche, c'est comme dans un film policier. Je passe prendre ma fiancée en Vendée et on roule direction le Sud. On embarque sur un voilier, car recevoir des paquets de mer dans la gueule est pour moi la seule façon de retrouver un semblant d'équilibre. Et accessoirement d'échapper aux flics...
Ma fiancée téléphone de temps en temps au commandant pour l'avertir de la situation, en clair que l'urgence est d'abord de sauver le bonhomme avant qu'il ne fasse des conneries. Qu'il n'essaie même pas de me retrouver avant

que je ne sois calmé. Je finis par rentrer pour affronter les choses en face. Ils m'envoient chez le psy, qui comprend vite la situation. Ils prennent peur et me disent : « Cassez-vous ! » Longtemps, la vue du moindre uniforme m'a fait voir rouge. Capable de me bastonner avec des contrôleurs de train qui agressent une vieille dame au billet périmé ou un gamin perdu dans un mauvais train. Je ne supporte pas et ne supporterai jamais l'abus de pouvoir. Et c'est sans doute pourquoi j'essaie d'exercer une autorité tranquille, jamais tranchante, jamais obtuse. Et que je me tiens loin de tout excès en la matière.

Mercredi 31 janvier

(Le parcours, les détroits, France et Néo-Zélandais.)

Grant Dalton sent l'écurie. Le Géant qu'il skippe n'est plus qu'à une demi-journée de Wellington. Nul anticyclone ne semble devoir stopper Club Med *qui compte désormais 822 milles d'avance sur son suivant.* Innovation Explorer *entretient toujours le doute sur son arrêt, mais a retrouvé une bonne vitesse. Par contre,* Team Adventure *et* Warta-Polpharma *traînaillent à 2 nœuds. Bullimore, lui, surfe enfin à 20 nœuds.*

JOURNAL. Le parcours d'une course est primordial. C'est ce qui en fixe le niveau de difficulté, d'engagement, c'est ce qui en définit la tonalité, le registre. Un parcours conditionne l'architecture des bateaux, le recrutement des équipages, le type de sponsors à démarcher. J'ai choisi de faire passer le détroit de Cook pour plusieurs raisons. 1) Pour des raisons de politique sportive. Le Jules-Verne est une magnifique épreuve qui a sa logique et déjà son histoire. Inutile donc de marcher sur ses plates-bandes en copiant son parcours : Bretagne-Bretagne en tournant autour de l'Antarctique. The Race est une course. Ce qui compte, c'est la bagarre entre les bateaux, pas le record du Jules-Verne. Cela donne des conditions météo différentes et permet de redistribuer les cartes. 2) Pour des raisons de sécurité. Les tempêtes sont inévitables et même nécessaires pour éprouver les bateaux et tester les équipages. Par contre, il faut se préserver des glaces si on veut rapatrier son monde sain et sauf. Le Vendée Globe a fixé des points de passage obligés, validés par satellite. Autant trouver un point de passage naturel. Le détroit de Cook est parfait pour ce faire et contraint les bateaux à ne pas trop descendre, à ne pas raser le continent blanc. 3) Pour des raisons médiatiques. Cela met la course sous la loupe à un moment crucial. Cook répond à Gibraltar selon une symétrie qui me plaît. Deux détroits fameux aux antipodes l'un de l'autre, ça a de la gueule et cela permettra aux enfants des écoles d'affiner leurs connaissances géographiques. 4) Pour des raisons populaires. La Nouvelle-Zélande est le seul pays avec la France à pouvoir générer un enthousiasme pour les voiliers. Ces deux pays sont à la pointe des innovations en matière de nautisme. L'Angleterre reste la nation fondatrice, les États-Unis, le lieu de tous les possibles, mais coqs et kiwis se sont embarqués dans la modernité de la voile. Il va y avoir des milliers de personnes présentes. Les kiwis ont deux sports nationaux qui sont la voile et le rugby. S'ils sont capables, et je n'en doute pas, de réserver le même accueil aux bateaux de The Race que lorsque nous avons reçu les All Blacks à Marseille, cela peut être un moment exceptionnel !

Jeudi 1er février

(Se laver, hygiène.)

Les Dalton's cow-boys ne traînent pas en chemin. Nul ralentissement à l'approche du détroit de Cook. Club Med *tourne à 21,8 nœuds de moyenne sur les dernières 24 heures quand* Innovation Explorer *espérait un arrêt-buffet dans un anticyclone qui s'est révélé moins dodu que prévu. Derrière,* Team Adventure *et* Warta-Polpharma *patientent dans un émollient climat et laissent se creuser les écarts.*

JOURNAL. Les marins barbus et pouilleux, qui se tiennent chaud dans leur crasse, sont en voie de disparition. Pas seulement pour des raisons de bien-être personnel ou de représentation publique, les caméras étant des mouchards aux aguets. Mais aussi pour des raisons d'efficacité, l'hygiène et le rangement permettant d'éviter le triomphe de l'humidité qui attaque la peau des hommes et les circuits électroniques des machines. Ainsi, régulièrement, ça frotte, ça récure et, dès que possible, ça aère en grand, ça fait sécher, ça se lance dans un grand nettoyage.

Club Med ne manque pas à l'appel du propre, comme le raconte Jacques Caraes, équipier-vidéaste finistérien : « Nous avions quelques petits travaux à effectuer à bord et on a profité du retour dans des températures plus clémentes pour avoir un bateau qui respire mieux la santé. Trois équipiers ont réparé la bulle en plexiglas qui avait cassé et l'on a profité pour sortir et faire sécher les affaires, nettoyer les fonds du bateau... L'équipage qui était un peu fatigué a retrouvé la forme avec cette arrivée dans des latitudes plus chaudes. »

Et ce n'est pas seulement parce qu'il a de la famille à saluer dans le détroit de Cook que Grant a poussé ses troupes à s'étriller la couenne et à briquer les cabines. C'est parce que la santé publique à bord passe par une désinfection de tous les instants. A défaut de douche, les lingettes pour bébé font des miracles. Utilisables par tous temps et en tous lieux, elles ont changé la toilette du marin et accéléré les rotations des ablutions. Quand la mer est calme et que la manœuvre laisse quelques répits, on fait chauffer une bouilloire d'eau tiède, on en humecte un linge propre et on peut se livrer à un récurage plus soigné.

L'idéal dans les contrées chaudes étant l'averse tropicale qui dessale son hareng à la perfection. Dans le Pot-au-Noir, on voit ainsi souvent les équipiers se désaper et surgir en tenue d'Adam, le gel douche à la main. Mieux, les Géants offrent, avec les ris de la grand-voile, de parfaites baignoires, avec garantie d'intimité. La seule à se méfier un brin avant de surgir en tenue d'Ève devant une douzaine de gaillards sevrés de féminité, c'est Elena Caputo, qui confessera s'interdire la provoc' en la matière.

Vendredi 2 février
(Dalton, le kiwi.)

Grant Dalton et Mike Quilter, les deux kiwis qui mènent Club Med *avec Franck Proffit ont pu saluer leur famille lors du passage du détroit de Cook. Derrière, Loïck a fait tilter le record de distance sur 24 heures. 629 milles contre 625 milles à* Club Med, *lors de Cadix-San Salvador, le 11 juin 2000. La dérive abîmée ne semble pas avoir perturbé* Innovation Explorer *qui entretient toujours le doute sur un arrêt à Wellington. Sinon, Bullimore a enfin trouvé du vent et déboule à 20 nœuds.*

JOURNAL. Grant n'a pas musardé en chemin. Il a coupé au plus court au ras de l'île du Sud, s'engouffrant dans le détroit de Cook sans jouer les touristes dans ce coin qu'il connaît bien et que nous avions été repérer ensemble en hélicoptère. Le vent était pile dans le nez, la mer cassante. Les bateaux-suiveurs, gênés par cette météo secouante, étaient un peu moins nombreux que prévu. La femme et les deux enfants de Grant ont quand même pu le saluer, mais à la va-vite vu la cadence de *Club Med.*
Frankie, le coskipper, a lui surtout été impressionné par un haka dévastateur déclenché par des Néo-Zélandais gorgés de bière et s'embrouillant entre danse maori, chant de guerre All Black et tangage aviné.
Passer ainsi à une encablure de chez soi peut lever une houle de nostalgie dans les cœurs les mieux accrochés. Je parie que, pour Grant, il n'en est rien. Le kiwi est un guerrier, un « warrior » comme il dit. En mer, il tasse serré ses états d'âme au fond de sa caboche et dort dessus jusqu'à l'arrivée.
N'empêche que la Nouvelle-Zélande, via ses médias, a salué l'avènement d'une nouvelle star du large, une star moderne et innovante. Une star prête à reprendre l'ascendant sur Russel Coutts, le barreur qui a conquis et défendu la Coupe de l'America. Une star encline à reje-

ter dans l'ombre Chris Dickson ou Dean Baker, autres magnifiques meneurs de batailles en Class America. Une star qui doit aller au bout de The Race pour enfin réussir à affronter son devancier, Peter Blake. Le père fondateur de la voile kiwi, l'homme qui a engrangé Whitbread, America et Trophée Jules-Verne avant tout le monde.
Pour l'heure, Dalton a longtemps vécu dans la queue de comète de l'immense gaillard aux chaussettes rouges. Un lieutenant, un subordonné, un dépendant. Il était l'un de ses chefs de quart lors de la première victoire de Blake sur le tour du monde en équipage. L'un des deux autres était Ross Field qui, lui aussi, s'échina longuement, mais en vain, à monter un projet pour The Race.
Pour comprendre l'agressivité de Grant, son besoin d'en découdre, il faut réaliser qu'il a longtemps été relégué au second plan, question de génération. Blake est le héros de la nation. Il a ouvert toutes les voies. Il fut le premier en tout et insuffla la fierté au cœur des 6 millions de Néo-Zélandais, les libérant des clichés de simples éleveurs de moutons. Grant a beau avoir remporté une Whitbread et fini second d'une deuxième, il n'a pas défriché cet univers-là. Grant a beau ne pas être intéressé par l'America, la légitimité de Blake, leader charismatique de la conquête et organisateur contesté mais victorieux de la défense, est totale sur ce secteur d'activité.
Reste le large en multicoque, la vitesse à voile. Malheureusement pour Grant, là aussi Blake est passé en tête. Il est le premier homme des antipodes à s'être hissé au niveau des Français et à les avoir battus sur leur terrain. C'est Blake qui nous piqua dès 1994 le Trophée Jules-Verne. Blake et compagnie montrèrent une capacité d'adaptation et une célérité d'apprentissage qui me font dire que les top-guns anglo-saxons n'ont pas besoin de grand-chose pour se hisser à notre niveau et nous en remontrer.
Pour ce rapt inaugural, Blake naviguait sur *Enza*, devenu aujourd'hui *Team Legato*. *Enza* était d'ailleurs un cata conçu à l'origine par un architecte anglais (Nigel Irens) pour un skipper canadien anglais (Mike Birch). Preuve

qu'ils étaient déjà quelques-uns à jouer à saute-frontière et à ne pas craindre de pousser les feux des excès en tous genres.
Dans les débuts, Blake s'est intéressé à The Race. Mais la préparation de la défense de l'America et le décalage de la date de l'événement l'ont éloigné de cette histoire. Aujourd'hui, Sir Peter se cherche une retraite active, via la Fondation Cousteau. Et il laisse à d'autres le soin de poursuivre la route.
Dalton cherchait un terrain d'expression qui lui permette d'écorner la statue du commandeur de la voile kiwi. Il a jeté son dévolu sur The Race, car si Blake avait fait rapine sur le Jules-Verne, il ne s'était jamais aligné, et pour cause, sur une de ces courses du futur qu'inaugure The Race.
Il sort de la Whitbread 1995 quand je le rencontre. Dès les premières réunions des prétendants à The Race, ces meetings où les skippers deviennent les acteurs et les décideurs de leur sport, Dalton se montre l'un des plus assidus, des plus appliqués, des plus carrés. Il me sollicite de temps à autre pour l'épauler dans ses recherches de budget auprès des cigarettiers suisses qui l'ont déjà soutenu. Mais ses tentatives d'approche demeurent vaines en Europe comme chez lui, où tout l'argent va sur l'America. Il est le bec dans l'eau quand je le branche sur *Club Med.*
Je sens que cela devient difficile pour moi de concilier organisation de l'événement et mise en œuvre d'un projet personnel. Et puis, de toute façon, j'ai toujours milité pour une doublette internationale pour mener ces Géants. Partir, rester : je n'ai pas encore arrêté ma décision, mais je me vois bien faire équipe avec Grant. Donc, soit on mènera *Club Med* tous les deux, soit il sera seul en charge. Je fais les présentations avec Philippe Bourguignon. Ils se voient, ça colle, ensuite l'histoire leur appartient.
Je reconnais que, dans la phase de préparation, mes oscillations et mes indécisions compliquent la vie de Grant. J'ai l'antériorité et il me considère toujours comme le patron du bateau, m'établissant un rapport écrit chaque semaine.

La traversée record sur les traces de Christophe Colomb permet de clarifier la donne. Je suis là pour bien signifier le passage de témoin, pour réellement lui confier les commandes. Pour la constitution de l'équipage, c'est pareil. Nous avons défini en commun les grandes lignes (mélange de nationalités, de compétences, d'expériences, etc.). Ensuite, c'est lui qui tranche, qui devient l'opérateur.
Grant est légèrement schizophrène. A terre, c'est un type charmant, attentif, prévenant. Sur l'eau, c'est un tueur. Dans le genre, il est anglo-saxon à mille pour cent. Pour lui, la régate commence dès la recherche de budget, dès l'établissement du cadre imposé. Autant, il débat honnêtement avec tout le monde dans la phase d'élaboration, autant, ensuite, il ne fait aucun cadeau. Il se méfie des laxistes, des arrangeurs de coups que sont les Latins. D'où son refus de prêter une voile d'avant supplémentaire à Loïck, d'où son insistance pour que les bateaux installent tous un passe-coque pour l'antenne-radio en cas de retournement. Des soucis en plus, du temps et de l'argent perdu pour les autres, autant de gagné pour lui.
Grant reste totalement hermétique au fonctionnement des Français, à leur façon de s'empailler pour la galerie et de se filer des coups de main en douce, ou bien de s'embrasser par-devant et de se débiner par-derrière. Lui, il est en guerre. Officiellement comme officieusement. Urbi et orbi. En permanence.

Samedi 3 février

(Manger.)

Innovation Explorer *est en approche du détroit de Cook. Et le silence est toujours total concernant leurs intentions. Une dérive et un reacher valent-ils une neutralisation de 48 heures ?* Club Med *n'a évidemment pas cédé à l'intox et n'avait aucune raison de s'arrêter à Wellington. Par contre, se dégager de l'influence de son pays natal semble délicat pour Dalton. Petit temps et milles perdus. Derrière,*

Team Adventure *trompette ses 30 nœuds et sifflote des journées à 550 milles.* Warta-Polpharma *traînaille tandis que* Team Legato *sonne enfin la charge.*

JOURNAL. Agression permanente. Les équipages ne cessent de se défendre contre la violence des éléments. Se nourrir devient un système de défense, manger prend une importance fondamentale. Cela n'a plus rien à voir avec le chipotage des régiments d'amaigrissantes, ni avec les gourmandises des bâfreurs de cholestérol. On entre dans un univers assez sommaire, où il s'agit de mettre du carburant calorique dans la machine humaine, où il est question de compenser les dépenses d'énergie, de résister au froid, à la fatigue. Alors, pour éviter de se trouver rejeté dans l'ordre animal, se déclenchent des processus de fétichisation de la nourriture.
Sur *Club Med*, le jambon camouflé, sorti, tranché, savouré et qu'on fait durer pendant toute la traversée du Sud, devient le symbole de la résistance française au rationnement anglo-saxon et aussi de la réconciliation entre les mondes autour des tranches de serrano.
Sur *Team Legato*, un gâteau, offert par des admirateurs britanniques avant le départ, a permis de célébrer dignement l'entrée dans le Sud : le « cake of Good Hope », le « gâteau de Bonne-Espérance » faisant à la fois fonction d'adoucissant des peines à venir et de rupture avec la pitance quotidienne lyophilisée. Car il est loin le temps où les vaisseaux du temps jadis embarquaient veaux, vaches, cochons, couvées et même ce terrible cousin du lièvre qui avait la mauvaise réputation de ronger les cordages.
Quant aux conserves et autres viandes fumées, elles ont cédé la place, gains de poids oblige, aux sachets lyophilisés. Eau de mer qu'on dessalinise, qu'on chauffe dans la bouilloire et qu'on verse sur la poudre reconstituante. Rapide et efficace, ne reste plus qu'à avaler. C'est loin d'être mauvais, même si cela a un côté répétitif. Apport en calories et en vitamines parfaitement contrôlé, presque trop. D'où le besoin de douceurs sucrées, ou d'un ordi-

naire amélioré, quand un cuistot de bonne volonté se met aux fourneaux et tente de sortir de la norme.
Sur les Géants, il n'y a pas de « cook » officiel et hors-quart comme cela pouvait exister voici encore une trentaine d'années lors des premières Whitbread. Mais, dans chaque quart, se dégage bientôt un homme de bonne volonté, une « maman-poule » aimant donner la becquée à ses pauvres petits poussins congelés. Ce genre de vocation est d'un prix inestimable. Il faut un sacré enthousiasme et un réel altruisme pour se sangler dans le boyau de carbone et jongler avec les casseroles alors que tout valse autour de vous et que les copains récupèrent.

Détroit de Cook

Le nom de notre planète tient de l'abus de bien social : la Terre ! Alors qu'elle est faite, comme nous d'ailleurs, aux trois quarts de liquide. Le mensonge paraît d'autant plus criant quand on suit la route des courses d'aujourd'hui. La moindre escale paraît un aveu de faiblesse ou de malchance : on y soigne les blessés, on y répare les avaries. Peut-être jaloux des conquêtes spatiales, les bateaux veulent, comme les fusées, quitter le sol et n'y revenir que la tâche accomplie. Ils ne vont plus accepter de traiter qu'avec le ciel et l'eau. Le solide, on s'en méfie (les baleines, les icebergs, les objets flottants non identifiés) ou on le dédaigne (aucun intérêt pour les côtes, elles déventent, elles ralentissent et les terriens ne sont plus fréquentables). Si bien que les passages légendaires, « doubler » les caps de Bonne-Espérance ou Leeuwin, ne sont plus que des références abstraites et nostalgiques. Il faudrait, de ces promontoires, avoir de bons yeux pour apercevoir la moindre voile. Dix à quinze degrés de latitude les en séparent, plus de 1 000 kilomètres. Les navires, pressés par le temps, descendent jusqu'à toucher le froid, bien plus bas que ces continents.

Les seules terres mentionnées dans les communiqués n'ont de réalité que météorologique : Açores ou Sainte-Hélène, beaux noms pour des anticyclones !

Les fouineurs de criques, les gourmands de rivages, les collectionneurs de ports éprouveront forcément quelques regrets.

C'est à cette race d'incorrigibles nostalgiques que Bruno Peyron a dû penser en inventant le parcours de The Race.

❐

Patrie de quelques-uns des meilleurs navigateurs, « tourdumondistes » comme Sir Peter Blake ou régatiers de trois heures, comme les détenteurs de la Coupe America, la Nouvelle-Zélande méritait bien une visite particulière. En même temps qu'un salut à ceux qui, bravant tous les périls, l'avaient découverte, bien des années avant. The Race, dans son voyage, renoue avec les légendes du passé. En mer, les grands fantômes s'asseyent volontiers au bout du bout dehors ou vous posent sur l'épaule une main fraternelle au moment d'affronter une vague plus haute que les autres.

Abel Tasman, un capitaine hollandais, aborde l'île sud en 1642. Il faut attendre l'automne 1769 pour qu'un autre Européen s'aventure dans ces parages. Fils de cultivateurs du Yorkshire, apprenti cuisinier, puis mousse, James Cook a gagné un à un ses galons quand le roi d'Angleterre lui demande d'aller observer dans le Pacifique le passage de la planète Vénus et « toutes les autres choses remarquables qu'il y pourrait trouver », notamment la Terra Incognita par excellence : le grand continent méridional. Lequel demeurera dans son Sud encore longtemps, préservé de toute visite humaine.

Mais la moisson de Cook n'est pas mince. Quand ils voient arriver le trois-mâts *Endeavor,* les indigènes Maoris le prennent pour un immense oiseau. Qu'auraient-ils alors pensé de la taille des bateaux d'aujourd'hui ? Le fidèle compagnon de Cook ne mesurait que 25 mètres de long (pour

8 mètres de large). *Club Med* est un rectangle géant (33,50 m par 17,50 m).

A la suite de somptueuses péripéties (car Cook narre aussi bien qu'il explore), une escalade entre dans l'Histoire, racontée par un membre de l'expédition, Sir Joseph Banks, jeune homme riche et scientifique de talent : « Pendant que j'herborisais avec le docteur Solander, le capitaine monta au sommet d'une colline et revint au bout d'une heure environ plein d'entrain, ayant vu la mer de l'Est et s'étant convaincu de l'existence d'un détroit qui communique avec elle. »

C'est par ce détroit, dit « de Cook », comme il est normal, que les concurrents doivent passer. Seule contrainte dans la course de toutes les libertés. Magnifique hommage des marins d'aujourd'hui à ceux d'hier. Nouvelle preuve, s'il en était besoin, que l'Histoire donne du sel à la géographie. Et réciproquement.

C'est par ce défilé, encadré de sommets, que Grant Dalton, skipper du *Club Med* et leader de la course, va entrer vraiment dans le Pacifique. A quoi pense-t-il, ce Néo-Zélandais qui semble de fer, quand il longe son pays sans pouvoir y débarquer ? Une émotion l'étreint-il ? Faisons-lui confiance pour n'en rien avoir laissé paraître. Les parages sont traîtres, infestés de courants piégeux et de courants d'air narquois, acharnés à ralentir le grand oiseau. Gageons que Grant, ici plus encore qu'ailleurs, n'a pas laissé de répit à son équipage.

Idée lumineuse que cette « chicane » de la mer. Chicane. Ainsi nomme-t-on ces virages aigus, qui, au milieu d'une ligne droite stoppent, soudain, la vitesse des bolides terrestres, les obligeant à rompre la monotonie d'un pied toujours au plancher. Ainsi se trouve une nouvelle fois alimentée la comparaison entre nos marins et la Formule 1 ; à ceci près que ceux-là, poussés par les furies de l'Ouest, n'ont pas de frein. Leur mât seul, à sec de voile, représente une surface de 30 à 40 m². Chicane aussi au premier sens du dictionnaire : « Difficulté dans un procès, sur un point de détail, pour embrouiller l'affaire. » Le détroit n'est qu'un détail, rapporté au tour du monde, mais, de même que les sommets qui l'enserrent, il embrouille sacrément l'affaire. Belle sournoiserie de la chicane néo-zélandaise qui change pour un moment les fauves en escargots, les grands cavaleurs en louvoyeurs du dimanche.

Autre maléfice ricaneur du fameux détroit : il ruine les comparaisons. Quand, revenu de l'antipode, le vainqueur aura bouclé la boucle, il aura parcouru mille ou deux milles de plus que la route directe, celle qu'empruntent ses devanciers du Trophée Jules-Verne.

Erik Orsenna

Dimanche 4 février

(Intox, corsaires.)

Innovation Explorer *ne s'arrête pas à Wellington et en profite pour reprendre 170 milles à* Club Med. *Dalton et ses hommes viennent pourtant de se dégager du dévent des montagnes et repartent à l'assaut, forts d'un bateau préservé.* Team Adventure *va toujours aussi vite, mais doit compter sur une météo très différente qui ne lui permet pas de retour en grâce. Sinon,* Team Legato *n'a pas renoncé à rattraper* Warta-Polpharma.

JOURNAL. La mentalité corsaire reste vivace. Les marins malins, dignes héritiers de Surcouf, aiment assez titiller leurs adversaires et les rouler dans le goudron et les plumes de leurs vantardises comme de leurs minimisations. Loïck n'a pas menti à Grant. Il ne lui a pas signifié qu'il s'arrêterait pour ensuite griller le stop. Il a fait mieux. Corsaire caustique et non pirate paltoquet, il a entretenu une ambiguïté festive et a joué malicieusement avec les nerfs du kiwi. Et ça, c'est l'un des charmes des points de passage obligés qui facilitent une possible escale. Seul bémol, je pense qu'une neutralisation de 48 heures, souhaitée d'ailleurs par le chœur des skippers au moment de la rédaction du règlement, revient trop cher et qu'à l'avenir il importe de revoir à la baisse le tarif horaire.

Elena, la seule femme du bord, est venue lever un secret qui, à voir la bonne humeur ambiante, n'était plus que celui de Polichinelle. Elle a dit : « Pour nous, The Race continue. Nous avons passé beaucoup de temps ces derniers jours à réparer, avec les moyens du bord, ce qui était cassé. Nous avons retourné la dérive et scié la partie endommagée. Il est certain que nous disposons à présent d'une dérive plus courte sur un bord que sur l'autre. Mais les skippers et les équipages pensent unanimement que l'on peut finir en l'état. »
Le record de distance en 24 heures battu la veille et les libations rigolardes au bordeaux et au goulot dans une cabine fumante donnaient le ton. Ballottés comme dans une rame de métro, Loïck et compagnie étaient trop joviaux pour ne pas avoir une petite idée derrière la tête. Ils n'avaient nulle envie de laisser partir *Club Med* et de sortir de son sillage météo. Ils sont certains que leur seule chance de remettre le grappin sur le bateau à la sirène est de se cramponner à sa trace, de continuer à faire peser la menace entre ses reins écaillés. Afin que *Club Med* ne puisse augmenter le coefficient de sécurité, afin qu'il lui soit interdit de se bercer de tranquillité.
Wellington aurait marqué la fin de cette stratégie. Il n'en est rien et Loïck peut continuer à sourire *in petto* et à astiquer ses galons de challenger, rôle des plus agréables, des plus satisfaisants. Dalton peut bien saluer, avec condescendance et un léger agacement, cette manip' qui ne l'a pas véritablement déstabilisé – il en faudrait plus –, mais qui le sédimente dans sa fonction de favori grognon à l'humour minimal.
Loïck est d'une belle habileté verbale pour entretenir suspense et intérêt. Pour autant, il évite de raconter des craques. Il force un peu la dose, tait ce qui l'embête comme tout un chacun, mais avec un sens de l'à-propos et une capacité à faire mousser le quotidien le plus gnangnan qui ne sont qu'à lui.
Je suis moins à l'aise que lui dans le show off. Mais le jeu psychologique fait partie de toute forme de compétition,

voire même de toute relation humaine. Même si je suis incapable de bidonner ou de surjouer la comédie, les vacations radio restent des moments où un skipper se doit de marquer des points, de balancer des bribes d'infos destinées non à la terre, mais à son adversaire.
Connaître sa manière de réagir est encore plus intéressant. Lors de Québec 92, nous étions seconds au passage de Saint-Pierre-et-Miquelon après des arrêts buffet pour changement de lattes, je crois que c'était Florence Arthaud en tête et Loïck troisième qui sortait du Saint-Laurent comme un avion. Florence monte très nord pour contourner un anticyclone qui nous barre la route, la logique nous indique la même stratégie, mais je suis persuadé que Loïck tentera de couper. Toute la nuit, on attaque au plus court, au cas où. Au petit matin, pas de surprise, ça passe, nous sommes en tête et forcément... Loïck juste derrière, il avait tenté aussi.
En tout cas, cette escarmouche semble avoir regonflé le moral d'*Innovation Explorer*. Ils ont fait un grand nettoyage d'été austral, trois d'entre eux se douchant intégralement dans une eau à 15 degrés, tandis que les autres se contentaient d'un rasage et d'un shampooing. Ils ont encaissé avec bonne humeur un grain à 50 nœuds avant d'embouquer le détroit de Cook. Loïck Le Mignon et Xavier Dagault se sont tatoué des fougères argentées sur les joues pour fêter les All Blacks et les spectateurs embarqués. Et ils ont envoyé Julien Cressant dans le mât, mais en le hissant par l'intérieur. Ce qui évite de finir en cochon pendu ou de jouer au pendule à 35 mètres de haut, mais qui a de quoi vous rendre claustrophobe pour le restant de vos jours.

Lundi 5 février

(Bons et mauvais moments.)

Les dépressions à 50 nœuds soufflent entre les oreilles des leaders de The Race. Club Med *sort d'en prendre. A 650 milles derrière,* Innovation Explorer *se prépare à en recevoir une nouvelle qui ensuite ira secouer* Club

Med. *Et ainsi de suite. C'est la routine du Sud. Derrière,* Team Legato *va bientôt passer à l'endroit où Bullimore se mit à l'envers et faillit y passer lors du Vendée Globe 1996-97.*

JOURNAL. La mer, c'est à la fois les contraintes les plus fortes et la liberté la plus rayonnante. Dans le Grand Sud, les marins éprouvent le télescopage de ces sensations antinomiques avec une intensité à donner la chair de poule. Ils ont remis les fourrures polaires malodorantes, capelé les cirés humides, croché la ligne de vie, ajusté les lunettes de ski pour discerner quelque chose à travers le fatras d'écume. Ils sont engoncés dans leur fatigue et dans cette angoisse latente qui perche sur votre épaule, tel un perroquet malfaisant, tout le temps que dure la traversée. Mais que personne ne s'avise de les plaindre. Ils ne le supporteraient pas. Ils sont partis de leur plein gré, ils ont sacrifié confort, habitudes et sécurité affective pour aller voir si, en bas, la mer est plus bleue. Ils sont libres et heureux. J'ai souvent connu cet état d'intensité grave et d'hyper attention qui est la meilleure façon d'être en paix avec soi-même et avec l'univers. Bientôt, j'y retournerai. Mais, eux comme moi, nous payons parfois le prix fort pour avoir voulu faire glisser nos rêves sur la rampe de mise à l'eau. Il y a comme ça des moments catastrophes où tout s'enchaîne mal et où on se dit que jamais, jamais plus, on ne tentera le diable, que jamais, jamais plus, on ne fera tapis de nos énergies, de nos économies, de nos embellies, pour prendre de tels chocs en retour.
Pour moi, ce plus bas que tout se situe en 1990. Je suis sur le point d'atteindre l'objectif d'une démarche voulue, d'un choix accompli. J'ai écumé les transats et engrangé les places d'honneur. L'argent était rare, mais l'enthousiasme y a suppléé. Il me reste à bien terminer la Route du Rhum, dans une honnête moyenne pour décrocher le titre de n° 1 des skippers de multicoques, décerné tous les quatre ans, et qui récompense le skipper le plus régulier, le plus constant, dans un univers où naufrage réel et débâcle éco-

nomique se succèdent. Mon catamaran, dessiné par Gilles Ollier déjà, n'est plus de la première jeunesse. Il a sept ans d'âge, mais il tient encore la comparaison finissant toujours sur le podium depuis quatre ans.
Voulant toujours œuvrer à l'intérêt collectif, ne réussissant pas à me délester de ce foutu sens des responsabilités, je me suis investi dans le syndicat des coureurs. En 1988, sous l'impulsion providentielle du remarquable Philippe Court, pour la première fois, sponsors, organisateurs de course, instances sportives et coureurs se sont mis d'accord pour, à terme, réduire la taille des bateaux à 18 mètres. Je me suis battu pour cela bien que n'y ayant aucun intérêt personnel, au contraire. Mon bateau mesure 22 mètres, je vais devoir lui rogner les ailes. Complaire aux Anglais, qui, peureux des folies de la liberté, se sont repliés sur une longueur réduite, ne servira pas l'internationalisation, l'Angleterre étant dévastée côté sponsoring voile. Sans compter que je suis convaincu que la limitation des tailles n'endiguera pas l'inflation des budgets, la course au millième de nœuds étant la plus dispendieuse.
Reste que je me fais hara-kiri sur l'autel de l'avenir collectif. L'accord est signé. Les vieux bateaux, rétrécis à 20 mètres, sont tolérés le temps qu'ils meurent de leur belle mort.
Le deal est réglo et équilibré, et je peux me préparer tranquillement pour la Route du Rhum. Un mois avant le départ, je reçois un coup de poignard dans le dos : mon dossier d'inscription est purement et simplement refusé. Bateau trop long ! Au mépris de tous les engagements signés. Choc incroyable. Je tombe de haut, je n'y comprends rien. Ce manquement à la parole donnée, aux écrits paraphés, me sidère. Les raisons en sont cyniques et transparentes. Quelques sponsors influents, qui viennent de mettre à flot des 18 mètres, déjà plus rapides que les anciens 22 mètres, craignent que les vieux bateaux ne leur tiennent la dragée haute. Ma victoire avec Jack Vincent, lors de la transat Lorient-Saint-Barth-Lorient, en 1989, les a affolés. Ils ont décidé d'avoir ma peau sur tapis vert afin

de dégager la voie à leurs petits protégés. C'est d'ailleurs les mêmes qui ne jurent publiquement que par l'internationalisation du circuit, tout en se débrouillant pour continuer à jouer entre eux, annihilant ainsi la concurrence et assurés au pire de truster les places d'honneur. Je n'ai pas vu venir le coup, je reste collé au mur. Je suis mort. Déjà, je peinais à trouver des parraineurs vu l'âge de mon vieux compagnon, ma cause est désormais désespérée. Mon bateau fatiguait, mais il était encore vaillant, il vaut désormais zéro franc, zéro centime, et je dois encore près de 3 millions d'échéances pour finir de le payer.
A l'inverse de quelques skippers qui, écœurés, jettent l'éponge, je refuse ce diktat et décide de me battre jusqu'au bout, au risque d'autodestruction. Mon référé en justice n'aboutit pas ? Tant pis, je me présente à Saint-Malo. L'organisation me parque *manu militari*, au fond du port de commerce, entre cargos rouillés et tas de sable. Il ne me reste qu'à faire appel à la solidarité des skippers engagés. Pas un ne bouge. Je m'obstine. Je baptise mon cata *Pour le sport* et je pars quand même, m'offrant le luxe de ne pas perturber la procédure officielle et démarrant 20 minutes après tout le monde.
J'ai la haine, mais la mer m'apaise. A Bréhat, je suis en tête. Je tricote bien dans le golfe de Gascogne. Aux Açores, je suis au coude à coude avec Florence Arthaud qui va remporter cette Route du Rhum 1990. Les avions de l'organisation qui viennent renifler les états d'âme des marins, oublient délibérément de répondre à la VHF lors du survol alors que je suis à moins de 2 milles au vent, ordres venus d'en haut... Dans les alizés, mon bateau manque de cadence, et je lève le pied écœuré, mais je finis quand même cinquième. Deux fois deuxième en 1982 et 1986, je ne suis pas satisfait de ma fin de course, mais peu importe vu le désastre ambiant. Le titre était néanmoins facilement dans la poche, même s'il ne représente rien mais ça non plus n'a plus grande importance. Il faut encore que des amis guadeloupéens se débrouillent pour éviter que mon vieux cata ne soit expulsé de la marina.

Je suis effondré. J'ai l'impression d'avoir gâché mes meilleures années, ne récoltant qu'aigreur, acrimonie et avanies. Pendant un an, je décroche totalement. Je me terre ailleurs, je cherche une échappatoire, je m'intéresse à la peinture contemporaine. Je songe à de belles expéditions, à de longs voyages loin de toute cette médiocrité. Les temps changeront, d'autres arriveront avec un meilleur esprit... Et c'est pendant ces moments d'introspection et de doutes qu'a germé l'idée de The Race. Construire du neuf, du vierge, du pas encore pollué.

Sans jamais oublier, sans jamais pardonner, je finis par reprendre le chemin de l'océan. Je récupère mon vieux bateau qui lanternait aux Antilles. Les cadènes pissent la rouille, le chantier de Newport où je le remets en état est le palais des courants d'air, rideaux élimés battant aux vitres brisées. En solo, avec des voiles d'occasion mal coupées, je me lance sur l'Atlantique pour récupérer le record que j'avais initié lors d'un duel avec Loïck. Florence Arthaud me l'avait raflé, je le récupère. C'est reparti, mais plus jamais comme avant. Fini les transats, fini ce petit milieu moribond. Dans quelques mois, ce sera le Jules-Verne. Dans quelques années, The Race.

Mardi 6 février

(Roger, *Drum*, naufrage.)

Innovation Explorer *continue à revenir sur le paletot de* Club Med. *Poussé par des vents violents (50 nœuds),* Innovation Explorer *descend droit sur* Club Med *qui s'applique à contrôler son poursuivant. Dalton se recale entre lui et la marque (le cap Horn), soucieux de préserver ses 600 milles d'avance.* Team Adventure *s'approche du cap Leeuwin et* Team Legato *course* Warta-Polpharma *qui échappe aux anticyclones.*

JOURNAL. Ils le surnomment « Tonton Roger ». A bord d'*Innovation Explorer*, Roger Nilson est le navigateur atti-

tré. Ce Suédois travaille en doublette avec Pierre Lasnier, routeur complice de Loïck depuis toujours, The Race autorisant tout transfert d'informations et de compétences, l'idée étant qu'il est difficile d'interdire ce qu'on ne contrôle pas et que l'important est la décision finale du skipper.
J'ai rencontré Roger Nilson dans des circonstances qui soudent les mémoires et tressent des fidélités. Skip Novak, le baroudeur américain coskipper d'*Innovation Explorer*, était aussi de la partie. C'était à Cowes, en Angleterre, lors d'une Admiral's Cup. Cette épreuve réunit la crème de la crème des coureurs au large en monocoque. Roman Paszke, le skipper polonais de *Warta-Polpharma*, y a décroché les galons inauguraux de sa notoriété. L'Admiral's Cup fut longtemps la seule épreuve de référence. Depuis vingt ans, le développement des transats puis des tours du monde en mono, puis en multi, en ont relativisé l'impact.
On est dans les années 80. Des sourires goguenards m'ont invité à poser sac à bord. Je suis estampillé « spécialiste de multicoques », ces bateaux plus stables à l'endroit qu'à l'envers, ces engins qui chavirent pour un rien. Roger et Skip sont les poutres maîtresses de cet équipage qui prépare sa Whitbread. Le bateau se nomme *Drum* et appartient à Simon Le Bon, le rocker du groupe Duran-Duran. Organiser une telle campagne n'est pas une sinécure. Gérer 24 hommes d'équipage et une équipe technique à terre ne s'improvise pas. Roger, toubib de formation, y déploie son art de la rigueur, de l'anticipation. La course du Fastnet, qui mène la flotte en Irlande et retour, sert de répétition générale. *Drum* fait 24 mètres de long et exige 24 serviteurs dévoués à sa cause. Les manœuvres tiennent de l'art militaire. Les focs se hissent et se replient à la moindre saute de vent. C'est à chaque fois tout un barnum. Huile de coude, suées maximales pour des gains minimaux. C'est comme s'il s'agissait d'un éternel combat avec un élément hostile, quand, moi, j'ai plus envie d'accompagner et de profiter de la mer et de ses plaisirs que de l'affronter.
On remonte le solent, on tire des bords le long des Cornouailles. Le soir tombe et, tout à coup, le bateau se ren-

verse. Les boulons ont cédé, la quille a lâché, la coque fait la pirouette. Je venais de gagner ma couchette, je plonge pour émerger à l'air libre en petite tenue. L'équipage est là à barboter, sans rien à quoi s'agripper. Impossible de varapper sur une surface qu'on lisse pour en supprimer toute aspérité. Les hélicos de sauvetage ne tardent pas à vrombir. Des plongeurs libèrent les derniers hommes bloqués à l'intérieur et les évacuent en priorité. Il commence à faire froid. Les rotations s'accélèrent. Un harnais tombe du ciel. Je me vois partir en vol plané sous la carlingue façon James Bond.
Dépose dans un champ près d'un village très british. Plaid, grog, bains chauds. Tout le monde est sauf. Et *Drum*, réparé, partira deux mois plus tard, sans crainte excessive pour son tour du monde.
Il n'y a pas que dans la victoire que se sédimentent les affinités. Ce genre d'événements dramatiques révèle les hommes, les unit. Roger et Skip sont devenus des proches. Ils sont aujourd'hui sur The Race.

Mercredi 7 février

(Le froid, les icebergs.)

L'accordéon continue sa danse. Un jour, Club Med *prend l'avantage et taille sa route droit sur le Horn. Le lendemain,* Innovation Explorer *se rappelle à son bon souvenir et descend lui aussi direct sur le Sud. Ce mercredi,* Club Med *est en veine, et, malgré un iceberg repéré, accélère sans risques.* Innovation Explorer, *lui, tire des bords de largue après avoir encaissé une méchante mer.* Team Adventure *est toujours au sud de l'Australie et l'équipage réduit s'accoutume aux circonstances. Au large des îles Kerguelen,* Team Legato *tient* Warta-Polpharma *dans son viseur.*

JOURNAL. J'ai toujours été sidéré par la capacité des hommes à s'adapter à toutes les situations, par ces ressources insoupçonnées que chacun possède au tréfonds de soi et peut faire resurgir quand la situation devient réellement critique. Souvent, en début de traversée, je peine à dormir dans les courants d'air. Me vient comme une envie de me couvrir la nuque, de m'enfouir la tête. Et puis, on s'accoutume très bien. Car les limites à repousser sont aujourd'hui bien moindres que celles qu'affrontaient les matelots de la fin du XIXe siècle sur les clippers qui empruntaient la route de l'or et croisaient dans les mêmes parages, ceux du Horn, et bien moindres également que celles que rencontrent aujourd'hui les pêcheurs embarqués à chaque marée sur des chalutiers qui roulent, qui mouillent.

Skippers et équipiers qui ont eux aussi fait de la mer leur métier bénéficient souvent des dernières innovations techniques. Ils revêtent ce qui se fait de mieux en matière de sous-vêtements marinisés ou de cirés spécialement étudiés. Désormais, les marins n'accumulent plus les pulls en laine quand la température descend. Trois couches suffisent. Des sous-vêtements thermolactyl, un ensemble en polaire et un ciré en goretex ou similaire. Tout conspire à mettre fin à la transpiration et à la condensation. L'idée est de laisser filtrer la sueur tout en coupant le vent et le froid. La tendance est à la suppression des macérations que déclenchait l'effort fourni pour une manœuvre.

La réalité n'est pas encore aussi idyllique. A bord de *Club Med*, ils constatent : « On ne voit plus d'iceberg, mais les nuits sont vraiment froides et on sature un peu de ces températures difficiles. On a les pieds un peu gelés au fond des bottes à cause de la condensation qui n'a pas le temps de sécher. Nos rechanges sont humides et tout l'équipage attend avec impatience de retrouver des conditions un peu plus douces. »

Sur *Innovation Explorer*, la situation semble mieux maîtrisée : « On ne souffre pas trop du froid... Nous avons des petits chauffages à bord qui fonctionnent lorsque nous mettons les moteurs en marche. Et comme nous les activons au moment de la vacation radio, cela nous réchauffe

le cœur... mais aussi les pieds de vous avoir en ligne ! »
Question confort, le clivage entre Anglo-Saxons et Français reste vif. Dalton s'est fait violence pour accepter un chauffage à bord de *Club Med*. Sa philosophie est simple : tout pour la performance. Le poids est un handicap ? Allégement maximal. Donc, *Club Med* n'a pas de « jardinières », ces protections de cockpit (20 kilos chacune), les vêtements tiennent dans un sac standard, et Grant se serait bien passé de radiateurs et de gas-oil (10 kilos). Pourtant, la consommation de ces appareils est devenue minimale.
Loïck pense différemment. Pour les Français, un équipier sec, reposé et repu est forcément plus efficace qu'un homme humide, exténué et affamé. D'où le soin apporté aux placards à cirés chauffants et aux « orgues » sèche-bottes. Loïck a même réfléchi à la conception d'une douche chaude, sans mener à bien ce saut qualitatif.
L'habitabilité des Géants et les progrès en matière d'économies d'énergie ouvrent la voie à des développements qui finiront par chambouler la vie à bord. On peut imaginer qu'à l'avenir le barreur et les wincheurs œuvreront sous une verrière, que les différents bouts reviendront dans les cockpits transformés en serres tropicales, que les voiles d'avant seront montées sur enrouleurs poids plume et que les séjours humides sur trampoline seront réduits à la portion congrue.
Pour l'heure, faire le tour de la planète à la voile rince encore son monde. L'eau continue à rentrer par le cou, les poignets, les chevilles. D'où les tentatives de colmatage de ces entrées dérobées. Capuche de ciré avec casquette en dessous pour mieux répartir les dégoulinements, lunettes de ski, bas de capuche remonté jusqu'au nez, il reste pourtant quelques centimètres de peau à l'air libre. Et cette grêle à 80 km/h, ces cinglons d'écume sont insupportables sur les joues du barreur tenu de faire face à la vague. La solution ? Des masques de char à glace, des protections de cycliste urbain. Pour les pieds, des guêtres s'imposent, mais aussi des pantalons de ciré avec chaussettes intégrées. Quant aux mains, c'est différent. D'ac-

cord pour les gants, mais je plaide pour un endurcissement d'avant l'onglée. Toujours parce que les capacités d'adaptation humaine doivent être stimulées.

Jeudi 8 février

(Records et prospectives.)

Club Med *reprend son bien. Le cata bleu est à nouveau détenteur du record de vitesse sur 24 heures : 655 milles à son tableau de chasse. Du coup,* Innovation Explorer *rétrograde à plus de 800 milles de distance. Les deux leaders sont les seuls dans l'océan Pacifique.* Team Adventure *s'approche du détroit de Cook ;* Warta-Polpharma *et* Team Legato *sont encore en approche de Leeuwin. Les écarts sont aussi considérables que les vitesses sont importantes.*

JOURNAL. Il était certain que Grant n'allait pas laisser Loïck le dépouiller longtemps d'un des joyaux de la couronne. Le record de distance sur 24 heures est le sceptre que se disputent les Géants les plus belliqueux et que s'arroge le mâle dominant du moment. Depuis que les grands catas sont de ce monde, il y eut dans l'ordre *Playstation*, puis *Club Med*, puis *Innovation Explorer*, et donc à nouveau *Club Med*.

Déclaration de Dalton : « Le 2 février dernier, notre grand rival *Innovation Explorer* nous avait volé la vedette en effectuant 2 milles de mieux. Nous avons relevé le défi dès la première occasion, c'est-à-dire moins d'une semaine plus tard. Cela a été relativement facile car la météo était idéale : angle de vent parfait et mer plate. Là, nous sommes à plus de la moitié du parcours, nous avons consommé une grande quantité de notre stock d'aliments et de carburant (pour alimenter les deux moteurs qui rechargent les batteries du bord). Le bateau est donc inévitablement beaucoup plus léger. Et donc, on navigue plus vite. »

Vent ouest-nord-ouest, 30-35 nœuds, le tout à 150 degrés du vent sur une mer agréable. D'où 24 heures à 27,18 nœuds de moyenne (50 km/h environ). Et un gain de 25 milles sur la bande à Loïck. Franckie, le coskipper, avait joué les visionnaires voici quelques jours, arguant : « Ces bateaux ont un potentiel de 670 milles, voire 700 milles par jour, dans de bonnes conditions. » Sur *Innovation Explorer*, ça ne grogne pas trop. Elena : « Les records sont faits pour être battus. C'est une phrase qui est constamment répétée. Mais c'est toujours un peu décevant quand c'est de votre record qu'il s'agit. Nous tenterons une nouvelle fois notre chance si nous en avons l'opportunité avant la fin de The Race. »

Devant les performances des Géants, je rêve. Mais je ne fantasme pas sur des unités plus grandes, plus folles. Cela viendra naturellement, en son temps. Il faudra quelques années avant que voiles, gréements et accastillages permettent de gagner en puissance et d'allonger les coques en proportion. Car c'est dans cet ordre que se pose le problème. Aujourd'hui, il est possible de réaliser des « châssis » énormes, ce sont les « moteurs » qui ne suivent pas. Il faut donc plutôt s'appliquer à tirer la substantifique moelle de ces catas qui ne sont encore qu'au berceau de leur potentiel. Il faut sans doute aussi se pencher sur les foils et les gréements bipodes.

En voile, j'aime la liberté et les Géants sont la preuve que l'absence de contraintes stimule l'imagination sans dégénérer en dépenses. Mais je crois aussi à la monotypie. Et dans l'ombre des Géants auxquels tout reste permis, je rêve d'une catégorie de bateaux plus économiques, moins impressionnants : 80 pieds (24 mètres) me semble la bonne taille. Déjà cela évite d'avoir recours à un capitaine marine marchande pour prendre les commandes. Ces catas de 80 pieds seraient des sortes de Tornados qui fonceraient à 35 nœuds. Ils seraient rapides, blindés, sécurisés et totalement identiques. Prêts à naviguer, ils devraient approcher les 12-15 millions de francs. Ce qui les situerait dans une fourchette raisonnable par rapport

aux trimarans de 60 pieds (18 mètres) ou aux WOR 60 (18 mètres) de la Whitbread. A terme, le développement d'un second marché pourrait faire chuter les coûts.
Avec l'architecte Gilles Ollier, nous avons dessiné les grandes lignes de ces « maxis » du futur. Ils pourraient être construits dans quelques chantiers agréés à travers le monde. L'intérêt de la création de ces monotypes de 80 pieds serait principalement de diffuser la culture du multicoque. Afin que se répande le plaisir de naviguer vite et fort. Et pourquoi pas de donner un ticket d'accès moins cher à The Race ? Décision fin 2001...

Vendredi 9 février

(Toru, le Jap à terre.)

Le bateau des recordmen accentue son avantage. Club Med *compte 931 milles d'avance sur* Innovation Explorer. *Loïck et sa troupe guettent une forte dépression qui devrait les ramener vers le Horn que* Club Med *pourrait passer après avoir traversé le plus grand océan du monde en une semaine.* Team Adventure *se fait des frayeurs en mer de Tasmanie tandis que les Polonais de Roman chassent désespérément une dépression pour y accrocher les wagons de leur énergie et que les Anglais de Tony tirent sur leur bouffarde avec 500 milles par jour qui partent en fumée.*

JOURNAL. Tandis que *Club Med* cingle vers le Horn, j'avoue un regret. J'aurais tant aimé que Toru Kikushi, Japonais de 49 ans, marin d'envergure et bonhomme adorable, soit de la partie. L'ennui, c'est qu'il ne parlait pas anglais et Grant ne voulait pas prendre le risque d'incompréhensions qui peuvent dégénérer en catastrophes pour une erreur d'interprétation dans la noirceur de la nuit et la chaleur d'une manœuvre.
Toru, je l'avais croisé à Yokohama, alors qu'on préparait le record du Pacifique. C'est l'Australien Peter Gilmour, barreur de la Coupe de l'America et animateur du défi

japonais qui me l'avait recommandé. Il était partant pour embarquer. Cela tombait bien, car je tenais à associer des Asiatiques à ces navigations très « united colors ». Et Toru allait se révéler un équipier fiable, sympa, enthousiaste. Se joignait également à nous au dernier moment, Kojiro, 24 ans, l'un des plus jeunes marins à avoir accompli le tour du monde en solitaire sur un petit monocoque.
L'ancien et le jeunot formaient une paire étonnante. Il y avait entre eux du respect, du didactisme et une vraie symbiose réservée. Toru s'adaptait merveilleusement au bateau, fort de ses heures de mer, mais avait du mal à communiquer. Kojiro était moins bien dégrossi, plus tout fou, mais s'inspirait de l'exemple de son aîné et lui traduisait nos conseils formulés en anglais. Nous avons raflé le record, mais surtout nous avons vécu une réelle découverte mutuelle.
Étonnante conflagration des cultures et avancée des échanges, que résume au mieux une anecdote. Catherine, ma femme, et Alexandra, ma fille, étaient sur les quais à San Francisco et se lancèrent dans des bises de bienvenue à tout l'équipage. Les deux Japonais étaient tétanisés par cette pénétration dans leur sphère privée et se courbaient de gêne. Quelques mois après aux Bahamas, ils n'étaient pas les derniers à réclamer les attentions féminines.
J'ai encouragé Toru à faire acte de candidature sur *Club Med*. Si je l'avais eu sous ma coupe, je ne me serais pas angoissé de son déficit de communication. On peut se faire comprendre par gestes, par mimiques. Grant était moins chaud. Les Néo-Zélandais sont étonnants dans leur façon de s'adresser les uns aux autres à bord d'un bateau. Ils sont du genre à désigner du doigt la personne à qui ils s'adressent et à attendre que le sollicité leur fasse signe de la même manière. L'idée est que les paroles ne s'envolent pas au vent, que les ordres ne soient pas reçus d'une oreille distraite, qu'en tout l'efficacité règne.
Grant a donc mis comme préalable à l'embarquement de Toru qu'il progresse en anglais. Malheureusement, tétanisé, il n'a pas amélioré ses capacités en la matière. Et,

sans autre forme de procès, Grant lui a donné congé. J'ai tenté de plaider la cause de Toru ou du moins de faire en sorte qu'il ne perde pas la face. Il a accepté de rejoindre l'équipe technique à terre, et, comme *Club Med* a d'autres navigations en vue après The Race, je suis certain que Toru pourra faire valoir son potentiel dans les années futures.

Samedi 10 février

(Bruno et ses Horn.)

Club Med *est en approche du cap géant. Le vent mollissant a poussé le cata à la naïade à aller flirter avec les îles chiliennes.* Innovation Explorer *ne s'est pas fait tanner par la dépression prévue, pas encore. Il a parcouru 120 milles de mieux que son devancier, mais la route à accomplir reste gratinée pour recroquer la queue de la sirène. Cam Lewis et compagnie s'enferrent dans les calmes, Roman Paszke et consorts redémarrent, et Tony Bullimore and friends suivent à 1 000 milles derrière.*

JOURNAL. Envie de saluer les petits gars de The Race. Envie de retrouver le Horn, ce cap de haute délivrance, qui nous en avait tant fait voir lors du Jules-Verne 1993. Jamais vécu ça avant. Tempête dantesque avec des vents de 80 nœuds, qui nous poussait sur les côtes du Chili. Cata à sec de toile que, pour mettre à la cape, il avait fallu faire volter au sommet d'une vague au risque de chavirer. Et nous, cloîtrés dans les coques, assourdis par le barouf permanent, exténués d'angoisse et de fatigue, et trouvant tout de même le moyen de plaisanter du désastre qui menaçait.
Cette fois, avion et puis embarquement à bord d'un ketch de 21 mètres, *Darwin Sound* que mène Yvon Fauconnier, grand marin vainqueur de la transat 1984 et père de Karine, la « petite sœur » d'Arthaud and Co, la future grande océane française. Mail à Paris : « Chose assez étonnante, je ne vous tape pas ce message du bord, mais grâce à "l'ordinateur" de la place du village de Puerto

Williams où il est possible d'accéder à Internet pour 1 dollar de l'heure, le web café le plus au sud du monde... magique, non ? Beau voyage dans le temps lorsque l'on sait que les derniers clippers passaient là il y a moins de cent ans et que la civilisation des Indiens alakalufs, des Patagons, ne s'est réellement éteinte qu'au milieu du XXe siècle. C'est facile de s'habituer à la technologie, mais c'est parfois utile d'en voir les applications dans des situations anachroniques. Technologie, d'ailleurs, qui nous a permis d'apprendre avec joie la folle nuit de *Club Med*, well done guys, encore un record mondial... et ce n'est probablement pas fini. Décidément, ces bateaux sont magiques... Salut à tous, nous partons à leur rencontre. »
Nous sommes entre marins qui allons voir d'autres marins, tandis qu'un marin comme nous, comme eux, en termine avec le Vendée Globe, aux Sables-d'Olonne, là-bas en Vendée. Nous faisons partie du même monde, nous avons les mêmes valeurs, les mêmes rêves, les mêmes convictions. Bravo à Michel Desjoyeaux et à tous les suivants. Je suis ravi de m'associer aux félicitations que lui transmet Jean-Philippe Saliou, l'un de ses préparateurs parti continuer à vivre sa passion sur *Innovation Explorer* et qui lance : « Bravo Mich' Dej' ! Je suis très fier d'avoir bossé pour lui. C'est un type formidable. Il a mené sa course avec une maîtrise époustouflante. J'ai pu lui parler pendant la course. Je sais que nos performances quotidiennes l'ont aussi un peu bluffé. »
Transfert de curiosités, prise d'intérêts croisés. Les marins, ceux qui naviguent, pas ceux qui refont la voile aux bars des yacht-clubs, aiment tous les bateaux du monde. Et s'intéressent aux avancées technologiques, aux progrès accomplis, aux difficultés surmontées. J'ai beaucoup aimé, lors de l'émission hebdo sur France 2, le dialogue qui s'est instauré entre Michel Desjoyeaux qui était en approche de l'Europe et Jacques Caraes, équipier-cameraman sur *Club Med*, qui, voici quelques années, gagna une transat en double avec Desjoyeaux. Cette conversation sonnait juste avec Jacques qui encourageait Michel à tenir bon et qui se

désolait de ne pas être présent à son arrivée, et Michel qui lui garantissait qu'il viendrait l'accueillir à Marseille. Les deux hommes, situés géographiquement aux antipodes l'un de l'autre, n'avaient jamais paru aussi proches, aussi partageurs des mêmes vibrations et des mêmes références. Et cela me confortait dans l'idée qu'il est inutile d'opposer le Vendée Globe et The Race.

Pour cause d'avancement de la date de la Coupe de l'America et de célébration du nouveau millénaire, j'ai dû fixer le départ de The Race fin 2000. Ce doublon ne se reproduira pas. L'America a raccourci ses délais, elle se déroulera en 2002-2003. Si The Race II existe, ce sera en janvier 2004 et le Vendée Globe, s'il respecte son rythme, se courra en hiver 2004-2005. J'ai proposé à Philippe Jeantot, marin et organisateur comme moi, de tenter de trouver une synergie entre nos deux épreuves. Cela ne s'est pas vraiment fait. Mais, je crois que, médiatiquement, le Vendée n'a eu qu'à se féliciter de la concomitance de The Race.

Les médias français s'en sont donné à cœur joie, en en faisant leur favori de cœur face à la course aux ambitions internationales. C'était sans doute le prix à payer pour gagner la bataille de l'international. Si c'était à refaire, je ne changerais rien. Il faut mettre ses actes en accord avec ses ambitions. L'objectif n° 1 était l'international, dont acte.

Par contre, force m'est de reconnaître ne pas avoir su faire comprendre suffisamment l'esprit réel qui nous animait et le profond respect qu'il y a entre tous ces marins. J'espère que la magnifique image de Michel Desjoyeaux porté en triomphe par les deux équipages de *Club Med* et *Innovation Explorer* devant 50 000 Marseillais aidera à faire mieux comprendre ce que j'avais vraiment dans la tête.

Les Français ne se rendent pas compte de la ferveur qui est née à l'international, du travail accompli pour dépasser les frontières. Nous avons fait avancer le curseur d'un cran et, bientôt, tout le monde en touchera les dividendes, les solitaires du Vendée comme les fonceurs de The Race

et même les guerriers de l'America. Le plus insensé, c'est que la mécanique marketing enclenchée pour permettre de conquérir la planète a eu un effet-retour paradoxal en France. D'abord, moi qui suis d'un naturel plutôt discret, qui ne suis vraiment pas VRP, je me suis forcé à faire assaut d'ouverture aux autres, de transparence totale, de prise de parole publique. Sans cela, pas d'accès outre-frontières, pas de grandes marques pariant sur The Race. Mais, retour de bâton, la mécanique marketing ambitieuse au service des partenaires sans lesquels rien ne progresse m'est retombée sur les doigts. Et on a fini par nous reprocher d'avoir transgressé ce que nous sommes profondément, et par créer de fausses oppositions. Ironie des histoires que se racontent ceux qui restent en lisière du réel...
La dernière conférence de presse à Disneyland Paris un mois avant le départ a été le déclic final où tout a basculé dans l'irrationnel. Aboutissement de sept ans d'efforts, la présentation finale des équipages au cœur d'une présentation à vocation encore une fois internationale devait enlever tout doute existant encore après trois mois de rumeurs toutes plus pernicieuses les unes que les autres. Une présentation que nous voulions encore une fois transparente et ouverte. Que des faits, pas de langue de bois. 800 invités, un accueil à la hauteur du savoir-faire de Disneyland Paris que nous nous devions de mettre en valeur. Salué par tous les journalistes étrangers comme le niveau le plus pro qui leur a été donné de voir dans ce milieu.

Agacement de la presse parisienne qui ne comprend pas tous ces efforts alors qu'il suffirait d'un coup de canon au bord de l'eau pour donner un départ. Si c'était si simple, pourquoi personne ne l'a fait avant ? Comment convaincre autant d'investisseurs de dimension mondiale avec de l'à peu près ? La communication événementielle n'est pas un hobby pour amateurs de balades océaniques, mais bien un outil performant qui doit se professionnaliser pour atteindre ses vrais objectifs. L'évolution des mentalités a un prix, celui de l'effort et de la lutte contre les conformismes de toutes sortes. The Race a choisi de payer le prix de ses ambitions. Même si je suis obligé d'admettre et d'assumer le fait de n'avoir pas su le faire comprendre suffisamment. J'en accepte l'entière responsabilité, mais ne sais pas plus aujourd'hui qu'hier s'il est possible de faire autrement.

Dimanche 11 février
(Passage du Horn CM.)

Club Med *a passé le Horn à 4 heures Temps Universel. Il aura fallu au bateau bleu 41 jours et 9 heures depuis le départ pour y parvenir et 22 jours pour rallier Bonne-Espérance au Horn, via le détroit de Cook.* Innovation Explorer, *lui, se fait rattraper par la dépression creuse et carnassière. Et s'apprête à livrer combat avec traînards, ancres flottantes et autres annexes de miséricorde. Quant à* Team Adventure, *le délaminage de la poutre avant recommençant, un nouvel arrêt est prévu à Wellington.*

JOURNAL. Le message de Mike Quilter, le navigateur de *Club Med*, est explicite : « Beau clair de lune, avons pu voir le cap Horn parfaitement, nous pouvons maintenant tous pisser au vent. » Le vent souffle à 20-25 nœuds du sud-sud-ouest. La grande voile est hissée à bloc, le grand gennaker gonflé comme une culotte de grand-mère sur le fil à linge. Pas question de lanterner, histoire de passer un Horn, éclairé *a giorno*, mais parfois les fantasmagories de la nuit sont tout aussi grandioses.
Grant Dalton est un habitué des lieux, puisque c'est la sixième fois qu'il passe le cap en course, après ses cinq Whitbread. Il déclare : « C'était assez sombre, mais avec la pleine lune nous avons quand même pu le voir. Je suis déjà passé au large de ce Rocher plusieurs fois, mais cela reste toujours aussi impressionnant. » Fred Le Peutrec, novice lui, confie ses impressions : « C'était très beau avec cette pleine lune très lumineuse et ces gros nuages de grains. Il y avait en alternance des éclaircies avec des

reflets brillants dans l'eau et puis des passages très noirs. Le cap Horn a ainsi gardé tout son mystère, c'était très énigmatique. » Quant au médecin du bord, Alexis de Cenival, il estime : « Indiscutablement, c'est important de passer le cap Horn et de sortir des mers du Sud. Cela va permettre de faire sécher l'intérieur du bateau et les affaires. Je l'avais déjà passé lors d'une précédente Whitbread, mais cela reste toujours un grand moment ! » Il ajoute : « Le passage du Horn a été carrément cool ! On avait 25 nœuds de vent au portant et on était très sereins. Dommage que l'on soit passé de nuit, mais heureusement qu'il y avait une pleine lune qui nous a permis de le distinguer. On a bien vu le phare et on a croisé aussi le bateau d'Yvon Fauconnier sur lequel se trouvait Bruno. C'est vrai que nous sommes passés tout de même à 25 nœuds et que cela a été très rapide. On a même donné l'os de notre jambon embarqué clandestinement en offrande au Horn. On en a gardé un peu pour l'Atlantique quand même ! » Effectivement, je les vois passer en accéléré, immense machine à dévorer l'espace, trucidant les habitudes et éradiquant les inquiétudes, forte du travail de ses équipiers et de la confiance de son armateur, magnifique dans la pâleur de la lune. Je suis à la VHF avec eux et je comprends parfaitement leur sereine exaltation et leur prudence enjouée. Grant déclarant avec raison qu'il faut encore se méfier car, dit-il : « Bientôt, nous serons inévitablement obligés de faire du près. Et c'est le plus mauvais endroit pour en faire et en général, c'est là que les bateaux, fatigués par leur périple, souffrent : mâts cassés, délaminage... » Et Grant, concentré sur son ouvrage, de se livrer à l'inventaire des stocks : « Côté bouffe ça va, pourtant nous avions pas mal entamé certaines de nos rations quand c'était vraiment désagréable dans le Sud. Maintenant, si on le souhaite, on va pouvoir manger davantage puisque nous sommes partis avec des réserves pour 69 jours ! Côté carburant, nous en avons de trop. Dès que possible on va en brûler entre 60 et 70 litres. C'est la seule chose que l'on peut faire pour économiser

encore du poids ! » Fred Le Peutrec, lui, préfère se féliciter d'en avoir fini avec le Sud : « Il y a surtout deux moments que je n'ai pas aimés, c'est lorsque nous avons croisé les icebergs ! C'est un peu jouer à la roulette russe quand tu déboules là-dedans à 35 nœuds. C'est un peu comme si tu roulais sur une autoroute, mais dans le mauvais sens ! »
Et moi, à bord du spacieux ketch d'Yvon, par mail, je peux me laisser aller à relier entre elles nos histoires différentes, mais si semblables, celles « d'un homme seul arrivé victorieux après trois mois de mer, celles de 13 hommes qui passent le Horn à 30 nœuds au milieu de la nuit et celles de ces 7 fous qui se font brasser à 6 nœuds au pied du Cap mythique en célébrant ensemble une autre belle histoire... dans une petite nuit au large du Horn. Lune et ombres de caps et d'îles, grains froids mais peu violents, on se demande ce qu'est venu faire ce curieux équipage pour être en pleine nuit au sud du cap Horn. Tout simplement pour voir le premier passage des nouveaux Géants. C'est la nuit ? Oui et alors... c'est la course et c'est bien ainsi ».

Lundi 12 février
(Le Horn, baston.)

Dans la soirée, Innovation Explorer *passe à raser le Horn par 55-60 nœuds de vent. Devant,* Club Med *remonte en accéléré vers Mar del Plata, parcourant 574 milles dans les dernières 24 heures.* Team Adventure *s'approche de plus en plus doucement de Wellington, coursé par le petit* Warta-Polpharma.

JOURNAL. Je suis à bord de *Darwin Sound*, le ketch que mène Yvon Fauconnier et, protégé du gros temps dans une anfractuosité de rocher, on guette *Innovation Explorer* pour se glisser à sa rencontre. Voilà le mail, que j'expédie vite fait du bord, dès Loïck passé : « Retour du feu. *Innovation Explorer*, passage hornesque. Une approche quasi

millimétrée, 45/50 nœuds de vent, rafales 55/58. *Darwin Sound*, vu son grand âge, hésite à sortir au large du Horn. Sommes au pied du Rock, le front passe, le vent monte encore, quelques williwaws descendent de la falaise en tourbillons, le ciel se dégage brutalement, spectacle grandeur nature, timing serré...Le Géant est à moins de 10 milles ; il sera là dans moins d'une demi-heure.
Go ! Sortie de la planque, 4 milles pour le point de rendez-vous, aucune liaison VHF, il faut donc être précis. Facile pour nous, mais probablement moins pour eux sur un monstre de 33 mètres lancé dans 50 nœuds de vent au pied du Horn. Magnifique, millimètre... Trois ris, trinquette, *Innovation Explorer* surgit dans le contre-jour derrière nous. Tout le monde sur le pont à mimer les albatros pour nous saluer. Un bon moment, tout simple. Pas besoin de grand discours, attendons Marseille et ils nous raconteront leur Horn, le seul qui a une vraie valeur, nous n'étions que des spectateurs très privilégiés, mais quel privilège ! Autant nous nous sentions vulnérables, autant ils apparaissaient sereins et heureux. « Fasten seats belts and take your seats, big bird is coming. » (« Regagnez vos sièges et attachez vos ceintures, le gros oiseau arrive », avait écrit Skip deux heures avant.) Merci pour le spectacle.
Commentaires venus d'*Innovation Explorer* pour ce passage qui reste un moment majeur et qu'ils semblaient vivre en toute décontraction, accoutumés à l'ambiance de fin du monde qu'est un coup de chaud dans ces parages, comme si l'on s'habituait au désastre, comme si l'on prenait ses marques à mesure. D'abord, Elena Caputo : « Un grand moment, très classique du Horn, 60 nœuds de vent, mer blanche, longue houle très creuse. Nous sommes passés à 2 milles environ du Rocher, sous un beau soleil. Puis Bruno est apparu, à 100 mètres de nous environ, sorti de nulle part. Nous nous sommes salués un long moment et le vent nous a emmenés vers l'Est. »
Voici maintenant Skip Novak : « Nous avons parfaitement géré notre atterrissage sur le Horn. Les fichiers météo chiliens annonçaient des baffes à 80 nœuds ! Nous

étions préparés en conséquence, trois ris dans la GV et trinquette à l'avant. Au début, sous les côtes chiliennes, nous étions sous-toilés dans à peine 40 nœuds et, avec cette mer très hachée, le bateau tapait et nous n'étions pas en phase avec la houle. Puis, en arrondissant la pointe de la Terre de Feu, le vent est vraiment rentré, 45, 50, puis 60 nœuds, et là, nous étions bien toilés et, sous le Horn, la mer s'est aplatie, la houle s'est allongée... tout était parfait. »
Et enfin Julien Cressant : « Virage à gauche après le Horn, et tout s'éclaire dans les têtes et sur les visages. C'est fou et irrationnel. Il fait plus chaud, c'est l'Atlantique, un océan qui nous est familier... Alors, c'est vrai, ça commence à sentir l'écurie, même si les milles qui nous séparent de Marseille sont peut-être les plus difficiles à gagner. » Et Thierry Douillard d'ajouter : « Beau et effrayant ! Le Horn s'est offert à nous sous son jour le plus impressionnant. La remontée des fonds sous la côte chilienne lève une mer terrible. Le vent soufflait en tempête. Mais le ciel était dégagé et la lumière fantastique. »

Le Horn

« Je rends grâce à cette terre, dit Roger Caillois, d'exagérer à ce point la part du ciel. »

Terre battue sans entraves par tous les vents du monde et hantée de fantômes, terre où l'on en a tant vu, et du salé, que plus rien n'étonne. « Son cosas de Patagonia », se contentent de constater les habitants devant un fait inexplicable, horreur ou merveille. Lisez Jean Raspail et Bruce Chatwyn, les meilleurs chroniqueurs des lieux. Et vous en apprendrez de belles sur les folies locales.

Terre de montagne et de lande aride où il faut un hectare pour nourrir un mouton.

Ciel toujours bas, à toucher le faîte des estancias et la pointe des mâts. Ciel toujours sombre et toujours fuyant vers l'Est. Ciel où ne jouent que les grands oiseaux de légende, pétrels noirs et albatros. Ciel qui parfois se déchire et l'espace d'un instant devient bleu. Histoire de ne pas faire mentir le dicton de la Terre de Feu : chaque jour ici se rencontrent les quatre saisons.

Glaciers azur qui tombent dans la mer avec des fracas sourds de Genèse : on se croit revenu aux premiers âges, à l'enfantement dans la douleur de notre planète.

Des araignées de mer aux jambes longues comme celles de Cyd Charisse ; des îlots solitaires où ne vit qu'un chercheur d'or ; de maigres forêts saignées à blanc par des hordes de castors boulimiques ; des forces navales minuscules, argentine et chilienne, seulement occupées, jour après jour, à se montrer les dents ; des chenaux pavés d'épaves ; des veillées saoulées d'histoires de bagne, de meurtres, de naufrages, de contrebande ; un yacht-club de Puerto Williams installé dans le caboteur retraité Micalvi : on ne peut qu'y glisser vers le bar puisque le vieux navire s'est échoué de travers.

Celui qui, une fois, aura parcouru ces régions ne pourra plus jamais s'en défaire. Comme une Calypso maléfique, elles vous prennent, vous rappellent, vous enchaînent. Bientôt le reste de l'univers vous devient fade. La maladie australe coule dans votre sang.

❐

Plus bas, vers les soixantièmes, une fois traversée en priant Dieu la baie de Nassau, voici l'archipel Wollaston, une dizaine d'îles infestées de williwaws. C'est là qu'attend le Horn, grosse dent verdâtre qu'attaque la mer, sans relâche, depuis des millénaires.

Ce petit nom lui vient d'une localité tranquille des Pays-Bas, Horne, bien étonnée sans doute de se retrouver dans ces furieux parages. Mais l'un des découvreurs de l'endroit, Guillaume Schouten, entendait ainsi rendre hommage au lieu de sa naissance.

En octobre 1520, le Portugais Magellan, financé par l'Espagne, avait découvert le détroit qui porte son nom. Après quelques dizaines d'années d'oubli puis de non moins nombreux naufrages, les bateaux commençaient de s'y multiplier pour tenter de gagner le Pacifique. Les financiers européens humèrent la bonne odeur du profit facile. La Compagnie hollandaise des Indes orientales s'arrogea le monopole exclusif du passage. Les navigateurs et commerçants privés devaient chercher ailleurs. Entre le grand « continent austral », supposé occuper tout le sud de la planète, et la pointe la plus méridionale de l'Amérique, existait-il une voie ? Une voie semblable à celle ouverte par Vasco de Gama en doublant le cap de Bonne-Espérance à la Noël de 1497 ?

Le marin Schouten et le marchand Lemaire vont se lancer dans l'aventure, dont le premier racontera les hauts faits. Le titre seul de ce chef-d'œuvre réveillera la curiosité des plus blasés : *Journal ou description du merveilleux voyage de Guillaume Schouten, Hollandais natif de Horne... Comme en circumnaviguant le globe terrestre, il a découvert vers le Sud du détroit de Magellan un nouveau passage jusqu'à la grande mer du Sud. Ensemble des aventures admirables qui lui sont advenues en découvrant plusieurs îles et des peuples étranges.*

Retrouvé par Jean Randier, l'irremplaçable historien du Horn[1], ce livre enchante, ne serait-ce que par le style :

Comme ainsi soit que par certain octroi donné de par Messieurs les États généraux des Provinces-Unies à la Compagnie ordinaire des Indes orientales, il a été défendu à tous marchands et habitants desdites provinces de naviguer ou trafiquer à l'est du cap de Bonne-Espérance, ni aussi par le détroit de Magellan, à l'occident, soit vers les Indes ou autres terres connues ou inconnues. Si est-il ainsi qu'Isaac Lemaire, marchand fameux et renommé de la plus que renommée ville d'Amsterdam demeurant de présent à Egmont, fort adonné au négoce et trafic des pays étrangers et lointains, et Guillaume Schouten, natif de Horne, homme bien expérimenté en l'art de navigation comme celui qui avait déjà voyagé par trois fois les Indes orientales, tantôt

1. *Hommes et navires au cap Horn*, Éditions Celive.

pour marinier, tantôt pour pilote et aussi pour marchand, et encore fort incliné à navigations étranges pour recherche de terres non encore connues, ayant pour cet effet souventes fois conféré et projeté... conclurent enfin de faire une recherche ès parties méridionales de la terre et de chercher un autre passage que par le détroit de Magellan en susdite mer du Sud, à quoi il leur semblait n'y avoir pas peu d'apparences à raison de plusieurs observations, remarquées par diverses personnes en divers temps, ès environs du détroit de Magellan.

Les explorateurs font vite connaissance avec les douceurs du lieu :

Nous avions en cet endroit force de pluie, tempêtes grêleuses et le vent variable tellement qu'il nous fallait bien souvent tourner et naviguer çà et là selon que l'opportunité le requérait, nonobstant que c'était au milieu de l'été, qu'il faisait grands froids et grandes tempêtes du sud-ouest, tellement qu'il nous fallait naviguer avec les voiles troussées voguant vers le nord-ouest et l'ouest nord-ouest.

Mais, en poursuivant l'effort, arrive la récompense :

... nous rencontrâmes des ondes fort grandes et enflées, venant du sud-ouest. Étant l'eau aussi de couleur azurin de quoi nous jugeâmes qu'à la main droite, vers le sud-ouest de nous, il y avait une grande et profonde mer, présumant sans doute que c'était la grande mer du Sud et que nous avions découvert un passage, lequel jusqu'à ce temps avait été inconnu et caché, comme quoi, après, nous l'avons trouvé aussi en effet, à cause de quoi, nous tous fussions grandement réjouis.

Le Horn, en laissant gentiment passer Schouten et Lemaire, sans trop les secouer, avait caché sa vraie nature. Sitôt que d'autres bateaux reviennent le narguer, il déchaîne sa fureur. Une épopée commence, peuplée de drames, dans laquelle le sort des engloutis, vite fait, bien fait, dans l'eau glacée, paraît souvent plus enviable que celui des rescapés, tant ils ont souffert pour mériter de survivre. C'est, au milieu du XVIIIe, l'odyssée du commodore Anson, prié par l'Amirauté britannique d'aller ruiner les possessions espagnoles. Six semaines d'horreur glacée lui seront nécessaires pour franchir le cap. Parti avec deux mille hommes, il ne revient à Londres qu'avec cent quatre.

Un siècle et demi plus tard et d'innombrables naufrages. Le Horn n'a rien perdu de sa cruauté. Exemple : le trois-mâts barque nantais *La Rochejaquelein*. Doublant l'île des États le 12 octobre 1909, il n'entrera vraiment dans le Pacifique que le 20 novembre, après quarante jours d'une tempête ininterrompue.

La chronique ne s'intéresse généralement qu'à la navigation d'est en ouest. Et il est vrai qu'elle s'affronte à la furie des vents dominants et à la démesure des vagues creusées par eux. Dans ces conditions, remonter au près des milliers de milles durant, étaler l'une après l'autre des milliers de risées sauvages, escalader l'une après l'autre cette armée infinie de montagnes toujours renouvelée, tout cela tient de l'exploit. La lecture du livre de Philippe Monnet, *Le Monde à l'envers* (Éditions Glénat), vous renseignera sur l'agrément de cette navigation.

Mais le parcours inverse n'est pas pour autant une promenade de santé. Tous les barreurs savent, même ceux du dimanche, que les allures portantes sont souvent les plus difficiles à négocier. Les vagues énormes ont des violences semblables, quel que soit le côté qu'elles choisissent de frapper. Et un bateau n'a pas de frein, ce n'est pas là son moindre danger. Une mâture seule, même à sec de toile, résiste à l'air tout autant qu'une voile. A la furie du vent s'ajoute la puissance de la houle. Comment éviter, jour après jour, d'être soulevé par l'arrière et projeté, proue la première puis cul par-dessus tête, dans la montagne d'eau qui vous fait face ? Cette terreur de sancir a hanté tous les navigateurs du chemin dit « facile » (d'ouest en est).

Tous ils ont inventé des parades, comme de la poupe laisser traîner des chaînes, des mètres et des mètres d'haussières. Typique illusion humaine : comment espérer s'accrocher à du liquide ?

Bruno Peyron, en 1993, n'avait dû son salut qu'à une embellie soudaine, juste avant d'aller rencontrer, sans douceur, la cordillère des Andes. Son frère Loïck et son *Innovation* ont failli subir de semblables frayeurs. Une furieuse tempête (80 nœuds) était annoncée sur la zone. On n'en menait pas large à la direction de course. Suivant sur les ordinateurs la progression du bateau, on le voit s'approcher à moins de 10 milles de la baie Cook, à l'ouest de l'île Hoste. Mieux, *Innovation* paraît louvoyer, il enchaîne les empannages comme à l'entraînement. C'est la preuve indéniable que la dépression n'a pas encore frappé et qu'en tout cas les eaux, qui peuvent être féroces en ces parages, sont encore maniables.

Boulevard Kellermann, au PC Course, on respire. On se rappelle cette vérité première : le vrai mauvais temps, c'est du vent et de la mer. Sur un océan qui n'a pas eu encore le loisir de monter, des bourrasques violentes peuvent souffler sans trop de dommages. Loïck échappera au pire... Le Horn ne l'accueillera qu'avec un « petit » 50 nœuds.

❐

Les grands vaisseaux cap-horniens s'éteindront peu à peu avec l'ouverture du Panama. Mais la légende demeure. Et nul ne navigue dans ces eaux sans être accompagné de tous ces fantômes.

Verdun, le Chemin des Dames, Waterloo... J'ai visité bien des champs de bataille. Même si la nature y a repris ses droits, des vestiges demeurent des massacres passés. Rien de tel au Horn bien sûr, la mer est vide, comme toujours. La surface s'est refermée sur tous ces drames et semble vous regarder, avec l'œil narquois du coupable certain d'avoir fait disparaître la moindre preuve de ses méfaits.

❐

Le Horn n'est jamais la fin du voyage. Après lui, la route continue et tous ses périls. La pointe sud de la Terre de Feu n'a pas le monopole des tempêtes. Les abords déchiquetés des Falkland ou de l'île des États regorgent d'épaves. On voit sur leurs vieilles cartes, dessinées par des esprits sadiques, des dizaines de bateaux en train de couler. Rien qu'autour du cap Saint-Vincent, j'en vois neuf, le *Cordoba*, le *Crown of Italy*, le vapeur *Torino*, les voiliers *Andrina*, *Duke of Albany*...

Plus au nord, la Patagonie réserve d'autres mauvaises surprises, de même que le Rio de la Plata où tant de navires vécurent mille morts, dévastés par les « pamperos », ces bourrasques folles, cadeau sans doute mitonné pour les marins envahisseurs par les habitants indiens des platitudes infinies de la Pampa.

Sans oublier bien sûr les colères de l'Atlantique, les ires du golfe de Gascogne, les rages du raz de Sein...

Aucune réalité ne résiste à la légende. Quand ils doublent le Horn, « tournant enfin à gauche », comme ils disent, « sans oublier le clignotant », tous les équipages se sentent en vacances. Le plus mauvais est passé, le plus dur est fait, on rentre à la maison. On prend la photo, on sable le champagne (je ne suis pas certain que sur le bateau de Grant Dalton on ait sacrifié la moindre minute à ces rituels dépassés).

Erik Orsenna

Mardi 13 février

(Les 4 bruits.)

Club Med *fonce par le travers de l'Uruguay, n'est pas ralenti dans sa remontée. Peyron et ses troupes suivent, après leur passage du Horn.* Team Adventure *se plaint d'avance de son arrêt à Wellington pour rafistolage de sa poutre avant redélaminée.* Warta-Polpharma *et* Team Legato *espèrent bien en profiter pour lui revenir dessus.*

JOURNAL. Souvenirs de spectateur privilégié. On s'éloigne petit à petit du cap des tempêtes, on revient vers la civilisation. On les laisse s'éloigner à grande vitesse, paisibles et glorieux, sur leurs bateaux de lumière et on regagne l'abri pour une soirée du bout du monde, au cœur des quatre éléments : « Caleta Martial, Isla Hershel, 4 milles au nord du Horn, une plage de sable blanc anachronique ou échappée d'une autre partie du monde, un ruisseau coule au milieu d'un mur de végétation qui survit au pied de la lande. C'est un endroit propice où reposer quelques heures un équipage avant de remonter vers le nord. Le nord ici veut dire retour vers les hommes. Il faut quelques longues minutes avant de s'apercevoir d'une sensation étrange. Le bruit. Mais quel bruit ? C'est justement ça qui est intéressant, d'essayer d'identifier les bruits qui nous entourent, voire même de les hiérarchiser. Futile, me direz-vous ? Peut-être, mais à l'instant, c'est ce qui m'intéresse. Pour les entendre vraiment, il faut fermer les yeux et s'allonger en essayant d'oublier tout l'inutile qui encombre nos cerveaux.

« Le premier bruit, c'est celui que j'ai décidé de créer, puisque c'est le feu. Un petit foyer fait moitié de bois flotté, un peu humide et de quelques branches arrachées aux arbres qui bordent la plage. Pourquoi le bruit du feu arrive-t-il en premier ? Parce que pour qu'il soit utile et réchauffe, il faut s'asseoir à toucher les braises. C'est tout simple.

« Le deuxième bruit, c'est le ruisseau qui coule. Forcément, ce bruit n'existerait pas si nous avions fait le feu à l'autre bout de la plage, mais justement, il est à 4 mètres du ruisseau, à moitié abrité par les arbres pour pouvoir le protéger en cas de grain et, évidemment, le deuxième bruit qui arrive à notre cerveau est un bruit d'eau douce qui coule paisiblement.

« Le troisième bruit est à peine perceptible puisqu'il n'y a pratiquement aucune houle qui rentre dans ce trou. C'est donc de temps en temps le bruit de la mer qui a l'air de se reposer, comme nous.

« Le quatrième bruit est finalement le plus paradoxal tellement il nous a auparavant assourdi les oreilles, c'est le vent. Le vent qui a disparu et qui a fini par s'essouffler.

« Bien sûr, il peut y avoir de temps en temps un cinquième bruit. En tout cas, on le cherche en regardant les oiseaux. Mais ici, les oiseaux parlent peu... ils volent. »

Mercredi 14 février

(La Saint-Valentin du seul couple, Skip et Elena.)

L'anticyclone coince Club Med *contre les côtes du Brésil. Le grand cata bleu se retrouve au près, allure casse-bateaux d'autant plus dangereuse après trois quarts de tour du monde qui peut avoir affaibli le matériel. Derrière,* Innovation Explorer *espère que* Club Med *se retrouve coincé dans des calmes pour lui revenir sur le râble. Derrière, Cam, Roman et Tony se languissent du détroit de Cook.*

JOURNAL. Il y a des femmes qui naviguent, en solitaire comme Ellen MacArthur, Isabelle Autissier, Florence Arthaud, en équipage uniquement féminin assez régulièrement, ou au sein d'équipage mixte plus épisodiquement. Mais il est rare qu'un couple coexiste au sein d'un équipage globalement masculin. Il est loin le temps des regroupements familiaux où l'on voyait le patriarche embarquer ses filles et gendres.
Désormais, les logiques professionnelles prévalent, les compétences sont déterminantes et le recrutement ne s'embarrasse pas d'affect. Elena est la seule femme de The Race, mais je suis prêt à parier que, malgré la violence de ces bateaux, malgré la dureté des manœuvres, elles seront bien plus nombreuses lors de la prochaine édition. Il y a assez de fonctions différentes à exercer, de talents divers à assembler, pour que la moitié du monde ne soit pas privée du tour de la planète. Elena est italienne. Son père a beaucoup couru au large, il a même participé aux premières Whitbread. Elena a donc baigné dans un bouillon de culture propice.
Pourtant, la mer n'est pas son métier. Elle est grand reporter pour la RAI, la télé italienne. Elle suit les conflits armés, rend compte de la terreur des guerres et de la douleur des familles. Elle était en Bosnie, au Rwanda, au Kosovo. Et elle a hésité un moment avant de rejoindre *Innovation Explorer*, au débotté, car sa rédaction n'était pas chaude pour la laisser partir aussi longtemps.

Skip Novak est son mari. Skip est un Américain qui a grandi à Chicago, il a une cinquantaine d'années. Je l'ai croisé pour la première fois lors du naufrage de *Drum*. Skip était un des piliers de la Whitbread. Il a mené *Drum*, mais aussi *Alaska Eagle* ou encore *Fazizi*, le bateau russe qui manquait du moindre kopeck, mais qui généra une aventure humaine poignante.
Barreur de brise reconnu, organisateur de confiance, Skip est surtout passionné par les relations humaines. Il lui importe plus de vivre une histoire affective intéressante que de courir après la victoire à tout prix. Fatigué de la professionnalisation de la course au large, il a armé un bateau de croisière pour des expéditions dans le Grand Sud. Il mène son *Pélagic*, des canaux de Patagonie à la Géorgie du Sud, appréciant cette vie vibrante de résident temporaire du pays des tempêtes, de nouveau citoyen du Grand Blanc. Ce qui, sur *Innovation Explorer*, lui permettra de se livrer à une toilette polaire quand les autres ne se découvriront pas d'un fil.
Ainsi, au large de l'Argentine, il racontera : « J'ai pris une douche sur le pont. J'étais le seul à le faire, car nous sommes à la hauteur des 51 degrés sud et la température de l'eau était d'un glacial petit 8 degrés. Cela a été assez "douloureux", mais en valait la peine. Ce fut suivi par un changement de vêtements, une séance de manucure, de pédicure, de rasage. Les autres restent mariner dans leurs odeurs depuis les dix derniers jours et certains, d'après ce que je peux savoir, depuis plus longtemps encore ! »
Sinon, pour emplir la malle aux trésors quand il n'est pas sur le gril de la compétition, Skip réalise des documentaires naturalistes pour les chaînes de télé américaines. Mais, quand résonne l'appel de la course, il ne peut s'empêcher de répondre présent.
Avec Elena, il nous a rejoint sur la campagne du Pacifique quand, sur *Explorer*, nous avons multiplié les apparitions et les traversées pour populariser The Race, pour en diffuser la philosophie. Tous deux, ils n'ont pas été longs à comprendre le maniement d'un grand multicoque. Le temps d'adaptation est court pour des marins de talent.

Au départ, j'aurais bien vu Skip prendre la direction de la course en doublette avec Denis Horeau. Il parle trois langues (anglais, italien, français), il est rigoureux, organisé, crédible, et il s'était impliqué avec constance dans toute la phase de mise en place du règlement avec les différents challengers. Monter un projet pour son compte ne l'intéressait pas, mais rester à quai lui paraissait impossible. Il a commencé par se rapprocher de Cam, mais la greffe n'a pas pris. Caractères trop différents. Il a rejoint Loïck et son vieux copain suédois Roger Nilson. Ils ont constitué un trio complémentaire et haut en couleur.
Elena a commencé par les aider à terre, par s'occuper de l'intendance. Mais, lors d'un convoyage Antibes-Barcelone, elle a convaincu l'ensemble des équipiers par son niveau technique, par sa régularité, par son caractère égal. L'équipage a suggéré de l'embaucher, et Loïck ne s'est pas fait prier. Et c'est pourquoi un couple aurait pu fêter la Saint-Valentin au large des Falkland. Si Skip n'avait le chic pour oublier les dates d'anniversaire et les bouquets de fleurs, en mer comme à terre.

Jeudi 15 février
(Rêve de facteur.)

Les records tombent comme à Gravelotte. Innovation Explorer *prend l'avantage sur* Club Med *sur la traversée des mers du Sud, de Bonne-Espérance au Horn via le détroit de Cook. Résultat : 21 jours, 7 heures et 5 minutes, 1 heure 25 minutes de mieux que* Club Med. *D'où ce commentaire de Roger Nilson : « Un record intéressant qui prouve qu'avec des voiles de qualité nous aurions pu vraiment jouer avec* Club Med. » Team Adventure *s'arrête à Wellington pour de nouvelles réparations.* Warta-Polpharma *suit de près,* Team Legato *se rapproche, réalisant la meilleure perf' de la flotte avec 415 milles.*

JOURNAL. Les poursuivants se font des sketchs. Ils élaborent des scénarios pour reprendre la tête. Quand ils ont

un avantage de vitesse, ils se contentent de suivre la voie déjà tracée, espérant avoir assez de temps pour remettre le grappin sur l'échappé handicapé. Mais il ne leur reste qu'à optionner, quand ils constatent un déficit de potentiel, comme *Innovation Explorer* légèrement en dedans face à *Club Med*, extrêmement consistant lui à toutes les allures et doté de voiles en surnombre quand le budget d'*Innovation Explorer* le condamne à la diète.
Alors, à bord des relégués, ça cogite sec. Ça phosphore entre le routeur à terre et le navigateur du bord. La remontée de l'Atlantique Sud est le bon moment pour jouer un atout maître qui peut s'avérer biseauté. Les catamarans détestent tellement le près qu'il peut être intéressant de s'éviter au maximum cette allure et d'aller chercher des vents portants, quitte à allonger singulièrement la route. Pour ce faire, j'ai toujours rêvé d'essayer de contourner l'anticyclone de Sainte-Hélène par l'est... Vu l'avance de *Club Med*, Loïck peut le laisser remonter le long du Brésil et, pendant ce temps, continuer avec le flux d'ouest pour aller chercher les alizés du sud-est, derrière cet anticyclone baladeur.
La question est évidemment de savoir où se situe cette brave Sainte-Hélène. Car, cette option très roulette russe peut se transformer en « bord du facteur », comme disent les régatiers, c'est-à-dire en tournée des popotes bien arrosée, à finir zigzaguant sur son petit vélo jaune, tandis que les autres bateaux sont délivrés en Chronopost.
L'ennui avec les Géants, c'est qu'ils ont un tel potentiel de vitesse, une telle force d'inertie, que les calmes durent moins longtemps et que les pièges n'ont pas le temps de se refermer sur leurs coques ailées. Mais les plans sur la comète ne se tirent pas si facilement. Pour l'heure, de mini-anticyclones semblent grossir sur la route des uns et des autres qui se retrouvent à les négocier au mieux, mais sans pouvoir tenter le coup du siècle. Car la météo est ainsi faite que l'entrée dans le labyrinthe est fatale et qu'on ne peut ensuite que suivre le fil d'Ariane de l'évidence, sans possibilité de franchement bifurquer.

Vendredi 16 février
(Sommeil.)

Au large de Porto Alegre (Brésil), Club Med *souffre. Le vent est rentré de face et rend la vie à bord infernale. D'où l'obligation de freiner pour éviter de tout casser et une piètre journée à 251 milles. Loïck et compagnie croient en leur bonne étoile. Ils se sont décalés dans l'est et espèrent éviter l'anticyclone qui grossit. Ils ont réalisé une journée à 416 milles, mais restent à 780 milles du leader. A Wellington, Cam Lewis ronge son frein, furieux « d'un si frustrant petit problème pour un tel grand bateau ».*

JOURNAL. Dormir sur un Géant n'est pas une sinécure. Surtout quand il faut affronter un vent et une mer contraires et que le bateau plante des pieux, comme *Club Med* actuellement. Le récit de Grant Dalton est édifiant : « Le bateau monte à la verticale, puis retombe fortement à l'arrière de la vague. Normalement, dans les bannettes, nous dormons les pieds vers l'avant pour éviter de se cogner la tête contre la cloison. En ce moment, c'est le contraire : il nous faut dormir le crâne vers l'avant, précisément pour éviter de partir en arrière lorsque le bateau monte à la verticale le long d'une vague. De toute façon, personne à bord n'a vraiment pu se reposer depuis au moins 36 heures. »
N'exagérons rien pour autant. Les courses en équipage permettent aux troupes de crever l'oreiller quand, en solo, on est perpétuellement sur le qui-vive. Les tout-seul s'obligent à lever un cil toutes les 20 minutes, à jeter un œil aux cadrans, aux voiles, au radar, à ce qui se passe autour, puis ils peuvent repiquer du nez. S'ils ont bien organisé leur espace, si les hublots sont bien positionnés, ils peuvent accomplir leur check-list sans sortir de leur duvet ou sans se risquer hors de l'abri où ils sommeillent en ciré. Au final, sur un tour du monde, ils réussissent à s'octroyer 6 heures de répit morcelé sur 24 heures, voire plus pour les mieux organisés, sans cela ils ne tiennent

pas la distance. Lors des transats qui ne durent qu'une douzaine de jours, ça peut parfois tomber à 4 heures. Mais il est parfois des traversées qu'on accomplit dans la bannette, tant les conditions sont stables et le pilote automatique performant. Comme il est fréquemment des coups de chaud, où il est impossible de baisser ni la paupière ni la garde.

Les tout-le-monde, eux, ont droit à un répit très encadré, très chronométré. L'organisation en trois quarts sur les Géants (*Club Med*, *Innovation Explorer*, *Team Adventure*) permet d'engranger deux fois trois heures de sommeil intégral et profond en 24 heures. Le rythme se prend vite. Fin du quart sur le pont. Les quatre hommes épuisés, qui viennent de tout donner, se glissent dans le boyau sombre et sonore, et se défont de leurs cirés qu'ils glissent dans l'armoire chauffante. Ils ont passé les commandes au quart de veille, font une petite incursion à la cuisine pour un thé, une barre chocolatée, enlèvent leurs fourrures polaires, puis secouent les dormeurs, histoire de récupérer leurs couchettes chaudes. Car, malgré les 12 couchettes du bord (6 de chaque côté en 2×3 superposées), les marins ne bénéficient pas de leur place attitrée.

Selon la force du vent et l'état de la mer, les dormeurs servent de lest vivant. Vent fort au portant ? Il faut reculer les poids pour éviter l'enfournement. Donc dodo en arrière et au vent. Petit temps ? Il faut appuyer l'étrave et faire décoller la coque au vent. Donc roupillon dans la coque sous le vent et dans les bannettes les plus avancées. Les lits superposés ont beau faire la tournante, les habitudes se prennent. Il y a celui qui préfère celle du haut, celui qui ne peut pioncer qu'en bas. Chacun a son duvet qu'il sort de son sac étanche quand passe le marchand de sable et qu'il y range scrupuleusement quand sonne l'heure.

En mer, en équipage comme en solo, on rêve peu. Le laps de temps consacré au repos est trop court pour que le sommeil paradoxal puisse succéder au sommeil récupérateur. Et, dans The Race, les hommes sont assez nombreux pour que personne n'atteigne le seuil d'exténuation où

rôdent hallucinations et mirages. Par contre, deux-trois jours après un coup de chien, l'équipage manque souvent de jus, le contrecoup est classique, les limites de la résistance humaine étant assez similaires. Sinon, il est intéressant de maintenir des quarts aux mêmes heures, afin que les organismes n'aient pas à lutter contre un incessant jet-lag.
Enfin, autant en mer, l'accoutumance au stress va et vient, la difficulté venant plus des changements de conditions que de l'agressivité des éléments, autant à terre, il y a un blues de l'arrivée, un sacré coup de mou, qui vous laissent pantois trois, quatre jours après le retour sur le plancher des vaches.

Samedi 17 février

(Saisons, chaleur.)

Le rythme Atlantique est plus diversifié et moins grandiose que la cadence Indien-Pacifique. Les traites quotidiennes sont plus proches de 300-350 milles que des 600 milles du Grand Sud. Club Med *joue moins aux montagnes russes et se recentre en recherche des alizés.* Innovation Explorer *se réjouit de revenir petit à petit, mais ne s'illusionne pas sur les coups d'accordéon à venir.*
Team Adventure *est toujours à quai.*

JOURNAL. Les saisons défilent en accéléré. En deux mois, les marins de The Race auront traversé l'hiver méditerranéen, l'hiver tropical, le standard équatorial, l'été tropical, l'été austral dans les cinquantièmes qui a tout d'un hiver des régions tempérées, l'été néo-zélandais, puis à nouveau le Grand Sud à 5-10 degrés, et revoici les tropiques. Il est loin le temps où les Bernard Moitessier ou les Robin Knox-Johnson mettaient plus d'une année à faire le tour de la planète et s'acclimataient en douceur aux embardées du mercure.
Mais, entre vêtements adaptés, nourritures calibrées et enthousiasmes régénérés, les grognards de The Race sup-

portent gaillardement ces oscillations incessantes. Ce qui n'empêche pas les équipages de se réjouir du retour du soleil. Tel Grant Dalton sur *Club Med* qui explique : « Il fait chaud et lourd à bord. Le bateau est en train de sécher après des semaines d'humidité totale. Alors qu'il y a quelques jours encore tout le monde se rassemblait autour de la bouilloire pour y trouver un tout petit peu de chaleur, aujourd'hui, on enlève les tee-shirts dès qu'on le peut... Nous naviguons à nouveau dans la chaleur. » Et Elena Caputo, sur *Innovation Explorer*, d'ajouter : « L'ambiance à bord est excellente, on rigole tout le temps, et ça devient nettement plus vivable. On assèche, on range, on aère... Il commence à faire vraiment chaud, il va être possible de s'offrir quelques douches, ce qui ne sera pas un luxe... Même au fond de notre bannette, on sait comment avance le bateau, s'il va vite ou pas, si tout va bien ou non... C'est devenu comme une petite maison dont on connaît tous les secrets. En ce moment, nous sommes contents, et même si nous n'avançons pas trop vite, la mer est plate, c'est très agréable. »
Même si le Grand Sud se traverse désormais au pas de charge, sortir du pays de l'ombre, des contrées humides et grises, fait chaud au cœur. Il règne comme un sentiment de soulagement et d'exaltation mêlés quand on croise au large du Brésil. Ça sent la levée d'écrou pour prisonniers congelés dans les banquises du Sud, ça tient des vacances pour mômes des corons qui auraient passé trop de temps au fond de la mine, ça a des airs de respiration à grandes goulées pour asthmatiques, oppressés par cette écume qui volait comme pollen au printemps. Alors, les cirés s'ouvrent, les couches de polaires fumantes se raréfient, les bottes se retroussent. Les filières se transforment en fil à linge, les crèmes solaires enduisent les fronts plissés et les épaules marbrées. Et comme par enchantement, le beau temps chasse les peurs qui rôdaient comme des fantômes dans les cockpits et dans les coursives.

Dimanche 18 février

(Pathologies.)

Désaccords d'accordéon. Club Med *reprend la main. 15 nœuds de vitesse moyenne sur les dernières 24 heures contre 9 nœuds pour* Innovation Explorer. *Sur le cata bleu et jaune, on navigue prudent, au bon plein, avec un ris dans la grand-voile et le solent devant. Derrière, Loïck s'inquiète, mais continue à marquer son décalage à l'ouest et à avancer dans un crachin mou. A Wellington, c'est ambiance hôpital.* Team Adventure *et* Team Legato *débarquent des blessés.*

JOURNAL. Les Géants font mal. Ils ne manquent pas une occasion de rappeler aux hommes leur fragilité. Les vitesses atteintes, les stop-and-go dans les vagues, les percussions avec propulsion, sans compter les faux pas lors des traversées du filet, mettent en exergue de nouvelles pathologies. Les colonnes vertébrales claquent des osselets. Au Cap déjà, *Team Adventure* avait dû se priver de deux costauds atteints aux lombaires et aux cervicales. Là, Yann Elies, le jeune coureur en solitaire de Saint-Brieuc, doit abandonner ses amis pour cause d'hernie discale. Déclaration attristée du fils du « Morpion Rouge » : « Je souffre d'une hernie discale qui nécessite de sérieux soins sous peine de me gêner à l'avenir. Je regrette de quitter mes coéquipiers et de ne pas terminer cette aventure. Mais je reviendrai pour passer le Horn la tête haute et non pas allongé sur ma bannette. »
Sur *Team Legato*, même tarif, même punition. Le Français Armand Coursodon souffre d'un nerf coincé dans le dos et doit observer deux semaines de repos complet. L'Anglais Rob Salvidge a lui aussi des ennuis médicaux et personnels. Quant à Olivier Cusin, il souffre d'une infection dentaire.
Sur *Innovation Explorer*, les malades ont pillé la pharmacie, raflant pommades et crèmes antibiotiques pour soigner ampoules, escarres et plaies infectées. Pour ne donner aucun indice à leurs adversaires, ils avaient fait silence

jusqu'à présent. Là, les petits malins qui n'ont cessé de se planquer derrière l'idyllique ambiance du bord avouent. Xavier Dagault, l'intendant : « L'humidité est un obstacle à toute guérison. Mais cela provient peut-être aussi d'une hygiène légèrement défaillante. Car le Sud n'est pas un endroit propice à la toilette. » Elena Caputo précise : « Nous avons quelques problèmes assez mystérieux d'infections cutanées à bord. Les Français se soignent à l'argile. Cela paraît étrange, mais semble efficace dans un environnement salin et perpétuellement humide. »

Sur *Club Med*, il est question d'entorses aux chevilles, liées aux pieds tordus lors des traversées de trampoline. Et Ed Danby de reconnaître : « Nous manquons de bandes pour les strappings. »

Sans les obligations d'arrêt au stand pour casse mécanique (*Team Adventure* au Cap) ou le passage obligé dans le détroit de Cook, il est probable qu'il y aurait eu bien moins de débarquements. Les blessés seraient restés consignés à la bannette, souffrant en silence, espérant un impossible apaisement des éléments, au risque d'aggravations handicapantes. Cela ne fait que renforcer l'intérêt d'un détour par Cook, les traumatismes rencontrés paraissant plus graves que ceux subis sur des bateaux moins puissants. Décélérations terrorisantes, uppercuts dans les vagues. Évidemment, c'est le dos qui encaisse les chocs à répétition.

Une musculation spécifique pourrait être requise à l'avenir. Minerves et ceintures de contention pourraient fleurir. Mais il faudra continuer à anticiper sans cesse les mouvements du bateau, même à la bannette, seule manière de prévenir le mal…

Lundi 19 février

(Loïck, le cadet de la famille.)

Team Legato *entre à Wellington pour y débarquer ses blessés tandis que* Team Adventure *et ses neuf hommes d'équipage repartent sur les traces des Polonais qu'ils espèrent bien devancer avant Marseille. En tête, les deux leaders se satisfont de 12-15 nœuds de vent.* Club Med *compte toujours 900 milles d'avance sur* Innovation Explorer *et espère que l'alizé du sud-est lui permettra de distancer Peyron et consorts qui sont en bordure de l'anticyclone de Sainte-Hélène.*

JOURNAL. L'une des choses qui me ravit dans The Race, c'est qu'elle a permis aux trois frères de se rapprocher. J'ai toujours aimé ce genre de projet où de manière légitime chacun trouve une place complémentaire des autres pour un projet commun. Cela vient sans doute de mon statut d'aîné. Les absences professionnelles de mon père ont probablement fait peser sur moi le besoin de prendre en charge les deux autres. Inconsciemment, j'ai dû me sentir investi de la mission de les aider à grandir, à se lancer dans la vie. En tout cas, c'est ce que veulent bien dire ceux qui nous connaissent. Personnellement, je n'y crois pas une seconde et n'ai pas l'impression d'avoir été spécialement perturbé par quoi que ce soit. Mais c'est vrai, le premier, j'ai ouvert la voie, je me suis opposé à mon père et j'ai préféré les océans aux études. Quand j'ai vu mes deux frères suivre mes traces, j'ai sûrement senti le poids de la responsabilité de celui qui a donné le mauvais exemple, de celui qui ne peut laisser en plan les deux autres en rupture eux aussi. Surtout lorsque l'on sait les conséquences de nos choix : le deal était clair, études égal no problem, voie aléatoire égal dehors. Dont acte, ce sera dehors.

Résultat, quand Loïck se lance dans la Mini-transat, reproduisant ce que j'ai fait quatre ans après, je me débrouille pour lui trouver un modeste sponsor, puis je me rends au départ pour lui livrer un jeu de cartes et quelques bricoles qu'il a oubliés. Quand Stéphane prépare l'Atlantique en planche, Loïck et moi sommes volontaires pour la sécurité. Quand Loïck passe le Horn pour son premier Vendée Globe, les deux autres sont au pied du caillou à récupérer ses images, etc. Rien que de très normal entre

frangins, mais commence probablement une espèce d'attention à distance quasi inconsciente et peut-être même une sorte de sentiment de culpabilité d'avoir été le premier à franchir le Rubicon.
Maritimement, Loïck a tous les talents du monde et je n'y suis pour rien. Mais quand on débute, il est souvent utile d'avoir quelqu'un qui vous balise la route même si vous n'en tenez compte qu'à demi, préférant faire vos expériences vous-même. Quand il se parachute sur la course du Figaro, j'en suis à ma deuxième participation. J'essaie de lui transmettre quelques anecdotes de bizuth, de lui faire part des baffes que je me suis prises. Je lui raconte cette descente sous spi depuis l'Irlande. Par radio, les attardés préviennent les premiers des gros grains noirs qui déboulent. Je vois tous les durs à cuire, les anciens, affaler leur spi, je décide évidemment de le garder et je passe ensuite quatre heures à ramasser le tissu explosé. Pour autant, j'ai beau le briefer, lors d'un départ du côté de l'île d'Yeu où on porte le spi limite-limite avant de remonter au près moins de dix minutes plus tard, où tout le monde affale pour préserver l'essentiel et négocier tranquillement le prochain virage, je vois mon Loïck me doubler avec tout dessus, les doigts en V et sortir au milieu de la nuit dans un grand éclat de rire collectif.
Le premier bateau que je mets en chantier pour les transats devient vite un projet familial. *Jazz*, catamaran à mâts bipodes, un peu l'ancêtre de *Team Philips*, nous mobilise tous les trois. C'est le premier grand catamaran océanique en composite français.
L'idée est de le reconvertir en charter ou expédition, au cas où la compétition ne suffirait pas à payer les traites. C'est aussi l'époque du grand boum de la planche à voile. Stéphane est l'un des leaders de ce nouveau sport. Avec des dizaines de titres internationaux et trois records de distance et d'endurance, il est l'homme clé de ce premier pari fou. Se met en route un projet de transat en planche à voile avec relais et assistance. *Jazz* en sera le bateau-amiral, le chien de berger rapatriant ses brebis à wishbone.

Cette histoire nous permet de financer partiellement la construction du cata. Les tâches sont réparties. Stéphane s'occupe de la partie strictement planche à voile : recrutement des relayeurs, entraînement, préparation du matériel. Loïck suit la finition de *Jazz* au chantier. Et moi, je me charge du financement et de la communication. Avec Loïck, nous réfléchissons sérieusement à la sécurité de nos ouailles. Hors de question que nous perdions l'un de nos fêlés dans la nuit noire des tropiques.
Mais s'il est facile à la planche de repérer le gros cata, l'inverse est moins évident quand il s'agit de venir à la rescousse d'une morceau de plastique à ras de l'eau. Nous cogitons sur la sécurité comme nous le ferons à un autre niveau pour The Race, et nous imaginons des balises lumineuses, des émetteurs miniaturisés, et tout un tas de trucs pour nos petits gars. La traversée démarre de Dakar, mais, à une semaine de l'arrivée, l'un des planchistes hollandais a une appendicite. Rapatriement d'urgence. Une belle aventure, néanmoins.
Fait intéressant, l'un des quatre planchistes n'était autre que le Suédois Yohan Salen, plusieurs fois champion du monde et plus récemment *project manager* du syndicat EF, vainqueur de la Whitbread avec Paul Cayard. Comme quoi il n'y a pas de hasard, il faut continuer l'ouverture.
Avec Loïck, nous continuons à faire équipe sur *Jazz*. Nous courons notre seule transat en double, une Twostar entre Plymouth et Newport. Ce sera d'ailleurs l'un de mes trois seuls abandons en vingt-trois ans de course océanique, ce dont je suis probablement le plus fier d'ailleurs. La poutre avant menace de se désolidariser de l'ensemble. Mieux vaut rentrer pour préserver l'outil de travail. Nous ne renaviguerons jamais en duo, mais ça marchait parfaitement. Et je me souviens encore d'un réveil inquiet, d'un de ces moments où l'on appelle sans recevoir de réponse, où vite l'on imagine le pire, jusqu'au moment où j'émerge et où je découvre mon Loïck endormi sur le trampoline avant. En fait, assommé lors d'une manœuvre qu'il avait

voulu effectuer seul. A 10 ans, je crois, il aimait déjà ce genre de manip acrobatique.
De quart sur le bateau familial, il s'était mis en tête d'envoyer le spi tout seul comme un grand en pleine nuit. Évidemment, avec ses 30 kilos tout mouillés, il s'est envolé accroché à la drisse pendant que tout le monde dormait et il a fallu le redescendre au winch.
Après cette transat en double, nous suivons chacun notre chemin. Le solitaire a la faveur des temps, nous nous retrouvons tous deux sur les mêmes lignes de départ. J'ai un peu d'avance sur lui. Je navigue sur des bateaux plus grands, plus performants, et je pointe plus rapidement aux places d'honneur. C'est normal avec quatre ans de plus. J'emmène *Jazz* à la deuxième place sur la Route du Rhum. Lui, sur de petites unités, commence à faire parler la poudre. Mais nous vivons différemment ces transats en parallèle. J'ai la conviction que notre concurrence future ne peut que nous profiter à tous les deux. Que cela ne peut que décupler l'impact de nos histoires individuelles. Pensez, deux frères adversaires et amis... Loïck n'a pas le même regard. Mais je l'ai probablement compris un peu tard.
Il reste le cadet qui veut dépasser l'aîné, même s'il a l'art de faire comme si de rien n'était, comme s'il prenait tout à la plaisanterie. L'ennui, c'est que son entourage ne l'aide pas à pacifier les choses. Lui déteste les conflits, fuit quand ils se présentent alors que j'aime mettre cartes sur table, trancher dans le vif s'il y a lieu.
Jusqu'en 1990, les choses vont gentiment de l'avant. Nous évoluons côte à côte. Et je vois avec plaisir, sans l'ombre d'un ressentiment, mon petit frère se hisser à mon niveau et même me dépasser plus souvent qu'à son tour. En 1987, un Neptune d'or, sorte de Goncourt de la mer, va nous récompenser tous les trois. Preuve que la synergie fonctionne mieux que l'individualisme. Les trois frères sont fêtés pour leurs mérites respectifs : Stéphane a traversé l'Atlantique Nord en planche à voile, en solitaire et sans assistance. Loïck a gagné La Baule-Dakar 24 minutes

devant Cam (Lewis) et moi. Et je l'ai devancé lors d'un duel imaginé pour lancer le record de l'Atlantique solo. Nous devenons ainsi les deux premiers dingues à battre le fantôme de Charly Barr en solo. Devant les professionnels réunis entre les maquettes du musée de la Marine, nous dédions cette victoire à notre mère qui vit tout cela avec distance et joie à la fois.

Parfois, je me dis que c'est une juste récompense pour elle qui, ayant fait le choix de ne pas prendre de position délicate dans cette situation, a dû vivre difficilement la période où ses trois fils étaient virés de la maison.

Mais les choses s'enveniment lors du conflit de la Route du Rhum 1990 où je me vois condamné à œuvrer en pirate. J'en sors dévasté et, après de longs mois de blues, je me relance sur un projet qui aurait du sens, qui voit plus loin que l'Atlantique et envisage de remonter une expédition fraternelle. Un catamaran géant, symbole de la technologie du XXIe siècle, qui repartirait à l'assaut des grands records historiques, un lien entre le passé et le futur, une plate-forme pour des projets éducatifs, un outil magique pour des productions télevision. C'est le projet Jules-Verne. Pas encore le trophée, ce sera plus tard.

Nous nous répartissons les tâches : Stéphane à la prod, Loïck et moi à la conception technique, les trois au montage marketing, bien que ça soit plus ma tasse de thé. Reste à trouver un vecteur de communication puissant. Quand Loïck succède à Mike Birch à la barre du trimaran *Fujicolor*, Stéphane et moi sommes ravis. Il nous fallait un vecteur médiatique légitime. Comme je n'ai plus de bateau compétitif, et pour cause, ce sera Loïck, et comme il a de grandes chances de cartonner, c'est parfait. Il jouera le rôle de porte-parole de notre projet commun. Nous, nous continuons à aller à la mine pendant des mois pour mettre à flot cette histoire au long cours. Loïck gagne l'Ostar 1992, la transat anglaise, mais rien de rien. Le scénario a changé. En fait, il n'est plus sur la même longueur d'onde.

C'est la vie. Beaucoup d'efforts pour rien. Évidemment, un lent éloignement s'ensuit. Relations minimales, mais

nulle agressivité. Les enfants se voient, les discussions deviennent superficielles. Les choses semblent claires, chacun sa route. OK, soit. Alors assez de projet idéaliste (pour l'instant du moins), assez de vision utopique de la vie, attaquons basique, trivial, premier degré. Ma vie, c'est la mer, les défis, la compétition, alors allons-y. Retour sur le front avec les moyens du bord. On est en juin 1992. Ce sera le record de l'Atlantique solo en juillet avec mon vieux cata tronqué et ses voiles d'occasion mal coupées, une « association de malfaiteur » pour gagner Québec-Saint-Malo en août et le lancement de l'opération Jules-Verne en novembre. Voilà suffisamment d'embruns dans la gueule pour me remettre les idées en place. Le Jules-Verne a eu une vertu miracle supplémentaire, l'apprentissage d'une forme de sérénité que je croyais réservée à nos aînés. Je suis rentré de ce voyage initiatique apaisé et calme comme jamais auparavant et avec une soif d'idéal renouvelée, mais plus mesurée et réfléchie.
Loïck engrange les transats et domine le circuit des trimarans. Chacun trace sa route. Je m'occupe de The Race. Les relations se normalisent doucement. Le problème s'avive à nouveau lors de l'arrivée d'un Québec-Saint-Malo en 1996. Loïck est sur le point de gagner. Avec Stéphane, on est ravis pour lui et on se promet d'aller lui rendre hommage à bord d'*Explorer*, le grand cata qui fait la promotion de The Race autour du monde. C'est un grand classique lors des arrivées des uns et des autres. Ils étaient là lors du Jules-Verne, et c'était un beau moment d'émotion simple et vrai. On s'y prépare en toute innocence quand son attachée de presse et son sponsor nous font clairement savoir que l'initiative est très malvenue, nous soupçonnant de vouloir nous livrer à une captation d'attention, à un détournement de l'intérêt des médias. Comme si on peut enlever quoi que ce soit à un vainqueur qui arrive, comme s'ils m'avaient enlevé quoi que ce soit lors de mon arrivée du Jules-Verne en venant nous accueillir au large de Belle-Ile. Il y avait ce jour-là cinq grands multis venus jouer avec notre Géant bleu (dont le

leur), et c'était magique. On est estomaqués. Stéphane est le plus remonté. Moi, j'y laisse mes dernières illusions et décide d'avancer sans m'occuper désormais d'y associer quiconque. Loïck vit mal cette rupture. Il est perturbé. Il est paradoxalement le premier à déposer son dossier pour The Race. Il imagine un foiler de 33 mètres, sur plan Lombard, espérant convaincre la maison mère japonaise de son sponsor de s'y associer. Mais la démarche marketing n'est pas vraiment son truc favori et il n'aboutit pas. Pas vraiment une surprise quand on réfléchit bien à la manière dont il a été soutenu dans cette tentative. Mais c'est un autre sujet.
The Race se construit tranquillement, je sais où je vais. Au fur et à mesure, je me dis qu'on ne peut pas rester en froid, qu'il faut recoller les morceaux, que ça suffit.

Mardi 20 février
(La réconciliation.)

Le balancier continue à osciller. Club Med *retrouve du mordant et se rapproche des 20 nœuds de moyenne quotidienne, poussé par un alizé chaud et vif.* Innovation Explorer, *lui, se morfond à 10 nœuds, sur la bordure de Sainte-Hélène. Dans le Pacifique,* Team Adventure *s'est remis à fond dans le rythme après ses réparations à Wellington. 540 milles pour une reprise, avec seulement sept hommes d'équipage. Impressionnant...*

JOURNAL. Début 2000, je réalise que je ne vais pas pouvoir courir, que l'organisation d'un tel événement me contraint à rester à quai. Sur *Club Med*, pas de problème, Dalton est aux manettes. Et il a pris trop d'ascendant sur le projet pour céder une parcelle suffisante de pouvoir à un nouveau coskipper. *Team Adventure* a également une coloration très anglo-saxonne. C'est le bateau et le projet de l'Américain Cam Lewis. Et l'américain *Playstation* comme l'anglais *Team Philips* vont dans le même sens. Cela me

convient d'autant que les équipages sont mélangés. Reste *Code One*, le deuxième des triplés en construction chez Gilles Ollier et qui fait saliver beaucoup de monde. Je tiens à tout faire pour qu'il soit mis entre les mains d'un skipper français d'envergure, car il ne faudrait pas que The Race devienne un monopole anglo-saxon. Après avoir tant travaillé à l'internationalisation, le danger est d'avoir trop bien réussi et que la France soit absente.
Le tour d'horizon est vite fait. Florence Arthaud est un excellent marin, mais c'est une solitaire qui n'a jamais piloté de gros projet collectif. Laurent Bourgnon a du talent, mais je peine à comprendre son fonctionnement, ses envies, ses priorités. Son catamaran lancé avant tout le monde est resté dans les limbes et ses déclarations ont fait le yo-yo. Franck Cammas a un grand potentiel, mais il est trop jeune pour se retrouver aux manettes d'un Géant. Philippe Monnet a du courage et du peps, mais à l'époque, il était encore embringué dans son tour du monde à l'envers et, lui aussi, fonctionne en individuel. D'autres pointures comme Michel Desjoyeaux ou Yves Parlier sont déjà sur des projets d'envergure cette année. Je ne vois que deux skippers, disponibles entre deux saisons de 60 pieds, à pouvoir faire l'affaire. Alain Gautier a déjà gagné un Vendée Globe, donc il connaît les mers du Sud. Technicien précis, gestionnaire efficace, il a la capacité pour mener l'affaire à bien. Et il y a Loïck. Il sait animer une équipe, il l'a prouvé avec sa bande d'hommes verts avec laquelle il a tout raflé sur le circuit. Il a du charisme auprès de ses hommes, du répondant dans les médias, et il a déjà fréquenté le Sud en solo. Sous son allure décontractée, c'est un skipper prudent et réfléchi qui ne fera pas n'importe quoi avec ce bateau, qu'il importe de ramener intact vu ses difficultés de financement. Il n'a pas encore l'expérience de management d'un projet lourd avec des équipes de 15-20 gars à gérer, mais si tout va bien, un certain Skip Novak qui connaît ça par cœur après vingt ans de Whitbread ferait un complément idéal pour un tandem explosif.

Son nom s'impose. Mais avant de conclure un accord, il s'agit de faire la paix, de vider l'abcès. Il faut à la fois exorciser le passé et faire en sorte qu'il ne prenne pas ça comme un cadeau. Il faut éviter que le cadet se raidisse et fuit un barnum où l'aîné aurait les rênes. Cela nous prend une nuit de discussion à Guérande, chez moi, au milieu des canards. Nous avons 40 ans, nos enfants grandissent, nous n'avons plus rien à nous prouver, l'heure est venue de faire le point, de régler des conflits qui n'ont plus lieu d'être. On met tout à plat, on repart du bon pied. Et immédiatement, on pense à Stéphane pour tenir le rôle de réalisateur embarqué, vu le vrai talent qu'il montre depuis dix ans dans sa manière de raconter les hommes. La discussion est salutaire : tout bascule. The Race nous aura aussi aidés à grandir et à nous retrouver. Et l'un des moments les plus forts sera peut-être la veille du départ à Barcelone, à 2 heures du matin, dans le container d'*Innovation Explorer*. Avec nos deux femmes en pleurs. L'une parce que son mari (Loïck) part. L'autre parce que son mari (moi, Bruno) ne part pas.
Un autre pleure à Marseille, il n'a pas voulu assister au départ, il devait être à bord lui aussi, mais cette nuit-là, sur le quai, on pense très fort à lui.

Mercredi 21 février

(Les paris, l'argent, les salaires.)

Retour à l'équateur, 42 jours après. Club Med *fut le premier à quitter l'hémisphère Nord, il est le premier à le retrouver. Mais son avance a singulièrement augmenté depuis et* Team Adventure *est largement décroché, entamant tout juste le Pacifique, quand* Innovation Explorer, *lui, pointe à 1 200 milles, retrouvant tout juste l'alizé du sud-est qui devrait bientôt lâcher* Club Med *au milieu des miasmes du Pot-au-Noir.*

JOURNAL. Paris sur la date et l'heure d'arrivée. Sur *Club Med*, où le skipper va finir par se faire dévorer tout cru par les matelots qui ont les crocs devant la cambuse remplie a minima, on trompe sa faim et on oublie l'impossibilité à festoyer en scellant sous enveloppe son pari. Lors du passage de la ligne, une petite cérémonie verra chacun des treize équipiers déposer son obole et les 200 F de mise convenue. Jackpot pas négligeable pour le gagnant. Sur *Innovation Explorer* par contre, le gain du vainqueur ne dépassera pas 100 F, le prix que ces économiquement faibles ont dû acquitter pour recevoir leurs paires de bottes, à Barcelone.

Les marins sont avant tout des passionnés qui, pour la plupart, fatiguent de vivre d'amour et d'eau fraîche. Dans les années 80, le boum des multicoques a déclenché une économie sympathique, un peu bohème, un peu marginale. Les équipiers se faisaient à la fois stratificateurs, accastilleurs, convoyeurs, puis nounous du skipper engagé dans les courses en solo, n'espérant qu'une chose : embarquer comme régleur de voiles ou « singe » à expédier en tête de mât, sur une des transats en équipage qui étaient encore de saison. Les salaires étaient fait de bouts de chandelle et d'avantages en nature, mais la troupe était jeune, enthousiaste, pas regardante. Certains capitaines-armateurs réussissaient à se constituer un petit pactole qu'ils s'empressaient de réinvestir pour mettre à flot des engins encore plus fous, encore plus dispendieux. Les équipiers les plus structurés, les mieux organisés, se sont débrouillés pour acquérir une compétence technique (voilerie, électronique, gréement, gestion) qu'ils ont pu louer aux syndicats de la Coupe de l'America ou aux monocoques de la Whitbread.

Mais la crise des années 90 a laissé bien du monde sur le flanc. Les skippers se sont repliés sur le solitaire, ce qui permet de réduire les coûts. Et, devant le désert français, seuls quelques mercenaires ont réussi à se faire un nom et à intéresser des défis étrangers pour l'America ou des projets anglo-saxons pour la Whitbread. La hiérarchie bleu-blanc-rouge s'est fossilisée, les Jean Le Cam, Michel Desjoyeaux, etc., qui auraient dû avoir depuis longtemps leur monocoque pour le Vendée ou leur multicoque pour

le Rhum ont lanterné sur les petits Figaro. Conséquence, les équipiers se sont reconvertis dans l'industrie nautique ou ont simplement rompu avec le milieu pour fonder une famille et s'installer dans la vie. Tels des espions « endormis », ils se réveillaient sporadiquement pour une Coupe de l'America ou un grand prix en multicoque. Dans les années 95, les permanents réussissant à vivre très modérément de la voile étaient réduits à la portion congrue.
Ces trois dernières années ont vu l'embellie ragaillardir le sérail. Les projets ont fleuri tous azimuts. Le Vendée 2000 avait entre vingt et trente prétendants, les trimarans seront une douzaine l'an prochain avec des navigants qui ne penseront qu'à s'entraîner et des « shore-team » qui ne penseront qu'à préparer les « machines », séparation de tâches encore inimaginable voici dix ans.
The Race n'a mangé la laine sur le dos d'aucun des secteurs existants. Elle a attiré de nouveaux sponsors d'envergure qui, jamais, ne se seraient investis dans la voile sans un événement à visée internationale. Disney, France Télécom, Renault, Sony, Philips, Club Med, Danone, etc., autant d'entreprises aux larges épaules qui souhaitaient un pari futuriste. The Race et ses investisseurs ont injecté environ 400 MF dans la voile (organisation et bateaux confondus).
Et les équipiers ont vu leurs gages s'aligner sur la norme anglo-saxonne qui est d'environ 50% plus élevée que les 15-20 000 F brut mensuels généralement versés aux Français, tous secteurs confondus. Sur *Playstation*, *Team Adventure* et *Club Med*, la présence d'anglophones à bord a permis aux salaires des équipiers de The Race de s'aligner sur ceux des concurrents de la Whitbread ou de l'America. Cela reste toujours loin des footballeurs, du 1,2 MF mensuel d'Anelka, des 500 000 F des internationaux, ou des 200 000 F d'un joueur de division 1. C'est Byzance si les quelques skippers français les plus capés réussissent à décrocher 100 000 F mensuels. Et si les carrières des footballeurs sont courtes, les périodes de vaches maigres des marins sont fréquentes. La notion de contrat

à durée indéterminée est d'un aléatoire total. Ce qui ne perturbe pas grand monde. Les gars n'étant pas du genre à se plaindre. Reste que tout travail mérite salaire, que toute compétence doit être récompensée, et que toute prise de risques doit être évaluée. The Race devrait aider à stabiliser un secteur qui a longtemps vivoté.

Jeudi 22 février

(Nature humaine et kilos perdus.)

Innovation Explorer *se réaligne. Fini le décalage à l'est, terminée la tentation de forer son Pot-au-Noir à sa main. Loïck et compagnie remettent du charbon dans la machine et tentent de réduire l'écart en latitude avec un* Club Med *ralenti, quitte à passer la zone d'interconvergence tropicale dans les mêmes parages. Grand-voile haute, gennaker tendu à craquer, l'ex-*Code One *sonne la charge. 500 milles dans la journée, près du double de* Club Med, *qui garde 943 milles de marge. Dans le Pacifique, les Polonais ont les oreilles qui sifflent. 40-50 nœuds de vent et* Team Adventure *aux basques.* Team Legato, *lui, vient de redémarrer de Wellington.*

JOURNAL. Le temps passé en mer a beau fondre à vue d'œil, un tour du monde continue à changer son monde. Les marins ont beau être d'une pudeur insigne qui les fait tourner en dérision les pires difficultés, ils ont rencontré et surmonté des difficultés insignes. Ce n'est pas parce que les marins envoient des mails à leurs copines, font les guignols devant les caméras, se rasent régulièrement, s'habillent de tissus haut de gamme, et ont leur comptant de vitamines, qu'ils ne continuent pas à se sentir au bout du monde, à souffrir de l'isolement, à avoir froid et faim, à se sentir sales et exténués, et surtout à être impressionnés et paniqués par un univers trop vaste. Je pense à ça quand je glane cette information anodine des 8-9 kilos perdus par deux équipiers de *Club Med.*

Malgré les avancées technologiques, les progrès des moyens de communication, The Race n'est définitivement pas une promenade de santé. Et c'est aussi pour ça que c'est une belle histoire. J'ai hâte de scruter les regards de ces hommes qui reviennent de tout en bas. On y découvre toujours une lumière d'après les incendies de beauté, une plénitude d'après l'effort et d'après la peur, une compréhension plus forte de la nature humaine et de ce qu'elle a de magnifique. Ce n'est pas au miroir quand on rentre que cela peut se voir, on est encore trop dedans. C'est quand on est resté à terre qu'on a besoin de retrouver cet éclat. Les équipiers de Peter Blake en 1994 avaient cette intensité. A Marseille, je suis certain de le reconnaître au fond des pupilles des hommes de The Race.

Vendredi 23 février

(Soutien de la première heure.)

Les choses se décantent. Club Med *possède toujours 800 milles d'avance et guette la dépression très creuse et située très bas, quasi en lieu et place de l'anticyclone des Açores, qui devrait le ramener à Gibraltar dans un fauteuil venteux.* Innovation Explorer, *pas encore ralenti par le Pot-au-Noir, oblique désormais à l'ouest pour profiter jusqu'au bout d'un alizé de sud-est consistant. Dans le Pacifique,* Warta-Polpharma *a repris l'avantage sur* Team Adventure *situé beaucoup plus au sud.*

JOURNAL. Le bateau à la sirène mène la danse et verrouille son avantage. Son armateur ne tient plus en place, tout à son bonheur de voir son équipage atomiser la concurrence, tout à son angoisse qu'un bris de matériel réduise en poussière ses espoirs. Philippe Bourguignon est l'un des personnages essentiels de The Race. Il est sur le pont depuis le début. Et même avant... En 1993, Philippe venait de prendre les rênes de Disneyland Paris qui n'était pas au mieux. Professionnellement, il affrontait des tem-

pêtes particulièrement sévères. Au même moment, nous étions engagés dans le Jules-Verne et nous avions notre lot de misères. Je crois qu'il s'est identifié à nous, il a fait de notre équipée une aventure parallèle à la sienne, puisant, dans nos ennuis vécus par procuration, une force nouvelle pour relever un défi économique.
De mon côté, je ne savais rien de tout cela. C'est Catherine, ma femme, qui me poussait à aller rencontrer les gens de Disney, qui m'incitait à me rendre aux soirées où je pouvais le croiser. Je fais ça très mal, je n'ai pas le chic pour taper sur l'épaule, prendre par le bras, plaider ma cause entre poire et fromage, et repartir sans savoir si on m'a écouté par mansuétude, par hypocrisie ou par réel intérêt. On a quand même fini par se croiser avec Philippe, et là ça a démarré au quart de tour.
En 1995, il m'a offert son aide pour mettre The Race sur une rampe de lancement. A l'origine, il n'était dans aucune logique marketing, il ne faisait aucun calcul sur les entrées de son parc de loisirs, il commençait juste à respirer et il avait envie de s'ouvrir sur autre chose. Après trois ans de turbulences, Disneyland Paris allait mieux, lui n'avait plus la tête sous l'eau et pouvait s'intéresser à une nouvelle aventure. The Race faisait vibrer sa fibre visionnaire, humaniste. Lors de cette année où tout était encore à bâtir, nous nous sommes vus en tête à tête une fois par semaine. Philippe comprend au quart de tour, il percute illico.
Nous avons tracé les grandes lignes, déblayé les axes majeurs de The Race. Si Disney est l'investisseur de départ qui a mis un modeste budget pour voir, pour lancer l'idée, l'apport de Philippe dépasse bien évidemment le strict cadre financier. Son enthousiasme, sa vision, ont injecté une dose de confiance cruciale dans un projet qui en avait besoin. Et ce genre d'in-put est inestimable.
L'amusant, c'est que j'ai toujours refusé de me servir du carnet d'adresses de Philippe qu'il m'ouvrait tout grand et qu'il m'incitait à utiliser. Je répugnais à me servir de son réseau, de son entregent. Par orgueil sans doute, par

envie que les investisseurs se déclenchent sur la crédibilité du projet, pas sur le nom d'un protecteur. Par timidité aussi, par refus de le déranger pour une recommandation, un conseil, un coup de main. Il n'a vraiment pas compris que je rechigne à l'associer aux galères, aux embrouilles et que je préfère toujours lui rendre compte de l'état des lieux quand les difficultés sont aplanies.
Philippe a une certaine expérience de la mer. Grandi au Maroc, il s'est initié sur un Vaurien. Étudiant, il passe régulièrement des vacances à Long Island, sur la côte est des États-Unis, où sa tante, navigatrice émérite, lui fait découvrir des beaux voiliers à l'ancienne. Installé à New York, il s'inscrit dans un club de voile et tâte du Hobie Cat. En poste en Asie, il s'enthousiasme pour les jonques. Bien vite, je lui propose de nous accompagner à bord d'*Explorer*. Il nous rejoint sur un record de la Méditerranée. Dès qu'il embarque, il redevient un gamin qui jubile de sa chance d'échapper aux contraintes, qui saute aux quatre coins du bateau. Il est hyperactif, ne peut rester en place, est toujours volontaire pour les corvées, ne rechigne jamais à la manœuvre, s'endort tout habillé dans une flaque d'eau, ne se plaint jamais, mais ne souhaite en aucune manière être investi d'une quelconque responsabilité. Il dit souvent que ce qu'il aime en mer c'est que ce n'est plus lui le patron.
Un mistral glacé nous emporte dans la nuit sur une Méditerranée rugueuse. L'allégement est maximal, il n'y a pas grand-chose à manger, mais Giovanni Soldini, le skipper italien qui a récupéré Isabelle Autissier, trouve pourtant le moyen de nous cuisiner des pâtes en chantant un air d'opéra. Le vent nous lâche au large de la Sardaigne. Philippe doit rallier Paris. On bifurque vers Cagliari où Soldini, encore lui, rameute quelques amis qui nous reçoivent superbement.
Une autre fois à Cowes, en attente du record de la Manche, la météo est exécrable. Et on se retrouve tous les deux accoudés au comptoir d'un pub à refaire le monde et à réinventer The Race. Il s'en souviendra comme d'un

de ces moments buissonniers volés à un agenda surchargé, où tout interstice est immédiatement colmaté par une autre urgence. Là, sur l'île de Wight, à attendre le bon vouloir de la météo, il redevenait enfin maître de son temps.

Samedi 24 février

(De Disneyland à *Club Med.*)

Tempête dans le Pacifique. Le petit poucet polonais continue à tenir la dragée haute à Team Adventure. *Les uns et les autres se croisent, choisissant des options divergentes sur fond d'écran dépressionnaire. En Atlantique,* Club Med *subit un léger ralentissement quand* Innovation Explorer *coupe la ligne médiane à bonne allure. Quid de la dépression à venir ? Emportera-t-elle* Club Med *en laissant* Innovation Explorer *en plan ou, à l'inverse, tout cela se recoagulera-t-il ?*

JOURNAL. Dalton monte en pression. Le skipper de *Club Med*, qui ne passe pas pour un introspectif, s'angoisse devant la remontée des maudits Français. Il a beau se convaincre que son avance est conséquente et que les augures météo sont suffisamment favorables pour ne pas avoir à se faire hara-kiri, qu'il ne lui sera pas nécessaire de lire dans ses propres viscères, il ne peut s'empêcher de stresser. Au point d'avoir un sommeil agité. Et de s'endormir à la barre. Ce qui, dit-il, ne lui était jamais arrivé. A terre, Philippe Bourguignon est aussi remonté. Car l'homme est passé de la mise en musique de l'événement à une implication plus directe, celle d'armateur, celle de possible vainqueur. Cela tient à l'évolution de sa carrière. Il a quitté un Disney qu'il avait ragaillardi pour prendre les rênes d'un *Club Med* dans la tourmente. Mais il a continué à se soucier de The Race sans pour autant envisager d'y impliquer sa nouvelle maison, tandis que l'ancienne animée par Gilles Pelisson ne mollissait pas. C'est son équipe marketing qui a poussé Philippe à s'y lancer. Lui était hésitant : problèmes de timing par rapport au redressement du groupe, questions d'équilibre de budget. Pour ma part, je n'envisageais pas que le Club Med puisse passer à côté. Et, avec les gens de chez eux, nous avons bâti un argumentaire qui avait la forme d'une pyramide. Le Géant avec son équipage international au sommet, et ensuite une déclinaison permettant la rénovation de la flotte du Club, la mobilisation et la formation des GO, des animations avec la présence du Géant selon les marchés à soutenir. J'ai également fait valoir les états de service du chantier de Gilles Ollier et des marins concernés par ce projet.

Pour que Philippe ait tous les éléments, nous lui avons également préparé une étude de risques et une préconisation de gestion de crise, au cas où... Car le hors-média a beau être beaucoup plus profitable que les supports classiques, cela peut aussi virer à l'aigre. Chavirage, homme à la mer, arrêt prématuré. J'ai insisté pour que l'investissement soit rentabilisé avant le départ. Pour ce faire, il importait de jeter son dévolu sur le premier des trois Géants, afin de l'exploiter avant le 31 décembre 2000, de communiquer en interne et en externe sans être à la merci des fortunes de mer.

Philippe a longtemps résisté, puis a validé le travail de ses équipes. On s'est retrouvé à Vannes, pour un pique-nique au chantier au moment de l'assemblage du bateau. Malheureusement, Philippe n'était pas à bord lors des premiers essais en baie de Quiberon quand on a valsé à 30 nœuds au ras des moustaches des invités. Agrippé aux portables, son staff tentait de lui faire partager l'émotion ambiante.

Quand je lui ai annoncé que je ne pouvais embarquer, qu'il me fallait rester à terre pour incarner l'événement, il a regretté mais il a compris. Je lui avais présenté Grant, il avait toute confiance dans le marin, il était tranquille pour l'avenir de son projet. Il a participé au record de l'Atlantique, écourté pour cause d'étrave explosée. Il était à Barcelone pour saluer ses hommes et, depuis, il suit ça avec passion, refusant d'envisager l'échec.

Dimanche 25 février
(Télé.)

Innovation Explorer *franchit le Pot-au-Noir à grand galop et pointe à 707 milles de* Club Med, *qui vient de quitter les alizés, patiente dans une zone tampon et guette la dépression miracle qui devrait le propulser direct en Méditerranée. Du côté du Horn, par 40 à 50 nœuds de vent,* Warta-Polpharma *et* Team Adventure *ne cessent de se passer et de se repasser à chaque fois qu'ils se recalent sur la route directe. Quant à* Team Legato, *il semble abonné aux anticyclones. Déjà en Atlantique, il avait eu son comptant et maintenant dans le Pacifique, ça recommence.*

JOURNAL. La mer était le dernier endroit où il apparaissait impossible d'implanter des caméras. Et pourtant, The Race l'a fait. 5-6 minutes à 13 h 30, « l'image du jour » à 20 h 30 et un hebdomadaire de 30 minutes le dimanche soir, France 2 a relevé le défi avec nous et a fait vivre de l'intérieur les aventures de ces nomades du large, partis explorer les plus grands déserts de la planète, à des années-lumière des relais hertziens et des cars régie.
Tout cela participe d'une forte conviction de départ : les temps changent et il devient impossible de ne pas rechercher une exposition maximale pour un événement à vocation globale. Longtemps entravée par des incapacités techniques, la voile s'est recluse dans le mystère, sollicitant l'imaginaire pour chromer la légende. Ce silence des espaces infinis a autant fait pour la mythologie des héros du large qu'elle en a limité la portée. Je me souviens de l'intérêt des gens du CNES (Centre national d'études spatiales) sollicitant notre expérience, après le Jules-Verne en tant que cosmonautes des océans, allant au plus loin des zones habitées de la planète. Les récentes évolutions des satellites ont lentement levé l'écrou du secret. Les Class America comme les trimarans de 60 pieds profitent de la proximité des côtes pour installer des caméras et des cameramen à bord. Les hommes-orchestre du Vendée se

constituent une banque d'images avant le départ, puis transmettent les vidéomatons introspectifs qu'ils arrachent à un emploi du temps dément. Les baroudeurs de la Whitbread ont, eux, entamé une démarche que The Race a amplifiée et magnifiée.

Depuis l'origine, la question télé est centrale pour nous. Le premier axe de travail fut technologique. Comment transmettre des images et des données depuis un univers mouvant, humide et perdu aux confins de l'immensité ? France Télécom, son président Michel Bon, Marie-Claude Peyrache, infatigable responsable du lourd secteur de la communication, et les techniciens de France Télécom Recherche et Développement, furent des alliés décisifs dans cette démarche. Audit de ce qui se faisait de mieux, optimisation de l'existant, puis invention d'un système permettant de transmettre des images de qualité en direct depuis une plate-forme mobile et bousculée.

Ainsi est né Seacast (sous l'impulsion du « grand », de l'audacieux et toujours en ébullition Yves Devillers), procédé encore en développement, encore encombrant, mais que l'on verra forcément à bord des Géants dans les années qui viennent.

Il s'agit du premier système de transmission live en qualité broadcast de n'importe quel mobile en mouvement, rien moins qu'une énorme première mondiale que l'on doit encore à l'audace de France Télécom, à la vision de Marie-Claude Peyrache, Olivier de Pierrebourg et leurs équipes qui ont su résister à toutes les tempêtes à nos côtés malgré les gentils conseils alarmistes qui n'ont jamais manqué de leur savonner la planche.

Soucieux de la fiabilité compte tenu de nos obligations de résultat, nous avons finalement décidé d'utiliser le meilleur des trois modes. Des Standard B optimisés par des logiciels de dernière génération, le Seacast science-fiction sur un trimaran d'assistance récupérateur d'images en Atlantique, et enfin des dispositifs classiques de reniflage HF à l'approche de la civilisation ont permis un afflux de matières comme jamais auparavant.

Deuxième souci : quelle distribution ? quelle production ? quelle diffusion ? Nous avons choisi de produire nous-mêmes les images afin de contrôler la ligne éditoriale, de respecter l'équité sportive et de ne pas torpiller l'authenticité de l'événement. Pour l'international, nous avons signé avec TWI , la filiale du groupe McCormack qui gère déjà les droits de l'America et de la Whitbread.
TWI avait pour mission la distribution mondiale des produits TV à l'exception des territoires France, Espagne et Pologne que nous avons gérés en direct. Par ailleurs, leur a été confiés la production des packages internationaux, un film d'une demi-heure hebdomadaire rythmé et percutant, ainsi que la production de bulletins quotidiens de news. Pour la Pologne, nous avons aidé Roman à négocier au mieux de leurs intérêts.
En France, nous avons directement traité avec les chaînes. L'unité « mer » de la 3, soucieuse de monopoliser tout ce qui concerne la voile, était très intéressée au départ de tenter une approche globale France 2/France 3 avec *Thalassa* comme fer de lance. Mais ils ont traîné en chemin et TF1, sous l'impulsion de Roger Zabel et Xavier Couture, s'est mise au travail. Probablement persuadés que ça allait leur échapper, ou pour une autre raison que j'ignore, nos « amis » du magazine de la mer ont alors bien travaillé au boycott de l'événement avec le succès que l'on sait. Étienne Mougeotte hésitait encore à se lancer dans le format ambitieux que nous demandions, et la montre tournait de plus en plus vite quand Charles Biétry a pris les rênes du sport sur France-Télévision. On s'est vus à Carnac chez lui, l'été 2000, grâce à Stéphane qui avait organisé la rencontre. Ça s'est conclu vite et bien. Charles ne connaît pas grand-chose à la voile, mais il aime l'innovation. Il l'a prouvé sur Canal + où il a révolutionné le traitement du sport. Il a compris illico qu'un des derniers défis était de filmer la mer et les marins. Cet homme de challenge a pris des coups et est d'autant plus fidèle quand les planches sont savonnées, parfois par ceux qui se préten-

dent vos amis ou les connaisseurs d'un secteur où ils s'intronisent gardiens du temple. Homme de parole, Charles Biétry fut un soutien constant dans les pires coups durs. France 2 s'est mobilisé pour donner du relief à The Race, dommage que la petite sœur France 3 n'ait pas su profiter de la synergie qui était prévue. Même si ce n'est jamais parfait quand on tente des premières, le travail de l'équipe de France 2 a été remarquable de constance et de progrès. Force est de reconnaître que nous avons franchi ensemble un grand pas avec près de 8 millions de téléspectateurs en moyenne par jour, sur 70 jours. Soit près de 480 millions de téléspectateurs en « audience cumulée », comme le disent les études. Bravo Charles, encore une audace récompensée. A l'avenir, je pense qu'on pourrait essayer de scinder l'émission hebdomadaire en deux registres, un résumé de la semaine consistant et thématique et ensuite un Club de Minuit, où viendraient débattre des marins, mais aussi des écrivains, des scientifiques, des artistes, des chefs d'entreprise, des politiques, des hommes de médias, amoureux de la mer… ou non.

Dernier problème : comment tourner à bord ? qui doit tenir la caméra ? Avec les challengers, nous avons décidé d'affecter sur chaque bateau un équipier-cameraman. Soit un marin qui s'initie à la prise de vues comme l'excellent Jacques Caraes sur *Club Med*, soit un vidéaste qui se transfuse de l'eau salée dans les veines comme le consistant Jérôme Teigne sur *Innovation Explorer*. L'idéal aurait sans doute été un profil à la Stéphane, planchiste de renom, marin de formation et explorateur à caméra de métier. Bien sûr, c'est le grand frère qui parle... Ces équipiers-référents disposaient d'une régie de montage embarquée et devaient transmettre 5 minutes exploitables par jour. Le niveau a monté en qualité au fur et à mesure que la course a progressé. Au début, c'était un peu la croisière s'amuse. Puis, les témoignages sont devenus plus concrets, plus vivants.

Les réalisateurs à terre ont animé de vraies conférences de rédaction avec les embarqués, ils les ont piloté, leur

ont assuré le retour de leur effort. Au final, jamais on a vécu autant au cœur des équipages. Vagues qui fouettent, marins rincés, mers démentes, yeux lourds de sommeil, séances de cuisine, fiestas de raccroc, navigateurs pensifs, c'était d'une belle envergure.
Un seul regret : la timidité des marins à montrer la difficulté. Il faut toujours qu'ils fassent comme si tout cela n'était qu'une promenade de santé, comme si les efforts consentis n'étaient qu'une jolie tranche de rigolade, comme si l'anxiété affleurante devait être rentrée dans une besace décontractée. Un plan de Loïck, guettant avec inquiétude un grain menaçant, parlait magnifiquement de sensations que tous préfèrent occulter. Il faut encore travailler. Les silences et les regards sont parfois plus éloquents que de vaines explications. Le subtil mélange entre communication et authenticité est l'enjeu des images de demain si l'on veut que toujours soit donnée la priorité à l'homme.

Lundi 26 février

(Si ma tante en avait.)

Jamais, depuis la descente de l'Atlantique à l'aller, la distance entre Club Med *et* Innovation Explorer *n'avait été aussi faible (664 milles), mais, paradoxalement, jamais Dalton ne s'est senti aussi soulagé et Loïck aussi accablé. Car le cata bleu vient de toucher sa dépression espérée quand le cata blanc s'attend à un nouveau coup d'accordéon. Dans le Sud, il ne s'agit pas de finasser. Vents de 50 à 60 nœuds, vagues de 8 à 10 mètres, température de 7 degrés, les Polonais et les Cam's boys fatiguent.*

JOURNAL. Vu de terre, c'est facile. On passe son temps à refaire l'histoire, à réinventer les décisions prises dans le feu de l'action. En mer, c'est autre chose, le vent efface les traces des erreurs et des mécomptes, les vagues brouillent remords et ressentiment. Pas le temps, inutile, laissons tomber. Ces temps-ci, les observateurs bien au chaud s'interrogent. *Innovation Explorer* a perdu 600-700 milles en attaquant à l'ouest avant l'entrée dans le Grand Sud. Le bateau blanc se sentait un peu limite question performances. Il lui semblait manquer de vitesse de pointe face à *Team Adventure*, de cadence moyenne au regard de *Club Med*. Devant ce handicap peut-être moindre qu'imaginé, le troisième Géant préférait ne pas suivre les sentiers balisés et tenter le diable. Loïck, son navigateur Roger Nilson et son routeur Pierre Lasnier ont optionné après le Pot-au-Noir et ont mangé copieux. *Team Adventure* a dû mettre la flèche, mais *Club Med* a engrangé un net avantage. Qui n'a pas sensiblement varié jusqu'à aujourd'hui. D'où les inévitables supputations. Et si *Innovation* avait moins attaqué, s'il avait suivi tranquillement, n'aurait-il pas pu mieux jouer sa carte, mettre plus de pression sur *Club Med* et le déborder à son heure ? Extrapolation inutile. *Club Med* a calqué son rythme sur celui de son poursuivant. *Innovation Explorer* manquait de voiles de portant pour descendre au vent arrière et aurait peiné à tenir le choc. Et puis, les regrets n'ont pas vocation à bouillonner dans le sillage.

Mardi 27 février

(Les petits et les grands.)

Voilà, Club Med *s'envole. Il a parcouru 503 milles dans les dernières 24 heures et a repris 200 milles à* Innovation Explorer *qui ronge son frein en bordure du système dépressionnaire. On voit mal comment les hommes de Dalton pourraient être rejoints avant Marseille, sauf casse mécanique ou choc avec un objet flottant non identifié. Dans le Pacifique,* Team Adventure *se rapproche du Horn tandis que* Warta-Polpharma *navigue à sec de toile.*

JOURNAL. En 1993, le Horn avait été aussi violent avec nous qu'il l'est avec les Polonais. Sur le même bateau qui s'appelait alors *Commodore Explorer*, nous avions subi une tempête du fond des âges. Elle avait failli nous jeter sur la côte chilienne. Nous étions en fuite à sec de toile et il avait fallu tenté une volte-face au sommet d'une vague

pour mettre le bateau à la cape et ensuite attendre que la furie des éléments se calme. Jamais, sans doute, je n'ai vécu de moments aussi terribles et aussi intenses. Il ne restait que l'humour et le fatalisme à opposer aux coups de boutoir de l'océan. Et c'est passé.
Roman Paszke et ses gaillards subissent un peu le même traitement dans les mêmes parages. Jarek Kaczorowski raconte ça par mail : « Nous sommes en train de nous battre avec la plus grosse tempête que nous n'ayons jamais eue. Le vent n'a pas soufflé en dessous de 40 nœuds depuis maintenant plus de 20 heures. Dans la nuit, nous avons connu plusieurs heures avec un vent en moyenne à 50 nœuds. La plupart du temps, il y avait 60 nœuds, soit entre force 9 et force 11 ! Les vagues font 15 mètres de hauteur. Nous avons navigué à sec de voiles pendant 14 heures et notre vitesse sous mât seul était de 12,5 nœuds ! Nous avons préparé des traînards à lancer derrière le bateau au cas où il faudrait le ralentir dans la descente des vagues. Ces vents sont prévus encore pour deux jours... Nous espérons que ce ne sera pas vrai ! »
Inutile de tenter d'établir un tourmentin. Incursion à risques sur la plage avant et accélération insensée. Donc on range et prudence maximale recommandée. Et Jarek d'ajouter : « Nous avons eu des coups de boutoir puissants dans les vagues, mais tout le monde va bien et le bateau est OK. » N'empêche, les bateaux de l'ancienne génération souffrent de leur taille réduite par rapport aux Géants. Le vrai avantage des nouveaux grands se vérifie quand le vent enfle et les vagues soufflent leur haleine fétide dans la nuque des marins à la tête rentrée dans les épaules. 6-7 mètres de longueur en plus, un franc-bord plus élevé, des protections plus consistantes, des manœuvres moins à ras de l'eau, les Géants reculent le seuil du mauvais temps, décalent l'approche du danger. Par 35-40 nœuds de vent, après un temps de prise en main, ils restent maniables et paisibles quand les « petits » commencent à numéroter leurs abattis. De plus, leur potentiel de vitesse supérieur leur permet de mieux

se positionner par rapport aux fronts dépressionnaires et de choisir leur force de vent, quand les petits se font plus facilement cueillir en traître. Ne pas oublier, toutefois, que la mer reste la plus forte et qu'il importe de l'aborder avec crainte et modestie.

Mercredi 28 février

(Kerso, Cayard.)

Club Med *a zigzagué avec succès pour monter dans le Marseille-express. Parti trop à l'est, le gang de Grant a bifurqué au nord-ouest pour emmagasiner la dépression centrée au niveau de Lisbonne et qui devrait lui offrir une garantie de bonne fin.* Innovation Explorer, *lui, suit avec retard (1 064 milles) et pousse les feux pour croire encore au miracle. A l'autre bout du monde,* Team Adventure *devrait parer le Horn en toute sécurité quand* Warta-Polpharma *fuit les désastres à répétition.*

JOURNAL. Les choses nouvelles ne peuvent s'imposer que dans la douleur. Il y a toujours une forte résistance devant le changement, devant le progrès. Mais, sans cette envie de faire évoluer le monde, la vie manquerait de sel et on serait condamné à se répéter, à se nécroser. The Race, première édition, touche à sa fin et je vois avec plaisir que les marins français ou étrangers ont compris avant tout le monde l'intérêt de cette épreuve qui a enfanté une génération de bateaux puissants mais fiables, prêts à conquérir des records insensés et à écrire des histoires inédites. Olivier de Kersauson, qui suit le chantier de son grand trimaran, analyse joliment l'état des lieux : « On se rend compte maintenant avec le sérieux de la construction que des équipages compétents peuvent emmener autour du monde des bateaux qui n'ont pas vraiment été testés. Dans le Sud avec leurs énormes "jambes" (33,50 m de coque), ils exploitent au mieux les trains de vagues, et c'est la glisse absolue. » Il poursuit : « Bruno et moi, lors

de nos records, nous étions obligés de ralentir nos machines à cause des chocs avec les vagues. Cette nouvelle génération de multicoques, construits spécialement pour la circonstance, est beaucoup plus marine que ceux dont nous disposions qui avaient été agrandis par rapport à des modèles existants. Leurs possibilités exceptionnelles exigeront un temps d'adaptation, car le pilotage à 40 nœuds sur l'océan demande beaucoup de pratique et de sens de l'anticipation. Mais on ne tardera pas à vérifier l'importance culturelle de cette première édition de The Race dans l'histoire de la voile mondiale. »
Bruno Troublé, barreur d'envergure et organisateur de la Coupe Louis-Vuitton, l'épreuve des challengers de la Coupe de l'America, admet : « Je suis impressionné par l'énorme intérêt manifesté par le public. Ce tour du monde « no limit » ouvre à la voile de nouveaux horizons. » Et enfin, Paul Cayard, vainqueur de la dernière Whitbread-Volvo et skipper d'America, écrit dans le magazine *Sea Horse* : « Imaginez la prochaine fois douze de ces multicoques géants lancés autour de la planète en moins de 60 jours. Mais n'en dites rien à ma femme... »

Jeudi 1er mars

(Comparaisons, finances, ouverture réussie.)

Cinq nouveaux cap-horniers à bord de Team Adventure. *Cam and Co ont choisi de raser la péninsule enneigée et de passer entre la Terre de Feu et l'île des États. Derrière, les Polonais continuent leur chemin de croix et persistent à survivre aux 50 nœuds des mers australes. Devant,* Club Med *est sur le point d'embouquer le détroit de Gibraltar, de rentrer à la maison.* Innovation Explorer *touche enfin la dépression qui lui a ravi son devancier et continue à réparer ses voiles pour ne pas totalement décrocher.*

JOURNAL. Marseille se fait belle pour accueillir les marins qui reviennent de leur tour du monde. The Race touche à sa fin. Maritimement, 70 hommes et une femme ont vécu une grande aventure et tourné autour de la planète à la voile, à une cadence jamais imaginée auparavant. Techniquement, les Géants ouvrent une nouvelle ère et ont prouvé leur fiabilité malgré une mise au point réduite. Médiatiquement, les marins ont tourné et diffusé en temps réel grâce à France Télécom des images de leur métier, de leur vie à bord.

Économiquement, il est important de comprendre les enjeux d'un tel projet. Pour que The Race voie le jour, nous avons mobilisé un budget à peu près équivalent à celui de la Whitbread 1997-98, soit un peu moins de la moitié de celui de l'America's Cup.

Pour The Race, nous ne voulions pas de sponsor-titre, ayant fait le choix d'une stratégie de marque. L'émergence record de la marque The Race valide aujourd'hui ce choix osé en 1994. Les trois partenaires principaux, Disneyland Paris, France Télécom et la Mission de l'an 2000 ont contribué à hauteur de 60 % du budget. Les sites officiels, Barcelone et Marseille, pour 20 %. Les partenaires et fournisseurs officiels, les droits dérivés et droits TV et Internet (France et international) pour les derniers 20 %. Les dépenses se répartissent avec un effort volontaire de 70 % pour le marketing et la communication ; campagne de promotion autour du monde 95/99, campagnes média, conférences de presse dans plus de douze pays, éditions magazines, production TV, Internet et opérations partenaires afin d'atteindre l'objectif n° 1, la valorisation des partenaires à l'échelle mondiale. Un petit 17 % pour les frais de structure (gestion serrée oblige) et 12 % pour les prix aux challengers. Le tout audité et validé par Bercy lors de l'engagement de la mission intergouvernementale pour la célébration de l'an 2000.

Cet effort financier était indispensable pour donner un impact international à cette épreuve et sortir du franco-français et de l'anglo-anglais où se complaisent certains. Le taux d'audience du site officiel de The Race coproduit avec France Télécom en trois langues, avec plus de 20 millions de pages vues, témoigne de cette ouverture réussie et valide

les efforts de l'une des entreprises les plus innovantes du monde dans l'univers de la communication.
Premier site événementiel maritime mondial, le site officiel therace.org a culminé en pointe à plus de 800 000 pages vues / jour dont 70% international, là où le Dakar atteint 600 000 (60% international) et le Vendée Globe 55 000 (20% international). Si l'on ajoute l'audience cumulée des sites secondaires ayant traité de l'événement, cela fera probablement passer ce score à près de 40 millions de pages vues sur The Race dans le monde. Quand on parle économie, il faut aussi étudier les budgets de campagne des challengers.
Assez de langue de bois, personne n'ose dire la vérité, alors qu'elle est criante de potentiel pour le futur. Tous les annonceurs pensent qu'un budget voile majeur est du même niveau qu'un budget F1 ou Football. Quand on commence à comprendre que le budget annuel d'une campagne de Géants autour du monde atteint à peine la moitié d'une équipe cycliste ou le dixième d'un honnête transfert de football... ça donne à réfléchir.
Les campagnes Coupe de l'America sont hors références puisque évoluant entre 200 et 500 MF. Les campagnes de la Whitbread sont en train de prendre le même chemin avec une tendance inflationniste due paradoxalement à leur surréglementation ; les projets favoris tournent maintenant entre 12 et 15 millions de dollars, soit près de 120 MF sur deux ans pour des monocoques de 18 mètres.
Avec The Race, je voulais jouer la carte du conceptuel qui, à mon sens, est le seul garant de la maîtrise de l'inflation. Tout excès de règle n'a pour résultat qu'une débauche de moyens pour gagner le centième de nœud qui fera la différence.
Le résultat dépasse mes espérances : les Géants de The Race valent environ 25/30 MF amortissables sur trois à cinq ans. Les budgets de fonctionnement annuels tournent autour de 10/15 MF. Un partenaire majeur de ce type de programme n'a aucun mal à associer à son effort un ou plusieurs partenaires secondaires pour diviser ses risques et se retrouve

avec un outil de communication hors média au potentiel de rentabilité inexistant sur le marché. Les chiffres concrets des études en cours démontreront un taux de rentabilité qui dépassera probablement les 500 %. C'est tout le mal que je souhaite à ceux qui ont osé les premiers et qui seront récompensés de cette audace.

Vendredi 2 mars
(Dernière nuit et projets d'avenir.)

Les nuits des grands et des petits se ressemblent. Club Med, *en approche rapide vers Marseille, vient de s'offrir un de ces coups de chaud comme en réserve souvent la Méditerranée. Ils sont passés de 0 à 50 nœuds, avec obligation de descendre toute la gamme de la voilure. Drôle de réception à la veille de l'arrivée. Sur* Warta-Polpharma, *ils se sont remis à sec de toile et ont tenté de se mettre à l'abri derrière la Terre de Feu pour étaler des rafales à 85 nœuds de vent, une violence rarement atteinte.*

JOURNAL. J'aime les dernières nuits en mer, ces moments où l'on réalise que c'est bientôt fini et où l'on aimerait prolonger la magie que la terre va rompre. C'est une sensation étrange, où l'impatience d'en finir, de rejoindre ses proches, se teinte d'une mélancolie sourde. Depuis les quais du Vieux Port où nous préparons l'accueil des premiers vainqueurs de The Race, l'intensité de ces sensations me manque.
J'ai envie de retourner naviguer. Cela fait sept ans que nous travaillons pour mettre à flot ce rêve. Aujourd'hui, il vogue droit et fier, laissant dans son sillage réserves et incrédulité. L'organisateur que j'ai dû devenir pour aller au bout de mes convictions ne veut pas s'enkyster dans ces fonctions terriennes. Personne ne m'a enchaîné au bureau, personne ne m'a pris en otage, je suis le seul responsable de la direction que j'ai donnée à ma vie, mais la mer me manque. J'ai envie de m'exprimer sur cette nou-

velle génération de bateaux que j'ai contribué à faire émerger. Je pense que c'est entre 40 et 50 ans que l'on est les plus performants dans cet univers-là. Ce sont des projets de grande ampleur où il faut de l'expérience pour tenir serré tous les fils qui trament des aventures de cette envergure. Il y faut une vision de l'avenir, une capacité à parler d'égal à égal avec des investisseurs, une légitimité technique et maritime pour dialoguer avec architectes et constructeurs, des épaules et un estomac assez solides pour encaisser les fortunes de mer et les infortunes de terre, une connaissance des hommes suffisante pour animer un équipage, et une résistance au stress et à l'adversité qui se chrome au long cours.
Il me reste une dizaine d'années pour assouvir ma boulimie de courses et de défis. Il sera bien temps ensuite de continuer à naviguer pour découvrir, mais aussi pour commémorer. Aujourd'hui, j'ai envie de compétitions classiques, mais aussi d'entreprises de dépassement de soi. Et les bateaux imaginés pour The Race sont les meilleurs supports aux unes et aux autres. J'ai envie de lancer la traque aux record océaniques, de m'aligner sur le Jules-Verne, et pourquoi pas de me présenter en simple compétiteur au départ de la deuxième édition de The Race qui pourrait se tenir dans trois ans, en janvier-février 2004, un an après la Coupe de l'America et un an avant le Vendée Globe. J'ai aussi très envie d'une histoire personnelle beaucoup plus osée, mais c'est encore un peu tôt pour être mûr.
Pour autant, il est hors de question de laisser partir en fumée tout le travail effectué. Les Géants ont besoin d'un écrin pour exister et prospérer. La collégialité mise en place sur The Race, où ce sont les skippers qui ont défini programme et règlements, doit perdurer et s'affirmer. Les Géants ont à mon sens quatre axes de développement, leur avenir s'appuie sur quatre piliers majeurs : 1) The Race qui partira le 1er janvier 2004 et ensuite prendra une périodicité quadriennale, et sans doute un parcours empruntant encore la Méditerranée, car le pari a réussi. 2) Le Jules-

Verne sur lequel Olivier (de Kersauson) et moi avons les mêmes convictions et qui passera sans tarder sous les 60 jours. C'est, et cela doit rester, le record ultime et magique auquel tout marin doit rêver de s'attaquer un jour. 3) Les grands records historiques (Atlantique, Pacifique, New York-San Francisco, la Route du Thé, de l'Or, des Épices, etc.) qui permettent aux armateurs d'attaquer les marchés qu'ils veulent toucher en totale indépendance. 4) Et enfin, un grand rendez-vous annuel qui ramène tous ces aventuriers près du public. Un rendez-vous plus festif, plus grand public, un rassemblement plutôt qu'une compétition : le premier rassemblement des « voiles du futur ». Les vieux gréements se réunissent bien à Brest ou à Douarnenez. Pourquoi ne pas proposer à tous les gréements de demain (les Géants, les multicoques de 60 pieds, les monocoques de 60 pieds et jusqu'aux Mini-transats qui partagent le même esprit, sans oublier tous les prototypes, de l'Hydroptère aux petits frères de Crossbow) de se retrouver en fin de saison dans un port de l'Atlantique, près de leur base pour ne pas compliquer leurs programmes.

Devant des tribunes bien garnies, avec écrans géants et commentaires, ce serait à la fois une Nioulargue techno, une réinvention des semaines de vitesse défuntes, et une célébration grandeur nature entre les différents mondes de la voile qui partagent les mêmes valeurs. Défis deux à deux, runs de vitesse, course en flotte, salon des technologies haut de gamme, démonstrations d'engins innovants, conférences pour les transferts de connaissances, et fiestas en soirée...

Mélanger les mondes, ma conviction. 2002, 2003 ? Peu importe, ça se fera un jour, naturellement, quand tout le monde sera prêt.

CLUB MED

Samedi 3 mars

(Arrivée de *Club Med*, nuit grandiose.)

Club Med *franchit la ligne d'arrivée de la première édition de The Race à 20 heures 56 minutes. Le catamaran dessiné par Gilles Ollier a mis 62 jours 6 heures 56 minutes pour effectuer ce tour du monde par les trois caps et via Gibraltar et le détroit de Cook, après un départ de Barcelone.* Club Med *a parcouru 27 407 milles à la vitesse moyenne de 18,3 nœuds. Au cours de ce périple,* Club Med *aura repris le record des 24 heures avec 655 milles.*

JOURNAL. Il est 18 h 30. Je suis sur le ponton devant la mairie de Marseille, les zodiacs d'assistance et les vedettes presse ont leurs flammes colorées qui battent au vent. Il règne une atmosphère étrange, remplie d'émotion et de ferveur. Chacun sent qu'une touche finale va être mise à une grande aventure. Quelque chose qui fut beau et fort s'achève, des chemins vont se séparer, des amitiés se dénouer, des vies partir au fil du temps, et nul ne sait trop bien de quoi demain sera fait. Il y entre à la fois de l'exaltation et de la tristesse. C'est un moment poignant.
J'ai décidé d'embarquer sur un « chien de garde », zodiac chargé d'encadrer le Géant vainqueur pour lui éviter collisions et désagréments. Le tout sous la conduite du chef d'orchestre de ce ballet aquatique, François Seguin, qui a su fédérer autour de ce moment exceptionnel tous les clubs nautiques et toutes les professions maritimes alentour. Tout fonctionne parfaitement, inutile que je reste aux commandes du système, j'ai envie d'en profiter, de vivre intensément l'instant. Dehors il y a une longue houle dolente, un vent qui s'assoupit et un quartier de lune.

Cette arrivée de nuit me ravit, je connais la magie créée par un bateau qui sort du noir, j'aime cette attente rendue plus intense par le coude à coude dans l'obscurité.
Club Med grille les étapes et s'annonce en milieu de soirée. C'est parfait. C'est vrai que si le Géant bleu s'était pointé à 4 heures du matin, ce n'était pas idéal. Mais cela aurait pu arriver, il avait été décidé de ne rien truquer, de ne surtout pas attendre le petit matin comme cela a été le cas dans les épreuves à la voile, histoire de recueillir les vivats auxquels tous les marins ont droit.
Club Med, on l'attrape à 7 milles du port, entre Planier et le Frioul. Il surgit de la pénombre sans beaucoup de lumière, avec juste sa voilure qui scintille. C'est Stéphane, mon jeune frère qui a installé sa société de production à Marseille, qui l'a repéré le premier. Il voit les feux rouges et verts et, en moins de temps qu'il ne faut pour l'écrire, le plan Ollier lui déboule dessus à 30 nœuds.
Grant est à la barre. Il a maigri, mais il a une lueur qui ne trompe pas dans le regard. Petit signe de la main avec les uns, les autres. Au passage du château d'If, des nuées de goélands saluent leur frère de mer, pris dans les projecteurs des hélicos de la télé. Passage de la ligne, coup de canon, mais pas de feu d'artifice. Un salut, mais pas de fanfaronnade.
Voiles baissées, le grand cata embouque l'entrée du Vieux Port entre le fort Saint-Jean et le fort Saint-Nicolas. Et là, alors qu'on passe sous le palais du Pharo doucement éclairé, la chair de poule me prend. Les Marseillais sont venus, ils sont tous là. Ils étaient invisibles et ils se dressent comme des fantômes farceurs pour saluer le premier vainqueur de The Race. C'est comme si les rochers se mettaient à parler, à crier, à chanter.
Ensuite, la procession dans le Vieux Port est grandiose. Marseille dévoile la grandeur de son histoire et la force de son présent. Avec The Race, Marseille accélère sa réconciliation avec la mer. Elle qui part à la reconquête de son port, de ses ferries, de ses cargos, était prédestinée pour recevoir les grands voiliers du siècle qui commence,

comme The Race ne pouvait trouver mieux que Marseille pour son final inaugural.
La clameur qui monte de la Canebière où 45 000 personnes se sont rassemblées, alors que le match de l'OM à Lille n'était pas encore terminé, va droit au cœur des marins peu habitués à de tels hommages, aussi chauds, aussi vibrants. Je me sens aussi remué qu'eux.
Le bateau volte face à la mairie et vient s'amarrer à 10 mètres du quai. Les familles se pressent sur le ponton. Bonheur des retrouvailles. Les marins dressent à bout de bras leurs rejetons dans la lumière des flashes et il entre de la fierté et du soulagement, de l'avoir fait, d'en être revenu.
Certains s'isolent comme ils peuvent pour se serrer à leur aise. D'autres s'étreignent sans s'inquiéter des regards bienveillants. Les mômes bientôt s'échappent pour rebondir sur le trampoline. Jean-Claude Gaudin, le maire, et Renaud Muselier, son adjoint, Serge Botey, l'homme du 26e centenaire de Marseille, et Marc Vincent, qui prépare The Race avec nous depuis trois ans, sont là, discrets, à savourer le moment auquel personne ne voulait croire. Je suis heureux pour eux, ils ont osé. J'espère qu'ils entendent mes mercis.
Il est temps de venir saluer la foule sur le podium. Je les présente un à un et ils reçoivent une incroyable ovation. Grant ne s'y trompe pas qui remercie Marseille. Ensuite, il y aura une descente de la Canebière en cabriolet Renault, un bon repas de terrien et une bonne nuit de marin en fête où se déchargeront fatigue et anxiété.
Le lendemain, il sera temps d'écouter les uns et les autres revenir sur cette odyssée très moderne. L'analyse de Grant d'abord : « Notre victoire, il n'y a aucun doute que c'est au passage de l'anticyclone de Sainte-Hélène, à l'aller comme au retour, que nous l'avons conquise car nous étions placés exactement là où il fallait. Cet anticyclone est vraiment un passage à niveau et nous l'avons bien négocié. Un autre point clé est que nous sommes toujours restés fidèles à la stratégie fixée dès le départ. Le travail de notre routeur et de notre navigateur a été exemplaire.

Par ailleurs, nous avons beaucoup investi en amont dans notre préparation. Puis vraiment, nous avions un équipage fantastique avec des gars solides venus du monde entier et dotés de qualités diverses et complémentaires. En fait, la course s'est passée selon nos prévisions. Nous savions exactement à quoi il fallait nous attendre. Cette course autour du monde aura été pour moi la plus belle de ma carrière de navigateur… »
Les équipiers, eux, sont beaucoup interrogés sur ce choc des cultures que j'ai voulu, qui a eu lieu et qui permet une meilleure compréhension entre les hommes, même si les caractères de chacun prennent parfois le pas sur les nationalités. Ainsi, le respect est total entre Grant et ses hommes, même s'ils ne voient pas forcément le monde de la voile de la même façon. L'insistance de Grant à associer toute sa troupe au succès en témoigne. Reste qu'il existe des différences d'approche. Jacques Caraes les détaille ainsi : « Les kiwis aiment les trajectoires droites, ils ont du mal à tirer des bords au portant. Ils ont toujours le nez sur les cadrans, ils ne savent pas bien regarder en l'air. Tout est très cartésien, très chiffré, un peu comme dans la Whitbread. A tant de nœuds de vent correspond telle configuration de voilure. Ce qui multiplie le nombre de manœuvres pour un gain hypothétique et bouffe de l'énergie. Car ce sont des bateaux très exigeants physiquement. Être huit pour manœuvrer, le quart de pont et le quart de veille, est nécessaire si on veut faire ça propre, sans rien casser. »
La langue ne fut pas un obstacle excessif, mais donna pourtant lieu à quelques sketchs. L'anglais était le langage officiel du bord. Sauf que les kiwis avaient un argot nautique particulier qui échappait même aux Anglais du bord. Il a fallu quelques séquences explicatives pour lever les ambiguïtés. Bons élèves, les Français tentaient de se parler en anglais quand ils n'étaient pas entre eux. Mais, dans le feu des manœuvres, avec le vent qui emportait des bribes d'accents pas très oxfordiens, ils revenaient parfois à leur langue maternelle avec soulagement. Sinon, tous

reconnaissent la rigueur et la rectitude du commandement de Grant. Il était aux manettes, il dirigeait et il assumait ses responsabilités. Il était dur mais droit, sanctionnant les erreurs des autres, mais ne se délestant pas des siennes sur des boucs émissaires.

Seule la nourriture a paru un sujet d'affrontement récurrent. Grant a connu les Whitbread où la chasse au poids était telle que les marins partaient avec une demi-brosse à dents pour économiser un demi-manche. Cette expérience explique sa marotte de l'allégement qu'il applique à tous les domaines, dont celui de la nourriture. Les rations sont étudiées, les calories et les vitamines calibrées, les notions de plaisir et de gratuité sont évacuées, point final. Excepté deux ou trois joufflus qui ont perdu leur surcharge pondérale de départ (7-8 kilos), les marins sont revenus affûtés, mais pas faméliques. Pourtant, c'est évidemment sur la nourriture que s'est cristallisé l'affrontement entre les jouisseurs français et les rationalistes anglo-saxons. Le jambon fut l'objet fétiche de ce conflit. Planqué dans le mât pour échapper au regard de Grant (tout en centrant les poids ?), tranché pendant son sommeil, consommé à partir des quarantièmes, devenu mot de passe et rituel pour remettre gentiment en cause la pesanteur hiérarchique, révélé enfin à l'affameur qui, fidèle à ses principes et pas ravi de cette entorse à la règle, refusa d'en croquer... Autre scène grandiose : la distribution de barres chocolatées. Chacun avait droit à un Mars quotidien. A minuit, chaque soir, Mike Quilter glissait la friandise tant attendue dans les placards, sous le regard dévorant des morfales. Le même Mike était chargé de répartir la crème dessert qui revenait tous les trois jours, pas plus, pas moins. Il taillait avec scrupule dans la gélatine sucrée. Les Français se gaussaient de cette parcimonie bien réglée jusqu'au jour où Mike transmit le couteau et où son successeur salopa le boulot, distribuant des parts inégales, gâchant le trésor de douceur. Le retour de Mike fut exigé subito... Mais deux jours après l'arrivée, la sensation de vide dans les estomacs bleu-blanc-rouge restait vive.

Sinon, l'équipage revient aussi sur les difficultés à récupérer sur ces engins. Car dormir est difficile quand le bruit atteint 120 à 130 décibels et que vous risquez à tout moment de défoncer la cloison dans un planté, d'où l'obligation de dormir les pieds devant. Pire, sur *Club Med*, les couchettes ne sont pas en toile montée sur une armature en alu comme souvent. Ces bannettes superposées sont faites de « planches » de carbone. Pas d'amortisseur, pas de souplesse. Jacques Caraes raconte : « En fait, la meilleure couchette était la bannette de veille qui, elle, était en toile. Sinon, une autre nuit, pendant un quart de veille tranquille, je me suis écroulé en ciré sur les sacs à voile que nous rentrions dans les coques pour qu'ils ne soient pas arrachés du trampoline par des vagues. C'était humide, mais souple. Je me suis endormi illico et je ronflais comme un sonneur, empêchant le quart de repos de profiter de son répit. »

INNOVATION EXPLORER

Mardi 6 mars

(Arrivée Loïck, Marseille, que du bonheur !
On reviendra.)

Innovation Explorer *en termine à la deuxième place. Par un vent de 15-20 nœuds, le cata blanc coupe la ligne à 30 nœuds, sur le coup de midi. Le bateau skippé par Loïck aura mis 64 jours 22 heures et 32 minutes pour son tour du monde, parcourant 28 764 milles à la vitesse de 18,45 nœuds.*

JOURNAL. Bizarrement, j'étais plus inquiet pour une arrivée de jour que pour une arrivée de nuit. Mais là encore, Marseille a été grandiose. Je m'interrogeais sur la mobilisation possible en pleine semaine. J'avais tort. Il y avait 300-400 embarcations sur l'eau, comme le samedi. Des commerçants, des avocats, des médecins avaient pris leur journée pour accueillir le frérot. Les pêcheurs, les bateaux pompes et les remorqueurs étaient encore de la fête. Et les Marseillais étaient cette fois 50 000, la corniche faisant un excellent point de vue sur *Innovation Explorer* quand de nuit c'était injouable. Là encore, j'étais dans une petite embarcation rapide avec Stéphane. On l'a chopé parmi les premiers. Le cata blanc déboulait à 30 nœuds. Le vent soufflait à 25 nœuds, mais Loïck et compagnie tenaient à arriver sous grand-voile haute. Le bateau était impeccable, sans horions ni éraflures, comme si Loïck et Skip l'avaient mené à la douce.
Flanqué d'une banderole « Well done guys » (« Bien joué les gars »), *Club Med* était sorti pour saluer son second avec à son bord la cohorte des compagnes et des gamins. Cet esprit familial et vagabond, ce mélange de générations, j'aime que ce soit un des marqueurs de The Race, qui entend redonner du poids, du lustre et du plaisir aux

équipiers, longtemps éclipsés par la crise économique et la vogue des solitaires, ces derniers sachant bien ce qu'ils doivent à leurs préparateurs, mais ceux-ci ne naviguant plus que par procuration.
Innovation Explorer a rejoint le fond du Vieux Port. Les femmes de l'équipage avaient imaginé des déguisements de Bretonnes. Un joueur de cornemuse qui passait par là a donné l'aubade. Et Marseille a adoré. D'autant que Loïck a su tenir la salle. Si, micro en main, je dois me forcer, lui fait ça avec un naturel et un talent confondants. Comme il l'avait promis, Michel Desjoyeaux est venu saluer ses potes. Il a eu droit à des hourras tonitruants, et les équipages l'ont porté en triomphe comme sa superbe victoire dans le Vendée Globe le méritait. Sa venue prouve s'il en était besoin que les différents événements de la voile ne sont pas antinomiques, que tous peuvent coexister et que les marins entre eux ne se trompent pas sur la hiérarchie des valeurs qui peut tout à fait intégrer de l'exploit en solitaire comme de la bataille entre équipages.
La seule femme de la course, Elena, était rayonnante et a reçu l'ovation qu'elle méritait. Je suis certain qu'elles seront nombreuses à venir éprouver ce qu'elle a ressenti lors de la prochaine édition. Car les Géants ont beau être de grosses bêtes, bien des fonctions à bord n'ont pas de sexe. La preuve...
Ensuite, nouvelle conférence de presse à la Chambre de commerce, puis pique-nique à bord. Des crêpes, du cidre, des huîtres, des gamins ravis, des épouses rassurées, des équipiers décontractés et le public qui salue de loin, qui rigole avec nous. Le soir, repas à bord du *Marseillois*, face à la mairie, avec maman Peyron qui réalise sa première interview en anglais pour TWI devant ses trois fils attendris. Que du bonheur, comme ils disent ici.
Il est certain que Marseille a apporté beaucoup à The Race et qu'il va falloir réfléchir à la suite. Je crois que les Marseillais se sont reconnus dans l'événement. Ils aiment ceux qui doivent résister dans la tourmente, qui doivent s'imposer face à l'incompréhension des autres, du pays ou du

milieu. Ils aiment les obstinés qui ne lâchent rien et aussi les risque-tout qui bravent l'opprobre et le cynisme pour s'en aller au bout du monde et revenir plus grands, plus forts. Dans le quotidien *La Provence*, Guillaume Singer a très bien décrit cette rencontre fondatrice. Il a écrit : « The Race est partie de Barcelone, mais est probablement née à Marseille le soir de l'arrivée de *Club Med.* » Il a raison. La prochaine édition de The Race pourra difficilement se passer de Marseille, vu ce que la ville nous a offert. C'est-à-dire : que du bonheur !

TEAM ADVENTURE

Mardi 24 mars

(Arrivée de *Team Adventure,* un beau matin.)

Team Adventure *a coupé la ligne d'arrivée à 10 h 21. Le Géant finit troisième de The Race en 82 jours et 20 heures, après deux arrêts pour réparer la poutre centrale délaminée, l'un à Cape Town, l'autre à Wellington. 5 équipiers sur les 14 ont débarqué pour raisons médicales ou personnelles.*

JOURNAL. Encore une belle journée, encore un accueil marseillais grandiose. Nous avons embarqué avec Loïck sur *Innovation Explorer* pour aller à la rencontre de Cam et des siens. C'était un matin parfait. On les a repérés entre Planier et les calanques et on les a accompagnés à 30 nœuds. *Team Adventure* portait deux ris dans la grand-voile et une trinquette à l'avant. Les troupes étaient en pleine forme, ils avaient eu le temps de récupérer lors de la remontée de l'Atlantique. Jacques Vincent a bien résumé ce qu'ils ont vécu : « Nous avons fait une course de 3 semaines et un voyage de 2 mois. Mais vu l'intensité des 3 semaines, je resigne illico pour repartir. » Le navigateur Jean-Yves Bernot était lui aussi impressionné par l'engin : « Ce qui est remarquable et tout à fait différent des autres bateaux que l'on connaît, c'est que déjà il faut compter au moins une demi-heure à trois-quarts d'heure pour faire la moindre manœuvre. Ensuite, c'est la rapidité du bateau qui permet de jouer avec les systèmes météo, y entrer, en sortir et même y revenir à la demande. »
Sinon, l'équipage n'avait pas le sentiment d'avoir outrageusement tiré sur le bateau. Jack toujours : « Nous naviguions à 32 nœuds quand nous nous sommes plantés une première fois jusqu'au pied de mât dans une première

grosse vague. Elle nous a arrêtés, mais rien n'a cassé. Nous nous sommes encore retrouvés avec les étraves sous l'eau dans une deuxième vague et là, la poutre centrale avait souffert. » Il apparaît qu'ils ont beaucoup appris dans cette première dépression qu'ils ont rencontrée. Ils ont réalisé qu'il fallait remplir les ballasts arrière afin d'éviter les enfournements et qu'ainsi, grâce à cela, le Géant se comportait comme une planche de surf, restant collé à la vague.
L'équipage était heureux d'avoir ramené le bateau à bon port. Jack, encore : « Pourtant, peu de monde pariait sur cette éventualité avant le départ. A part ces problèmes de délaminage, nous n'avons rien cassé. Les voiles en particulier sont en excellent état, alors que nous tentions une première en embarquant pour un tour du monde des voiles en cuben fiber. »
Cam, Larry et les autres vont désormais s'attaquer aux records sur l'Atlantique. Après un check-up aux Baléares, *Team Adventure* va tenter de ravir à *Club Med* le record de Christophe Colomb par les alizés. Puis, à l'été, il y aura sans doute bousculade entre New York et Cap Lizard, pour mettre fin au règne de *Jet-Services*.

FÊTE DE CLOTURE

Samedi 31 mars

(Parade et sardinade.)

Un nouveau grand moment. Une façon pour Marseille et pour The Race de se saluer respectueusement, de se congratuler réciproquement. Un temps de pur plaisir, où le sport n'est plus que prétexte à mieux vivre ensemble et à fédérer toute une cité autour de ses ambassadeurs à voile. La veille, pourtant, le mistral soufflait à 55 nœuds, les Géants cabossaient les pontons et l'annulation guettait. Mais, dans la nuit, le vent s'est calmé, et à l'aube, un petit 10-12 nœuds a permis aux festivités de prendre leur envol. Depuis le matin, des orchestres déambulaient depuis le haut de la ville, descendant vers le vieux port sur fond de salsa et de percussions. Des bus spécialement affrétés avaient convoyé, depuis les quartiers nord, une escouade de minots qui n'en croyaient pas leurs yeux et dévoraient du regard les trois Géants qui préparaient leur appareillage. Autour de ce théâtre marin sublime qu'est le port, les braseros commencaient à rougeoyer et la forte ordeur de sardines grillées à se répandre. Élections municipales achevées, Jean-Claude Gaudin, tout juste réélu, pouvait enfin saluer, avec chaleur et bonne humeur, les équipages dans sa mairie qui fait face au quai d'honneur où patientaient les Géants. Ensuite, tout ce qui flotte à Marseille a levé l'ancre. Les Géants ont mis un bon moment à se frayer un passage au cœur de cette mêlée nautique forte de 1 000 embarcations. Perchés sur les deux forts, les supporters de l'OM saluaient les marins, la gigantesque banderole « Fier d'être marseillais » se déployait pour la première fois à l'extérieur du Stade Vélodrome. Et cette rencontre entre deux mondes prouvait s'il en était besoin que le foot et la voile ne vivent pas dans des univers éloignés, que les marins eux aussi ont

vocation à devenir des héros populaires et que personne ne s'y trompe : effectuer un tour du monde à la voile est une performance humaine importante et magnifique.
L'après-midi durant, les Géants évoluèrent sous les yeux de 100 000 personnes massées à l'entrée du vieux port et sur la corniche. Tout avait été sonorisé et, à bord des trois bateaux, trois commentateurs munis de micros HF faisaient vivre la démonstration pour ceux qui n'étaient pas sur l'eau et ne pouvaient voir les hommes du large à l'œuvre. Ces allées et venues entre le *Sirocco*, un bateau de guerre tout neuf sur lequel avaient embarqué VIP et invités et la corniche pour saluer la foule, n'ont pas cessé de l'après-midi. Ensuite, l'impressionnante flottille qui faisait dire à Gilles Martin Raget, journaliste et navigateur qui a assisté à des Coupes de l'America, à des départs de Whitbread et de transats, qu'il avait rarement vu autant de bateaux sur l'eau, regagnait sagement ses pénates pour un tranquille apéro au soleil couchant.
Ce flirt poussé avec Marseille ne peut en rester là. La ville et The Race ont un long chemin à faire ensemble. Il paraît logique qu'en 2004 la course parte et revienne dans la cité phocéenne. Tout le monde y croit, tout le monde le veut, reste à mettre les choses en musique. Une des solutions pourrait être qu'*Innovation Explorer* porte durant ces trois années les couleurs de la ville et de la course, qu'il devienne le porte-drapeau de la cité du Sud, de ses collectivités locales et de ses entreprises. Le lancement du projet de développement nommé Euromed s'accorde parfaitement avec la logique de The Race. Et le site de la Joliette où vont venir s'implanter des entreprises haut de gamme accueillerait au mieux les chantiers et les bases des futurs challengers de la deuxième édition de The Race. De part et d'autre, la volonté est là. Il faut maintenant concrétiser et avancer. Pour que vivent Marseille et The Race...

WARTA-POLPHARMA

Mardi 10 avril

(Drapeau rouge et blanc, arrivée des Polonais.)

Les « petits poucets » de The Race en finissent en 99 jours 12 heures et 31 minutes. Warta-Polpharma *termine quatrième de la première édition de ce tour du monde « no limit ». Leur arrêt à Fortaleza au Brésil pour réparer la coque bâbord fissurée les empêche de finir la course avant le temps limite (30 jours après l'arrivée de* Club Med*). Pour autant, l'équipage polonais est le septième multicoque à boucler un tour du monde.*

JOURNAL. Cette fois, le mistral ne lève pas l'écrou. Et c'est comme si les conditions météo avaient le mauvais goût de s'acharner sur les plus faibles, les moins riches, les plus sympas. Déjà, le cap des tempêtes en avait fait voir aux Polonais, les secouant d'importance. Là, le mistral ne claironne qu'à 30 nœuds quand il trompetait à 80 nœuds au cap Horn. Mais ce vent rêche et sec cadenasse au ponton les Marseillais qui aiment tant aller faire un brin de conduite aux marins de The Race.
Il est 21 h 15 et le soleil couchant salue *Warta-Polpharma* au large du château d'If. Protégés par le Vieux Port, ils sont nombreux à être restés debout pour saluer les hommes de Roman. De nombreux petits drapeaux rouges et blancs flottent au vent. Des chants polonais s'élèvent dans le crépuscule. Cette arrivée est empreinte de chaleur et de ferveur. Les marins ont ces regards qu'on ne voit qu'à ceux qui sont partis au bout du monde et en sont revenus. C'est une lueur intense et exagérée, une flamme brûlante qui fascine. Les premiers arrivés avaient l'œil moins allumé, moins irradié. Faut-il rester plus de 80 jours en mer pour en revenir métamorphosé, illuminé ?

En tout cas, les Polonais ont souffert. Roman Paszke a laissé 14 kilos dans la balance. Il a beau en avoir repris 3 ou 4 au Brésil, le changement est radical. Mais, malgré les coups de chien, les coups de grisou, les coups de bambou, l'équipage est rayonnant. Il se raconte sans cesse et sans fin. Mon polonais balbutiant ne me permet pas de comprendre grand-chose. Pourtant, il n'y a aucun doute sur le fait qu'ils n'ont pas cessé d'être amoureux du bateau. Il est sans doute des bateaux bien nés, des bateaux qui ont la baraka, des bateaux qui sont des professeurs de bonheur. Mon ancien *Explorer* devenu leur *Warta-Polpharma* est de ceux-là. C'est grâce à lui que tout a commencé en 1993 lors du premier Trophée Jules-Verne. C'est avec lui que tout a continué lors de la campagne de lancement de The Race. C'est toujours lui qui a permis aux Polonais de démontrer leurs qualités de marins. Ils n'avaient pas un budget faramineux, ils n'avaient pas un temps de préparation somptueux, mais ils ont démontré qu'ils avaient de la moelle et de la vaillance. Ils ont navigué sagement, en restant toujours à l'écoute du bateau. Ils ne se sont pas laissé griser par la vitesse, ils ont levé le pied quand il le fallait, ils ont réparé avant que cela ne dégénère, et les voilà heureux, rayonnants.

Un avion privé les attend. Le propriétaire de la télé polonaise les rapatrie dare-dare pour les offrir à la vénération de tout un peuple. De Gdansk à Varsovie, le pays ne jure plus que par les exploits de ces nouveaux héros.

Ensuite, le bateau aura droit à un lifting au chantier de la Ciotat où sont déjà passés *Club Med* et *Innovation Explorer*. Puis ils remonteront en mer Baltique et ils feront la tournée d'été des manifestations nautiques. Histoire de bâtir les fondations d'une nouvelle aventure. Car, c'est décidé, les Polonais veulent un Géant pour la deuxième édition, ils tiennent à batailler à armes égales en 2004. Ils en ont le potentiel, ils doivent s'en donner les moyens, c'est tout le mal que je leur souhaite.

TEAM LEGATO

15 Avril

(Tony enfin, la grandeur de ceux qui font les choses.)

Team Legato *arrive à Marseille après de multiples péripéties, achevant son tour du monde en 104 jours, 20 heures et 52 minutes, hors temps limite. A 10 h 8, le plus vieux catamaran de la course affale ses voiles devant la digue des Catalans. Beaucoup d'émotion et de fatigue se lisent sur le visage de Tony Bullimore et de l'équipage réduit à 5 personnes. La première édition de The Race, la course autour du monde sans escale, sans assistance et en équipage s'achève...*

JOURNAL. Tony et les siens arrivent enfin. Ils ont traîné en route mais qu'importe, eux au moins ne sont pas restés amarrés au bar du port, le nez tordu d'amertume dans leurs pintes de bière. Ils ont monté leur affaire, ont surmonté des difficultés qui en font renoncer tant et tant, ont tourné autour du monde et s'en reviennent grandis, rassérénés, apaisés, fiers d'avoir accompli ce qu'ils s'étaient promis.
Tony est un étonnant bulldozer. Il a peut-être tous les défauts du monde, mais il possède de sacrées qualités de persévérance et d'obstination. Il n'est pas de ces régatiers d'aujourd'hui, précis et affûtés, c'est un entrepreneur à l'ancienne, un innovateur de toujours. On lui doit la génération des Apricots, ces trimarans de 18 mètres qui firent impression dans les années 80. Son accident du Vendée Globe 1996-97 est sans doute pour beaucoup dans sa façon de voir la vie aujourd'hui, dans sa capacité à oublier les mauvais moments pour ne se concentrer que sur les petites douceurs et sur les grands bonheurs. On ne passe pas impunément 3 jours dans son bateau retourné, sans savoir si les secours pourront vous venir en aide, sans que

cela ne vous métamorphose. Son doigt manquant est là pour lui rappeler sa chance de s'en être sorti, la beauté d'être en vie et la splendeur de retourner en mer, sans esprit de revanche, sans traumatisme. Le montage de son projet ne fut pas une sinécure. La ferveur anglaise autour de *Team Philips* a compliqué ses recherches de financement. Pour l'avoir aidé à l'époque, je sais combien cela fut difficile. Mais Tony n'a jamais lâché le morceau.
Préparation écourtée, descente périlleuse jusqu'à Barcelone et là, un équipage qui peine à agréger ses compétences, à mélanger ses cultures. Un barouf de tous les diables, quelques-uns qui débarquent, d'autres qui embarquent au pied levé. Ils finissent enfin par partir pour s'arrêter aussitôt à Gibraltar. Ensuite, ils vont faire la tournée des pièges météo. Ils entrent dans une spirale noire comme d'autres préfèrent les spirales ascendantes. Et c'est comme si les calmes leur collaient aux basques, comme s'ils étaient condamnés à faire du près quand les autres surfent sur les vagues. Les problèmes de *Warta-Polpharma* au Brésil les remettent dans la course. Mais la malchance s'obstine. Un problème de pied de mât les oblige à relâcher aux Canaries. Les Polonais s'échappent, interdisant à Bullimore et compagnie un dernier *mano a mano*. Pire, à Gibraltar, Slava Sisenko, équipier ukrainien, se brise le tibia gauche mais insiste pour continuer ficelé sur la couchette du capitaine.
Avaries et avanies, d'accord, n'empêche, Tony et ses marins ont été au bout de leur histoire et c'est ce qui importe. La victoire, le record, les nouvelles technologies, tout cela est bel et beau, mais The Race, c'est aussi des hommes qui se prennent par la main pour échapper à leur médiocrité quotidienne, des hommes qui se lancent des défis à eux-mêmes, et qui les relèvent à leur manière, des hommes qui n'ont pas peur de leur ombre, qui n'ont peur que de l'aigreur qui vient à ceux qui n'ont pas été au bout de leurs envies.

Arrivées...

On dirait un jouet, un gros jouet pour adultes. Une allure de remorqueur : son étrave est haute, ses flancs rebondis et sa poupe s'ouvre largement sur la mer. On dirait un bateau droit sorti d'un des chefs-d'œuvre nautiques de Hergé, *L'Étoile mystérieuse* ou *Le Secret de la licorne* : un sous-marin jaune, et miniature, occupe toute la plage arrière. Je vois déjà le professeur Tournesol prenant place sous le globe de plexiglas et s'enfonçant doucement dans les flots, pour quelque visite confidentielle à quelque épave oubliée. Cette évocation n'aurait pas gêné le maître des lieux. Il s'appelle Henri Germain Delauze, préside la Comex, dont l'objet social, justement, est d'explorer le fond des océans et d'y travailler. Et sous des apparences rondouillardes, le bateau qui nous accueille, baptisé *Le Minibex*, est bourré d'électronique, l'un des engins de recherche et d'action les plus performants du monde. C'est donc sur un faux jouet que, ce samedi 3 mars, comme la nuit tombe, nous quittons le port de Marseille.

Malgré notre découverte du « sérieux » de ce navire, un climat d'enfance en nous demeure. Quelle meilleure disposition pour notre tâche de ce soir ? Quel cadre plus propice à l'émerveillement ?

Notre navigation, ce jour-là, ne va pas durer longtemps. La modestie, jusqu'ici, m'a empêché de révéler notre importance cruciale. Le bateau sur lequel nous sommes montés est rien de moins que l'un des bouts de la ligne d'arrivée ! C'est en face de nous que, tout à l'heure, *Club Med* va achever son périple. C'est nous (enfin le responsable du Comité prévu à cet effet, Patrick Celton) qui allons déclarer bouclée la boucle de notre chère planète.

Peu connaisseur du dernier cri de la technologie, je m'attendais, une fois atteint l'endroit, à ce qu'on mouille une ancre, vous savez ces crochets millénaires qui, une fois plongés dans un liquide, empêchent de trop dériver. Je tendis de longues minutes l'oreille. Rien. Ni grincement de chaîne ni plouf traditionnel. Remarquant mon désarroi, le capitaine m'explique, avec une amabilité non exempte d'apitoiement, qu'il fallait vivre avec son temps, que le GPS n'était pas fait pour les chiens et qu'une fois choisie une position les moteurs du bord se chargeaient de nous y maintenir, au mètre près. Penaud, je baissai la tête, non sans réprimer, en considérant l'ironie de la situation, un sourire : c'est sur l'embarcation la plus immobile que nous allions recevoir le voilier le plus rapide.

❐

Imaginez, à bâbord, toute la côte illuminée, des grues bleutées des docks au visage géant de Zidane qui, depuis 1998, sourit à la corniche et à sa lointaine Algérie. En passant par les forts Saint-Jean et Nicolas qui défendent l'entrée du port, le palais du Pharo, qui fut construit au XIXe siècle et offert à Napoléon III et les deux Notre-Dame, celle des Accoules et celle de la Garde, préposées à veiller sur nous.

Imaginez la présence fantomatique de ces dizaines de bateaux de toutes tailles et sortes attendant comme nous le grand arrivant, et comme nous secoués par la houle, imaginez le ballet chaotique de leurs feux rouges et verts, le jeu de leurs ombres se croisant et recroisant, au mépris de toute règle et prudence, confiants, sans doute, dans l'intercession de la Bonne Mère.

Imaginez nos yeux de plus en plus douloureux à force de percer le noir, là-bas, vers les îles du Frioul, d'où surgira le Géant.

On l'annonçait à 10 milles, puis à 5. On entendait des chiffres renseignant sur sa vitesse, 20 nœuds, puis 22. Mais qui peut croire l'électronique et les points verts du radar et ces conversations chuintantes quand l'horizon reste vide ?

Soudain, au pied du château d'If, une lueur parut. Pâle, immense et fragile. Comme une déchirure dans la nuit. Comme un morceau d'aube. Comme l'aile, dressée vers le ciel, d'un oiseau du Grand Sud.

Tous, nous criâmes cette phrase imbécile : « Il est là. » Touchants humains que nous sommes, incapables de voir sans dire, obligés de confirmer par de pauvres mots ce que perçoivent nos yeux. Comme si c'était au verbe de garantir la réalité des choses.

Tous, sauf celui qu'un bienveillant hasard m'avait donné pour voisin, Gilles Ollier. L'architecte. L'inventeur de cette créature magique qui s'avançait vers nous sans ralentir l'allure.

Je ne me suis pas retourné vers lui. Je l'ai laissé à son silence. Je devinais, peut-être, ce qu'il ressentait. Ce que j'aurais éprouvé moi si, soudain, venu de la nuit, un personnage de roman, le meilleur de mes personnages, en qui j'aurais mis toute ma force et tout mon savoir, s'était approché, approché jusqu'à me convaincre de son existence.

❒

La suite, vous l'avez vue, vous l'avez lue. L'entrée triomphale dans le plus beau port de France. La foule qui acclame. Une ville entière, ô combien maritime, qui renoue, en un instant, avec son passé de voyages.

La suite de la suite, vous la devinez. Les familles sur le ponton, les femmes qu'on embrasse, les enfants qui sautent sans fin sur le trampoline avec papa revenu.

Alors, je me suis dit qu'on n'arrive jamais vraiment, que toute arrivée est riche de nouveaux départs. Et que, comme le répétait Nicolas Bouvier, on ne fait pas un voyage, il vous fait. Même si vous n'avez pas quitté votre chambre. Même si le voyage a été fait par d'autres.

Et l'attente a recommencé. Car la course ne s'achève qu'avec le dernier arrivé. Aucune inquiétude n'accompagnait les deux suivants. L'*Innovation Explorer* de Loïck Peyron a touché Marseille à l'E.A.T. (Estimated arrival time, dans le jargon) prévue le mardi matin. Sa régate, de la pointe de l'Afrique à la Méditerranée, avait été aussi belle que celle du vainqueur. La différence s'est faite dans la descente : il a suffi de quelques options incertaines et la messe était dite. Impossible, sauf incident, de rattraper un retard dans le grand tapis roulant du Sud. La victoire appartient à celui qui, le premier, y a posé le pied.

Pas de tourments non plus pour le troisième, *Team Adventure*. Ses escales forcées au Cap et à Wellington avaient très tôt ruiné ses espérances. Mais les avaries une fois réparées, son allure ne le cédait en rien à celle de ses prédécesseurs.

L'angoisse des terriens suivait *Warta-Polpharma*. Une angoisse mêlée à de plus en plus d'admiration. Les Polonais, assignés à résidence sur les bords de leur petite Baltique et quelque peu freinés dans leurs désirs d'aventure par le cher régime communiste, n'avaient pas l'expérience de leurs concurrents atlantiques ou pacifiques. Et leurs débuts avaient suscité des inquiétudes : choix tactiques étranges et drôles de manœuvres. Or voici que de jour en jour, ils s'amélioraient, ils s'aguerrissaient juste à temps pour s'affronter au pire : une semaine à plus de soixante dix nœuds de vent, des journées entières à quatre-vingts, des rafales à quatre-vingt-cinq ! Ils surmontèrent la terrible épreuve avec le calme et la maîtrise de vieux briscards du Horn. L'un des objectifs de Bruno Peyron était grâce à eux rempli : faire entrer de nouvelles nations dans l'univers de la voile. La patrie de Joseph Korzeniowski, dit Joseph Conrad, ne pouvait plus longtemps demeurer absente de ce concert.

Merci.

Quand le rideau se ferme, quand les lumières s'éteignent, quand les bateaux se séparent et s'éloignent chacun vers de nouvelles aventures, quand l'émotion s'installe peu à peu dans les dédales du souvenir, l'heure a sonné de dire merci.

Merci à celui qui a eu l'idée folle et à son équipe qui, contre vents moqueurs et marées financières, a réussi à la réaliser.

Merci à l'architecte Ollier dont la planche à dessin, décidément, engendre les plus fabuleux navires d'aujourd'hui.

Merci aux navigateurs, aux parcoureurs de planète, sur terre ou sur mer, fils d'Éric Tabarly et de Théodore Monod, merci de nous écarquiller, chaque jour un peu plus, le regard.

Erik Orsenna

ANNEXES

THE RACE ®

LA COURSE DU *MILLENAIRE*

& france telecom

La Course du Millénaire ! Il n'y a que son nom qui m'ait fait tiquer dans le projet bâti par Bruno Peyron. Cette arrogance à vouloir aussitôt s'approprier les mille ans à venir, à peine commencés. Et la course, aussi, comme si nous ne courrions pas tous bien trop déjà.

Mais c'est l'esprit du temps, et pour être bien sûr d'y rester, Bruno baptisa aussi son projet en anglais, The Race.

Derrière le nom, tout était séduisant. L'absence de limites: imaginez ce que vous voulez, franchissez toutes les barrières, osez aller au-delà de tout ce qui a déjà navigué. L'équipe : tout ce qui démontre qu'on réussit mieux à plusieurs que tout seul est au service du progrès humain. Le défi enfin : il n'importe pas seulement d'arriver le premier, il s'agit tout autant de battre le record.

France Télécom a reconnu un peu de son histoire dans celle de The Race. La fin du monopole et l'innovation sans limites ont repoussé ses frontières. Ses équipes se sont embarquées dans une transformation de leur entreprise qui sans être une circumnavigation est bien une révolution. Et les défis sont là : conquérir de nouveaux territoires, le mobile, l'internet, devenir un grand mondial, se renforcer de la compétition. C'est cette histoire commune qui a uni France Télécom à The Race.

Pour cet événement hors norme, le groupe France Télécom a mis en œuvre toute la richesse de ses moyens humains et techniques : grâce à des liaisons images, sons, données, les téléspectateurs et internautes du monde entier ont suivi, mieux qu'ils n'ont jamais pu le faire, une course en mer –un peu comme si on leur ouvrait le journal de bord. Ainsi ont-ils pu, grâce au système embarqué dans chacun des bateaux, être jour après jour avec tous les équipages partageant au plus près leur vie, leurs peines et leurs joies, leurs efforts, leur passion.

France Télécom est fière d'avoir contribué de la plus belle manière à ce premier événement du troisième millénaire.

MICHEL BON
Président de France Télécom

CLUB MED

13 personnes

23 tours du monde à l'actif de l'équipage

Fiche technique

Longueur	33,50 m
Largeur	16,50 m
Poids	20 tonnes
Hauteur de mât	40 mètres
Voilure max	800 m²
Surface	578 m²
Architecte	GODT (France)
Chantier	Multiplast (France)

■ Skipper

Grant Dalton (NZ), 43 ans, marié, 2 enfants.
Plus de 300 000 milles nautiques effectués en course océanique.

1981-1982 : première participation à la Whitbread comme équipier sur le maxi hollandais *Flyer II*. Il remporte sa première victoire.
1983 : Southern Cross en Australie dont Sydney-Hobart.
1985 : championnat du monde de course au large / Admiral's Cup.
1985-1986 : Whitbread, chef de quart sur *Lyon New Zealand* avec Peter Blake.
1987 : America's Cup à Freemantle (Australie).
1989-1990 : Whitbread, skipper et chef de projet sur le maxi néo-zélandais *Fisher & Paykel*.
1990 : Fastnet, skipper de *Passage to Venice* (1er en temps réel).
1993-1994 : vainqueur de la Whitbread à bord du maxi *New Zealand Endeavour*.
1997-1998 : 2e place de la Whitbread, vainqueur de la dernière manche entre La Rochelle (France) et Southampton (GB) à bord du *Wor 60 Merit Cup*.

■ Coskipper

Franck Proffit (FRA), 37 ans, marié, 2 enfants.

1995 : 1er au classement FICO des équipiers.
1er au classement des multicoques / *Fujicolor* (Grand Prix).
1996 : 1er au classement des multicoques / *Fujicolor* (Grand Prix).
1er à la Québec-Saint-Malo / *Fujicolor*.
1997 : 1er au Tour de l'Europe / *Fujicolor*.
1998 : 1er au Trophée Clairefontaine.
1999 : champion du monde FICO-Lacoste des équipiers.

CLUB MED

GRANT DALTON

Le bateau dont la construction a débuté en avril 1999 au chantier Multiplast de Vannes (Bretagne, France) sous le nom secret de code Zéro – son nom de dossier – est le premier catamaran issu du concept « générique » du design team de l'architecte naval Gilles Ollier. Il s'agit d'un multicoque long de 33 mètres (109,1 pieds), large de 17,50 m (52,6 pieds) et doté d'un mât-aile pivotant de 41,50 m. Le responsable du suivi du chantier du bateau n'est autre que le navigateur français Jean Maurel.

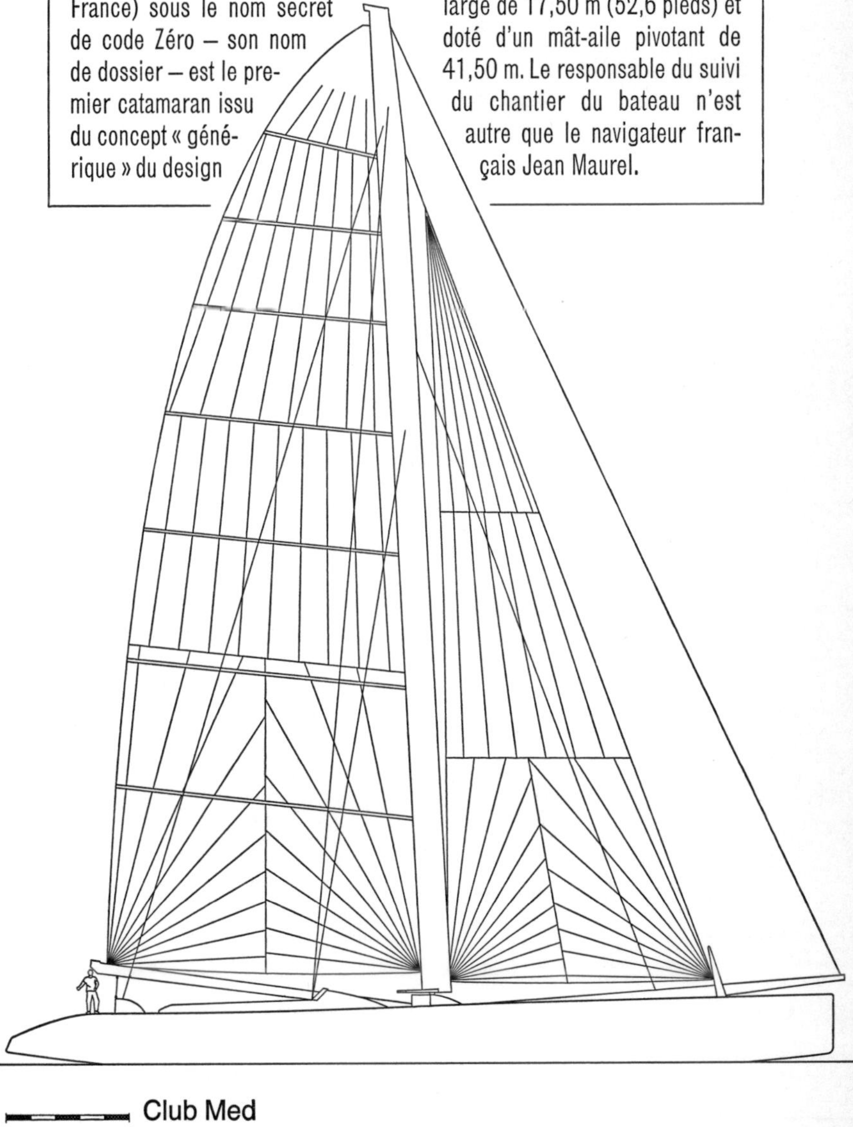

CLUB MED

ÉQUIPAGE

■ Navigateur

Mike Quilter (NZ), 47 ans, marié, 2 enfants.
1990 : 1er Whitbread / *Steinlager 2.*
One Ton Cup / *Vibes.*
1994 : 1er Whitbread / *NZ Endeavour.*
1995 : 1er America's Cup.
2000 : 1er America's Cup.

■ Équipiers

Jan Dekker (FRA), 32 ans.
1995 : 1er America's Cup / *Team Pajot.*
1er Whitbread / *Silk Cut.*
1998 : record de la traversée de la Méditerranée / *Stealth* (monocoque de 92 pieds).

Neal Mac Donald (GB), 37 ans.
1994-1995 : America's Cup / *Sydney 95.*
1995 : Admiral's Cup / *Rats on fire.*
1995-1996 : circuit national GB / *18 Skiff.*
1997-1998 : Whitbread / *Silk Cut.*
1998 : champion européen de 49er.
1999 : Admiral's Cup / *British 50.*
1999 : 1er Cowes Week / *South Africa Ericsson 80.*

Ed Danby (GB), 40 ans, 2 enfants.
1992-1994 : record Trophée Jules-Verne / *Enza.*
1994-1996 : responsable de projet / *Royal Sun Alliance Challenge.*
1999-2000 : responsable de projet / *Team Group 4.*

Jacques Caraes (FRA), 41 ans, marié, 2 enfants.
1993-1994 : 3e maxi monocoque *La Poste* / Whitbread / Éric Tabarly.
1995 : 2e au National Figaro.
1995 : Trophée Jules-Verne / O. de Kersauson.
1996-1998 : Grand prix multicoque / *Banque Populaire*/ F. Joyon.
1998 : 2e sur la Route des Phares / *Banque Populaire.*
1998 : 3e sur la Route de l'Or / *Géodis*/ Christophe Auguin.
1998 : record de la traversée de l'Atlantique sur monocoque avec *Géodis.*
1999 : 4e Transat Jacques-Vabre / *Banque Populaire.*

Frédéric Le Peutrec (FRA), 35 ans, 2 enfants.
1992 : 3e championnat du monde / Tornado.
1995 : Eurocat / *Formule 18.*
1996 : 6e aux jeux Olympiques d'Atlanta / Tornado.
1997 : 1er championnat d'Europe / *Formule 18.*
1998 : 4e au championnat du monde / Tornado.

1999 : 5e championnat d'Europe.
1996-2000 : saisons de grands prix tacticien / *Fujicolor* / Loïck Peyron.

Hervé Jan (FRA), 44 ans, marié, 1 enfant.
1995-1996 : Trophée Jules-Verne / *Lyonnaise des Eaux – Sport Elec.*
1998 : 1er sur la New York-San Francisco / *Aquitaine Innovation.*
1998 : record de la traversée sur l'Atlantique / *Maria Cha III.*

Guillermo Altadill (ESP), 37 ans.
10 traversées de l'Atlantique, 150 000 milles parcourus.
1993-1994 : 3e Whitbread / *Galicia Pescanova.*
1994 : champion du monde en Tornado.
1996 : participation aux jeux Olympiques d'Atlanta et entraîneur (ramène une médaille d'or en Tornado).
1998 : 1er au Nation Trophy / catamaran 28 pieds.

Nicolas Pichelin (FRA), 27 ans.
1998-1999 : sur *Commodore Explorer*, record du Pacifique Nord, tentative de record de l'Atlantique.

Stefano Rizzi (ITA), 33 ans.
1993-1994 : Whitbread / *Brooksfield.*
1995 : 1er au Fastnet.
1er à l'Admiral's Cup.
1996 : 1er à la Sardinia'Cup.
1997 : 3e à l'Admiral's Cup.
1er au championnat italien de Mini-transat.
2e sur la Whitbread / *Merit Cup.*
1999-2000 : America's Cup / *Prada Challenge.*

Alexis de Cenival (FRA), 37 ans, marié, 2 enfants.
Dentiste par profession, marin par vocation, il est médecin de bord. Whitbread, Admiral's Cup, Coupe du monde des maxis, Alexis cumule les expériences en mer. Il a également abordé le monocoque avec Loïck Peyron.

■ A terre

Routeur météo
Roger « Clouds » Badham.

Directeur technique
Jean Maurel.

INNOVATION EXPLORER

12 personnes

10 tours du monde à l'actif de l'équipage

Fiche technique

Longueur	32,90 m
Largeur	16,50 m
Poids	< 20 tonnes
Hauteur de mât	40 mètres
Voilure max	800 m²
Surface	578 m²
Architecte	GODT (France)
Chantier	Multiplast (France)

■ Skipper

Loïck Peyron (FRA), 49 ans, marié, 4 enfants.
34 transatlantiques dont 16 en solitaire et un tour du monde. Frère du concepteur de The Race, il est le deuxième d'une famille de trois enfants.
1987 : vainqueur de La Baule-Dakar.
1989-1990 : 2e de la première édition du Vendée Globe.
1992 : vainqueur de la course en solitaire Europe 1 Star.
1993 : Course de l'Europe en équipage.
1995 : Course de l'Europe en équipage.
vainqueur du championnat Orma des multicoques de 60.
1996 : vainqueur de la Transat en solitaire Europe 1 Star.
record de l'épreuve Québec-Saint-Malo.
vainqueur du championnat Orma des multicoques de 60.
1997 : vainqueur de la Course de l'Europe en équipage.
vainqueur du championnat Orma des multicoques de 60 pour la troisième année consécutive.
1998 : champion du monde FICO.

■ Coskipper

Skip Novak (USA), 47 ans.
1977 : 2e de la Whitbread / *Kings Legend.*
1977 : vainqueur de la Carmelia Race d'Angleterre.
1983 : vainqueur du circuit Maxi à bord du *Kiola.*
1985-1986 : skipper du DRUM, 3e à la Whitbread.
1987-1997 : 10 saisons en Antarctique à bord de *Pelagic.*
1997 : record de la TransPac Race à bord d'*Explorer.*
1998 : record Yokohama-San Francisco à bord *d'Explorer.*

Innovation Explorer

Loïck Peyron

En mars 1999, alors que le chantier Multiplast de Gilles Ollier à Vannes s'attaque au projet d'un maxi-catamaran pour The Race, l'architecte annonce que la commande d'un deuxième bateau est sur le point d'être signée. Avec les moules de *Club Med* disponibles à partir de septembre et à raison d'environ 10 mois de construction, *Code One* voit le jour à l'aube de l'été 2000. Quelques aménagements différencient les deux bateaux : au niveau du plan de pont, des avants et des tableaux arrière.

« Il est évident que l'on a bénéficié des erreurs de jeunesse de *Club Med* », précise Loïck Peyron.

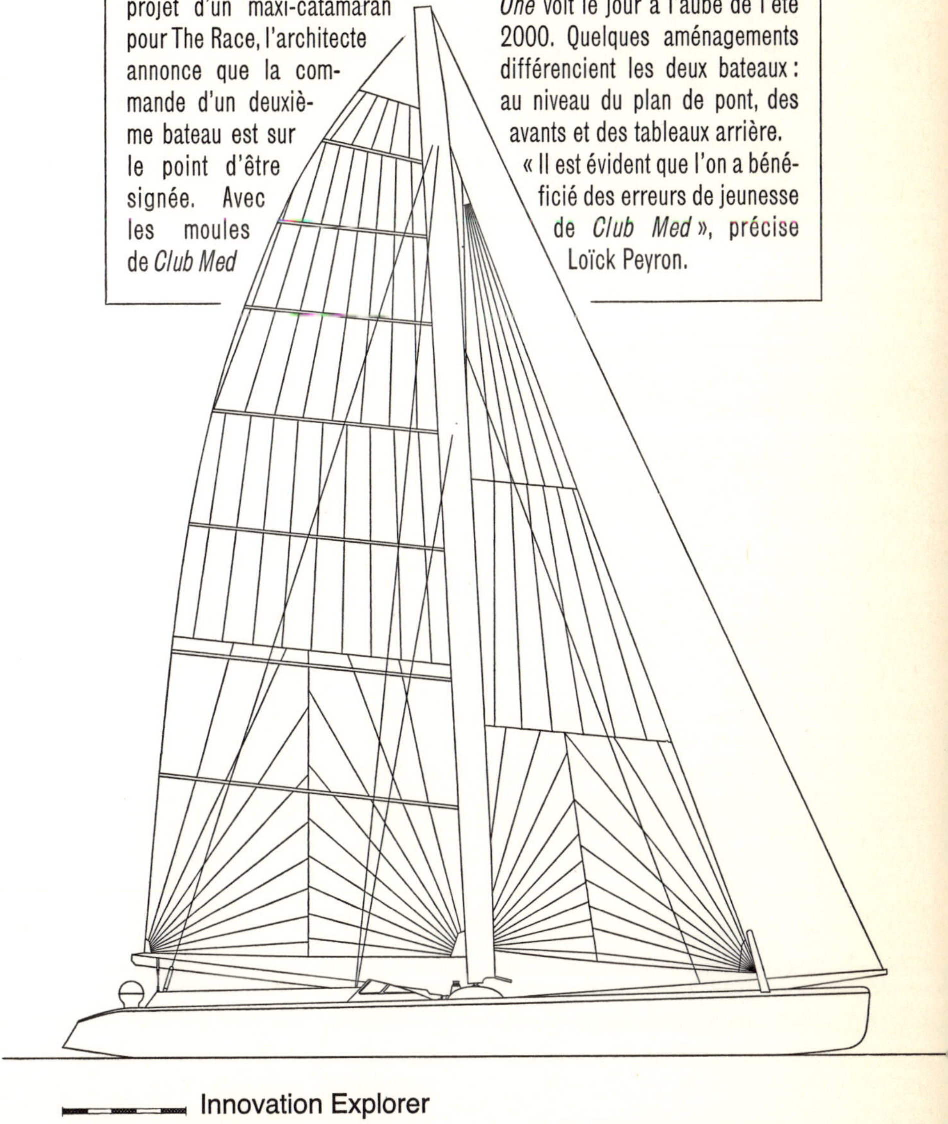

Innovation Explorer
32,50 m

ÉQUIPAGE

■ Chef de quart

Loïck Le Mignon (FRA), 30 ans.
1992-1994 : commence à naviguer sur les courses du Figaro.
1996 : 1er au national Figaro avec Hervé de Kergariou.
Depuis 1997, équipier permanent sur *Banque Populaire*.

■ Équipiers

Xavier Dagault (FRA), 36 ans, marié, 4 enfants.
1990 : champion de France de Figaro.
1996 : commence la compétition en multicoque avec Paul Vatine à La Trinité.
1997-1999 : saison de Grands Prix sur *Fujicolor* avec Loïck Peyron.
record de traversée de l'Atlantique avec *Maria Cha*.
1999 : tentative de record avec les frères Bourgnon.
2000 : saison sur *La Trinitaine* avec Marc Guillemot.

Julien Cressant (FRA), 27 ans.
1998 : record de l'Atlantique avec *Maria Cha III*.
2000 : Coupe de l'America.
2000 : saison sur multicoque 60/ *Banque Populaire*.
2000 : Grand Prix Royan / *La Trinitaine*.

Roger Nilson (SUE), 51 ans.
Roger intègre un équipage suédois en 1977 pour participer à la Course de l'America.
Il participe à la Whitbread aux côtés de Skip Novak au début des années 80. Rencontre décisive puisque, désormais, Roger Nilson participera à toutes les éditions de cette course. Médecin orthopédique, il dispute de nombreuses courses en tant que médecin-navigateur.
1989 : responsable du projet The Card et skipper-navigateur sur un bateau suédois.
Au final, Roger Nilson a bouclé pas moins de 5 tours du monde !

Olivier Lorachmeur (FRA), 39 ans, marié, 1 enfant.
1985-1990 : circuit maxi.
1997 : 1er au Tour d'Europe avec Ross Field.
1999 : 2e au Tour d'Europe.
2000 : saison sur *Groupama*.

Thierry Douillard (FRA), 28 ans.
1994 : champion de France espoir habitable.
1998 : champion de France course au large.
1998 : 1er tour de France à la voile.

1998 : champion de France de Match Race.
1999 : champion de France de Match Race.
1999 : participation au Fastnet et aux grands prix multicoques.

Jean-Philippe Saliou (FRA), 32 ans.
1991 : champion d'Europe de Class 8.
1996 : 1er Grand Prix de Fécamp / *Fujicolor* / Loïck Peyron.
1996 : Tour des îles britanniques / *Teacher Challenge*.
1998 : champion d'Europe de J24.
1998-1999 : saison de MR avec Luc Pillot.

Yves Loday (FRA), 46 ans, marié, 1 enfant.
1980 : sélection aux jeux Olympiques de Moscou (catamaran olympique).
1981 : 2e des championnats du monde (catamaran olympique).
1983 : 3e des championnats du monde, 2e des européens (catamaran olympique).
1983 : La Baule-Dakar sur *Lada Poch* avec Loïck Peyron et Alain Gautier.
1984 : 8e des JO de Los Angeles (catamaran olympique).

Elena Caputo-Novak (USA), 41 ans, mariée.
Elle n'est pas une professionnelle de la navigation. Si elle a participé à quelques « championnats d'hiver », on notera surtout sa présence sur *Explorer* lors du record Yokohama-San Francisco.

Jérôme Teigne (FRA), 32 ans, marié, 1 enfant.
Il étudie en Grande-Bretagne son futur métier de cameraman avant de revenir en métropole pour travailler en free lance, principalement pour la télévision. Très rapidement, il se spécialise dans la voile. En 1996, il travaille sur la troisième édition du Vendée Globe et réalise quelques banques d'images, notamment pour Marc Thiercelin.
Profitant du forfait de Stéphane Peyron, il rejoint l'équipage de Loïck, fin décembre 2000.

■ A terre

Routeur météo
Pierre Lasnier.

Directeur technique
Jean Maurel.

TEAM ADVENTURE

14 personnes

2 tours du monde à l'actif de l'équipage

Fiche technique	
Longueur	32,50 m
Largeur	16,50 m
Poids	< 20 tonnes
Hauteur de mât	40 mètres
Voilure max	800 m²
Surface	560 m²
Architecte	GODT (France)
Chantier	Multiplast (France)

■ Skipper

Cam Lewis (USA), 44 ans, marié, 2 enfants.

1976 : premières courses de dériveur en Laser, puis les années suivantes en Finn, 505 et Flying Dutchman. Il sera 4 fois champion du monde, 2 fois à la Finn Gold Cup et 2 fois au championnat de 505. Il participera également 3 fois aux sélections olympiques.

1987 : 2e de La Baule-Dakar avec Bruno Peyron.

1988 : membre d'équipage de Denis Conner dans la Course de l'America à bord du révolutionnaire catamaran *Star & Stripes*. Vainqueur.

1991-1992 : membre d'équipage de l'équipe américaine *America 3*, pour la défense de l'America' Cup.

1993 : Trophée Jules-Verne avec Bruno Peyron à bord du catamaran *Commodore Explorer*.

1994 : vainqueur de la Twostar avec le Suisse Laurent Bourgnon à bord du trimaran *Primagaz*.

1995 : Tour de l'Europe (2e) et Trophée Jacques-Vabre (3e) avec le Suisse Laurent Bourgnon à bord de *Primagaz*.

1996 : championnat du monde de 505 (2e) et vainqueur de la TransPac à bord du monocoque *Pyewacket* de Roy Disney.

1997 : vainqueur de la TransPac à bord d'*Explorer*, coskipper avec Bruno Peyron.

1998 : Whitbread à bord d'*Innovation Kvaerner*.

TEAM ADVENTURE

CAM LEWIS

L'architecte français Gilles Ollier avait déjà deux catamarans en chantier (*Club Med* et *Code One*) lorsqu'il a reçu la demande de Cam Lewis... L'outillage était en place et la construction de ce troisième Géant pouvait donc s'effectuer en un temps record. *Team Adventure* n'est pas un clone ; des aménagements spécifiques ont été opérés afin de faciliter la tâche de l'équipage : le barreur est ainsi placé juste derrière la casquette de protection, tandis que les équipiers travaillant au pied du mât peuvent évoluer dans un espace lui aussi protégé.

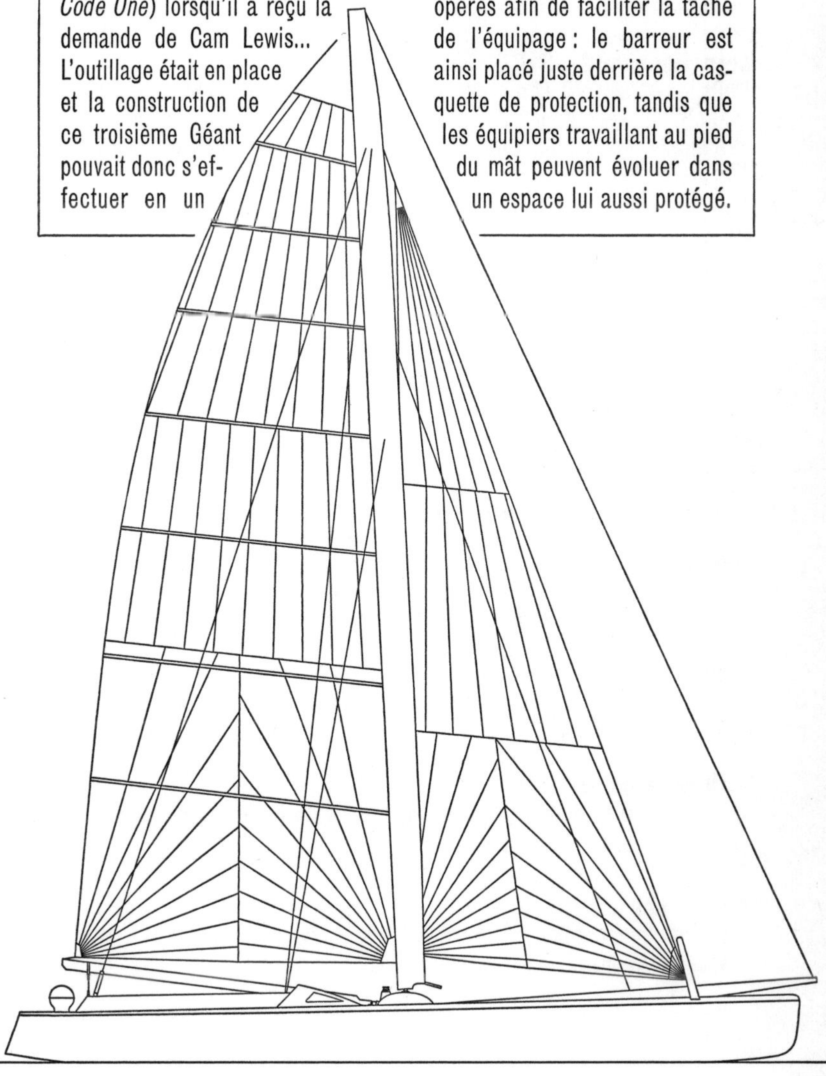

Team Adventure
32 m

ÉQUIPAGE

■ Conavigateurs

Jean-Yves Bernot (FRA)
Connu pour ses compétences de navigateur et d'interprète des cartes météo, il a battu 5 records de Transatlantique, notamment le record de traversée ouest-est, en 1998, avec *Maria Cha V.*
Il a remporté plusieurs championnats sur multicoque et a aidé de nombreux équipages à remporter des victoires.

Larry Rosenfeld (USA)
Dans les années 70, Larry Rosenfeld était directeur des recherches chez Hood Sailmakers, pour qui il concevait des voiles et des toiles de voile (notamment, la première toile Mylar) pour les Coupes de l'America 1974-1980.

■ Coordinateur de navigation

Randy Smyth (USA), 46 ans.
2 médailles d'argent olympiques sur Tornado, ainsi qu'une cinquantaine de championnats nationaux et internationaux.
Il a navigué avec Lewis à bord du *Stars & Stripes* lors de la Coupe de l'America 1998.

■ Hommes de quart

Jacques Vincent (FRA), 38 ans, célibataire.
Trophée Jules-Verne 1993 à bord de *Commodore Explorer.*
Champion du monde multicoque sur circuit Open 60 Grand Prix, il a participé à 3 Whitbread autour du monde.
1989 : vainqueur de la Transatlantique en double.
1995 : 2e de la Transatlantique en double.

Philippe Pêche (AUS), 39 ans, marié, 3 enfants.
Il a participé à 2 Coupes de l'America, 3 Admiral's Cup, la SORC, la Fastnet et la Sydney-Hobart.

Jeffrey Wago (USA), 28 ans.
Jeffrey Wago a un riche passé de course sur maxis et multicoques.

■ Cameraman

Rick Deppe (GB), 36 ans.
Seul Britannique à bord de *Team Adventure*, il est également le seul spécialiste vidéo.

■ Gréeur

Rob Miles (USA), 33 ans.
Équipier à bord du *Stars & Stripes*, lors des dernières courses Louis-Vuitton.

■ Équipiers

Fred Carrere (FRA), 40 ans, marié, 2 enfants.
Plus de 50 000 milles au compteur.
Il a navigué sur le catamaran *Explorer* avec Lewis et Peyron, lors de la traversée de l'Atlantique d'ouest en est en 1999.

Lionel Lemonchois (FRA), 40 ans, marié, 1 enfant.
Il s'est particulièrement illustré lors de nombreuses mini-transats, lors de la course Québec-Saint-Malo et New York-San Francisco.

Fred Brousse (FRA), 1 enfant.
Demi-finale de la Course Louis-Vuitton.

Michaël Lund (SUE), 28 ans, marié, 1 enfant.
1997-1998 : 3e lors du Whitbread.
Entraîneur de l'équipe féminine olympique italienne sur *Europe*.

Yann Elies (FRA), 26 ans, marié, 1 enfant.
Surnommé le « petit Breton », Elies a participé à plusieurs courses en solo ainsi qu'à la transatlantique Mini-transat.

■ A terre

Routeur météo
Bill Biewenga.

Directeur technique
Halvard Mabire.

WARTA-POLPHARMA

9 personnes

Fiche technique	
Longueur	26,80 m
Largeur	13,60 m
Poids	9,50 t
Hauteur de mât	32 mètres
Voilure max	628 m²
Surface	354 m²
Architecte	GODT (France)
Chantier	Multiplast (France)

■ Skipper

Roman Paszke (POL), 50 ans.

1979 : navigateur sur le voilier polonais *Nautilus*, lors de l'Admiral's Cup.

1981-1988 : champion de Pologne de course au large sur *Nautilus* et *Hadar*. Plusieurs podiums en Tornado.

1989-1993 : champion de Pologne de course au large et 5e au circuit mondial à bord de *One Ton Gemini* (1993).

1994 : vainqueur de la semaine de Flensburg sur *Gemini / Mk Café*. Vainqueur à bord de tous les championnats de Pologne et de la Semaine de Kiel.

1997 : vainqueur de l'Admiral's Cup avec l'équipe américaine à bord de *Mk Café II*.

ÉQUIPAGE

■ Navigateur

Dariusz Drapella (POL), 44 ans.

1990 : second sur un voilier *Dar Mlodziezy*, 3 000 m² de voilure, plus de 200 personnes à bord.

1992-1993 : capitaine de *Alo*, un ketch de 90 pieds, 390 m² de voilure.

1995-1996 : capitaine du Schooner 3 mâts *Xarifa*, 142 pieds, 540 m² de voilure.

1996-1997 : officier en chef du voilier de charter *StarClipper*, 360 pieds, 3 000 m² de voilure, 26 000 milles parcourus.

1998-1999 : officier en chef du célèbre yatch *Sea Cloud*, 16 215 milles parcourus.

THE RACE

LA COURSE DU *MILLENAIRE*

WARTA-POLPHARMA

ROMAN PASZKE

Roman Paszke avait à l'origine l'idée d'acquérir un maxi-catamaran flambant neuf dessiné par le prolifique Gilles Ollier. Malheureusement, des contraintes budgétaires l'en empêchèrent. Roman Paszke s'est alors porté acquéreur du bateau premier vainqueur du Trophée Jules-Verne : l'*Explorer* de Bruno Peyron. Rebaptisé *Warta-Polpharma*, le bateau rejoint la mer Baltique durant l'automne 1999.

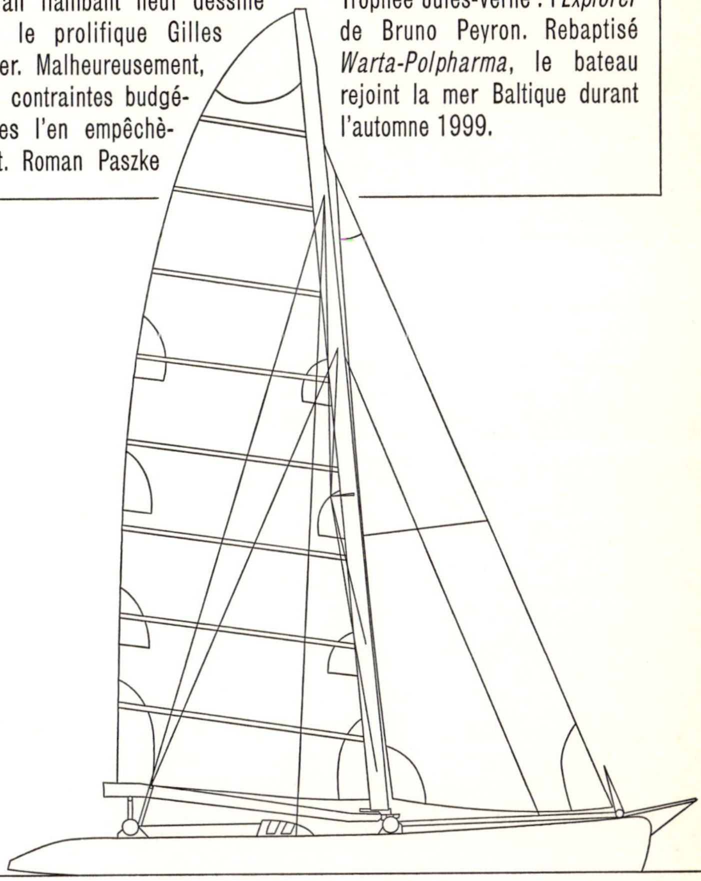

Warta-Polpharma
26 m

■ Équipiers

Wojciech Dlugozima Szymkiewicz (POL), 26 ans.
Plusieurs fois champion de Pologne sur un support olympique.
1997 : 1er de l'Admiral's Cup avec Roman Paszke.
1998 : champion d'Europe sur ILC40.

Robert Janecki (POL), 26 ans.
Plusieurs fois champion de Pologne sur un support olympique
1998 : champion d'Europe sur ILC40.

Zbigniew Gutkowski (POL), 27 ans.
Plusieurs fois champion de Pologne sur un support olympique.
Actuel champion de Pologne sur 49er.

Ryszard Block (POL), 45 ans.
Il a couru avec Roman Paszke sur un voilier de course *Ranewind.*
Durant les treize dernières années, il a couru sur de nombreuses régates en Pologne et en Europe.

Mariusz Pirjanowicz (POL), 23 ans.
Diplômé en médecine, il a participé à plusieurs championnats du monde en 470 et a eu des résultats internationaux en 420.

Jaroslaw Kaczorowski (POL), 34 ans.
1999 : prix pour la meilleure course de l'année. Il gagne deux fois le championnat du monde en classe Micro et deux fois le championnat de Pologne, dans la même catégorie et en classe QT.

Piotr Chichocki (POL), 40 ans.
Vice-champion de Pologne dans la catégorie Cadet.
Deux fois vice-champion de Pologne dans la classe 420.
Champion de Pologne en classe 470 et FD.
Depuis 1992, il a participé à des courses dans la classe Micro, où il a été 3 fois champion de Pologne, 3 fois champion d'Autriche et d'Allemagne, 2 fois second au championnat du monde.
Il a également remporté par 3 fois le championnat de Pologne en classe Tornado.

■ A terre

Directeur technique
Christopher Jarzebinski.

TEAM LEGATO

10 personnes
2 tours du monde à l'actif de l'équipage

Fiche technique	
Longueur	30,50 m
Largeur	12,80 m
Poids	14 tonnes
Hauteur de mât	32 mètres
Voilure max	550 m^2
Surface	578 m^2
Architecte	Nigel Irens (GB)
Chantier	Canadair & Bullimore (GB)

■ Skipper

Tony Bullimore (GB), 61 ans, marié.
Navigateur régatier depuis plus de trente ans, avec plus de 250 000 milles nautiques à son actif.

1982 : 1er de sa classe sur Trimaran de 40 pieds *IT 82*, dans le tour des îles Britanniques en double.
1er au Crystal Trophy Race.
1er de sa classe au Trophée Multicoques (France).
1983 : vainqueur de sa classe dans la course Plymouth (GB)-Vilamoura (PORT).
1984 : 1er de sa classe lors de la Transat Québec-Saint-Malo.
1985 : vainqueur du tour des îles Britanniques en double avec Nigel Irens.
Vainqueur du tour d'Islande.
1er de sa classe lors de la Course de l'Europe.
Élu marin de l'année en Angleterre.
1986 : vainqueur de sa classe de la Transat en double Plymouth-Newport avec l'Américain Walter Green.
1988 : vainqueur du tour d'Islande.
1989 : Course de l'Europe à bord de *Spirit of Apricot*.
1995 : Course de l'Europe à bord de *Spirit of Apricot*.
1996 : Vendée Globe à bord du monocoque *Exide Challenger* (abandon pour chavirage).
1997 : Course de l'Europe, coskipper avec le Français Éric Dumont sur le monocoque de 60 pieds *Café Legal*.

ÉQUIPAGE

■ Cameraman en chef

Rob Salvidge (GB), 36 ans. Journaliste à la BBC.
1989 : participation à la Fastnet.
Participation à la course autour du monde Times Clipper, objet d'un documentaire sur BBC 2.

■ Équipiers

Fred Dahirel (FRA), 37 ans.
1996 : il remporte la course autour de l'Europe sur *Fujicolor* aux côtés de Loïck Peyron.
1997 : il remporte la transat en double du Trophée Jacques-Vabre.

Kevin Pahl (USA), 47 ans.
Remporte la course autour de l'Europe en 1983, aux côtés de Tony Bullimore.

Slava Sysenko (UKR), 47 ans.
Ce marin ukrainien fut l'un des membres d'équipage du *Fazizi*, premier bateau russe à participer à la Whitbread de 1989-1990.
Il continua ensuite à naviguer sur l'*Odessa* lors de la Whitbread ultérieure. Sysenko a préparé *Team Legato* à ce nouveau défi.

Mike Gettinger (USA), 37 ans.
Il connaît extrêmement bien *Team Legato* pour avoir effectué plusieurs TransPac et Transocéaniques lorsqu'il courait sous les couleurs d'*Enza*.
En 1993, il rejoint Bernard Perrin sur l'ancienne Whitbread maxi Merit, avant de courir sur *Longobarda*, le challenger britannique de Mike Slade.
Il a passé la saison 1998 sur le trimaran *Primagaz*. Mike est extrêmement polyvalent et maîtrise tous les types de bateaux de course.

Jason Owen (GB), 30 ans.
4 participations au Fastnet et 1 au Ireland Round.
Spécialiste en météorologie, itinéraire et lecture des images satellites, il est également médecin de formation.

Paul Larsen (AUS), 30 ans.
Il est l'un des deux membres issus de *Team Philips* à avoir rejoint *Team Legato* à Barcelone.

Armand Coursodon (FRA), 35 ans.
Il a rejoint *Team Legato* après avoir aidé Loïck Peyron à préparer *Innovation Explorer*. Très expérimenté, il fut l'équipier d'Éric Dumont pendant deux ans sur Open 60 et trimarans, avant de rejoindre le maxi *Nicorette* pour le championnat du monde. Il a participé à 5 courses transatlantiques, a couru la Rolex Cup à Saint-Tropez ainsi qu'à la Sardinia Cup en Sardaigne, l'été dernier, aux côtés de Russell Coutts.

Olivier Cusin (FRA), 31 ans.
Il est l'autre membre de *Team Philips* à avoir rejoint *Team Legato*.
Il a 3 traversées d'Atlantique à son actif. En 2000, il a participé à la Fastnet sur *Whirlpool*.

TEAM LEGATO

TONY BULLIMORE

C'est un navire chargé d'histoire que le chantier anglais Canadair & Bullimore a accueilli. *Team Legato*, ex-*Enza*, n'est autre que la monture de sir Peter Blake. Ce dernier, en 1994, avait bouclé le Trophée Jules-Verne en 74 jours. Mais la mutation, effectuée par l'architecte Adrian Thomson, est profonde : la machine mesure désormais 30 mètres de long et dispose d'un nouveau gréement en carbone lui permettant d'accroître sa surface de voilure.

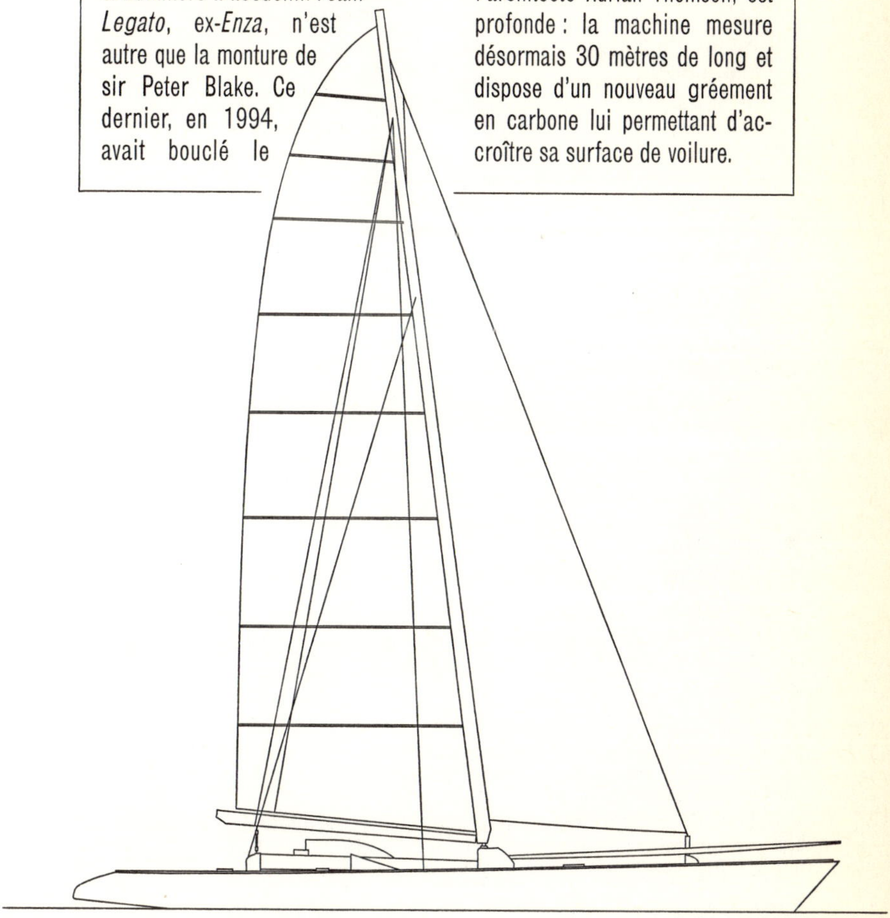

Team Legato
31 m

PLAYSTATION

13 personnes

Fiche technique	
Longueur	37,90 m
Largeur	18,28 m
Poids	> 25 tonnes
Hauteur de mât	41,50 m
Voilure max	1 036 m²
Surface	586 m²
Architecte	Morelli & Melvin (USA)
Chantier	Cookson (NZ)

■ Skipper

Steve Fossett (USA), 57 ans, marié, deux enfants.
Steve Fossett est l'homme des records : il a accompli cinq des six plus longs vols en nacelles non pressurisées et a également participé aux 24 Heures du Mans. Son palmarès en voile est impressionnant.
Temps de référence en solitaire sur le parcours Yokohama-San Francisco.
Temps de référence pour la traversée de l'océan Pacifique d'est en ouest, ou encore lors du parcours Hawaii-Japon.

ÉQUIPAGE

■ Navigateur

Stan Honey (USA), 45 ans.
Il est un des navigateurs les plus titrés au monde. Vainqueur de 7 TransPac, records en monocoque sur les parcours Los Angeles-Hawaii et San Francisco-Hawaii. Il a également remporté la course Newport-Bermudes et l'Admiral's Cup.

■ Chefs de quart

Brian Thompson (GB), 38 ans.
Chef de quart depuis 1993 sur le programme de navigation de Steve Fossett. Il a navigué sur 8 records du monde, sur 7 records de course, et détient 20 victoires de course en temps réel. Il a également remporté la course des 3 caps en 1996 et celle des caps écossais en 1994.

Ben Wright (AUS), 35 ans.
Il fait partie de l'équipe de Steve Fossett depuis 1994. Il a remporté l'Admiral's Cup en 1991 et 1993 et la Fastnet en 1993.

PLAYSTATION

STEVE FOSSETT

Dessiné par des architectes multicoques de renom : Gino Morelli et Pete Melvin de San Diego, Californie, *Playstation* est construit entièrement en fibre de carbone de technologie aérospatiale, et il s'agit du premier d'une toute nouvelle série de très grands multicoques de 100 pieds (32 mètres), conçus pour s'attaquer aux grands records océaniques. Jusqu'au dévoilement, le secret a été bien gardé pendant la période de construction chez Cookson Boats en Nouvelle-Zélande.

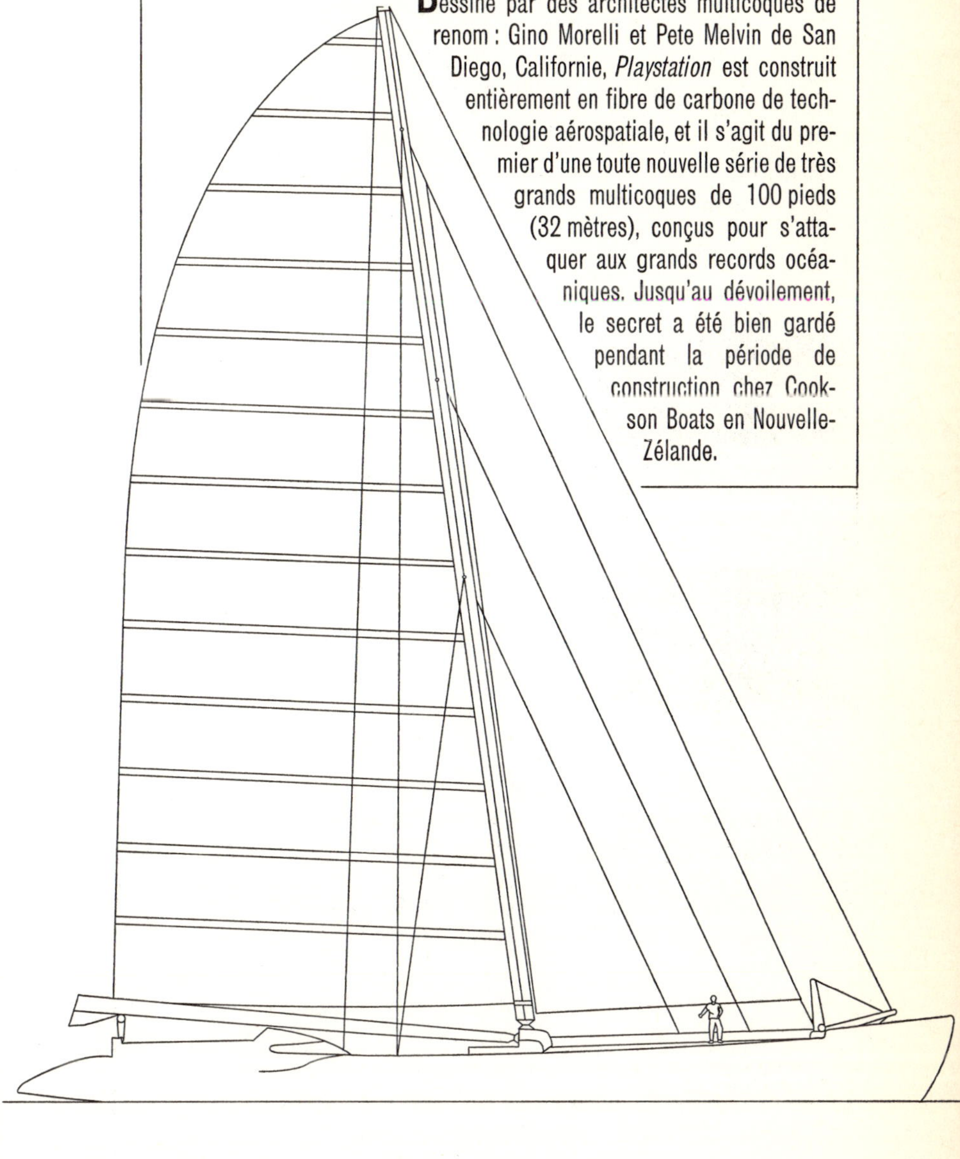

Play Station
38 m

■ Cameraman

Nick Willets (NZ-NOR), 38 ans.
Né en Australie, Nick Willets a rejoint l'équipage de *Playstation* en décembre 2000. Équipier à part entière, il est également responsable des communications médias (photos, vidéos, etc.).
1993-1994 : vainqueur de la Whitbread avec *New Zealand Endeavour.*
1997-1998 : participation à la Whitbread.
Il a également participé à différentes courses : l'Admiral's Cup, la TransPac et la Southern Cross Event.

■ Équipiers

Mark Callahan (AUS), 29 ans.
Il faisait partie de l'équipage de Steve Fossett sur *Stars & Stripes* pendant le record Chicago-Mackinack en juillet 1998. Plusieurs victoires de course en temps réel.

Tim Kroeger (ALL), 36 ans.
Tim Kroeger appartient à l'équipage de *Playstation* depuis août 2000, date du troisième record de la TransAtlantic.
1983 : vainqueur de l'Admiral's Cup avec l'équipe allemande sur *Sabina.*
1986-1988 : membre de l'équipe nationale olympique de voile.
1993-1994 : participe à sa première Whitbread autour du monde.
1995 : vainqueur du championnat du monde « Mumm 36 » sur *Corum Watches* avec le skipper Luc Gellusseau.
1997-1998 : seconde participation à la Whitbread sur *Swedish Match.*

Gino Morelli (USA)
Vainqueur d'un championnat du monde en Formule 40, d'un championnat des États-Unis et de 8 courses de grand prix. Il a navigué avec Steve Fossett pendant un championnat du monde et 2 records de course.
Gino est également codesigner de *Playstation*, aux côtés de Pete Melvin.

David Scully (USA), 44 ans.
Il est le premier Américain à battre les Français sur le circuit du Figaro.
Il a remporté de nombreuses compétitions en Formule 40 dans les années 80.
Il a enfin remporté la Transatlantique en solitaire, en double.
Deux fois vainqueur de la course Charleston-Bermudes.

Nick Moloney (AUS), 33 ans.
Il a représenté deux fois son pays à l'America's Cup (1992 et 1995) ; il détient également le record du monde sur 24 heures en monocoque.

Damian Foxall (IRL), 31 ans.
105 000 milles nautiques et 11 transatlantiques à son actif !

Il s'est entièrement consacré, ces trois dernières années, à la course en solitaire du Figaro. Il est le premier non-Français à avoir remporté une étape.

Tom Weaver (GB-NZ), 36 ans.
Il a remporté la Kenwood Cup, la Commodores Cup, la Key West Race Week et la SORC.

Stuart Wilson (NZ), 34 ans.
1997-1998 : Whitbread avec *Chessie Racing*.
2000 : Coupe de l'America avec *Abracadabra*.
Il a rejoint *Playstation* pour la troisième tentative de record de traversée de l'Atlantique en août 2000.

■ A terre

Routeur météo
Bob Rice.

TEAM PHILIPS

6 personnes

Fiche technique	
Longueur	36,50 m
Largeur maxi	18 mètres
Hauteur des mâts	42 mètres
Voilure	2*320 m^2 = 640 m^2
Longueur wishbones	11,30 m
Nacelle centrale	15 m *2,70 m*1,80 m
Architectes	Adrian Thompson (GB) et Richard Tudor (GB)

■ Skipper

Pete Goss (GB), 40 ans, marié, 2 enfants.
Pete Goss est le marin de Cornouailles le plus réputé de son pays. Après neuf années passées dans la Navy comme fusilier marin, l'homme est dur au mal et intransigeant. A son actif, une première place lors du Tour des îles Britanniques et de l'Irlande en 1989, une troisième place dans le British Stell Challenge autour du monde en 1992-1993, une cinquième place au Vendée Globe 1996-1997, une première place (en classe 2) lors de la Transat Jacques-Vabre en 1997. Pete Goss sera consacré meilleur navigateur mondial de l'année par la Fédération internationale de voile (ISAF).
Lors de l'édition du Vendée Globe 1996-1997, il arrive en cinquième position et obtient la Légion d'honneur pour le sauvetage dans la tourmente du Français Raphaël Dinelli.
Dès 1998, il annonce son intention de participer à The Race. Il s'engage dans un projet ambitieux et futuriste : un catamaran géant, perce-vagues, bipode, deux mâts de 42 mètres à wishbones.

ÉQUIPAGE

Andy Hindley (GB)
Graham Goff (GB)
Paul Larsen (AUS)
Alex Bennett (GB)
Richard Tudor (GB)

Sources : communiqués de presse et site officiel de The Race (www-therace.org).

LE PARCOURS

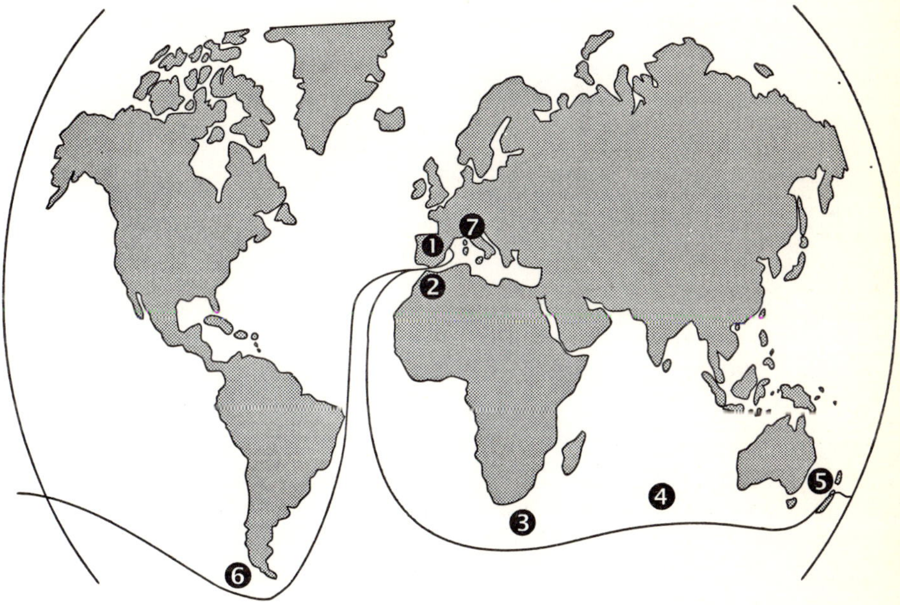

❶ Barcelone

❷ Gibraltar

❸ Cap de Bonne-Espérance

❹ Cap Leeuwin

❺ Détroit de Cook

❻ Cap Horn

❼ Marseille

Caractéristiques comparatives des différents bateaux

	Warta-Polpharma	Team Legato
Longueur	26,80 m	30,50 m
Largeur	13,60 m	12,80 m
Tirant d'eau	3,50 m	3 m
Déplacement	11 t	14,50 t
Voilure au près	333 m²	341 m²
Grand-voile	231 m²	214 m²
Foc solent	101 m²	127 m²
Trinquette	55 m²	70 m²
Gennaker médium	339 m²	320 m²
Voiles	Incidences	Incidences
Tissu	Spectra	Spectra
Hauteur mât (surface)	32 m (26 m²)	32 m (26 m²)
Poids du mât	0,70 t	0,95 t
Fabricant des espars	Multiplast	Carbospars
Gréement	Kevlar	Kevlar
Fabricant des gréements	Navtec	Future Fibres
Winches et accastillage de pont	Lewmar	Lewmar
Électronique	B&G	B&G
Puissance	60 t/m	75 t/m
Matériau	Carbone/Airex	Kevlar/Nomex
Chantier de construction	Multiplast 1987	Canadair
Architectes	Gilles Ollier	Nigel Irens

Caractéristiques comparatives des différents bateaux

	Team Adventure	Innovation Explorer
Longueur	32,50 m	32,90 m
Largeur	16,50 m	16,50 m
Tirant d'eau	4,50 m	4,50 m
Déplacement	20,50 t	20,50 t
Voilure au près	510 m²	498 m²
Grand-voile	345 m²	338 m²
Foc solent	165 m²	160 m²
Trinquette	100 m²	100 m²
Gennaker médium	460 m²	440 m²
Voiles	Halsey-Lidgard/North	Incidences
Tissu	Cuben Fiber/3 DL	Spectra
Hauteur mât (surface)	40 m (45 m²)	40 m (45 m²)
Poids du mât	1,50 t	1,50 t
Fabricant des espars	Multiplast	Multiplast
Gréement	Kevlar	Kevlar
Fabricant des gréements	Aramid Rigging	Aramid Rigging
Winches et accastillage de pont	Harken	Lewmar/Harken
Électronique	B&G	B&G
Puissance	165 t/m	165 t/m
Matériau	Carbone/Nomex	Carbone/Nomex
Chantier de construction	Multiplast/JMV 2000	Multiplast 2000
Architectes	Ollier Design Team	Ollier Design Team

Caractéristiques comparatives des différents bateaux

	Club Med	Play Station
Longueur	33,50 m	37,90 m
Largeur	16,50 m	18,20 m
Tirant d'eau	4,50 m	4,50 m
Déplacement	21 t	27 t
Voilure au près	498 m²	644 m²
Grand-voile	338 m²	472 m²
Foc solent	160 m²	172 m²
Trinquette	100 m²	nc
Gennaker médium	440 m²	564 m²
Voiles	Incidences	North/Halsey-Lidgard
Tissu	Spectra	Cuben Fiber
Hauteur mât (surface)	40 m (45 m²)	41 m (30 m²)
Poids du mât	1,50 t	1,50 t
Fabricant des espars	Multiplast	Southern Spars
Gréement	Kevlar	Carbone/rod/kevlar
Fabricant des gréements	Aramid Rigging	nc
Winches et accastillage de pont	Lewmar/Harken	Lewmar
Électronique	B&G	B&G
Puissance	165 t/m	225 t/m
Matériau	Carbone/Nomex	Kevlar/Nomex
Chantier de construction	Multiplast 2000	Cookson 1998
Architectes	Ollier Design Team	Morelli-Melvin

Caractéristiques comparatives des différents bateaux

	Team Philips
Longueur	36,60 m
Largeur	21 m
Tirant d'eau	4,40 m
Déplacement	30 t
Voilure au près	520 m²
Grand-voile	2 × 260 m²
Foc solent	Non
Trinquette	Non
Gennaker médium	250 m²
Voiles	Halsey-Lidgard
Tissu	Kevlar
Hauteur mât (surface)	2 × 40 m (2 × 62 m²)
Poids du mât	2 × 2,50 t
Fabricant des espars	Goss challenge
Gréement	Non
Fabricant des gréements	Non
Winches et accastillage de pont	Lewmar
Électronique	Raytheon
Puissance	283 t/m
Matériau	Carbone/Nomex
Chantier de construction	Goss challenge 2000
Architectes	Thompson, Paragon Mann

ABANDONS ET DÉFECTIONS

PLAYSTATION
Abandon officiel le 14 janvier 2001

600 milles au sud de l'équateur, *Playstation*, le plus grand catamaran engagé dans The Race (38 mètres), a effectué un demi-tour hier soir vers 23 heures (françaises) et tourné ses entraves vers la Floride. Steve Fossett et ses équipiers considèrent que, sans dérive bâbord et avec une grand-voile en lambeaux, ils n'ont plus les moyens d'effectuer un tour du monde.

TEAM ADVENTURE
Cape Town : le 23 janvier – 23e jour de course
Défections pour raisons médicales :
Rob Miles, Michaël Lund, Jeffrey Wago, Rick Deppe

Restent 10 équipiers : « Mais nous sommes tous des marins et nous saurons adapter notre navigation à cette nouvelle donne », résume Cam Lewis, rappelant qu'en 1993 ils n'étaient que 4 autour de Bruno Peyron à boucler le premier Trophée Jules-Verne. (Vacation radio du 23 janvier, 17 heures.)

Wellington : le 13 février – 43e jour de course
Défection pour raisons médicales :
Yann Elies

Restent 9 membres d'équipage.

TEAM LEGATO
le 19 février – 50e jour de course

Défections pour raisons médicales :
Jason Owen, Armand Coursodon, Olivier Cusin, Rob Salvidge

Team Legato repartira avec un équipage réduit à 7.

TEAM PHILIPS
N'a pas pu prendre le départ.

BILAN MÉDICAL

L'épopée vécue par les coureurs de The Race a été extrêmement riche d'enseignements sur le plan médical. Beaucoup de questions se posaient en effet avant la course sur les contraintes liées à la vie sur le pont et dans l'univers confiné d'une cabine d'un catamaran propulsé souvent à plus de 50 km/h.

Les chocs violents et leurs conséquences : les traumatismes

Comme il était prévisible, ce sont les problèmes traumatologiques qui ont été les plus fréquents et les plus graves.
Le plus dangereux est sans doute l'instant où le bateau lancé à pleine vitesse percute violemment une vague. Le choc, qui freine instantanément la machine d'une vingtaine de nœuds (soit près de 40 km/h), équivaut, si l'on n'est pas attaché, à être projeté contre une paroi à cette même vitesse.
Selon les circonstances, les dégâts sont alors plus ou moins importants. Ainsi, nous avons eu à traiter des contusions et des plaies, mais aussi des traumatismes crâniens, des tassements de vertèbres et des lésions au niveau des côtes et du bassin.
Contrairement à ce que l'on imaginait, l'équipier debout à l'intérieur est aussi exposé que celui qui manœuvre sur le pont. En effet, dans la cabine, il est plus difficile d'anticiper les mouvements du bateau : le navigateur percevant moins bien la mer et les vagues, il ne pense pas à se tenir avant le choc inévitable. En outre, les cloisons, les emménagements en débord sont des points d'impact qui se sont révélés redoutables.

Le trampoline, un piège pour les chevilles

Par ailleurs, le trampoline est une zone très périlleuse pour les chevilles. Même bien tendue, son élasticité provoque une grande instabilité que doivent compenser les ligaments permettant la mobilité du pied à chaque pas. Mais parfois, sur ce sol qui bouge, la torsion dépasse les limites physiologiques et c'est l'entorse. Les équipiers référents médicaux de chacun des bateaux ont dû prendre en charge plusieurs traumatismes de ce type, du plus léger au plus grave.
Le stock d'attelles et de bandes élastiques adhésives de la pharmacie a été largement entamé pour immobiliser ces articulations très fragilisées.

Des mains agressées et blessées

Les mains ont été également très exposées lors des manœuvres. Une voile qui bat devient très vite dangereuse par sa surface et les forces mises en jeu. Il faut pourtant la maîtriser et les doigts qui s'y agrippent ont souvent été blessés simplement par le choc du tissu sur une peau fragilisée. Celle-ci, soumise à une humidité constante, perd beaucoup de sa résistance. A ce titre, les gants, s'ils protègent, favorisent aussi cette déficience en entretenant l'humidité.

La promiscuité, vecteur essentiel des infections

L'infection de la peau a été un grand sujet de préoccupation. Le processus est pratiquement toujours le même. Au niveau des poignets, les manchons en néoprène des cirés et des combinaisons étanches assurent une barrière efficace contre les infiltrations. Mais parfois un peu d'eau réussit à passer.
Avec la chaleur du corps, l'eau infiltrée finit par s'évaporer. Restent les cristaux de sel qui agissent comme une véritable toile émeri à chaque mouvement du poignet. La peau ainsi altérée devient une véritable aubaine pour les microbes qui s'y installent et y prolifèrent. Le furoncle en est l'aboutissement douloureux dont souffrent beaucoup d'équipiers aux poignets et ailleurs. Les traitements anti-

biotiques par voie locale et générale ont pourtant été très efficaces. Malheureusement, la promiscuité, l'hygiène difficile à assurer, la fatigue des organismes ont entraîné de véritables épidémies touchant parfois de nouveau même ceux qui étaient guéris.

Des pathologies plus classiques ont eu aussi leur place

D'autres affections plus classiques se sont développées comme des angines, des sinusites, des otites et des troubles digestifs. A noter également des atteintes des dents (fractures) relativement habituelles dans ce genre d'activité.

Les stress, le mental et la vie en communauté

Une épreuve d'une telle intensité soumet l'organisme à des contraintes inhabituelles. Le problème de la récupération est ici fondamental car il est très difficile de dormir dans un environnement aussi bruyant.
Les différentes études, menées à bord des bateaux de course au large, démontrent qu'en pointe les niveaux de bruits dépassent souvent 120 dB avec une moyenne supérieure à 80 dB. Ces contraintes intenses associées au stress, à la désynchronisation des rythmes chronobiologiques, aux vibrations et aux variations brutales de vitesse du bateau, perturbent considérablement la quantité et la qualité du sommeil.
Les conséquences en sont multiples : fatigabilité excessive, manque de résistance et d'endurance, maladresses, gestes inadaptés ou ralentis. Ces phénomènes ont souvent été des facteurs favorisants des traumatismes constatés. Les résultats de l'expérimentation des casques antibruits seront certainement, sur ce point, très intéressants.
De plus, ce manque de récupération a entraîné des difficultés relationnelles, tel qu'un comportement agressif ou, au contraire, un repli sur soi ainsi qu'une somatisation avec divers troubles médicaux.
De telles attitudes sont nuisibles à la cohérence du groupe qui est pourtant absolument indispensable pour mener à

bien une compétition aussi longue et aussi dure pour les organismes.
De nombreux points développés ici mériteront un large approfondissement pour que l'expérience de ces équipages apporte des enseignements utiles en termes de performance et de qualité de vie. Cela concerne au premier chef les nouveaux grands voiliers du troisième millénaire, mais aussi les marins embarqués à bord de bateaux de course, de croisière ou de travail qui sillonnent le monde.

Dr Jean-Yves Chauve

LES PERFORMANCES

		Club Med	Innovation Explorer	Team Adventure	Warta-Polpharma	Team Legato
Ensemble du parcours	**Distance parcourue**	24 407,9 milles *(50 759 km)*	28 764,2 milles *(53 271 km)*	29 773 milles *(55 735 km)*	Hors temps limite	Hors temps limite
	Vitesse moyenne	18,3 nœuds *(33,9 km/h)*	18,45 nœuds *(34,2 km/h)*	14,97 nœuds *(28 km/h)*		
		Distance parcourue en 62 jours	Distance parcourue en 65 jours	Distance parcourue en 83 jours	Distance parcourue en 99 jours	Distance parcourue en 104 jours
Sur 24 heures	**Distance maximum parcourue**	Record distance sur 24 h : **655,13 milles**	Record distance sur 24 h : **629,52 milles**	617,44 milles	506,37 milles	509,71 milles
	Meilleure vitesse moyenne	27,3 nœuds *(50,55 km/h)*	26,2 nœuds *(49,06 km/h)*	25,7 nœuds *(48,16 km/h)*	21,1 nœuds *(39,5 km/h)*	21,2 nœuds *(39,76 km/h)*
	Conditions	Le 8 février par 57° Sud	Le 2 février par 44° Sud	Le 17 janvier par 42° Sud	Le 26 janvier par 42° Sud	Le 9 février par 51° Sud
Records	**Performance** **Conditions**	Record du parcours Cap de Bonne-Espérance – Cap Leeuwin, en **7 jours et 18 heures**	Record du parcours Cap de Bonne-Espérance – Cap Leeuwin, en **7 jours et 14 heures**			

Classements quotidiens

Ces tableaux comportent des informations sur les positions des bateaux, leur distance de l'arrivée, leur cap, leur vitesse... Ils intègrent notamment la VMG (velocity made good), vitesse de rapprochement d'un bateau par rapport à un point visé par le navigateur. Lorsqu'un bateau effectue une route directe vers son objectif, sa VMG est égale à sa vitesse instantanée.
En revanche, s'il remonte contre le vent, au près, et ne peut prendre une route directe, sa vitesse peut, par exemple, être de 10 nœuds et sa VMG de 6 nœuds. S'il navigue à 90° de sa route directe, il peut avoir une vitesse de 10 nœuds et une VMG nulle...

1er janvier 2001 – 9 h (heure française)					
Rang	Nom	Latitude	Longitude	Vitesse Instantanée	Cap Instantané
1	Club Med	37 51.84' N	0 00.56' W	15.0	264
2	Playstation	37 52.08' N	0 10.56' E	16.0	270
3	Team Adventure	37 09.24' N	0 42.04' E	11.0	257
4	Innovation Explorer	38 10.76' N	0 05.16' E	13.1	191
5	Warta-Polpharma	39 56.32' N	1 03.12' E	11.1	258
6	Team Legato	41 20.64' N	2 14.64' E	0.0	139

2 janvier 2001 – 8 h 30 (heure française)					
Rang	Nom	Latitude	Longitude	Vitesse Instantanée	Cap Instantané
1	Team Adventure	36 04.36' N	5 16.44' W	11.0	308
2	Club Med	35 59.04' N	4 39.88' W	6.0	313
3	Innovation Explorer	36 14.32' N	4 14.80' W	11.2	201
4	Playstation	36 03.32' N	4 11.88' W	7.0	330
5	Warta-Polpharma	38 18.00' N	0 23.48' W	7.4	181
6	Team Legato	38 57.36' N	0 50.52' E	8.0	208

Distance de l'arrivée	Vitesse moyenne/1H	Cap moyen/1H	VMG	Distance en 24H	Vitesse moyenne/24H	Distance au premier
23077.7	15.4	261	13.2	234.0	9.7	
23084.4	16.5	259	14.9	230.1	9.6	
23089.7	14.4	253	14.3	262.6	10.9	
23094.7	15.2	266	11.3	215.0	9.0	
23207.2	7.9	247	6.5	100.7	4.2	
23307.4	4.1	331	-1.9	3.3	.1	

Distance de l'arrivée	Vitesse moyenne/1H	Cap moyen/1H	VMG	Distance en 24H	Vitesse moyenne/24H	Distance au premier
22800.1	9.5	237	9.4	294.5	12.3	
22822.9	13.9	314	9.5	257.1	10.7	
22845.8	11.6	207	8.2	242.2	10.1	
22845.9	11.4	303	8.9	244.2	10.2	
23088.8	6.0	241	4.9	122.4	5.1	
23158.0	9.2	204	8.9	156.8	6.5	

3 janvier 2001 – 9 h (heure française)					
Rang	Nom	Latitude	Longitude	Vitesse Instantanée	Cap Instantané
1	Team Adventure	34 28.28′ N	7 57.04′ W	6.3	290
2	Club Med	34 45.32′ N	7 47.96′ W	9.0	282
3	Innovation Explorer	35 00.40′ N	7 18.24′ W	6.4	284
4	Playstation	36 08.84′ N	5 21.92′ W	0.0	346
5	Warta-Polpharma	36 41.68′ N	2 35.76′ W	2.2	285
6	Team Legato	37 02.64′ N	0 44.24′ W	5.0	175

4 janvier 2001 – 9 h (heure française)					
Rang	Nom	Latitude	Longitude	Vitesse Instantanée	Cap Instantané
1	Team Adventure	33 12.24′ N	12 05.48′ W	8.2	272
2	Club Med	33 36.88′ N	11 48.32′ W	10.0	270
3	Innovation Explorer	34 46.56′ N	11 52.36′ W	11.1	279
4	Warta-Polpharma	36 07.92′ N	5 21.32′ W	0.0	72
5	Playstation	36 08.88′ N	5 21.92′ W	0.0	52
6	Team Legato	35 59.44′ N	2 59.84′ W	14.0	10

5 janvier 2001 – 9 h (heure française)					
Rang	Nom	Latitude	Longitude	Vitesse Instantanée	Cap Instantané
1	Innovation Explorer	31 32.80′ N	13 56.80′ W	13.3	273
2	Club Med	32 00.96′ N	15 36.44′ W	16.0	191
3	Team Adventure	33 35.44′ N	17 06.72′ W	12.1	265
4	Warta-Polpharma	35 14.04′ N	8 12.40′ W	10.4	265
5	Playstation	35 41.28′ N	8 56.76′ W	15.0	277
6	Team Legato	36 07.44′ N	5 04.24′ W	7.0	214

Distance de l'arrivée	Vitesse moyenne/1H	Cap moyen/1H	VMG	Distance en 24H	Vitesse moyenne/24H	Distance au premier
22633.6	6.0	288	2.0	165.1	6.9	.0
22651.7	8.0	285	3.0	166.9	7.0	18.1
22678.5	5.0	294	1.2	163.3	6.8	44.9
22793.1	.0	000	.0	55.8	2.3	159.6
22929.6	9.9	296	7.4	139.7	5.8	296.0
23021.2	4.8	197	2.5	138.4	5.8	387.6

Distance de l'arrivée	Vitesse moyenne/1H	Cap moyen/1H	VMG	Distance en 24H	Vitesse moyenne/24H	Distance au premier
22462.4	10.8	272	4.3	219.9	9.2	.0
22490.8	11.3	276	3.8	210.3	8.8	28.4
22553.4	11.8	285	1.6	225.3	9.4	91.0
22793.1	.0	000	.0	137.5	5.7	330.7
22793.2	.0	000	.0	.1	.0	330.7
22903.2	9.1	208	4.9	126.0	5.2	440.8

Distance de l'arrivée	Vitesse moyenne/1H	Cap moyen/1H	VMG	Distance en 24H	Vitesse moyenne/24H	Distance au premier
22335.6	10.7	177	10.1	220.0	9.2	.0
22343.6	11.8	203	11.4	214.4	8.9	8.0
22431.1	11.7	274	-.2	252.6	10.5	95.5
22663.4	9.6	257	7.0	149.0	6.2	327.8
22666.8	13.5	270	7.0	176.2	7.3	331.2
22805.4	5.0	317	2.1	100.9	4.2	469.8

6 janvier 2001 – 8 h 30 (heure française)					
Rang	Nom	Latitude	Longitude	Vitesse Instantanée	Cap Instantané
1	Innovation Explorer	25 33.72′ N	16 04.00′ W	21.2	192
2	Club Med	26 39.52′ N	19 33.60′ W	22.0	199
3	Team Adventure	28 06.64′ N	20 17.24′ W	11.3	187
4	Playstation	31 35.92′ N	11 51.76′ W	24.0	208
5	Warta-Polpharma	33 25.32′ N	10 05.08′ W	16.1	222
6	Team Legato	36 08.96′ N	5 21.36′ W	0.0	258

7 janvier 2001 – 8 h 30 (heure française)					
Rang	Nom	Latitude	Longitude	Vitesse Instantanée	Cap Instantané
1	Club Med	17 34.60′ N	20 53.36′ W	16.0	196
2	Innovation Explorer	19 38.32′ N	21 59.80′ W	24.3	256
3	Team Adventure	19 47.68′ N	22 58.28′ W	24.3	188
4	Playstation	25 09.20′ N	16 19.08′ W	19.0	223
5	Warta-Polpharma	27 37.28′ N	13 21.72′ W	16.0	232
6	Team Legato	36 08.96′ N	5 21.36′ W	0.0	224

8 janvier 2001 – 8 h 30 (heure française)					
Rang	Nom	Latitude	Longitude	Vitesse Instantanée	Cap Instantané
1	Club Med	10 00.40′ N	23 49.20′ W	23.0	184
2	Team Adventure	11 05.92′ N	24 20.40′ W	21.2	183
3	Innovation Explorer	12 48.68′ N	25 41.04′ W	21.0	201
4	Playstation	19 00.04′ N	20 56.20′ W	20.0	176
5	Warta-Polpharma	23 12.12′ N	17 21.32′ W	19.1	220
6	Team Legato	35 19.28′ N	6 34.68′ W	9.2	244

Distance de l'arrivée	Vitesse moyenne/1H	Cap moyen/1H	VMG	Distance en 24H	Vitesse moyenne/24H	Distance au premier
21959.6	21.7	186	21.1	380.6	15.9	.0
22019.2	19.2	194	18.0	389.0	16.2	59.6
22110.8	17.5	171	17.5	369.7	15.4	151.2
22381.5	21.3	204	21.2	288.9	12.0	421.9
22521.5	11.6	213	11.6	147.3	6.1	561.9
22793.6	.0	000	.0	14.5	.6	834.0

Distance de l'arrivée	Vitesse moyenne/1H	Cap moyen/1H	VMG	Distance en 24H	Vitesse moyenne/24H	Distance au premier
21524.4	25.2	185	20.4	549.9	22.9	.0
21659.3	25.0	255	-7.0	473.9	19.7	134.9
21709.4	27.1	192	19.6	509.6	21.2	185.0
21932.1	19.4	208	19.1	452.5	18.9	407.7
22137.9	13.1	202	12.7	387.0	16.1	613.5
22793.6	.0	000	.0	.0	.0	1269.2

Distance de l'arrivée	Vitesse moyenne/1H	Cap moyen/1H	VMG	Distance en 24H	Vitesse moyenne/24H	Distance au premier
21217.5	20.6	178	18.0	485.2	20.2	.0
21299.4	21.8	176	19.5	527.7	22.0	81.9
21425.4	20.5	194	15.0	461.4	19.2	207.9
21598.9	23.1	184	19.4	449.6	18.7	381.4
21808.0	17.0	212	15.1	342.2	14.3	590.4
22720.5	10.2	215	10.2	77.5	3.2	1502.9

9 janvier 2001 – 9 h (heure française)					
Rang	**Nom**	**Latitude**	**Longitude**	**Vitesse Instantanée**	**Cap Instantané**
1	Club Med	3 50.32′ N	23 03.68′ W	13.0	146
2	Team Adventure	4 18.20′ N	23 40.96′ W	17.1	165
3	Innovation Explorer	5 42.12′ N	27 36.20′ W	17.4	171
4	Playstation	13 53.72′ N	25 54.08′ W	23.0	186
5	Warta-Polpharma	18 58.96′ N	22 04.84′ W	20.1	181
6	Team Legato	34 17.76′ N	10 22.08′ W	12.0	265

10 janvier 2001 – 8 h 30 (heure française)					
Rang	**Nom**	**Latitude**	**Longitude**	**Vitesse Instantanée**	**Cap Instantané**
1	Club Med	0 29.76′ S	24 21.52′ W	13.0	205
2	Team Adventure	0 22.44′ S	24 48.96′ W	13.1	206
3	Innovation Explorer	1 02.72′ N	27 30.48′ W	26.4	167
4	Playstation	6 16.92′ N	26 01.16′ W	19.0	177
5	Warta-Polpharma	14 25.56′ N	25 31.04′ W	22.0	179
6	Team Legato	32 59.92′ N	13 50.76′ W	8.2	185

11 janvier 2001 – 8 h (heure française)					
Rang	**Nom**	**Latitude**	**Longitude**	**Vitesse Instantanée**	**Cap Instantané**
1	Club Med	6 47.68′ S	26 30.88′ W	26.0	179
2	Team Adventure	6 30.88′ S	27 36.04′ W	28.2	199
3	Innovation Explorer	3 27.80′ S	28 43.92′ W	16.2	204
4	Playstation	2 38.08′ N	25 11.28′ W	3.0	171
5	Warta-Polpharma	7 46.20′ N	24 39.80′ W	15.2	144
6	Team Legato	29 41.92′ N	16 35.80′ W	5.0	169

Distance de l'arrivée	Vitesse moyenne/1H	Cap moyen/1H	VMG	Distance en 24H	Vitesse moyenne/24H	Distance au premier
20871.4	4.2	187	3.5	365.2	15.2	.0
20913.6	15.4	230	3.0	409.6	17.1	42.2
21098.0	20.8	172	19.5	441.4	18.4	226.6
21472.4	21.5	189	16.8	418.8	17.4	600.9
21631.7	18.6	183	15.4	358.6	14.9	760.3
22559.5	11.0	262	6.7	196.6	8.2	1688.1

Distance de l'arrivée	Vitesse moyenne/1H	Cap moyen/1H	VMG	Distance en 24H	Vitesse moyenne/24H	Distance au premier
20683.1	14.0	200	9.4	271.5	11.3	.0
20701.5	12.8	205	7.7	288.8	12.0	18.4
20857.4	24.2	189	19.6	279.5	11.6	174.3
21084.3	18.8	171	17.7	456.9	19.0	401.2
21497.3	21.9	182	18.7	345.1	14.4	814.2
22425.1	10.0	209	9.7	190.4	7.9	1742.0

Distance de l'arrivée	Vitesse moyenne/1H	Cap moyen/1H	VMG	Distance en 24H	Vitesse moyenne/24H	Distance au premier
20401.4	16.2	201	10.9	427.4	17.8	.0
20445.5	24.2	197	17.7	429.5	17.9	44.1
20639.5	13.7	196	10.2	324.7	13.5	238.1
20867.8	5.2	164	5.0	252.5	10.5	466.4
21124.3	15.8	146	15.7	434.5	18.1	722.9
22199.7	12.2	200	11.8	261.3	10.9	1798.3

12 janvier 2001 – 8 h (heure française)

Rang	Nom	Latitude	Longitude	Vitesse Instantanée	Cap Instantané
1	Club Med	15 27.68′ S	28 47.84′ W	27.0	186
2	Team Adventure	15 47.76′ S	29 40.84′ W	23.2	189
3	Innovation Explorer	11 47.36′ S	30 39.68′ W	25.4	167
4	Playstation	1 45.80′ S	26 17.52′ W	17.0	148
5	Warta-Polpharma	3 36.40′ N	25 27.52′ W	14.4	137
6	Team Legato	25 01.32′ N	19 13.68′ W	17.0	163

13 janvier 2001 – 8 h (heure française)

Rang	Nom	Latitude	Longitude	Vitesse Instantanée	Cap Instantané
1	Club Med	23 03.48′ S	28 34.36′ W	18.0	174
2	Team Adventure	23 21.44′ S	29 51.28′ W	22.3	175
3	Innovation Explorer	20 13.84′ S	30 47.80′ W	18.0	180
4	Playstation	6 13.84′ S	26 55.40′ W	20.0	192
5	Warta-Polpharma	1 40.92′ N	26 28.76′ W	8.1	217
6	Team Legato	18 43.60′ N	20 18.60′ W	16.0	192

14 janvier 2001 – 8 h (heure française)

Rang	Nom	Latitude	Longitude	Vitesse Instantanée	Cap Instantané
1	Club Med	28 51.84′ S	29 26.96′ W	11.0	175
2	Team Adventure	28 45.52′ S	30 43.32′ W	3.3	235
3	Innovation Explorer	27 43.88′ S	32 41.76′ W	9.1	193
4	Playstation	8 12.52′ S	28 26.40′ W	23.0	343
5	Warta-Polpharma	1 07.96′ S	27 52.44′ W	13.0	212
6	Team Legato	13 44.24′ N	23 38.32′ W	20.4	252

Distance de l'arrivée	Vitesse moyenne/1H	Cap moyen/1H	VMG	Distance en 24H	Vitesse moyenne/24H	Distance au premier
19995.1	23.1	185	19.9	537.1	22.4	.0
19999.3	22.2	185	19.0	570.2	23.8	4.2
20240.7	24.5	177	22.5	512.6	21.4	245.7
20664.4	16.6	203	10.5	272.1	11.3	669.3
20926.9	14.2	132	13.4	254.3	10.6	931.9
21919.6	15.7	163	15.5	313.7	13.1	1924.5

Distance de l'arrivée	Vitesse moyenne/1H	Cap moyen/1H	VMG	Distance en 24H	Vitesse moyenne/24H	Distance au premier
19580.1	20.1	178	18.1	456.0	19.0	.0
19595.0	17.7	184	15.4	453.8	18.9	14.9
19786.8	18.1	182	16.3	506.6	21.1	206.7
20442.6	18.8	192	14.7	270.7	11.3	862.5
20853.2	4.1	243	.0	130.7	5.4	1273.1
21567.8	18.9	184	16.7	382.5	15.9	1987.8

Distance de l'arrivée	Vitesse moyenne/1H	Cap moyen/1H	VMG	Distance en 24H	Vitesse moyenne/24H	Distance au premier
19288.8	11.6	184	10.1	351.6	14.6	.0
19324.0	3.3	215	1.6	327.4	13.6	35.2
19424.6	12.3	192	9.9	461.9	19.2	135.9
20376.6	19.2	346	-18.7	149.1	6.2	1087.9
20741.3	13.2	205	8.3	188.5	7.9	1452.5
21406.9	19.4	248	-2.6	355.5	14.8	2118.2

15 janvier 2001 – 8 h (heure française)

Rang	Nom	Latitude	Longitude	Vitesse Instantanée	Cap Instantané
1	Club Med	32 43.68′ S	28 57.00′ W	13.0	155
2	Team Adventure	32 20.32′ S	29 13.88′ W	13.3	145
3	Innovation Explorer	31 50.24′ S	31 58.40′ W	14.3	138
4	Warta-Polpharma	5 59.80′ S	29 18.48′ W	14.1	197
5	Playstation	2 18.28′ S	30 59.36′ W	13.0	345
6	Team Legato	8 25.08′ N	25 31.40′ W	9.4	181

16 janvier 2001 – 8 h (heure française)

Rang	Nom	Latitude	Longitude	Vitesse Instantanée	Cap Instantané
1	Club Med	37 03.44′ S	26 25.12′ W	15.0	171
2	Team Adventure	35 39.60′ S	27 20.60′ W	12.1	147
3	Innovation Explorer	34 51.40′ S	30 00.84′ W	8.0	179
4	Warta-Polpharma	11 43.56′ S	30 44.72′ W	13.2	193
5	Playstation	1 09.56′ N	32 29.28′ W	8.0	324
6	Team Legato	5 09.08′ N	26 56.04′ W	15.0	169

17 janvier 2001 – 8 h (heure française)

Rang	Nom	Latitude	Longitude	Vitesse Instantanée	Cap Instantané
1	Club Med	41 24.16′ S	15 31.16′ W	28.0	84
2	Team Adventure	39 38.08′ S	18 31.72′ W	28.2	106
3	Innovation Explorer	37 58.92′ S	28 04.24′ W	7.4	176
4	Warta-Polpharma	17 14.52′ S	31 26.68′ W	19.0	184
5	Team Legato	0 58.96′ N	25 55.92′ W	1.1	98
6	Playstation	3 44.12′ N	36 14.16′ W	24.0	293

Distance de l'arrivée	Vitesse moyenne/1H	Cap moyen/1H	VMG	Distance en 24H	Vitesse moyenne/24H	Distance au premier
19070.0	11.6	144	11.4	233.3	9.7	.0
19097.3	13.1	150	13.1	228.2	9.5	27.3
19186.1	16.5	145	16.3	249.2	10.4	116.1
20515.6	14.4	220	5.8	310.7	12.9	1445.6
20761.3	12.9	339	-12.9	385.0	16.0	1691.3
21182.9	11.7	171	11.0	337.9	14.1	2112.9

Distance de l'arrivée	Vitesse moyenne/1H	Cap moyen/1H	VMG	Distance en 24H	Vitesse moyenne/24H	Distance au premier
18782.2	20.3	150	20.2	288.1	12.0	.0
18877.2	12.7	150	12.7	220.3	9.2	95.0
18980.2	6.7	176	6.1	206.1	8.6	198.0
20246.3	15.0	183	13.3	347.1	14.5	1464.1
20987.9	7.8	328	-7.7	226.6	9.4	2205.7
21050.1	11.1	230	2.3	213.3	8.9	2268.0

Distance de l'arrivée	Vitesse moyenne/1H	Cap moyen/1H	VMG	Distance en 24H	Vitesse moyenne/24H	Distance au premier
18299.3	26.7	102	18.8	569.1	23.7	.0
18462.4	24.6	109	19.0	481.6	20.1	163.1
18770.6	5.9	148	5.9	209.7	8.7	471.3
19964.6	14.9	184	13.0	333.5	13.9	1665.3
20800.8	1.0	118	.8	257.2	10.7	2501.5
21233.4	23.1	292	-16.9	276.3	11.5	2934.0

18 janvier 2001 – 8 h (heure française)					
Rang	Nom	Latitude	Longitude	Vitesse Instantanée	Cap Instantané
1	Club Med	46 06.96′ S	5 11.00′ W	24.0	142
2	Team Adventure	45 13.48′ S	7 47.12′ W	24.0	83
3	Innovation Explorer	41 07.68′ S	22 24.76′ W	24.1	76
4	Warta-Polpharma	24 15.80′ S	33 06.60′ W	16.4	200
5	Team Legato	1 21.64′ S	25 41.72′ W	12.4	186
6	Playstation	7 57.72′ N	43 58.16′ W	24.0	312

19 janvier 2001 – 8 h (heure française)					
Rang	Nom	Latitude	Longitude	Vitesse Instantanée	Cap Instantané
1	Club Med	45 24.48′ S	7 40.68′ E	22.0	71
2	Team Adventure	43 23.44′ S	2 25.92′ E	17.3	41
3	Innovation Explorer	40 49.40′ S	11 16.24′ W	23.0	77
4	Warta-Polpharma	28 46.60′ S	32 47.56′ W	5.0	167
5	Team Legato	6 26.56′ S	26 29.88′ W	11.0	172
6	Playstation	12 45.24′ N	51 54.52′ W	15.0	307

20 janvier 2001 – 8 h (heure française)					
Rang	Nom	Latitude	Longitude	Vitesse Instantanée	Cap Instantané
1	Club Med	42 09.40′ S	17 06.88′ E	16.0	109
2	Team Adventure	38 43.40′ S	8 22.04′ E	21.4	68
3	Innovation Explorer	42 20.96′ S	2 41.92′ W	24.2	72
4	Warta-Polpharma	31 53.20′ S	31 14.36′ W	22.1	174
5	Team Legato	11 48.00′ S	26 42.28′ W	16.4	181
6	Playstation	16 17.96′ N	59 26.12′ W	18.0	288

Distance de l'arrivée	Vitesse moyenne/1H	Cap moyen/1H	VMG	Distance en 24H	Vitesse moyenne/24H	Distance au premier
17809.0	25.4	150	25.1	529.1	22.0	.0
17918.0	20.3	114	17.7	581.3	24.2	108.9
18477.8	24.4	078	7.6	322.6	13.4	668.7
19622.6	18.3	194	14.3	431.5	18.0	1813.5
20669.5	12.0	196	8.8	141.3	5.9	2860.4
21648.5	20.7	307	-18.1	515.8	21.5	3839.4

Distance de l'arrivée	Vitesse moyenne/1H	Cap moyen/1H	VMG	Distance en 24H	Vitesse moyenne/24H	Distance au premier
17496.1	20.9	065	5.7	539.4	22.5	.0
17733.8	15.8	049	-.5	451.9	18.8	237.7
18221.6	25.9	072	7.4	504.7	21.0	725.5
19370.1	4.9	157	4.8	271.3	11.3	1874.0
20419.8	12.7	177	11.3	308.7	12.9	2923.7
22096.1	18.5	306	-15.7	548.9	22.9	4600.0

Distance de l'arrivée	Vitesse moyenne/1H	Cap moyen/1H	VMG	Distance en 24H	Vitesse moyenne/24H	Distance au premier
17371.4	23.0	106	19.3	452.6	18.9	.0
17784.9	22.0	057	1.9	387.8	16.2	413.5
17922.4	25.1	071	7.7	395.3	16.5	551.0
19167.1	17.6	174	16.5	203.2	8.5	1795.7
20138.0	15.6	185	13.5	321.7	13.4	2766.7
22451.3	18.8	292	-12.4	486.1	20.3	5079.9

21 janvier 2001 – 8 h (heure française)					
Rang	Nom	Latitude	Longitude	Vitesse Instantanée	Cap Instantané
1	Club Med	42 42.40′ S	28 51.16′ E	18.0	114
2	Innovation Explorer	45 20.56′ S	7 11.76′ E	23.4	87
3	Team Adventure	34 52.48′ S	14 20.28′ E	12.2	45
4	Warta-Polpharma	31 48.24′ S	22 12.40′ W	19.0	69
5	Team Legato	16 26.96′ S	26 37.60′ W	5.4	177
6	Playstation	17 00.80′ N	61 46.24′ W	0.0	88

22 janvier 2001 – 8 h (heure française)					
Rang	Nom	Latitude	Longitude	Vitesse Instantanée	Cap Instantané
1	Club Med	44 40.68′ S	39 56.36′ E	27.0	111
2	Innovation Explorer	45 34.52′ S	20 18.00′ E	27.3	97
3	Team Adventure	33 54.40′ S	18 25.24′ E	0.0	243
4	Warta-Polpharma	32 20.32′ S	15 39.08′ W	5.1	202
5	Team Legato	20 29.48′ S	26 47.72′ W	11.2	172
6	Playstation	19 09.40′ N	64 18.64′ W	19.0	314

23 janvier 2001 – 8 h (heure française)					
Rang	Nom	Latitude	Longitude	Vitesse Instantanée	Cap Instantané
1	Club Med	46 41.88′ S	52 56.36′ E	14.0	85
2	Innovation Explorer	46 33.48′ S	31 40.32′ E	25.4	119
3	Team Adventure	33 54.40′ S	18 25.24′ E	0.0	243
4	Warta-Polpharma	35 52.64′ S	17 05.92′ W	11.0	195
5	Team Legato	23 58.40′ S	25 41.20′ W	12.1	156
	Playstation	ABANDON			

Distance de l'arrivée	Vitesse moyenne/1H	Cap moyen/1H	VMG	Distance en 24H	Vitesse moyenne/24H	Distance au premier
17215.8	25.2	109	24.2	531.8	22.2	.0
17871.8	21.5	151	20.0	472.7	19.7	656.1
18046.0	9.4	083	6.0	378.6	15.8	830.3
19399.1	21.0	081	9.5	461.4	19.2	2183.3
20297.5	6.3	166	5.9	286.8	11.9	3081.7
23069.3	.0	000	.0	149.6	6.2	5853.6

Distance de l'arrivée	Vitesse moyenne/1H	Cap moyen/1H	VMG	Distance en 24H	Vitesse moyenne/24H	Distance au premier
16760.9	25.8	105	24.8	484.1	20.2	.0
17433.1	22.9	096	20.1	539.1	22.5	672.2
17941.1	.0	000	.0	205.7	8.6	1180.1
19177.9	8.5	194	5.3	328.0	13.7	2416.9
20103.5	12.8	177	11.0	237.4	9.9	3342.6
23247.4	21.0	317	-20.0	189.8	7.9	6486.5

Distance de l'arrivée	Vitesse moyenne/1H	Cap moyen/1H	VMG	Distance en 24H	Vitesse moyenne/24H	Distance au premier
16223.9	21.9	077	17.0	557.6	23.2	.0
17001.7	24.9	120	24.9	476.7	19.9	777.8
17941.1	.0	000	.0	.0	.0	1717.2
19055.6	9.6	193	6.1	224.2	9.3	2831.7
19895.1	10.9	160	10.6	217.9	9.1	3671.2

24 janvier 2001 – 8 h (heure française)					
Rang	Nom	Latitude	Longitude	Vitesse Instantanée	Cap Instantané
1	Club Med	46 51.92′ S	63 46.36′ E	19.0	87
2	Innovation Explorer	49 23.24′ S	42 09.64′ E	14.1	132
3	Team Adventure	33 54.40′ S	18 25.24′ E	0.0	243
4	Warta-Polpharma	39 29.92′ S	15 31.28′ W	16.4	133
5	Team Legato	27 43.88′ S	23 44.88′ W	15.4	168

25 janvier 2001 – 8 h (heure française)					
Rang	Nom	Latitude	Longitude	Vitesse Instantanée	Cap Instantané
1	Club Med	45 55.64′ S	77 23.52′ E	24.0	89
2	Innovation Explorer	49 32.44′ S	54 46.76′ E	14.4	91
3	Team Adventure	33 54.40′ S	18 25.24′ E	0.0	243
4	Warta-Polpharma	41 34.72′ S	8 02.96′ W	22.4	92
5	Team Legato	29 01.52′ S	19 50.24′ W	9.0	129

26 janvier 2001 – 8 h (heure française)					
Rang	Nom	Latitude	Longitude	Vitesse Instantanée	Cap Instantané
1	Club Med	45 39.16′ S	89 43.48′ E	17.0	85
2	Innovation Explorer	52 25.44′ S	68 37.88′ E	25.4	121
3	Team Adventure	33 54.40′ S	18 25.24′ E	0.0	0
4	Warta-Polpharma	42 47.16′ S	3 11.84′ E	20.3	114
5	Team Legato	30 11.92′ S	17 28.08′ W	3.0	114

Distance de l'arrivée	Vitesse moyenne/1H	Cap moyen/1H	VMG	Distance en 24H	Vitesse moyenne/24H	Distance au premier
15819.9	18.0	090	16.1	444.9	18.5	.0
16549.7	8.9	121	8.8	453.8	18.9	729.8
17941.1	.0	000	.0	.0	.0	2121.2
18839.6	16.4	136	16.3	229.8	9.6	3019.8
19649.8	10.5	150	10.5	248.6	10.4	3829.9

Distance de l'arrivée	Vitesse moyenne/1H	Cap moyen/1H	VMG	Distance en 24H	Vitesse moyenne/24H	Distance au premier
15366.5	27.0	083	20.3	565.7	23.6	.0
16089.1	22.4	087	20.6	491.6	20.5	722.6
17941.1	.0	000	.0	.0	.0	2574.5
18520.4	19.0	103	15.8	362.7	15.1	3153.9
19466.7	6.6	092	4.1	220.6	9.2	4100.2

Distance de l'arrivée	Vitesse moyenne/1H	Cap moyen/1H	VMG	Distance en 24H	Vitesse moyenne/24H	Distance au premier
14929.4	17.0	080	13.6	515.0	21.5	.0
15540.9	24.8	120	22.9	550.1	22.9	611.5
17941.1	.0	000	.0	.0	.0	3011.7
18112.5	26.1	101	22.2	504.9	21.0	3183.1
19336.4	6.5	165	6.0	142.2	5.9	4407.0

27 janvier 2001 – 8 h (heure française)					
Rang	Nom	Latitude	Longitude	Vitesse Instantanée	Cap Instantané
1	Club Med	47 22.08′ S	103 16.08′ E	29.0	92
2	Innovation Explorer	51 16.72′ S	81 59.48′ E	22.3	70
3	Warta-Polpharma	45 11.60′ S	13 34.00′ E	18.2	81
4	Team Adventure	36 39.08′ S	19 16.40′ E	14.3	167
5	Team Legato	30 42.56′ S	17 26.24′ W	7.3	193

28 janvier 2001 – 8 h (heure française)					
Rang	Nom	Latitude	Longitude	Vitesse Instantanée	Cap Instantané
1	Club Med	47 51.84′ S	116 54.88′ E	26.0	102
2	Innovation Explorer	49 48.76′ S	96 09.40′ E	19.4	77
3	Warta-Polpharma	45 32.20′ S	24 15.64′ E	9.3	59
4	Team Adventure	39 47.32′ S	23 01.00′ E	12.0	96
5	Team Legato	34 28.08′ S	19 00.08′ W	10.0	249

29 janvier 2001 – 8 h (heure française)					
Rang	Nom	Latitude	Longitude	Vitesse Instantanée	Cap Instantané
1	Club Med	49 05.52′ S	130 07.32′ E	27.0	93
2	Innovation Explorer	49 03.84′ S	107 41.96′ E	24.1	82
3	Warta-Polpharma	45 10.04′ S	33 40.28′ E	13.2	83
4	Team Adventure	40 54.88′ S	35 12.44′ E	23.2	105
5	Team Legato	37 13.44′ S	16 50.96′ W	15.0	124

Distance de l'arrivée	Vitesse moyenne/1H	Cap moyen/1H	VMG	Distance en 24H	Vitesse moyenne/24H	Distance au premier
14374.3	24.4	089	22.8	567.9	23.7	.0
15058.9	18.3	083	17.4	499.2	20.8	684.6
17667.3	18.3	106	17.0	482.6	20.1	3293.0
17793.9	12.7	158	11.3	169.9	7.1	3419.6
19309.0	6.0	188	4.2	33.0	1.4	4934.7

Distance de l'arrivée	Vitesse moyenne/1H	Cap moyen/1H	VMG	Distance en 24H	Vitesse moyenne/24H	Distance au premier
13833.2	24.2	097	24.2	552.0	23.0	.0
14590.6	21.4	081	18.5	546.3	22.8	757.4
17295.9	14.9	104	14.0	439.7	18.3	3462.7
17543.4	13.1	108	12.3	252.6	10.5	3710.2
19179.6	11.4	244	-2.3	235.4	9.8	5346.4

Distance de l'arrivée	Vitesse moyenne/1H	Cap moyen/1H	VMG	Distance en 24H	Vitesse moyenne/24H	Distance au premier
13304.1	24.1	104	23.4	529.8	22.1	.0
14175.4	21.0	076	18.5	452.1	18.8	871.4
16972.9	15.2	081	11.5	397.2	16.6	3668.8
17058.2	24.3	095	20.8	561.0	23.4	3754.2
18984.9	12.4	132	12.2	195.7	8.2	5680.8

30 janvier 2001 – 8 h (heure française)					
Rang	Nom	Latitude	Longitude	Vitesse Instantanée	Cap Instantané
1	Club Med	51 27.72′ S	142 28.92′ E		
2	Innovation Explorer	48 44.04′ S	123 02.52′ E	30.3	94
3	Team Adventure	41 08.24′ S	44 51.60′ E	17.1	42
4	Warta-Polpharma	41 59.48′ S	37 44.96′ E	11.1	360
5	Team Legato	40 08.20′ S	10 35.88′ W	22.0	94

31 janvier 2001 – 11 h (heure française)					
Rang	Nom	Latitude	Longitude	Vitesse Instantanée	Cap Instantané
1	Club Med	47 16.28′ S	158 20.60′ E	24.0	48
2	Innovation Explorer	47 49.76′ S	139 50.52′ E	23.3	78
3	Team Adventure	42 13.72′ S	52 35.56′ E	14.2	104
4	Warta-Polpharma	38 59.44′ S	41 13.92′ E	20.2	91
5	Team Legato	40 02.76′ S	1 01.44′ E	26.0	74

1er février 2001 – 8 h (heure française)					
Rang	Nom	Latitude	Longitude	Vitesse Instantanée	Cap Instantané
1	Club Med	42 17.72′ S	166 39.28′ E	26.0	24
2	Innovation Explorer	46 41.48′ S	148 32.80′ E	15.0	76
3	Team Adventure	43 59.80′ S	59 56.60′ E	16.0	113
4	Warta-Polpharma	40 39.52′ S	46 40.44′ E	16.2	145
5	Team Legato	41 08.48′ S	8 17.24′ E	16.0	93

Distance de l'arrivée	Vitesse moyenne/1H	Cap moyen/1H	VMG	Distance en 24H	Vitesse moyenne/24H	Distance au premier
12837.5	22.7	114	17.5	517.6	21.6	.0
13583.8	23.0	080	22.1	604.5	25.2	746.3
16694.4	18.0	060	7.4	436.9	18.2	3856.9
16927.6	12.7	354	-8.2	260.2	10.8	4090.1
18662.4	19.8	102	16.0	340.9	14.2	5824.9

Distance de l'arrivée	Vitesse moyenne/1H	Cap moyen/1H	VMG	Distance en 24H	Vitesse moyenne/24H	Distance au premier
12187.6	25.5	062	25.5	562.5	23.4	.0
12914.3	21.6	077	21.4	573.7	23.9	726.6
16372.2	14.4	112	14.1	312.1	13.0	4184.6
16904.9	20.4	072	11.5	206.0	8.6	4717.3
18296.2	20.0	083	12.4	459.0	19.1	6108.6

Distance de l'arrivée	Vitesse moyenne/1H	Cap moyen/1H	VMG	Distance en 24H	Vitesse moyenne/24H	Distance au premier
11732.7	21.4	027	16.0	565.1	23.5	.0
12548.4	17.7	079	17.7	450.3	18.8	815.6
16038.0	16.1	107	15.5	396.8	16.5	4305.3
16637.1	14.6	133	14.5	336.5	14.0	4904.4
18001.3	16.7	095	13.4	412.9	17.2	6268.6

2 février 2001 – 8 h (heure française)					
Rang	Nom	Latitude	Longitude	Vitesse Instantanée	Cap Instantané
1	Club Med	42 17.72′ S	166 39.28′ E	26.0	24
2	Innovation Explorer	46 41.48′ S	148 32.80′ E	15.0	76
3	Team Adventure	43 59.80′ S	59 56.60′ E	16.0	113
4	Warta-Polpharma	40 39.52′ S	46 40.44′ E	16.2	145
5	Team Legato	41 08.48′ S	8 17.24′ E	16.0	93

3 février 2001 – 8 h (heure française)					
Rang	Nom	Latitude	Longitude	Vitesse Instantanée	Cap Instantané
1	Club Med	43 24.00′ S	178 45.72′ E	22.0	123
2	Innovation Explorer	41 42.72′ S	170 31.36′ E	25.2	92
3	Team Adventure	44 57.08′ S	80 51.48′ E	30.1	54
4	Warta-Polpharma	45 49.12′ S	60 56.48′ E	11.4	176
5	Team Legato	43 05.44′ S	26 32.60′ E	20.0	95

4 février 2001 – 8 h (heure française)					
Rang	Nom	Latitude	Longitude	Vitesse Instantanée	Cap Instantané
1	Club Med	47 09.96′ S	170 20.76′ W	24.0	112
2	Innovation Explorer	41 55.48′ S	175 05.80′ E	17.2	109
3	Team Adventure	41 45.12′ S	92 51.28′ E	23.1	80
4	Warta-Polpharma	46 55.00′ S	67 48.00′ E	13.2	85
5	Team Legato	46 54.16′ S	36 21.52′ E	22.0	143

Distance de l'arrivée	Vitesse moyenne/1H	Cap moyen/1H	VMG	Distance en 24H	Vitesse moyenne/24H	Distance au premier
11732.7	21.4	027	16.0	565.1	23.5	.0
12548.4	17.7	079	17.7	450.3	18.8	815.6
16038.0	16.1	107	15.5	396.8	16.5	4305.3
16637.1	14.6	133	14.5	336.5	14.0	4904.4
18001.3	16.7	095	13.4	412.9	17.2	6268.6

Distance de l'arrivée	Vitesse moyenne/1H	Cap moyen/1H	VMG	Distance en 24H	Vitesse moyenne/24H	Distance au premier
11105.2	13.1	147	12.9	220.0	9.2	.0
11563.1	20.1	089	16.9	397.8	16.6	458.0
15268.6	26.2	061	12.4	517.6	21.6	4163.5
15945.8	12.2	158	9.4	336.2	14.0	4840.7
17290.6	15.1	119	15.0	374.1	15.6	6185.5

Distance de l'arrivée	Vitesse moyenne/1H	Cap moyen/1H	VMG	Distance en 24H	Vitesse moyenne/24H	Distance au premier
10621.8	23.2	123	22.8	511.7	21.3	.0
11278.7	21.9	140	21.9	204.9	8.5	656.9
14902.3	22.8	079	17.8	556.9	23.2	4280.4
15650.1	15.9	089	13.9	294.0	12.2	5028.3
16809.0	16.8	131	16.4	474.6	19.8	6187.2

5 février 2001 – 8 h (heure française)					
Rang	Nom	Latitude	Longitude	Vitesse Instantanée	Cap Instantané
1	Club Med	50 23.28′ S	158 43.40′ W	21.0	133
2	Innovation Explorer	44 51.76′ S	174 02.08′ W	22.1	102
3	Team Adventure	40 05.48′ S	103 56.88′ E	17.1	73
4	Warta-Polpharma	47 39.76′ S	77 40.12′ E	25.2	91
5	Team Legato	46 57.32′ S	45 23.60′ E	14.2	83

6 février 2001 – 8 h (heure française)					
Rang	Nom	Latitude	Longitude	Vitesse Instantanée	Cap Instantané
1	Club Med	54 53.40′ S	147 39.56′ W	17.0	94
2	Innovation Explorer	49 19.08′ S	161 20.60′ W	31.4	133
3	Team Adventure	39 44.64′ S	108 39.28′ E	12.1	80
4	Warta-Polpharma	46 28.56′ S	87 53.48′ E	16.1	61
5	Team Legato	47 14.96′ S	56 54.04′ E	21.0	106

7 février 2001 – 8 h (heure française)					
Rang	Nom	Latitude	Longitude	Vitesse Instantanée	Cap Instantané
1	Club Med	57 16.76′ S	132 19.04′ W	27.0	112
2	Innovation Explorer	53 45.08′ S	152 25.36′ W	26.1	91
3	Team Adventure	41 20.12′ S	115 09.64′ E	19.1	114
4	Warta-Polpharma	50 07.16′ S	92 47.20′ E	9.1	154
5	Team Legato	47 16.56′ S	67 26.32′ E	15.4	77

Distance de l'arrivée	Vitesse moyenne/1H	Cap moyen/1H	VMG	Distance en 24H	Vitesse moyenne/24H	Distance au premier
10148.1	18.9	127	18.8	497.9	20.7	.0
10828.3	23.1	113	21.3	505.1	21.0	680.2
14493.5	18.3	083	15.6	512.3	21.3	4345.4
15285.5	25.3	089	20.8	398.2	16.6	5137.4
16479.7	19.8	076	15.0	370.0	15.4	6331.6

Distance de l'arrivée	Vitesse moyenne/1H	Cap moyen/1H	VMG	Distance en 24H	Vitesse moyenne/24H	Distance au premier
9663.9	19.2	102	18.3	484.2	20.2	.0
10267.2	25.1	125	24.9	582.3	24.3	603.3
14303.1	11.2	078	9.2	217.6	9.1	4639.2
14960.0	15.9	060	8.5	423.5	17.6	5296.0
16048.5	22.8	108	22.6	469.9	19.6	6384.6

Distance de l'arrivée	Vitesse moyenne/1H	Cap moyen/1H	VMG	Distance en 24H	Vitesse moyenne/24H	Distance au premier
9140.5	26.6	105	26.3	532.0	22.2	.0
9841.9	23.3	092	20.0	425.6	17.7	701.5
13991.9	18.3	107	18.3	311.6	13.0	4851.5
14690.2	9.3	176	4.1	293.1	12.2	5549.7
15659.9	15.7	075	11.7	428.8	17.9	6519.5

8 février 2001 – 8 h (heure française)					
Rang	Nom	Latitude	Longitude	Vitesse Instantanée	Cap Instantané
1	Club Med	57 52.92′ S	111 23.04′ W		95
2	Innovation Explorer	56 32.88′ S	137 41.94′ W		84
3	Team Adventure	44 30.96′ S	129 07.44′ E	28	107
4	Warta-Polpharma	49 05.96′ S	104 28.04′ E	20.4	69
5	Team Legato	49 01.88′ S	80 21.92′ E	23	117

9 février 2001 – 8 h (heure française)					
Rang	Nom	Latitude	Longitude	Vitesse Instantanée	Cap Instantané
1	Club Med	57 20.20′ S	92 42.72′ W	27.0	80
2	Innovation Explorer	58 30.52′ S	122 34.04′ W	25.4	74
3	Team Adventure	45 02.00′ S	139 30.00′ E	16.0	58
4	Warta-Polpharma	47 59.44′ S	114 08.96′ E	22.2	89
5	Team Legato	50 53.52′ S	90 56.40′ E	21.0	129

10 février 2001 – 8 h (heure française)					
Rang	Nom	Latitude	Longitude	Vitesse Instantanée	Cap Instantané
1	Club Med	55 26.68′ S	79 17.80′ W	14.0	77
2	Innovation Explorer	55 09.72′ S	105 58.00′ W	16.3	76
3	Team Adventure	46 33.28′ S	148 48.84′ E	25.2	118
4	Warta-Polpharma	46 40.48′ S	125 35.64′ E	22.0	77
5	Team Legato	49 19.84′ S	100 44.00′ E	19.3	83

Distance de l'arrivée	Vitesse moyenne/1H	Cap moyen/1H	VMG	Distance en 24H	Vitesse moyenne/24H	Distance au premier
8483.9	27.4	95	26.8	652.4	27.2	.0
9310.5	22.6	84	19.3	507.8	21.2	826.6
13378	26.7	110	26.2	585.3	24.4	4894.1
14328.3	21.9	72	18.0	429.6	19.7	5844.4
15210	24.1	108	23.6	479.3	20	6726.1

Distance de l'arrivée	Vitesse moyenne/1H	Cap moyen/1H	VMG	Distance en 24H	Vitesse moyenne/24H	Distance au premier
7913.8	24.4	083	23.7	628.2	26.2	.0
8824.2	25.3	068	19.3	519.2	21.6	910.4
12912.1	21.1	063	18.6	510.4	21.3	4998.4
13927.3	20.5	086	19.7	474.1	19.8	6013.5
14736.9	22.3	108	22.2	508.6	21.2	6823.1

Distance de l'arrivée	Vitesse moyenne/1H	Cap moyen/1H	VMG	Distance en 24H	Vitesse moyenne/24H	Distance au premier
7485.1	16.4	072	14.6	458.3	19.1	.0
8372.5	23.3	072	18.6	580.4	24.2	887.4
12528.3	19.9	132	12.2	401.3	16.7	5043.2
13481.5	19.1	082	18.5	471.6	19.6	5996.4
14419.1	18.4	094	17.8	387.4	16.1	6934.0

11 février 2001 – 8 h (heure française)					
Rang	Nom	Latitude	Longitude	Vitesse Instantanée	Cap Instantané
1	Club Med	56 05.32′ S	65 41.24′ W	25.0	88
2	Innovation Explorer	55 07.68′ S	90 21.24′ W	27.2	94
3	Team Adventure	44 51.00′ S	158 10.60′ E	13.1	57
4	Warta-Polpharma	45 21.64′ S	136 10.40′ E	21.2	79
5	Team Legato	49 08.52′ S	109 59.00′ E	16.0	89

12 février 2001 – 8 h (heure française)					
Rang	Nom	Latitude	Longitude	Vitesse Instantanée	Cap Instantané
1	Club Med	49 31.64′ S	54 28.32′ W	25.0	35
2	Innovation Explorer	55 08.36′ S	75 10.68′ W	22.2	153
3	Team Adventure	44 20.88′ S	160 59.40′ E	4.0	101
4	Warta-Polpharma	45 04.80′ S	144 49.80′ E	8.2	86
5	Team Legato	50 32.12′ S	118 50.60′ E	18.0	114

13 février 2001 – 8 h (heure française)					
Rang	Nom	Latitude	Longitude	Vitesse Instantanée	Cap Instantané
1	Club Med	42 39.24′ S	46 02.52′ W	20.0	28
2	Innovation Explorer	54 37.60′ S	63 00.56′ W	7.3	66
3	Team Adventure	42 47.52′ S	166 01.96′ E	14.4	73
4	Warta-Polpharma	45 08.12′ S	150 18.36′ E	20.1	84
5	Team Legato	50 54.40′ S	129 16.20′ E	20.0	85

Distance de l'arrivée	Vitesse moyenne/1H	Cap moyen/1H	VMG	Distance en 24H	Vitesse moyenne/24H	Distance au premier
7034.7	24.1	091	16.5	460.3	19.2	.0
7858.5	25.2	084	23.6	534.3	22.3	823.8
12123.1	13.5	061	13.2	405.2	16.9	5088.4
13040.0	18.2	083	17.9	457.3	19.1	6005.3
14073.4	14.9	103	14.9	364.5	15.2	7038.7

Distance de l'arrivée	Vitesse moyenne/1H	Cap moyen/1H	VMG	Distance en 24H	Vitesse moyenne/24H	Distance au premier
6477.0	23.6	036	23.6	561.7	23.4	.0
7352.0	23.0	143	18.2	517.4	21.6	874.9
11999.6	3.0	081	2.9	123.9	5.2	5522.6
12683.2	9.2	083	9.2	358.6	14.9	6206.2
13721.6	15.4	114	14.7	352.7	14.7	7244.6

Distance de l'arrivée	Vitesse moyenne/1H	Cap moyen/1H	VMG	Distance en 24H	Vitesse moyenne/24H	Distance au premier
5939.8	21.4	026	21.4	543.9	22.7	.0
6908.3	8.1	030	7.9	420.7	17.5	968.5
11761.5	15.0	076	14.8	238.2	9.9	5821.7
12452.8	18.8	086	18.7	231.9	9.7	6513.0
13325.3	19.6	080	19.4	396.4	16.5	7385.5

14 février 2001 – 8 h (heure française)					
Rang	Nom	Latitude	Longitude	Vitesse Instantanée	Cap Instantané
1	Club Med	36 53.92′ S	45 04.88′ W	14.0	337
2	Innovation Explorer	50 35.20′ S	55 24.04′ W	14.0	66
3	Team Adventure	41 58.32′ S	170 13.08′ E	4.2	34
4	Warta-Polpharma	43 25.68′ S	158 18.92′ E	12.4	82
5	Team Legato	49 52.00′ S	140 39.92′ E	19.4	98

15 février 2001 – 8 h (heure française)					
Rang	Nom	Latitude	Longitude	Vitesse Instantanée	Cap Instantané
1	Club Med	32 40.88′ S	42 47.20′ W	6.0	96
2	Innovation Explorer	49 04.40′ S	50 13.20′ W	17.0	63
3	Team Adventure	40 39.04′ S	174 03.96′ E	24.4	105
4	Warta-Polpharma	42 26.88′ S	164 34.24′ E	11.0	73
5	Team Legato	49 57.52′ S	151 32.96′ E	16.0	91

16 février 2001 – 8 h (heure française)					
Rang	Nom	Latitude	Longitude	Vitesse Instantanée	Cap Instantané
1	Club Med	29 39.24′ S	40 02.24′ W	8.0	29
2	Innovation Explorer	44 05.24′ S	42 12.04′ W	21.0	49
3	Team Adventure	41 17.04′ S	174 46.80′ E	0.0	357
4	Warta-Polpharma	40 55.56′ S	171 19.64′ E	18.2	89
5	Team Legato	46 56.20′ S	161 56.72′ E	21.0	40

Distance de l'arrivée	Vitesse moyenne/1H	Cap moyen/1H	VMG	Distance en 24H	Vitesse moyenne/24H	Distance au premier
5614.8	11.6	336	7.0	348.2	14.5	.0
6546.5	12.8	021	12.4	367.9	15.3	931.7
11575.9	5.8	021	5.0	191.6	8.0	5961.1
12097.2	14.5	072	14.3	358.5	14.9	6482.4
12885.6	19.0	081	19.0	439.9	18.3	7270.8

Distance de l'arrivée	Vitesse moyenne/1H	Cap moyen/1H	VMG	Distance en 24H	Vitesse moyenne/24H	Distance au premier
5338.2	6.4	039	6.3	277.1	11.5	.0
6360.7	18.7	081	12.2	220.1	9.2	1022.5
11368.6	22.3	113	22.1	189.6	7.9	6030.3
11815.8	12.8	080	12.7	282.4	11.8	6477.6
12486.2	17.4	092	15.6	420.2	17.5	7148.0

Distance de l'arrivée	Vitesse moyenne/1H	Cap moyen/1H	VMG	Distance en 24H	Vitesse moyenne/24H	Distance au premier
5112.9	10.1	037	9.9	230.0	9.6	.0
5942.4	20.2	048	18.6	445.5	18.6	829.6
11317.2	.1	139	.0	49.9	2.1	6204.3
11499.9	18.2	071	18.2	316.1	13.2	6387.0
12037.9	20.7	048	20.6	451.2	18.8	6925.0

17 février 2001 – 8 h (heure française)					
Rang	**Nom**	**Latitude**	**Longitude**	**Vitesse Instantanée**	**Cap Instantané**
1	Club Med	26 53.68′ S	35 43.28′ W	12.0	69
2	Innovation Explorer	40 51.08′ S	33 21.32′ W	15.2	70
3	Warta-Polpharma	41 23.56′ S	174 42.56′ E	7.1	101
4	Team Adventure	41 17.00′ S	174 46.76′ E	0.0	357
5	Team Legato	42 24.00′ S	167 10.04′ E	17.3	72

18 février 2001 – 8 h (heure française)					
Rang	**Nom**	**Latitude**	**Longitude**	**Vitesse Instantanée**	**Cap Instantané**
1	Club Med	22 46.52′ S	34 20.64′ W	18.0	5
2	Innovation Explorer	38 40.56′ S	29 31.44′ W	11.0	46
3	Warta-Polpharma	41 48.72′ S	179 07.12′ E	16.4	95
4	Team Adventure	41 17.00′ S	174 46.76′ E	0.0	357
5	Team Legato	40 40.20′ S	173 43.76′ E	9.1	57

19 février 2001 – 8 h (heure française)					
Rang	**Nom**	**Latitude**	**Longitude**	**Vitesse Instantanée**	**Cap Instantané**
1	Club Med	15 42.80′ S	33 14.12′ W	19.0	12
2	Innovation Explorer	33 48.04′ S	25 19.12′ W	16.4	30
3	Warta-Polpharma	44 04.88′ S	172 10.96′ W	12.1	102
4	Team Adventure	42 32.32′ S	174 48.48′ E	27.1	183
5	Team Legato	41 17.04′ S	174 46.76′ E	0.0	281

Distance de l'arrivée	Vitesse moyenne/1H	Cap moyen/1H	VMG	Distance en 24H	Vitesse moyenne/24H	Distance au premier
4870.0	12.3	075	7.4	281.8	11.7	.0
5623.6	17.6	072	9.9	436.7	18.2	753.6
11314.3	5.7	120	5.4	155.3	6.5	6444.3
11317.2	.0	000	.0	.1	.0	6447.2
11706.2	14.4	066	14.4	351.6	14.7	6836.2

Distance de l'arrivée	Vitesse moyenne/1H	Cap moyen/1H	VMG	Distance en 24H	Vitesse moyenne/24H	Distance au premier
4603.2	19.6	004	18.6	261.9	10.9	.0
5449.5	11.5	072	5.9	227.6	9.5	846.2
11160.4	15.4	091	10.4	203.0	8.5	6557.1
11317.2	.0	000	.0	.0	.0	6714.0
11383.5	3.2	088	3.2	312.4	13.0	6780.2

Distance de l'arrivée	Vitesse moyenne/1H	Cap moyen/1H	VMG	Distance en 24H	Vitesse moyenne/24H	Distance au premier
4196.2	18.6	011	18.2	418.3	17.4	.0
5126.5	16.3	025	15.7	349.0	14.5	930.3
10806.7	16.3	103	13.6	397.1	16.5	6610.6
11259.4	28.9	182	21.5	75.3	3.1	7063.2
11317.2	.0	000	.0	60.2	2.5	7121.0

20 février 2001 – 8 h (heure française)					
Rang	Nom	Latitude	Longitude	Vitesse Instantanée	Cap Instantané
1	Club Med	10 01.80′ S	31 55.28′ W	22.0	15
2	Innovation Explorer	29 41.36′ S	24 05.00′ W	11.3	49
3	Warta-Polpharma	46 02.80′ S	164 51.04′ W	19.2	67
4	Team Adventure	44 41.04′ S	173 48.04′ W	28.4	80
5	Team Legato	41 17.04′ S	174 46.76′ E	0.0	281

21 février 2001 – 8 h (heure française)					
Rang	Nom	Latitude	Longitude	Vitesse Instantanée	Cap Instantané
1	Club Med	2 58.24′ S	30 04.88′ W	14.0	355
2	Innovation Explorer	25 44.28′ S	25 13.20′ W	9.1	23
3	Warta-Polpharma	46 48.92′ S	154 37.12′ W	11.0	101
4	Team Adventure	45 31.08′ S	161 19.24′ W	27.2	128
5	Team Legato	41 17.00′ S	174 46.72′ E	0.0	11

22 février 2001 – 8 h (heure française)					
Rang	Nom	Latitude	Longitude	Vitesse Instantanée	Cap Instantané
1	Club Med	1 56.56′ N	29 50.60′ W	10.0	330
2	Innovation Explorer	16 49.84′ S	27 03.28′ W	17.4	355
3	Warta-Polpharma	48 34.68′ S	144 59.76′ W	20.0	101
4	Team Adventure	51 49.40′ S	151 45.16′ W	14.1	139
5	Team Legato	42 04.24′ S	175 58.68′ E	3.4	108

Distance de l'arrivée	Vitesse moyenne/1H	Cap moyen/1H	VMG	Distance en 24H	Vitesse moyenne/24H	Distance au premier
3852.4	20.6	018	20.4	349.6	14.6	.0
4873.1	11.1	053	8.0	254.6	10.6	1020.7
10503.8	15.5	077	8.4	332.2	13.8	6651.3
10829.0	26.8	081	15.2	510.9	21.3	6976.6
11317.2	.0	000	.0	.0	.0	7464.7

Distance de l'arrivée	Vitesse moyenne/1H	Cap moyen/1H	VMG	Distance en 24H	Vitesse moyenne/24H	Distance au premier
3421.6	17.4	006	16.4	437.5	18.2	.0
4648.5	13.1	350	12.3	244.7	10.2	1226.9
10165.6	15.4	103	13.2	425.3	17.7	6744.0
10420.0	24.0	131	24.0	530.4	22.1	6998.4
11317.2	.1	310	.0	.1	.0	7895.6

Distance de l'arrivée	Vitesse moyenne/1H	Cap moyen/1H	VMG	Distance en 24H	Vitesse moyenne/24H	Distance au premier
3153.4	12.0	330	6.2	295.2	12.3	.0
4147.0	21.4	345	18.8	544.2	22.7	993.6
9807.2	15.9	112	15.0	402.4	16.8	6653.8
9886.9	14.8	136	14.6	534.8	22.3	6733.5
11246.3	3.8	101	3.0	71.6	3.0	8092.9

23 février 2001 – 8 h (heure française)					
Rang	Nom	Latitude	Longitude	Vitesse Instantanée	Cap Instantané
1	Club Med	7 00.16′ N	30 45.20′ W	12.0	4
2	Innovation Explorer	9 42.44′ S	29 46.08′ W	25.4	341
3	Team Adventure	54 24.84′ S	138 19.76′ W	23.0	90
4	Warta-Polpharma	51 06.96′ S	135 02.48′ W	19.3	113
5	Team Legato	43 06.92′ S	176 03.20′ W	18.0	99

24 février 2001 – 12 h (heure française)					
Rang	Nom	Latitude	Longitude	Vitesse Instantanée	Cap Instantané
1	Club Med	12 53.72′ N	31 44.52′ W	13.0	4
2	Innovation Explorer	0 21.28′ S	31 47.84′ W	12.4	343
3	Warta-Polpharma	54 34.76′ S	124 15.12′ W	16.4	125
4	Team Adventure	53 49.40′ S	124 09.60′ W	23.4	60
5	Team Legato	45 54.80′ S	171 03.28′ W	16.0	109

25 février 2001 – 8 h (heure française)					
Rang	Nom	Latitude	Longitude	Vitesse Instantanée	Cap Instantané
1	Club Med	17 06.12′ N	31 23.36′ W	12.0	27
2	Innovation Explorer	3 29.68′ N	32 55.36′ W	10.4	328
3	Team Adventure	53 59.96′ S	113 48.56′ W	24.1	92
4	Warta-Polpharma	53 39.04′ S	115 33.80′ W	10.4	112
5	Team Legato	47 44.96′ S	164 30.48′ W	14.0	115

Distance de l'arrivée	Vitesse moyenne/1H	Cap moyen/1H	VMG	Distance en 24H	Vitesse moyenne/24H	Distance au premier
2926.1	13.3	004	11.4	308.5	12.9	.0
3786.3	23.6	341	18.3	455.8	19.0	860.2
9400.3	21.9	091	18.8	505.4	21.1	6474.3
9410.7	18.0	140	17.4	412.6	17.2	6484.6
10965.1	16.1	097	12.2	356.4	14.8	8039.0

Distance de l'arrivée	Vitesse moyenne/1H	Cap moyen/1H	VMG	Distance en 24H	Vitesse moyenne/24H	Distance au premier
2676.5	14.4	356	10.4	315.4	13.1	.0
3331.5	17.2	355	14.1	482.7	20.1	655.0
8960.2	15.8	129	15.4	369.7	15.4	6283.7
8985.9	19.3	060	10.1	429.9	17.9	6309.3
10695.0	17.8	119	17.1	231.4	9.6	8018.4

Distance de l'arrivée	Vitesse moyenne/1H	Cap moyen/1H	VMG	Distance en 24H	Vitesse moyenne/24H	Distance au premier
2483.2	11.6	017	10.2	300.0	12.5	.0
3173.0	10.4	334	5.2	316.0	13.2	689.8
8651.8	21.1	091	19.5	426.0	17.7	6168.7
8717.0	14.6	098	13.9	343.9	14.3	6233.9
10423.8	11.9	114	11.2	359.0	15.0	7940.7

26 février 2001 – 8 h (heure française)					
Rang	**Nom**	**Latitude**	**Longitude**	**Vitesse Instantanée**	**Cap Instantané**
	Club Med	19 46.52′ N	29 55.80′ W	9.0	24
2	Innovation Explorer	8 53.08′ N	34 04.44′ W	12.4	352
3	Team Adventure	53 48.64′ S	100 42.68′ W	15.0	85
4	Warta-Polpharma	53 19.36′ S	107 15.76′ W	12.2	72
5	Team Legato	47 32.80′ S	160 14.80′ W	0.0	32

27 février 2001 – 8 h (heure française)					
Rang	**Nom**	**Latitude**	**Longitude**	**Vitesse Instantanée**	**Cap Instantané**
1	Club Med	25 30.00′ N	24 17.64′ W	23.0	54
2	Innovation Explorer	14 23.20′ N	33 40.12′ W	16.0	11
3	Team Adventure	53 27.48′ S	88 04.68′ W	17.2	101
4	Warta-Polpharma	53 10.44′ S	99 15.52′ W	10.2	74
5	Team Legato	46 13.32′ S	157 34.16′ W	13.0	77

28 février 2001 – 8 h (heure française)					
Rang	**Nom**	**Latitude**	**Longitude**	**Vitesse Instantanée**	**Cap Instantané**
1	Club Med	29 27.28′ N	20 02.72′ W	11.0	319
2	Innovation Explorer	18 33.84′ N	33 32.00′ W	16.0	20
3	Team Adventure	56 05.88′ S	75 56.64′ W	18.2	100
4	Warta-Polpharma	53 53.96′ S	89 35.44′ W	12.3	117
5	Team Legato	45 56.76′ S	149 03.88′ W	15.2	67

Distance de l'arrivée	Vitesse moyenne/1H	Cap moyen/1H	VMG	Distance en 24H	Vitesse moyenne/24H	Distance au premier
2312.4	8.6	020	7.6	180.6	7.5	.0
2954.4	13.1	358	10.1	330.6	13.8	642.0
8226.6	18.4	093	17.5	462.5	19.3	5914.2
8454.3	10.8	089	9.8	296.8	12.4	6141.9
10304.2	.4	051	.1	172.7	7.2	7991.8

Distance de l'arrivée	Vitesse moyenne/1H	Cap moyen/1H	VMG	Distance en 24H	Vitesse moyenne/24H	Distance au premier
1852.5	21.3	051	21.3	464.0	19.3	.0
2691.5	11.5	014	10.0	331.0	13.8	839.1
7811.2	16.9	093	16.2	449.4	18.7	5958.7
8191.9	12.8	095	12.3	287.4	12.0	6339.5
10278.2	8.8	051	1.1	135.5	5.6	8425.8

Distance de l'arrivée	Vitesse moyenne/1H	Cap moyen/1H	VMG	Distance en 24H	Vitesse moyenne/24H	Distance au premier
1531.1	10.0	353	4.4	327.7	13.7	.0
2513.3	16.1	013	13.0	250.8	10.4	982.2
7367.8	19.0	094	18.9	448.1	18.7	5836.7
7853.2	16.8	109	16.8	347.2	14.5	6322.1
10035.9	16.4	056	3.4	354.2	14.8	8504.8

1er mars 2001 – 8 h (heure française)					
Rang	Nom	Latitude	Longitude	Vitesse Instantanée	Cap Instantané
1	Club Med	33 10.92′ N	11 44.00′ W	23.0	68
2	Innovation Explorer	24 18.08′ N	32 18.52′ W	23.3	24
3	Team Adventure	54 56.76′ S	65 17.56′ W	4.1	104
4	Warta-Polpharma	54 45.16′ S	77 54.08′ W	18.3	87
5	Team Legato	45 40.04′ S	144 44.16′ W	4.1	162

2 mars 2001 – 8 h (heure française)					
Rang	Nom	Latitude	Longitude	Vitesse Instantanée	Cap Instantané
1	Club Med	36 18.76′ N	4 05.72′ W	14.0	73
2	Innovation Explorer	29 40.96′ N	24 34.64′ W	16.3	72
3	Team Adventure	50 07.52′ S	59 22.52′ W	16.4	56
4	Warta-Polpharma	56 10.16′ S	68 10.16′ W	7.1	53
5	Team Legato	46 38.92′ S	141 06.32′ W	10.4	78

3 mars 2001 – 8 h (heure française)					
Rang	Nom	Latitude	Longitude	Vitesse Instantanée	Cap Instantané
1	Club Med	40 01.60′ N	1 26.64′ E	18.0	54
2	Innovation Explorer	34 29.52′ N	15 12.40′ W	22.1	52
3	Team Adventure	46 28.76′ S	54 43.56′ W	7.0	351
4	Warta-Polpharma	55 01.32′ S	64 28.76′ W	15.3	60
5	Team Legato	46 23.12′ S	139 16.12′ W	10.0	74

Distance de l'arrivée	Vitesse moyenne/1H	Cap moyen/1H	VMG	Distance en 24H	Vitesse moyenne/24H	Distance au premier
1051.0	21.2	075	20.4	481.0	20.0	.0
2250.5	23.8	020	19.0	351.0	14.6	1199.5
6975.8	4.8	054	4.7	367.9	15.3	5924.8
7446.8	17.1	086	16.1	411.7	17.2	6395.8
9914.6	3.8	172	2.9	181.8	7.6	8863.6

Distance de l'arrivée	Vitesse moyenne/1H	Cap moyen/1H	VMG	Distance en 24H	Vitesse moyenne/24H	Distance au premier
629.3	7.6	067	7.5	420.6	17.5	.0
1731.4	21.9	058	21.8	524.3	21.8	1102.1
6616.1	14.2	051	13.9	360.7	15.0	5986.8
7108.2	7.8	087	7.8	341.5	14.2	6478.9
9762.6	11.8	084	8.2	162.0	6.7	9133.3

Distance de l'arrivée	Vitesse moyenne/1H	Cap moyen/1H	VMG	Distance en 24H	Vitesse moyenne/24H	Distance au premier
262.3	16.2	020	15.2	343.3	14.3	.0
1182.2	21.4	048	19.4	556.6	23.2	919.9
6329.8	9.5	335	4.8	286.8	11.9	6067.5
6960.0	10.4	068	9.4	142.8	5.9	6697.7
9715.1	4.6	070	2.3	77.5	3.2	9452.8

4 mars 2001 – 8 h (heure française)					
Rang	Nom	Latitude	Longitude	Vitesse Instantanée	Cap Instantané
1	Club Med	43 17.72′ N	5 22.40′ E	0.0	118
2	Innovation Explorer	36 06.52′ N	4 50.92′ W	18.0	115
3	Team Adventure	44 07.88′ S	52 33.28′ W	21.3	41
4	Warta-Polpharma	52 06.08′ S	61 25.56′ W	12.1	285
5	Team Legato	47 42.52′ S	136 06.08′ W	15.4	135

5 mars 2001 – 8 h (heure française)					
Rang	Nom	Latitude	Longitude	Vitesse Instantanée	Cap Instantané
1	Club Med	43 17.70′ N	5 22.38′ E		
2	Innovation Explorer	38 27.84′ N	1 46.60′ E	22.0	1
3	Team Adventure	39 05.88′ S	44 27.68′ W	17.1	56
4	Warta-Polpharma	47 56.00′ S	57 26.76′ W	13.1	35
5	Team Legato	51 23.16′ S	126 35.84′ W	14.0	103

6 mars 2001 – 8 h (heure française)					
Rang	Nom	Latitude	Longitude	Vitesse Instantanée	Cap Instantané
1	Club Med	43 17.82′ N	5 22.32′ E		
2	Innovation Explorer	42 17.32′ N	4 58.44′ E	15.0	38
3	Team Adventure	34 03.84′ S	37 33.84′ W	18.0	43
4	Warta-Polpharma	43 46.76′ S	51 40.84′ W	8.1	303
5	Team Legato	50 29.12′ S	115 34.36′ W	17.0	84

Distance de l'arrivée	Vitesse moyenne/1H	Cap moyen/1H	VMG	Distance en 24H	Vitesse moyenne/24H	Distance au premier
	.0	000		409.8	17.1	
667.7	15.8	086	15.4	516.1	21.5	.0
6151.6	21.1	049	20.5	171.0	7.1	5483.9
6756.7	11.2	302	-1.5	206.2	8.6	6089.0
9564.6	15.1	142	14.7	151.9	6.3	8896.9

Distance de l'arrivée	Vitesse moyenne/1H	Cap moyen/1H	VMG	Distance en 24H	Vitesse moyenne/24H	Distance au premier
	.1	090		.1	.0	
320.8	22.4	011	21.5	352.2	14.7	.0
5717.6	17.6	055	15.7	462.2	19.3	5396.8
6465.8	10.7	044	10.7	293.3	12.2	6145.0
9135.6	18.4	103	17.4	430.3	17.9	8814.8

Distance de l'arrivée	Vitesse moyenne/1H	Cap moyen/1H	VMG	Distance en 24H	Vitesse moyenne/24H	Distance au premier
	.1	060		.1	.0	
62.2	16.8	037	15.7	266.5	11.1	.0
5304.8	20.3	043	19.0	448.8	18.7	5242.6
6123.5	6.7	315	1.4	346.5	14.4	6061.2
8805.3	21.5	085	17.6	420.0	17.5	8743.1

9 mars 2001 – 15 h 30 (heure française)					
Rang	Nom	Latitude	Longitude	Vitesse Instantanée	Cap Instantané
3	Team Adventure	20 51.76′ S	31 08.88′ W	11.2	8
4	Warta-Polpharma	28 23.20′ S	42 31.88′ W	10.0	51
5	Team Legato	54 07.68′ S	86 22.72′ W	12.3	104

16 mars 2001 – 8 h (heure française)					
Rang	Nom	Latitude	Longitude	Vitesse Instantanée	Cap Instantané
3	Team Adventure	21 36.68′ N	31 31.60′ W	16.2	348
4	Warta-Polpharma	3 45.44′ S	29 32.60′ W	13.2	4
5	Team Legato	37 19.80′ S	46 00.60′ W	11.0	49

23 mars 2001 – 11 h 30 (heure française)					
Rang	Nom	Latitude	Longitude	Vitesse Instantanée	Cap Instantané
3	Team Adventure	41 08.68′ N	3 32.68′ E	15.2	15
4	Warta-Polpharma	3 43.08′ S	38 31.50′ W		
5	Team Legato	11 21.52′ S	33 42.68′ W	0.0	289

Distance de l'arrivée	Vitesse moyenne/1H	Cap moyen/1H	VMG	Distance en 24H	Vitesse moyenne/24H	Distance au premier
4450.4	11.8	005	11.5	245.0	10.2	.0
5104.0	4.4	020	4.3	250.3	10.4	653.7
7748.8	14.2	108	14.2	346.2	14.4	3298.4

Distance de l'arrivée	Vitesse moyenne/1H	Cap moyen/1H	VMG	Distance en 24H	Vitesse moyenne/24H	Distance au premier
2309.5	15.1	350	7.3	321.1	13.4	.0
3451.0	12.1	015	12.0	262.4	10.9	1141.4
5658.9	10.1	056	9.0	285.7	11.9	3349.3

Distance de l'arrivée	Vitesse moyenne/1H	Cap moyen/1H	VMG	Distance en 24H	Vitesse moyenne/24H	Distance au premier
180.0	11.9	047	11.4	305.5	12.7	.0
3719.8	.0	000	.0	.0	.0	3539.8
3970.1	2.4	307	.5	226.2	9.4	3790.0

29 mars 2001 – 8 h (heure française)					
Rang	Nom	Latitude	Longitude	Vitesse Instantanée	Cap Instantané
4	Team Legato	14 19.12′ N	31 55.64′ W	14.0	14
5	Warta-Polpharma	16 52.64′ N	39 17.00′ W	12.1	352

6 avril 2001 – 8 h (heure française)					
Rang	Nom	Latitude	Longitude	Vitesse Instantanée	Cap Instantané
4	Warta-Polpharma	38 13.16′ N	16 05.44′ W	14.0	50
5	Team Legato	28 14.88′ N	14 58.56′ W	9.0	72

9 avril 2001 – 21 h (heure française)					
Rang	Nom	Latitude	Longitude	Vitesse Instantanée	Cap Instantané
4	Warta-Polpharma	40 53.20′ N	2 17.84′ E	14.1	81
5	Team Legato	34 15.20′ N	7 28.84′ W	7.0	77

Distance de l'arrivée	Vitesse moyenne/1H	Cap moyen/1H	VMG	Distance en 24H	Vitesse moyenne/24H	Distance au premier
2620.3	11.7	013	10.2	276.7	11.5	.0
2829.9	13.4	352	7.0	268.2	11.2	209.5

Distance de l'arrivée	Vitesse moyenne/1H	Cap moyen/1H	VMG	Distance en 24H	Vitesse moyenne/24H	Distance au premier
1196.5	11.2	076	10.7	229.7	9.6	.0
1370.1	9.2	069	8.2	95.2	4	173.6

Distance de l'arrivée	Vitesse moyenne/1H	Cap moyen/1H	VMG	Distance en 24H	Vitesse moyenne/24H	Distance au premier
191	17.4	082	13.6	196.5	8.2	.0
842.3	8.3	078	6.4	181.4	7.6	651.3

RÈGLEMENT GÉNÉRAL

The Race
La Course du Millénaire
1er mars 2000

Préambule

Le présent règlement général de The Race, édité au 20 octobre 2000 (nommé ci-après Règlement Général) fait loi.
Tout changement aux textes officiels ne sera effectué qu'après consultation des participants.

Article 1 : l'épreuve

(...)
The Event a pour ambition d'être une épreuve sportive et culturelle ainsi que l'événement symbole du troisième millénaire.
The Event a pour objet de :
- rapprocher les différentes cultures maritimes planétaires au-delà des inerties propres à chacune des nations ;
- rassembler les marins d'exception dans un sommet de l'aventure humaine ;
- promouvoir la créativité dans le domaine de la navigation océanique ;
- concilier la haute technologie et l'environnement ;
- créer le spectacle en proposant la flotte la plus prestigieuse de voiliers océaniques de course jamais conçus ;
- garantir à ses partenaires le meilleur d'un événement sportif d'audience mondiale par l'exploitation des derniers procédés internationaux de communication multimédias.

Article 2 : les organisateurs

The Event est organisé par The Race Event SARL.
The Race Event édite les Instructions de Course et met en place les différentes structures nécessaires au bon déroulement de The Race.
The Race Event nomme et s'adjoint les services de deux directeurs de course, d'un comité de course, d'une commission de contrôle.
Un jury international et indépendant a été constitué.

Article 3 : textes

The Race est régie par l'Accord de Participation et les textes en vigueur des documents ci-dessous complétés et éventuellement modifiés par les Instructions de Course disponibles au plus tard le 1er décembre 2000 auprès de The Race Event.

3-1 L'avis de course.
3-2 Les Règles Internationales pour prévenir les abordages en mer et les textes internationaux en vigueur afférents à la sécurité en mer.
3-3 Les RCV de l'ISAF en vigueur.
3-4 Le Règlement Général et ses Annexes incluant notamment la Charte de Sécurité de The Race.

(...)
Le texte en français prévaut sur les différents textes. Toute traduction réalisée est destinée à faciliter la compréhension internationale.

Article 4 : programme

4-1 Prologue
Les Concurrents devront être présents à Monaco le 13 décembre 2000.
Un Prologue obligatoire aura lieu du 15 au 18 décembre à Monaco. Son programme sera défini par annexe, disponible auprès de The Race Event, au plus tard le 1er novembre 2000.

4-2 The Race
Le départ est fixé au 31 décembre 2000.
Le programme général détaillé sera défini par annexe, disponible auprès de The Race Event, au plus tard le 1er novembre 2000.
4-3 Final
Un Événement Final de clôture de The Event, à caractère obligatoire, sera organisé durant la période de un mois suivant l'arrivée du premier bateau.

Article 5 : parcours

Site de départ : Barcelone (Espagne)
Site d'arrivée : Marseille (France)
Les trois caps d'ouest en est :
- caps de Bonne-Espérance, Leeuwin et Horn à bâbord ;
- Cook Strait ;
- l'Antarctique à tribord.

Article 6 : admissions

6-1 Caractéristiques minimales des navires
Pour prétendre être admis à concourir, tous les bateaux devront être en accord avec les textes de la Charte de Sécurité de The Race et notamment avec les points suivants :
- être conçus pour être insubmersibles ;
- êtres étanches à l'endroit comme à l'envers ;
- être accessibles à l'endroit comme à l'envers ;
- être équipés pour une survie de l'équipage lorsque le bateau est à l'envers durant un temps suffisant compte tenu des dangereuses zones de navigation concernées, des conditions de navigation extrêmes et des délais d'intervention d'éventuels secours ;
- les Équipages devront être capables de transmettre, que le bateau soit à l'envers ou à l'endroit.

6-2 Équipages
The Race est une épreuve en équipage, disputée à bord de voiliers. Chaque équipage devra être composé de cinq personnes minimum.

Article 7 : qualifications

Les qualifications devront être achevées avant le prologue.
(...)

Article 8 : inscription

8-1 Montant de l'inscription
Le montant global de l'inscription à The Race sera de 175 000 US $.
(...)

Article 9 : propulsion

Les Concurrents devront concourir en utilisant seulement le vent et l'eau comme moyens de propulsion pour augmenter, maintenir ou diminuer la vitesse de leur bateau suivant les principes reconnus du jeu loyal et de la sportivité.

Article 10 : énergie

La seule énergie autorisée à bord pour maîtriser les éléments est la force physique humaine.
Seule l'énergie servant aux pompes de transfert des ballasts pourra faire exception.
(...)

Article 11 : moteurs

Les bateaux devront être équipés de moteurs *in board* pouvant les propulser.
Les moteurs utilisant le gas-oil sont autorisés.
Les moteurs fonctionnant avec un combustible dont le point d'éclat est inférieur à celui du gas-oil sont interdits.
Les catamarans devront avoir un moteur et un dispositif de propulsion par coque.
(...)

Article 12 : équipement particulier

Les Équipages des bateaux de The Race devront s'abstenir de jeter des matériaux non biodégradables à la mer.
(...)

Article 15 : liaisons avec la Direction de Course

Les Concurrents seront tenus de rentrer régulièrement en contact avec les Directeurs de Course. Pour cela, ils devront être équipés de matériels et de télécommunication.
(...)

Article 16 : assistance

The Race est une épreuve en équipage sans assistance et sans escale.
(...)

Article 17 : jury

Un Jury International qualifié et indépendant, composé de 7 membres, a été constitué par The Race Event et les Chefs de Bord.
L'inscription à l'épreuve et la signature de l'Accord de Participation entraînent l'acceptation sans réserves de ses décisions et l'engagement de ne recourir à aucune procédure non prévue à l'Accord de Participation et par le présent Règlement Général ou les Instructions de Course.
Ses décisions seront sans appel.

Article 18 : classement

The Race se court en temps réel absolu, sans distinction de taille ni de catégorie. Le premier arrivé sera déclaré vainqueur de The Race après validation par le jury.
Des classements spécifiques pourront être établis.
(...)

Article 19 : temps limite

Un concurrent qui n'aura pas franchi la ligne d'arrivée avant la date de fermeture de la ligne sera déclaré DNF (Do Not Finish). La date de fermeture de la ligne correspondra à 125 % du temps de course du vainqueur.

ANNEXES DU RÈGLEMENT

Ces textes sont édités après concertation des Chefs de Bord et des Équipages engagés dans The Race. Le contenu de ces documents fait l'objet d'un consensus des Participants. 20 octobre 2000

Annexe 1 : Qualifications

A l'article 7 du Règlement Général de The Race

A/ 1.1 Conditions de qualifications

Pour se qualifier, les monocoques et multicoques, menés par le Chef de Bord et a minima 50% de l'Équipage, devront obligatoirement[1] réaliser l'un des parcours ci-après définis par le World Sailing Speed Record Council (nommé ci-après le WSSRC) dans un temps inférieur à 125 % du meilleur temps enregistré respectivement par un monocoque et par un multicoque. Le livre de bord de chaque bateau fera foi pour l'établissement du temps réalisé sur le parcours de qualifications.

Les qualifications devront être achevées avant le Prologue de The Race.

A/1.2 Les Parcours

Record Atlantique Nord Ouest/Est
 New York (USA) – Cap Lizard (GB)
Record Atlantique Nord Est/Ouest
 Cadix (Esp) – Ile de San Salvador (Bahamas)
Record Pacifique Ouest/Est
 Yokohama (Japon) – San Francisco (USA)
Record TransPacific Est/Ouest
 Los Angeles (USA) – Honolulu (Hawaii)

1. Sauf cas de force majeure et après appréciation du Directeur de Course et du Comité de Course.

Record du Tour du monde
Trophée Jules-Verne
Record du Tour des Iles Britanniques
Un parcours de 2 500 milles en haute mer[1].

A/ 1.4 Temps de référence
Le terme Temps de Référence signifie le meilleur temps réalisé sur chacun des parcours décrits en 1.2 dans la catégorie monocoque et dans la catégorie multicoque, et enregistré auprès du WSSRC au 1er janvier 1999.

A/ 1.5 Parcours de fiabilité
A la demande des Directeurs de Course, il pourra être demandé aux Participants d'effectuer une qualification sur un parcours océanique au-delà de 57° de latitude nord ou sud. Celui-ci sera défini par le Directeur de Course et le Comité Technique.

Annexe 2 : moteurs

(...)
A/ 2.2 Combustible
Tout moteur fonctionnant à l'essence ou à un combustible dont le point d'éclat est inférieur à celui du gas-oil est interdit.

(...)
A/ 2.4 Autonomie
Tous les bateaux devront être équipés d'un réservoir spécifique et fixe.
La quantité de carburant embarqué et dédié à la propulsion devra permettre de naviguer au moteur avec une autonomie de 24 heures à 75 % de la puissance maximale, ceci

1. Le parcours de 2 500 milles devra être réalisé entièrement à la voile, en haute mer, sur un parcours défini avant le départ et approuvé par les Directeurs de Course. La navigation sera contrôlée par des positions obtenues par Inmarsat C ou par balises Argos. Au terme de cette qualification, chaque membre d'équipage signera un compte rendu attestant la navigation effectuée.

jusqu'au passage de la ligne d'arrivée. Il appartiendra au Chef de Bord de s'assurer que cette règle sera respectée. Afin de vérifier le respect de cette règle, la Commission de Contrôle effectuera un contrôle à l'arrivée de chaque bateau.

A/ 2.5 Commandes
Les commandes moteurs de tous les bateaux devront être accessibles de chaque poste de barre.

A/ 2.6 Puissance et manœuvres
Tous les bateaux devront être capables de naviguer sur une distance de 2 milles à une vitesse moyenne de 6 nœuds minimum par 25 nœuds de vent de face, voiles enverguées, endraillées ou ferlées sur leurs enrouleurs. Ils devront également être capables de décrire un cercle complet (360°) par la gauche et par la droite, intégrant un virement de bord et un empannage dans chaque évolution.

(...)
A/ 2.9 Progression du bateau
L'utilisation du ou des moteur(s) dans le but d'agir sur la progression du bateau est interdite durant l'intégralité de la Période de Course.
(...)

Annexe 3 : Énergie autorisée à bord

A l'article 10 du Règlement Général de The Race

A/ 3.1 Force physique humaine
La seule énergie autorisée à bord pour manœuvrer le bateau et le faire progresser, c'est-à-dire envoyer ou affaler les voiles et les régler, manœuvrer les appendices et gouverner le navire, est la force physique humaine. La force humaine inclut l'utilisation de winches mécaniques et de pompes hydrauliques activées manuellement et dont l'action est directe.

A/ 3.2 Accumulateurs

Le stockage d'énergies (hydrauliques, électriques ou autres, réalisé par des moyens manuels, avec le moteur ou de façon mécanique) utilisées pour la marche du bateau et la manœuvre, ainsi que les winches électriques sont interdits.

La charge des batteries pour faire fonctionner les moyens de télécommunication, les ordinateurs et autres équipements de navigation à bord est autorisée.

A/ 3.3 Pilotes automatiques

L'utilisation des pilotes automatiques électriques, hydrauliques ou autres est interdite. Cependant, l'utilisation de systèmes hydrauliques pour actionner la gouverne du bateau est autorisée.

A/ 3.4 Ballasts

Seule l'énergie servant aux pompes de transfert des ballasts pourra faire exception à l'article 4.1.

(...)

Annexe 6 : assistance

A l'article 16 du Règlement de The Race

A/ 6.1 Assistance médicale

L'assistance médicale n'est pas considérée comme une assistance extérieure. Le Chef de Bord qui recevra une assistance médicale durant la course sera tenu d'en informer, dès que possible et par rapport circonstancié, les Directeurs de Course.

A/ 6.2 Informations

Toute transmission d'informations de la terre vers la mer sera autorisée.

L'assistance météo sera autorisée et ouverte à tous.

A/ 6.3 Assistance entre Concurrents
En mer, l'assistance entre Concurrents sera libre.

A/ 6.4 Assistance extérieure à la course
Les Concurrents ne pourront recevoir aucune assistance en provenance de bateaux non Concurrents de The Race, de cargos, d'aéronefs ou autres.

A/ 6.5 Conditions de départ
Chaque Équipage devra prendre le départ de The Race à bord d'un bateau prêt à naviguer durant toute la Période de Course sans faire escale. Il devra donc embarquer un avitaillement et les équipements en conséquence.
(...)

A/ 6.6 Escale autorisée
Chaque bateau pourra faire une ou plusieurs escale(s) durant la Période de Course, et ceci seulement en cas d'urgence liée à la sécurité. Un simple manque d'eau ou d'avitaillement ne sera pas considéré comme une escale liée à la sécurité.

A/ 6.7 Assistance à l'escale
Lorsqu'un bateau sera amarré ou mouillé, l'Équipage pourra embarquer tout équipement/avitaillement et recevoir toute assistance.

A/ 6.8 Débarquement d'équipiers
Durant la période de Course et pour des raisons médicales seulement, le Chef de Bord pourra débarquer un ou plusieurs membres de l'Équipage. Il lui sera interdit de les remplacer.

A/ 6.9 Neutralisation
Dans le cas où un bateau rejoindrait la terre – un port ou un abri – pour y recevoir une assistance, il devra rester à l'intérieur des limites du port / de l'abri, amarré ou mouillé durant une période minimum de :

– première escale : 48 heures ;
– seconde escale : 60 heures ;
– troisième escale : 72 heures.
(...)

A/ 7.1 Matériels obligatoires fournis par les Organisateurs

Les Organisateurs fourniront, installeront et fiabiliseront à bord de chaque bateau les matériels de télécommunication suivants :

A/ 7.1.1 Un dispositif de positionnement Inmarsat C comprenant :

- un terminal Inmarsat C Thrane et Thrane TT 3020C ;
- une antenne Inmarsat C Thrane et Thrane TT 3050M ;
- un PC.

Ce dispositif sera utilisé pour les fonctions suivantes :

- suivi de la flotte (tracking, position GPS, cap et vitesse) ;
- messagerie de et vers la Race HQ (direction de course, sécurité, médical) ;
- une assistance médicale.

(...)
Note : le dispositif Inmarsat C sera GMDSS.

A/7.1.2 Un dispositif de positionnement Argos comprenant :

- 2 balises MAR YX – durée de vie 90 jours ;
- 1 balise de type Keel Over – durée de vie 30 jours ;
- des antennes.

Note : les balises Argos seront GMDSS.

(...)

A/ 7.2 Matériels obligatoires non fournis par les Organisateurs

Chaque bateau devra embarquer :

- une BLU d'une puissance minimale de 150 W ;

- un dispositif Inmarsat C « supplémentaire » équipé d'un GPS, une fonction détresse, une antenne et un PC ;
- un dispositif de balises Sarsat Cospas comprenant : a minima cinq balises Sarsat Cospas GPS émettant sur 121.5 et 406 Mhz.
- un dispositif pour balise Argos utilisé en cas de détresse : un passe-coque de loch, speedo ou dédié à cette seule fonction permettant d'installer une antenne filaire de balise Argos lorsque le bateau est retourné.

A/ 7.3 Transmissions

Les balises Sarsat Cospas, Argos, devront pouvoir émettre en toute fiabilité sur l'intégralité du parcours. Il appartiendra au Chef de Bord de s'assurer que les antennes seront opérationnelles, que le bateau soit à l'endroit ou à l'envers, et qu'elles seront « vues » par les satellites, même si ces derniers ont une élévation très faible.

Il lui appartiendra également de s'assurer de l'embarquement de piles ou batteries et générateurs afin de pouvoir émettre durant une période de 10 jours minimum, en cas de problème de sécurité, que le bateau soit à l'endroit ou à l'envers.

(...)

A/ 7.5 Recommandations

Il est fortement recommandé à chaque Chef de Bord d'embarquer les équipements suivants :

- un terminal Inmarsat téléphone satellite Mini M avec antenne marine ;
- un dispositif intégrant une antenne, les câbles, une source d'énergie permettant d'émettre par Inmarsat C durant une période de 10 jours minimum en cas de problème de sécurité, que le bateau soit à l'endroit ou à l'envers.

Annexe 9 : responsabilité

A l'article 21 du Règlement Général de The Race

A/ 9.1 Rôle des Organisateurs

Le rôle des Organisateurs et de leurs partenaires se limite à assurer la régularité sportive de The Race.

La responsabilité de la sécurité de chaque Chef de Bord et de chaque Équipage incombe au Chef de Bord, équipier, architecte, constructeur ainsi qu'au Chef de Projet et non aux Organisateurs dont ce n'est pas le rôle. Les Organisateurs déclinent toute responsabilité en ce qui concerne la sécurité des bateaux des Concurrents, du Chef de Bord et de l'Équipage.

Les Chefs de Bord, Équipages, architectes, constructeurs ainsi que les Chefs de Projet s'engagent à contribuer à améliorer la sécurité ainsi qu'à continuer à mettre au point la Charte de Sécurité de The Race. Tous les Équipages devront participer aux réunions de sécurité qui seront organisées avant le départ de The Race.

La Charte de Sécurité définit les minima de sécurité que les Concurrents décident de s'imposer à eux-mêmes et à tous les autres Concurrents. Chacun devra, s'il l'estime nécessaire, en fonction de son expérience, de son bateau et de son Équipage, aller au-delà de ces minima.

(...)

A/ 9.4 Décision de prendre la mer

Chaque Chef de Bord et son Équipage participeront à l'épreuve à leurs risques et périls et sous leur responsabilité à tous les effets. Il appartiendra à chaque Chef de Bord de juger, en fonction de ses connaissances, des équipements dont il dispose, de la météo présente, des prévisions météorologiques, etc., de l'opportunité de prendre ou de ne pas prendre le départ de The Race, ou de la continuer, notamment en effectuant le parcours de départ et en virant d'éventuelles marques proches de la terre qui permettent au public ou à la presse de voir les bateaux des Concurrents en mer.

Tout renseignement qu'un membre des Organisateurs pourrait fournir avant ou au cours de The Race, tel que, par exemple, un avis de coup de vent, constitue un élément parmi d'autres sur lesquels le Chef de Bord pourra fonder sa décision, sans que cela puisse engager la responsabilité des Organisateurs ou de leurs partenaires.
(...)

Annexe 10 : Charte de Sécurité de The Race
A l'article 3 du Règlement Général de The Race

A la demande des Participants et en accord avec les Organisateurs, les textes relatifs à la sécurité des Concurrents en mer sont rassemblés sous la forme d'une charte dénommée : « La Charte de Sécurité de The Race ».
(...)

A/ 10 P.4 Objet de la Charte de Sécurité de The Race
Prenant en compte leur très grande expérience dans la navigation hauturière, conscients qu'ils embarqueront à bord de prototypes originaux (par leur très grande taille et leur potentiel de vitesse) et soucieux de tout mettre en œuvre pour garantir leur sécurité et celle des autres Concurrents, les Chefs de Bord et Équipages engagés dans The Race ont défini ensemble les qualités, les équipements et les systèmes de sécurité indispensables dans le cadre de leur participation.
(..)

A/ 10 P.5.3
Chaque Chef de Bord pourra, s'il le juge nécessaire, ajouter à cet armement des systèmes ou équipements complémentaires susceptibles d'améliorer la sécurité de son bateau et éventuellement celle des autres Concurrents.

A/ 10 P5.4
Le Chef de Bord devra s'assurer que son Équipage a étudié avec attention toutes les situations graves et les opérations de sauvetage qu'il pourrait avoir à gérer dans les conditions difficiles de The Race (homme à la mer, chavi-

rage, voie d'eau, etc.). Pour ce faire, chaque Équipage aura effectué, a minima, un stage de survie en mer et aura procédé avant le départ de The Race à des simulations de ces situations ou opérations de sauvetage. Il appartiendra à chaque Chef de Bord de certifier que l'Équipage a bien effectué ces stages de survie.
Chaque membre d'Équipage devra connaître avec précision les procédures que l'Équipage, dans son ensemble, devra appliquer dans chacune des situations envisagées.
Chaque membre d'Équipage devra connaître avec précision et avoir simulé à plusieurs reprises avant le départ de The Race le rôle et les interventions qui lui auront été attribués par le Chef de Bord dans toutes les situations.
Avant le départ de The Race, chaque membre d'Équipage aura été initié au mode de fonctionnement de tous les équipements de sécurité du bateau.

A/ 10 P 5.5
Le Chef de Bord devra s'assurer que, a minima, deux membres de son Équipage, nommés « Équipiers Référents », ont une formation médicale suffisante pour répondre aux problèmes de santé que l'Équipage pourrait avoir à affronter.

A/ 10 P 5.6
La Charte de Sécurité de The Race devra être signée par tous les Chefs de Bord et tous les membres d'Équipage. La signature du Chef de Bord et de chaque membre d'Équipage sera une condition essentielle à leur participation.

A/ 10 P 5.7
Afin que tout soit mis en œuvre pour garantir la sécurité de chacun des bateaux et l'équité sportive de The Race, les Chefs de Bord donneront délégation à la Commission de Contrôle mise en place par les Organisateurs pour qu'elle vérifie que chaque Équipage applique avec rigueur les dispositions de sécurité de la Charte de Sécurité de The Race et respecte l'esprit de cette dernière.

En cas de litige entre plusieurs Chefs de Bord ou entre un Chef de Bord et le Comité de Course, sur le respect ou le non-respect de la Charte de Sécurité par l'un des Équipages ou plusieurs d'entre eux, la Commission de Contrôle établira un rapport sur ce litige et le transmettra au Jury pour délibération. Après avoir pris connaissance de ce rapport avec attention, le Jury sera amené à donner un arbitrage définitif. Les décisions du Jury seront sans appel.
(...)

Ajouts au Règlement
Le 8 décembre 2000
Disneyland Paris

Qualifications
La distance de 2 500 milles (correspondant à la distance totale du trajet, arrêts compris) est conservée. Les participants ne sont pas tenus de l'accomplir avant Monaco, mais elle doit être réalisée avant le départ de Barcelone.

Autonomie
La réserve de carburant embarqué et dédié à la propulsion doit désormais permettre de naviguer au moteur avec une autonomie de 12 heures et non plus de 24 heures. Le carburant devra être stocké dans des réservoirs réservés à cet effet et identifiés « réservoirs spéciaux. »
Il a également été mentionné que, si en cas d'urgence les participants ont besoin de ce carburant, nous devrons en être informés.
Nous accepterons les spécifications des fabricants sur la consommation de carburant.

Interrogation à distance concernant la position des bateaux
Il a été accepté que le TRE interrogerait à distance la position des bateaux toutes les heures et qu'il publierait un clas-

sement toutes les 4 heures qu'il transmettrait par e-mail à tous les bateaux. Les positions heure par heure seront affichées sur le site internet TRE.
Les participants ont été informés qu'il ne leur était pas permis d'utiliser les données d'interrogation à distance ni de les transmettre à d'autres sociétés informatiques chargées du suivi de la course.
Ce vote est passé à l'unanimité.

Scellés
Il a été admis qu'il n'y aura pas de scellés sur les hélices.
Ce vote est passé à l'unanimité.
Il a été admis que les canots de sauvetage, une fois amarrés, seraient scellés afin que leurs positions ne soient pas modifiées durant la course.

Temps limite
La date de fermeture de la ligne passe de 125 % du temps de course du vainqueur à la date de remise des prix au vainqueur (30 jours après que le premier bateau a été reconnu vainqueur).

Formation médicale
L'entraînement médical se tiendra les 21 et 22 décembre.
Les participants qui désirent un entraînement supplémentaire sont :
Team Philips : une personne
Club Med : une personne
Team Legato : deux personnes
Warta-Polpharma : une personne
Team Adventure : non confirmé

Contrôle de l'armement de sécurité
Les contrôles sont menés par deux équipes de deux personnes, chaque équipe visitant chaque bateau, chaque équipe déclarera toute anomalie dans l'armement de sécurité à la Direction de Course. En cas de désaccord, il sera fait appel au jury pour qu'il prenne un avis définitif.

LA CHARTE DE SÉCURITÉ

Je soussigné,
(nommé ici le « Chef de Bord »), certifie être le Chef de Bord du bateau (nommé ici le « Bateau ») ;
En tant que Chef de Bord, je certifie ce qui suit :

A/ 10 C.1 Conformité avec le pavillon
Le Bateau répond aux normes de construction et d'armement éditées, soit par l'administration maritime, soit par toute instance compétente du pays dont il bat pavillon.

A/ 10 C.2 Autonomie
Le Bateau a été conçu et construit de façon à lui assurer une autonomie totale en mer.

A/ 10 C.2.1 Insubmersibilité
Le Bateau est conçu et construit pour être dans tous les cas insubmersible.
Le Bateau est équipé de cloisons étanches et de systèmes de flottabilité.
Le Bateau est conçu et construit pour :

- résister à un choc violent de face ou de côté occasionné par un éventuel impact avec un corps flottant ou immergé ;
- rester à flot, à l'endroit comme à l'envers, même si un ou plusieurs compartiments de sa (ou ses) coque(s) est (ou sont) totalement immergé(s) ;
- abriter l'intégralité de l'Équipage quelles que soient les conditions, qu'il soit à l'endroit ou à l'envers.

Pour les multicoques et monocoques
Un plan de flottabilité du Bateau retourné sera transmis, avant le premier jour du Prologue, à la Commission de Contrôle.

A/ 10 C.2.2 Étanchéité
Le Bateau est, dans tous les cas, étanche à l'endroit comme à l'envers.

Tous les accès à l'intérieur de la ou des coques se font par des capots étanches et actionnables de l'intérieur et de l'extérieur.

A/ 10 C.2.3 Accessibilité

Le Bateau est dans tous les cas accessible à l'endroit comme à l'envers.

Des capots étanches sont installés sur les côtés des coques et/ou sur les tableaux arrière de telle sorte que l'accès soit possible de l'intérieur ou de l'extérieur sans que l'eau ne puisse envahir les coques. Les dimensions de ses capots sont telles qu'elles permettent l'évacuation des canots de sauvetage et le passage rapide d'un Équipage nombreux, de l'intérieur vers l'extérieur et inversement.

A/ 10 C.2.4 Transmission

Il est possible, dans tous les cas, de transmettre des informations, que le Bateau soit à l'endroit ou à l'envers.

Les balises de détresse Sarsat Cospas, les balises Argos et, selon la décision du Chef de Bord, le système Inmarsat C sont donc installés de telle façon que la communication avec la terre est possible, même en cas de chavirage.

A/ 10 C.2.5 Survie de l'Équipage

Le Bateau possède une cellule de survie dynamique et opérationnelle. Les emménagements intérieurs du Bateau sont conçus et construits pour permettre à l'intégralité de l'Équipage de survivre durant de nombreux jours lorsque le Bateau est à l'envers. Le Bateau est conçu et réalisé pour garantir à l'Équipage de dormir, se nourrir et faire de l'eau au moyen de dessalinisateurs manuels.

A/ 10 C.3. Équipements de Sécurité collectifs

Le Bateau possède les éléments de sécurité collectifs suivants :

A/ 10 C.3.1 Canots de sauvetage

Un nombre de canots de sauvetage :

- d'une capacité égale au double du nombre de membres d'Équipage embarqués ;
- répartis en plusieurs modules ;
- stockés dans des endroits différents ;
- fixés dans des logements dédiés et spécialement conçus pour leur protection lorsqu'ils sont stockés à l'extérieur.

Ce dispositif est accessible en toutes circonstances, que le Bateau soit à l'endroit ou à l'envers. Chacun des canots a subi une révision effectuée par le fabricant ou l'un de ses prestataires, garantissant ainsi son bon état de fonctionnement pour une période de six mois après le départ de The Race

Les canots de sauvetage du Bateau sont certifiés Solas. Ils répondent, a minima, pour leurs caractéristiques de fabrication et d'armement, aux normes A du recueil LSA (Solas). Ils ne répondent pas forcément aux normes A pour le contenant.
Chaque canot contient un armement complet, à savoir et notamment :

- un plancher isolé ;
- un toit de protection intégrale ;
- une rampe d'accès et des fixations d'accrochage ;
- des fusées ;
- un cerf-volant de signalisation ;
- un réflecteur radar ;
- de l'eau et des rations de survie ;
- une trousse de première nécessité médicale.

A/ 10.C.3.2 Des containers de survie

Plusieurs containers de survie insubmersibles, étanches et en bon état. Leur nombre est, a minima, équivalent au nombre de canots de sauvetage. En cas d'embarquement de deux canots de sauvetage, le nombre de containers peut être supérieur à deux.
Ces containers sont équipés de bandes autoréfléchissantes et sont stockés le plus près possible des canots de sauve-

tage. Chacun d'entre eux comprend un matériel de survie suffisant pour le nombre de membres d'Équipage qu'il peut embarquer, à savoir, notamment :

A / *Des équipements de signalisation*
Une ou des lampe(s)-torche(s) étanche(s) et un jeu de piles ou batteries de rechange par lampe.
Une ou des lampes étanches émettant des éclats blancs violents sur commande de l'utilisateur, possédant une grande autonomie électrique et un jeu de piles ou batteries de rechange.
Une bombe de peinture fluorescente et de la fluorescéine.
Des fusées (différentes des fusées de l'armement du Bateau).

B / *Des équipements pour faciliter l'intervention des sauveteurs*
Une VHF aviation étanche et portable (et non dans un sac étanche) munie des fréquences de détresse 123.1 Mhz et/ou 121.5 Mhz.
Si possible ou jugé nécessaire par le Chef de Bord, une VHF marine et étanche (et non dans un sac étanche) possédant le ou les canaux de détresse maritime en vigueur 16 ou remplaçant.
Cette VHF porte une batterie de rechange chargée (quand elle n'est pas monobloc).
Un transponder Radar.

C / *Du matériel de survie*
Une pharmacie de première urgence.
Des aliments énergétiques.
Un ou des appareils de dessalinisation manuelle capables de fournir suffisamment d'eau potable à toutes les personnes embarquées sur le canot de sauvetage.

Aucun équipement de ces containers ne sera utilisé en course, sauf en cas de force majeure ou graves problèmes à bord du bateau.

A / 10 C 3.3 Des harnais de sécurité
Un par membre d'Équipage plus un. Ces harnais sont soit

autonomes, soit incorporés aux gilets de sauvetage décrits ci-dessous.
Chacun d'entre eux est étudié pour une utilisation sur un bateau très rapide, dont les mouvements peuvent être très violents.

A / 10 C.3.4 Un système d'amarrage pour l'équipage
Il est constitué de points d'accrochage solides et/ou de lignes de vie. Il permet aux membres d'Équipage d'y amarrer un harnais et de se déplacer en toute sécurité sur les surfaces utiles du pont, c'est-à-dire à chaque endroit où un équipier peut avoir à intervenir.
La position des points d'accrochage ou les dimensions des lignes de vie sont étudiées pour que les membres d'Équipage ne soient pas éjectés en dehors des surfaces du pont.
Le système d'amarrage et les harnais sont étudiés pour que les membres d'Équipage, retenus par leur harnais, ne soient pas remorqués dans l'eau à très haute vitesse.

Ce système permet également à tous les membres d'Équipage de s'amarrer solidement si le bateau est à l'envers.

A / 10 3.5 Des gilets de sauvetage
Un par membre d'Équipage plus un. Les gilets sont de type gonflable, ont une flottabilité d'au moins 150 Newton, sont équipés de sangles inguinales et permettent de maintenir un homme inconscient sur le dos avec un angle d'inclinaison de 45° par rapport à la surface de l'eau. Ils possèdent des équipements de signalisation : bandes réfléchissantes, sifflet, feu, etc. Des cartouches et systèmes de déclenchement de rechange ont été embarqués (30% du nombre de gilets à bord).

A / 10 C.3.6 Des signaux pyrotechniques
Un contingent de fusées et feux a été embarqué. Ces signaux respectent au minimum les normes de qualité et les quantités suivantes :
- 12 fusées parachute rouges conformes à la norme 3.1 du Recueil LSA (Solas 35) ;

- 4 feux à main rouges conformes à la norme 3.2 du Recueil LSA (Solas 36) ;
- 4 feux à main blancs conformes à la norme 3.2 du Recueil LSA (Solas 36) ;
- 2 fumigènes orange flottants conformes à la norme 3.3 du Recueil LSA (Solas 37) ;
- 6 fusées parachute blanches émettant une fumée blanche d'une intensité lumineuse de 80 000 candelas, conforme à la norme 3.1 du Recueil LSA (Solas 35).

Le Recueil LSA est publié par l'OMI.

A / 10 C. 3.7 Des bouées de sauvetage

Une bouée de sauvetage équipée d'un système Jon Buoy, ou équivalent, au minimum par coque, équipée de :

- un feu à retournement ;
- des bandes réfléchissantes ;
- un sifflet ;
- une perche à pavillon ;
- une ancre flottante ;
- un sachet de fluorescéine ;
- un harnais de repêchage et son équipement ;
- une balise associée à un système de localisation radiogoniométrique d'un homme à la mer émettant sur la fréquence 121.5 Mhz (cf 4.2) ;
- une VHF portable ;
- un minimum de deux bouées fer à cheval par coque.

A/10 C.3.8 Des balises de détresse

Au moins cinq balises de détresse Sarsat Cospas GPS émettant sur 121.5 Mhz et 406 Mhz.

Ces balises ont été vérifiées par le fabricant ou l'un de ses prestataires patentés qui en a garanti le bon état de fonctionnement pour une durée supérieure à six mois après le départ de The Race. Le code d'identification des balises est bien programmé au nom de course de mon Bateau.

A / 10 C 3.9 Des systèmes de ralentissement
Équipés d'un dispositif de mise à l'eau et pouvant résister à plusieurs jours d'utilisation (davier, chaîne, longue aussière, etc.).

A / 10 C.3.10 Un dispositif de plongée et de travail sous l'eau
L'Équipage comprend deux plongeurs certifiés, deux kits de plongée (combinaison, mini-bouteilles), ainsi que des outils pour travailler et effectuer un éventuel largage du gréement si le Bateau est à l'envers et un kit de stratification.

A/10 C.3.11 Des filières et balcons résistants et fiables
Un dispositif de filières et balcons permettant à tout l'Équipage d'évoluer et de travailler sur toutes les surfaces « utiles » du ou des ponts, à savoir toutes les surfaces sur lesquelles les équipiers pourraient avoir à intervenir pour la sécurité ou pour la marche du Bateau.
Ce dispositif respecte les prescriptions minimales suivantes :

- hauteur des balcons : 620 mm au-dessus du livet de pont ;
- hauteur des chandeliers : 600 mm au-dessus du livet de pont ;
- nombre minimum de filières : 2 ;
- la hauteur de la filière la plus basse ne dépasse pas 230 mm au-dessus du livet de pont.

A/10 C.3.12 Des systèmes d'assèchement
Un dispositif de pompes capables d'assécher rapidement chaque compartiment de la ou des coques. Ce dispositif est constitué de pompes accessibles intérieurement comme extérieurement.

A/10 C.3.13 Des extincteurs
Un nombre suffisant d'extincteurs à poudre contenant au minimum 2 kilos d'agent extincteur et des couvertures anti-

feu pour une intervention rapide dans chaque compartiment de vie du Bateau où le feu pourrait se déclarer, ainsi qu'un dispositif renforcé proche de la cuisine, du ou des moteurs et autres points sensibles.

A/10 C.3.14 Un dispositif de mouillage
Un dispositif de mouillage permettant à l'Équipage de mouiller le Bateau si nécessaire.

A/10 C.4 Des équipements de récupération d'un ou de plusieurs hommes à la mer
Le Bateau possède les équipements de récupération d'un homme à la mer suivants.

A /10 C.4.1 Remontée à bord
Un système d'échelons ou autre système spécifique permettant à un homme à la mer de remonter à bord, que le Bateau soit à l'endroit ou à l'envers.

A/10 C.4.2 Alarme et localisation
Un système d'alarme et de localisation de l'homme à la mer de type radiogoniométrique émettant sur 121.5 Mhz.

A/10 C.4.3 Démarrage rapide du moteur
Le moteur peut être mis en marche très rapidement et le Bateau peut progresser au moteur dans des délais très brefs en cas d'alerte d'homme à la mer.

A/10 C.4.4 Équipements personnels
Chaque membre de l'équipage est équipé de :

A/ Une balise individuelle associée au système radiogoniométrique de signalisation d'un homme à la mer, émettant sur 121.5 Mhz (C.4.2).

B/ Une puissante lampe flash de type feux stroboscopiques qu'il portera en permanence dans la poche de ses vêtements de pont.

C/ Une combinaison dont le type est dit « d'immersion » – capable de garder au sec toutes les parties du corps à l'exception du visage. Cette combinaison comporte un capuchon de tête fixe, des chaussures et des gants attachés en permanence. Cette combinaison peut être portée, le cas échéant, durant le quart.

Le nom du membre d'Équipage et/ou du bateau a été inscrit sur ces équipements.
Ces équipements portent, quand cela est possible, des bandes réfléchissantes aux endroits les plus visibles.

A/10 C.5 Des équipements de signalisation du navire
Le Bateau possède les équipements de sécurité suivants.

A/10 C.5.1 Un radar avec alarme

A/10 C.5.2 Un réflecteur radar actif (amplifiant le signal) et puissant

A/10 C.5.3 Un transponder Radar

A/10 C.5.4 Un dispositif de repérage visuel par avion
Une importante zone a été peinte avec une peinture fluorescente (rouge, orange) sur :
- le ou les ponts ;
- la face inférieure des bras de liaison (pour les multicoques). Cette surface intègre le dernier ou les deux derniers chiffres du numéro de course du voilier ;
- l'intégralité des safrans, dérives et appendices (A/5.4).

Le numéro de course du Bateau sur le ou les ponts ou les filets, sous le bras de liaison principal, a été peint avec une peinture fluorescente très contrastée (A/5.3).

Remerciements

Les partenaires de l'Organisation
Disneyland Paris, France Télécom, Mission pour la célébration de l'an 2000, France Télévision, Renault, Ville de Barcelone, Ville de Marseille, AOM, Bermudes, Inmarsat, Meteo Consult, Perfect Technologies, Potel & Chabot, Sema Group, AP Systèmes, Grand Large, Hexis, Sony, Taittinger, France Info, France Inter, Groupe JC Decaux, *La Provence*, *Les Échos*, *Le Monde*, *Paris Match.*

Les prestataires de l'Organisation
Carat Média, Carat Sport, CTM Événement, CyberOuest, Mer & Média, Nefertiti Production, SRI, Watsa, Windward, Williwaw.

Les skippers, équipages, shore team de
Club Med, Innovation Explorer, Team Adventure, Warta-Polpharma, Team Legato, Playstation, Team Philips.

L'équipe de The Race
Agnès, Anne-Cécile, Anne-Sophie, Arnaud, Bénédicte, Caroline, Catherine, Cécile, Chloé, David, Denis, Fabrice, Franck, François, Fred, Georges, Gilles, Grégor, Isabelle, Jean-Michel, Jean-Paul, Jean-Pierre, Laurence, Laurent, Mano, Marie-Laure, Martin, Mireille, Patricia, Patrick, Philippe, Pierre, Sandrine, Sandy, Stéphane, Thomas, Xavier, Yannick.

Les amis de Marseille
Tous les Marseillais

Un remerciement particulier à
Michel Bon, Philippe Bourguignon, Charles Biétry, Serge Botey, Yann Caillère, Philippe Court, Jean-Charles Decaux, Thierry Dombreval, Jean-Claude Gaudin, Olivier Guichard, Leïla Hellgren, Jean de Loisy, Renaud Muselier, Per Norinder, Yves Le Naour, Erik Orsenna, Gilles Pelisson, Marie-Claude Peyrache, Olivier de Pierrebourg.

THE RACE

L'éditeur tient à remercier tout particulièrement Agnès Garaudel,
ainsi que toutes les personnes qui ont collaboré à cet ouvrage :
Arnaud de Belinay, Jean-Yves Chauve, Pierre Giboire, Denis Horeau,
Jean-Paul Roux, François Seguin, Fabrice Thomazeau et Mireille Vatine
de The Race Event, Gilles Chiorri de Meteo Consult
(Groupe Prosodie, Domaine de Marsinval, 78540 Vernouillet.
Tél : + 331 39 65 80 80. www.meteoconsult.com)
et la société Informatique et Mer qui a mis gracieusement son logiciel
Maxsea à leur disposition, ainsi que Gilles Ollier de Multiplast,
Henri Germain Delauze de la Comex, François Jacob et Armelle Pasco.

Illustrations : Nicolas Gilles

Impression réalisée sur CAMERON par

BUSSIÈRE CAMEDAN IMPRIMERIES

GROUPE CPI

à Saint-Amand-Montrond (Cher)
en avril 2001

N° d'impression : 012065/1.
Dépôt légal : mai 2001.

Imprimé en France